UM TEMPO PARA ESQUECER

SHARON GUSKIN

UM TEMPO PARA ESQUECER

Tradução
Cecília Camargo Bartalotti

1ª edição
Rio de Janeiro-RJ / São Paulo-SP, 2022

VERUS
EDITORA

Copidesque
Maria Lúcia A. Maier

Revisão
Tássia Carvalho

Diagramação
Abreu's System

Título original
The Forgetting Time

ISBN: 978-85-7686-491-2

Copyright © by Sharon Guskin, 2016
Todos os direitos reservados.

Tradução © Verus Editora, 2022

Direitos reservados em língua portuguesa, no Brasil, por Verus Editora. Nenhuma parte desta obra pode ser reproduzida ou transmitida por qualquer forma e/ou quaisquer meios (eletrônico ou mecânico, incluindo fotocópia e gravação) ou arquivada em qualquer sistema ou banco de dados sem permissão escrita da editora.

Verus Editora Ltda.
Rua Argentina, 171, São Cristóvão, Rio de Janeiro/RJ, 20921-380
www.veruseditora.com.br

CIP-BRASIL. CATALOGAÇÃO NA PUBLICAÇÃO
SINDICATO NACIONAL DOS EDITORES DE LIVROS, RJ

G989t

Guskin, Sharon
    Um tempo para esquecer / Sharon Guskin ; tradução Cecília Camargo Bartalotti. - 1. ed. - Rio de Janeiro : Verus, 2022.

    Tradução de: The Forgetting Time
    ISBN 9788576864912

    1. Ficção americana. I. Bartalotti, Cecília Camargo. II. Título.

22-77151
    CDD: 813
    CDU: 82-3(73)

Gabriela Faray Ferreira Lopes - Bibliotecária - CRB-7/6643

Revisado conforme o novo acordo ortográfico.

Seja um leitor preferencial Record.
Cadastre-se no site www.record.com.br e receba
informações sobre nossos lançamentos e nossas promoções.

Atendimento e venda direta ao leitor:
sac@record.com.br

Para Doug, Eli e Ben

1

Às vésperas de seu aniversário de trinta e nove anos, no dia mais tenebroso do pior fevereiro de que se tem lembrança, Janie tomou o que viria a ser a decisão crucial de sua vida: ela decidiu tirar férias.

Trinidad talvez não fosse a melhor escolha; já que ia para tão longe, deveria ter optado por Tobago ou Venezuela, mas ela gostou daquele som, Tri-ni-dad, uma musicalidade que era como uma promessa. Comprou as passagens mais baratas que encontrou e chegou lá bem na hora em que os foliões do Carnaval estavam todos indo para casa, deixando as sarjetas cheias do lixo mais bonito que ela já tinha visto na vida. As ruas ficaram vazias, as pessoas dormindo depois da festa. A equipe de limpeza trabalhava devagar, em um mover de pés satisfeito no meio da água. Ela pegou punhados de confete, penas cintilantes e bijuterias de plástico na beira da calçada e os enfiou nos bolsos, tentando absorver a frivolidade por osmose.

Havia uma festa de casamento acontecendo em seu hotel, uma mulher americana se casando com um homem de Trinidad, e a maioria dos hóspedes estava lá para esse evento. Ela os observou enquanto circulavam, as tias e tios, primas e primos murchando no calor, as faces vermelhas de sol fazendo-os parecer mais felizes do que realmente estavam, e os trinitários com ar divertido e sempre em grupos, rindo e conversando num rápido jargão local.

A umidade era intensa, mas o abraço quente do mar compensava o desconforto, como um prêmio de consolação para os não apaixonados. A praia era exatamente como na foto, repleta de coqueiros, água azul e colinas verdes, com mosquitos rodeando e picando os tornozelos para lembrar que aquilo era real, enquanto pequenas barracas dispostas aqui e ali vendiam *bake 'n' shark*, um bolinho frito recheado com tubarão empanado que era a coisa mais deliciosa que ela já tinha comido na vida. O chuveiro do hotel às vezes tinha água quente, às vezes fria, e às vezes não tinha uma gota de água.

Os dias eram tranquilos. Ela se deitava na praia com o tipo de revista de páginas vistosas que normalmente não se permitia, desfrutando o sol nas pernas e os respingos do mar. Tinha sido um inverno tão longo, com nevascas fortes e incessantes a assolar a cidade de Nova York, que se viu totalmente despreparada para enfrentá-las. Janie havia sido encarregada de planejar os banheiros de um museu que seu escritório estava projetando e muitas vezes adormecia sobre a mesa, sonhando com azulejos azuis, ou dirigia de volta para seu apartamento silencioso depois da meia-noite e desabava na cama antes de ter a chance de se perguntar como sua vida tinha tomado aquele rumo.

Completou trinta e nove anos quando lhe restavam apenas mais duas noites em Trinidad. Sentou-se sozinha no bar da varanda, ouvindo o ensaio do jantar de casamento no salão de festas ao lado. Estava feliz por ter evitado o obrigatório almoço de aniversário em casa, aquele monte de amigas com marido e filhos e seus cartões entusiasmados lhe garantindo que "Este é o ano!"

O ano de quê?, ela sempre tinha vontade de perguntar.

Mas Janie sabia o que eles queriam dizer: o ano em que surgiria um homem em sua vida. Parecia improvável. Desde que sua mãe morrera, ela não tivera mais vontade de sair em encontros que as duas analisariam depois, momento a momento, por telefone; aquelas conversas intermináveis e necessárias às vezes eram mais longas que os próprios encontros. Homens sempre haviam entrado e saído de sua vida; ela os sentia se afastando meses antes de eles realmente irem embora. Sua mãe, porém, sempre estava ali, com um amor tão básico e necessário quanto a gravidade — até que, um dia, não estava mais.

Janie pediu uma bebida e examinou o cardápio. Escolheu cabrito ao curry, porque era algo que nunca havia experimentado.

— Tem certeza? — o atendente perguntou. Era praticamente um garoto, não devia ter mais que vinte anos, com o corpo esguio e olhos enormes e sorridentes. — É bem picante.

— Eu aguento — ela respondeu e sorriu para ele, imaginando se conseguiria extrair uma aventura de sua penúltima noite e como seria tocar outro corpo novamente. Mas o garoto apenas concordou com a cabeça e lhe trouxe o prato pouco tempo depois, sem nem parar para observar a reação dela.

O cabrito ao curry berrou em sua boca.

— Estou impressionado. Acho que eu não conseguiria comer isso — comentou o homem sentado a dois bancos dela. Ele estava em algum ponto da meia-idade, todo peito e ombros, com um anel de cabelos loiros arrepiados circulando a cabeça como a coroa de louros de Júlio César e nariz de boxeador sob olhos decididos e confiantes. Era o único outro hóspede que não estava com o grupo do casamento. Ela o vira circulando pelo hotel e pela praia e não se sentira inspirada por suas revistas de negócios e sua aliança na mão esquerda.

Janie assentiu com a cabeça e levou à boca uma porção especialmente grande de curry, sentindo o calor brotar por todos os poros.

— É bom?

— É. De um jeito que queima a boca, mas é bom — ela admitiu, tomando um gole da cuba-libre que havia pedido; a bebida desceu fria e arrepiante depois de todo aquele fogo.

— É mesmo? — Ele olhou do prato para o rosto dela, a testa e as faces exibindo um tom de rosa forte, como se ele tivesse voado direto até o sol e escapado. — Você se importaria se eu experimentasse?

Ela o encarou um pouco desconcertada, depois deu de ombros. Por que não?

— À vontade.

Ele se moveu rapidamente para o banco ao lado dela. Pegou a colher e Janie ficou observando enquanto o talher pairava sobre o prato, depois mergulhava e pegava uma porção de curry, depositando-o entre os lábios.

— Meu Deus — ele disse e virou um copo de água. — Jesus. — Mas riu enquanto dizia isso, e seus olhos castanhos admiravam Janie abertamente sobre a borda do copo. Ele devia ter notado quando ela sorriu para o menino do bar e decidiu que ela estava a fim de algo.

Mas será que estava? Janie olhou para ele e percebeu tudo no mesmo instante: o interesse em seus olhos, o jeito natural e tranquilo como ele moveu a mão esquerda ligeiramente para trás do cestinho do couvert, ocultando o dedo com a aliança.

Ele estava em Port of Spain a trabalho, era um empresário que tinha fechado um negócio lucrativo com uma franquia e depois decidira se dar um "finde" de folga para comemorar o contrato. Ele disse assim mesmo, "finde", e Janie teve que se controlar para não revirar os olhos. Quem falava desse jeito? Ninguém que ela conhecesse. Ele era de Houston, aonde ela nunca tinha ido e nunca sentira necessidade de ir. Usava um Rolex de ouro branco no pulso bronzeado, o primeiro que ela via de perto. Quando lhe disse isso, ele tirou o relógio e o colocou no pulso fino e úmido dela, e o negócio ficou ali balançando, pesado e reluzente. Ela gostou da sensação, gostou da estranheza daquilo em sua mão sardenta de sempre, gostou de vê-lo pairar como um helicóptero de diamantes sobre seu cabrito ao curry.

— Ficou bom em você — ele falou e ergueu os olhos do pulso para o rosto dela com tanta clareza de propósito que Janie corou e lhe devolveu o relógio. O que ela estava fazendo?

— Acho melhor eu ir. — Suas palavras pareceram relutantes mesmo aos seus ouvidos.

— Fique e converse mais um pouco comigo. — A voz dele tinha um tom de súplica, mas seus olhos continuavam determinados. — Por favor. Faz uma semana que eu não tenho uma conversa decente. E você é tão…

— Eu sou tão… o quê?

— Incomum. — Então ele lhe lançou um sorriso matador, a expressão insinuante de um homem que sabia como e quando usar seu charme, uma ferramenta naquele arsenal que, mesmo assim, quando ele a olhou, refulgiu como metal ao sol, faiscando com algo legítimo, uma afeição real que a atingiu em cheio, em uma explosão de calor.

— Ah, não, eu sou muito comum.

— Não. — Ele a examinou. — De onde você é?

Ela tomou mais um gole da bebida, o que aliviou um pouco seu constrangimento.

— Ah, quem se importa com isso? — Os lábios dela estavam frios e ardentes.

— Eu me importo. — Outro sorriso: rápido, envolvente. Veio e se foi. Mas... *eficaz*.

— Bom, eu moro em Nova York.

— Mas não é originalmente de Nova York — ele disse como uma afirmação.

Janie se eriçou.

— Por quê? Você acha que eu não sou durona o bastante para ser de Nova York?

Ela sentiu os olhos dele se demorarem em seu rosto e tentou conter as evidências do calor que subia em suas faces.

— Você é durona — ele falou devagar. — Mas deixa transparecer sua vulnerabilidade. Essa não é uma característica de alguém natural de Nova York.

Sua vulnerabilidade transparecia? Isso era novidade para ela. Teve vontade de perguntar onde ela transparecia, para poder escondê-la de novo.

— E então? — Ele se inclinou para mais perto. Cheirava a bronzeador de coco, curry e suor. — De onde você é de verdade?

Aquela era uma pergunta capciosa. Ela geralmente hesitava. Do Meio-Oeste, costumava dizer. Ou de Wisconsin, porque era onde havia passado mais tempo, se incluísse a faculdade. Mas não voltara para lá desde então.

Nunca dissera a verdade a ninguém. Exceto, por alguma razão, agora.

— Eu não sou de lugar nenhum.

Ele se mexeu no banco, franzindo a testa.

— Como assim? Onde você passou a infância?

— Eu não... — Ela sacudiu a cabeça. — Você não vai querer ouvir toda a história.

— Eu estou ouvindo.

Ela o olhou. Sim. Ele estava ouvindo.

Mas *ouvindo* não era exatamente a palavra. Ou talvez fosse: uma palavra que se costuma usar de maneira passiva, sugerindo uma espécie de receptividade muda, a aceitação do som que vem de outra pessoa, *eu estou te escutando*, enquanto o que ele estava fazendo agora com ela parecia algo perturbadoramente físico e íntimo: ouvir com força, do modo como os animais ouvem para sobreviver na floresta.

— Bom... — Ela respirou fundo. — Meu pai era representante de vendas regional e eles viviam nos mandando de um lado para o outro. Quatro anos aqui, dois anos ali. Michigan, Massachusetts, Washington, Wisconsin. Éramos só nós três. Aí ele meio que... continuou se mudando. Não sei para onde ele foi. Para algum lugar sem a gente. Minha mãe e eu continuamos em Wisconsin até eu terminar a faculdade, depois ela foi para New Jersey e ficou lá até morrer. — Ainda era estranho dizer isso; ela tentou se esquivar do olhar intenso dele, mas foi impossível. — Enfim, aí eu me mudei para Nova York, porque a maioria das pessoas lá também não pertence a lugar nenhum. Quer dizer, eu não tenho nenhuma ligação especial com um lugar. Não sou de lugar nenhum. Não é engraçado?

Ela encolheu os ombros. As palavras tinham se despejado de dentro dela. Não era sua intenção contar tudo aquilo.

— Parece solitário pra cacete — disse ele, ainda de testa franzida, e a palavra foi como um palito minúsculo cutucando aquela parte sensível que ela não pretendia mostrar. — Você tem família em algum lugar?

— Tenho uma tia no Havaí, mas... — O que ela estava fazendo? Por que estava contando tudo isso para ele? Alarmada, parou de falar e sacudiu a cabeça. — Eu não costumo fazer isso. Desculpe.

— Mas nós não fizemos nada — disse ele. Não havia como confundir a sombra devoradora que passou pelo rosto dele. Uma frase de Shakespeare veio à cabeça de Janie, algo que sua mãe costumava sussurrar para ela quando passavam por garotos no shopping: *"Esse Cássio tem um ar faminto e esquálido"*. Sua mãe estava sempre dizendo coisas assim.

— É que... — Janie gaguejou — eu não costumo falar assim. Não sei por que estou lhe contando isso agora. Deve ser a bebida.

— Por que você não deveria me contar?

Ela o fitou. Não podia acreditar que tinha se aberto com ele, que estava caindo no charme inegável daquele executivo de Houston que usava uma aliança de casamento.

— Bom, você é um...

— Um o quê?

Um estranho. Mas parecia algo muito infantil para dizer. Então ela agarrou a primeira palavra que lhe veio à cabeça.

— Um republicano? — E riu levemente, tentando fazer daquilo uma piada. Nem sabia se era verdade.

A irritação se espalhou como fogo no rosto dele.

— E isso faz de mim o quê? Um grosseirão?

— O quê? Não. Nada disso.

— Mas você acha isso. Posso ver nitidamente no seu rosto. — Ele estava sentado muito reto agora. — Você acha que não temos os mesmos sentimentos que você? — Seus olhos castanhos, que antes mostravam tanta admiração, agora a perfuravam com uma espécie de fúria magoada.

— Podemos voltar a falar do curry?

— Acha que não sofremos, ou não nos acabamos de chorar quando os nossos filhos nascem, ou não nos perguntamos sobre o nosso lugar no grande esquema do universo?

— Tudo bem, eu entendi. Vocês sangram quando são espetados. — Ele ainda a encarava. — "Se nos espetam, não sangramos?" É do *Mercador de*...

— Você *entendeu*, Shylock? Entendeu mesmo? Porque eu não tenho certeza disso.

— Olha quem você está chamando de Shylock.

— Certo. Shylock.

— Ei.

— Como quiser, Shylock.

— Ei! — Eles estavam sorrindo um para o outro agora. — Então... — Ela o olhou de lado. — Filhos, hein?

Ele fez um gesto com a mão grande e rosada, descartando a pergunta.

— Seja como for — ela acrescentou —, de que importa o que eu penso?

— Claro que importa.

— Ah, é? Por quê?

— Porque você é inteligente, e é um ser humano, e está aqui neste exato momento e estamos tendo esta conversa — disse ele, inclinando-se deliberadamente em direção a ela e tocando de leve seu joelho, de um jeito que só poderia ser visto como inconveniente, mas não foi. Ela sentiu um tremor percorrer rapidamente o corpo, antes que tivesse tempo de reprimir.

Janie baixou os olhos para o prato remexido.

Ele provavelmente morava em uma mansão pretensiosa e tinha três filhos e uma esposa que jogava tênis, pensou.

Já havia conhecido homens assim, claro, mas nunca tinha flertado com um deles: um homem que frequentava clubes de campo, que tinha talento para vendas. E para mulheres. Ao mesmo tempo, sentia que havia algo a mais nele que a atraía. Estava na rapidez de seu olhar e na volatilidade de suas emoções, e na sensação de que havia pensamentos voando dentro dele a um milhão de quilômetros por minuto.

— Escuta, vou dar uma passada no Centro de Preservação Natural Asa Wright amanhã — disse ele. — Quer ir comigo?

— O que é isso?

Ele balançou a perna com impaciência.

— É um *centro de preservação natural*.

— É longe?

Ele encolheu os ombros.

— Vou alugar uma moto.

— Não sei.

— Como quiser. — E fez um gesto pedindo a conta. Janie sentiu a energia dele mudar rapidamente de curso, se afastando, e ela a queria de volta.

— Tudo bem — respondeu. — Por que não?

O centro ficava a horas de distância, mas ela não se importou. Agarrou-se às costas dele na moto e se deliciou com a velocidade, apreciando a exuberância da paisagem e o caos das cidades, as casas novas de concreto ao lado de casinhas decrépitas de madeira, com seus telhados de metal brilhando ao sol, grudados um no outro. Chegaram ao destino lá pelo meio-dia e, em um silêncio confortável, fizeram um passeio com guia pela floresta tropical, achando graça no nome dos pássaros que ele apontava: cambacica e guácharo, araponga-de-barbela e udu-de-coroa-azul, alma--de-gato e nei-nei. Um clima de intimidade tranquila havia se instalado quando eles se sentaram para tomar um lanche na larga varanda da antiga casa de fazenda, observando os beija-flores-de-rabadilha-cobre voejarem nos comedouros pendurados: quatro, cinco, seis beija-flores pairando e zunindo no ar, como um truque de mágica.

— Tem um ar tão colonial — disse Janie, recostando-se na cadeira de vime.

— Os bons e velhos tempos, não é? — Ele estreitou os olhos, em uma expressão indecifrável.

— Você está sendo irônico, certo?

— Não sei. Foram bons para algumas pessoas. — Ele manteve o rosto neutro por um momento, depois começou a rir. — Que tipo de babaca você acha que eu sou? Fui bolsista em Oxford, com uma bolsa de estudos Rhodes. — Ele disse isso como se não fosse nada, mas ela sabia que ele estava tentando impressioná-la. E conseguiu.

— Foi mesmo?

Ele confirmou lentamente com a cabeça, enquanto seus olhos rápidos se enchiam de satisfação.

— Mestrado em e-co-no-mi-a no Bal-li-ol College. Oxford, Inglaterra — enfatizou as sílabas, se fazendo de ignorante deslumbrado.

Ele queria que ela risse, e ela lhe deu o que ele desejava.

— Então você não deveria estar dando aulas em Harvard ou algo assim?

— Para começar, eu ganho umas vinte vezes mais do que ganharia lecionando, mesmo em Harvard. E não devo satisfações a ninguém. Nem ao chefe do departamento, ao reitor da universidade ou a um filhinho mimado de algum doador importante. — Sacudiu a cabeça.

— Que homem independente.

Ele fez uma falsa cara de coitadinho.

— Homem solitário.

Os dois riram juntos. Uma risada de cumplicidade. Janie sentiu que algo entre seus ombros se afrouxava, um músculo que ela havia confundido com osso, e uma leveza desceu sobre ela. O bolinho que estava comendo se esfarelou em sua mão e ela lambeu as migalhas dos dedos.

— Você é uma gracinha — disse ele.

— Uma gracinha. — Janie fez uma careta.

Ele corrigiu depressa:

— Linda.

— Tá.

— É sério.

Ela encolheu os ombros.

— Você não sabe, não é? — Ele sacudiu a cabeça. — Você sabe tantas coisas, mas não sabe disso.

Ela procurou algo sarcástico para dizer, mas, em vez disso, decidiu falar a verdade.

— Não — admitiu, suspirando. — Infelizmente. Porque agora... — Ela ia dizer que estava com quase quarenta anos e seguindo rápido no caminho de perder o que quer que tivesse sido antes, preparando-se para apontar os três fios de cabelos brancos e a prega que se aprofundava entre as sobrancelhas, quando ele a interrompeu com um gesto.

— Você poderia ter cem anos e ainda seria linda — disse, como se estivesse de fato falando sério, e ela não pôde evitar, aquela *era* mesmo uma boa cantada, e sorriu para ele, absorvendo tudo aquilo com a sensação incômoda de estar sendo arrastada para uma praia desconhecida, tendo que nadar com muita força na direção oposta se quisesse chegar em casa a salvo.

Janie segurou com firmeza na cintura dele outra vez no caminho de volta. O barulho era muito alto para qualquer um deles falar algo, e ela era grata por isso. Nenhuma decisão para tomar, nada para se preocupar, apenas os coqueiros e os telhados de metal passando velozmente, o vento chicoteando o cabelo em seu rosto e seu corpo quente junto ao dele — este momento, depois o próximo. A felicidade começou a borbulhar na base de sua coluna e a subir vertiginosamente pelo seu corpo. Então era essa a sensação: o momento presente. Sentiu-se como se aquela fosse uma revelação.

E não era isso que ela estava buscando? Essa *leveza* que vinha a galope, que a agarrava pela cintura e a arrastava consigo? Como seria possível não se render, mesmo sabendo que acabaria machucada e sozinha na areia?

Imaginava que devia haver outra maneira de experimentar aquele surto ofegante de estar viva — algo interior, talvez? —, mas não sabia o que era nem como chegar lá por sua conta.

E então o passeio terminou e eles ficaram parados, meio sem jeito, do lado de fora do hotel. Era tarde; sentiam-se cansados. O cabelo dela estava sujo do vento. Um momento incômodo e nada para fazê-los passar logo por ele. *Eu devia entrar e arrumar a mala*, ela pensou, mas a recepção do casamento estava acontecendo no salão de festas e eles ouviam os tambores de aço começando a tocar, os sons se espalhando em ondas pela noite, carregando aquela batida aquosa característica — tambores inventados anos atrás, de latões descartados por empresas petrolíferas, música produzida a partir de sucata. Quem era ela para resistir? O ar úmido aninhava seu corpo como uma grande mão quente.

— Quer dar uma volta? — eles perguntaram ao mesmo tempo, como se fosse o que era para ser.

Encrenca, encrenca, encrenca, Janie repetia a si mesma enquanto caminhavam, mas a mão dele era quente na sua e ela achou que poderia se permitir isso. Talvez estivesse tudo bem. A esposa provavelmente era uma dessas mulheres de rosto duro e perfeito, cabelos loiros que brilhavam em torno de enormes brincos de diamantes. Usava saia branca curta e flertava com o professor de tênis. Então por que Janie deveria se importar? Mas não, não devia ser isso, não é? Os olhos daquele homem eram quentes e até mesmo sinceros, se é que se pode ser calculista e sincero ao mesmo tempo, o que talvez não fosse possível. E ele gostava dela, de Janie, com seu rosto imperfeito, seus belos olhos azuis, seu nariz ligeiramente torto e seus cabelos enrolados. Então, provavelmente... provavelmente a esposa era simpática. Tinha longos cabelos castanhos balançantes e olhos bondosos. Tinha sido professora, mas agora ficava em casa cuidando das crianças, paciente, gentil e inteligente demais para a brutalidade daquela vida, que sugava seu sangue e a alimentava ao mesmo tempo — ela era amorosa, era isso, esse homem era amado (algo no jeito tranquilo como ele se movia, no brilho em seu rosto), e, naquele exato momento, a esposa estava dormindo com todas as crianças em sua cama grande, porque era mais fácil assim e ela gostava do calor dos pequenos corpos aninhados junto dela, e sentia tanta falta dele, e talvez pensasse que às vezes, nessas viagens tão longas, ele pudesse aprontar alguma coisa, mas confiava nele porque queria confiar, porque ele tinha aquela determinação nos olhos, aquela vida...

Por que fazer isso consigo mesma? Será que não podia se permitir ter nada?

Ele estava apontando para as conchas espalhadas pela praia enquanto ela ficava ali, presa em pensamentos.

Janie assentiu, distraída.

— Não, olhe — disse ele, segurando a cabeça dela em suas grandes mãos quentes e apontando-a para a areia. — Você tem que olhar.

As conchas corriam pela praia em direção à água, como se o mar as atraísse com o poder de seu feitiço.

— Mas... como?

— São caranguejinhos — ele respondeu. Suas mãos ainda estavam no rosto dela, então não foi difícil virá-la para ele e beijá-la uma vez, duas vezes, *só duas*, ela pensou, *só para sentir um pouco o gosto*, e então eles voltariam para o hotel, mas ele a beijou uma terceira vez e ela sentiu toda a sua fome subir como a nuvem perfumada de um gênio que estivesse trancado na garrafa há um século e circundar esse homem que ela mal conhecia... embora seu corpo o conhecesse, pelo jeito como se enrolou nele com avidez e o beijou como se ele fosse o mais desejado de todos os seres. As defesas de ambos caíram, assim como suas roupas. Talvez tenha sido alguma combinação misteriosa de elementos químicos que desencadeou feromônios, ou talvez eles tivessem sido amantes na época dos faraós e agora se reencontravam, ou sabe-se lá o que poderia ter sido. E o que importava?

— Uau — murmurou ele, afastando-se um pouco, e Janie ficou satisfeita ao perceber que todo aquele ar de autoconfiança havia deixado seu rosto e ele parecia tão surpreso quanto ela pela força daquela paixão que não tinha nada que estar ali, mas estava mesmo assim, possuindo ambos como se alguma brincadeira de jogo do copo em uma festa do pijama tivesse invocado um fantasma real.

Fazer sexo na praia (Isso não era um drinque, sex on the beach? Seria aquela sua vida real, um coquetel cafona?) com um homem que ela não conhecia, que andava por aí com mulheres, sem usar preservativo, tinha sido uma ideia muito, muito, muito ruim. Mas seu corpo não pensava assim. E ela nunca havia se entregado inteiramente a nada na vida, e talvez fosse a hora. Ouviu os tambores de aço soarem como bolhas metálicas fazendo acrobacias no ar, os gritos alegres das pessoas dançando na festa, as risadas da noiva e do noivo, que dançavam também sob o telhado alto de palha. E ela estava quase com quarenta anos e talvez nunca se casasse. E havia aquela esposa linda dormindo naquela cama grande com todos aqueles filhos de faces rosadas e ela não tinha ninguém para quem voltar, nem casa, nem filhos, nem marido, não havia ninguém para amá-la, exceto aquele corpo quente com seus batimentos cardíacos acelerados e sua força vital ardente. Era como se a página em que Janie estava vivendo tivesse sido de repente arrancada da encadernação e ela estivesse solta agora, a folha rasgada e livre, flutuando para a areia da praia, com a lua alta no céu.

Quando seus corpos por fim se satisfizeram, eles ficaram abraçados na areia, ofegantes.

— Você... — Ele sacudiu a cabeça, sorrindo de um jeito atordoado, aqueles olhos vivos e cheios de admiração percorrendo seu corpo branco e raspado de areia que reluzia na praia. Não terminou o pensamento; conteve-se antes, com a experiência de toda uma vida adulta dessa disciplina, e ela não soube o que ele ia dizer a seu respeito, embora soubesse que teria o resto da vida para refletir sobre as possibilidades. Ela teve um súbito impulso de lhe contar algo, de lhe contar tudo, todos os seus segredos, depressa, agora, antes que o calor começasse a se dissipar, na esperança de que houvesse algo a que ela pudesse continuar se agarrando, uma conexão que pudesse manter...

Manter? Quase riu de si mesma. Apesar do momento presente que ainda sorria em seu rosto, ela não tinha como deixar de ver o outro lado.

O fim se desenrolou rapidamente. Ela ainda estava processando o que havia acontecido, ainda reproduzindo tudo aquilo na cabeça enquanto caminhavam devagar e em silêncio de volta ao hotel, lado a lado, a mão dele tocando de leve as costas dela, em um gesto que era parte carícia, parte o ato de movê-la para a frente.

— Acho que é isso, então. — Ele parou diante da porta de seu quarto. — Foi um prazer, de verdade, passar esse tempo com você.

O rosto dele era adequadamente terno e sério, mas ela sentia o vento soprando dentro dele, a urgência que o percorria e que era o oposto da que a percorria, e soube sem dizer nada que o seu desejo de se aninhar e se demorar um pouco mais não tinha chance contra a necessidade dele de dar o fora daquele corredor e ficar sozinho outra vez.

— A gente podia... trocar e-mails ou algo assim? Ei, você nunca vai para Nova York a negócios? — Ela tentou manter a voz leve, mas ele a olhou com tristeza.

Ela mordeu o lábio.

— Tudo bem, então — disse. Ela podia fazer isso. Ela de fato fazia. Ele se inclinou e a beijou, um beijo seco de marido que ainda assim levou uma pequena parte dela.

Janie não sabia o sobrenome dele. Só pensou nisso depois. Não tinha necessidade de saber; os limites do que havia acontecido eram tão claros que nem precisavam ser explicados. Mais tarde, porém, desejou que tivesse perguntado. Não para a certidão de nascimento nem por algum desejo de procurá-lo e complicar a vida dele, mas simplesmente pela história em si, para que pudesse contar a Noah algum dia: "Uma noite eu conheci um homem, e foi a noite mais linda que já me aconteceu. E o nome dele era..."

Jeff. Jeff Alguma Coisa.

Mas talvez ela quisesse que fosse assim. Talvez tivesse planejado desse jeito. Porque não havia como encontrar Jeff Alguma Coisa de Houston, e isso só ligava Noah ainda mais a ela, só o fazia ainda mais seu.

2

— Mas eu ainda não acabei. — Foram essas as palavras que saíram espontaneamente da boca de Jerome Anderson quando a neurologista lhe disse que sua vida estava funcionalmente encerrada.

— Claro que não, sr. Anderson. Isso não é uma sentença de morte.

Mas ele não se referia à sua vida; ele se referia ao seu trabalho. Que, pensando bem, era sua vida.

— É dr. Anderson — disse ele, aquietando seu pânico ao observar a neurologista sentada do outro lado da mesa, as mãos elegantes se agitando enquanto lhe explicava sobre a doença.

Desde que sua esposa morrera, um ano antes, todas as mulheres que ele conhecera eram simplesmente Não Sheila e ponto-final. Mas, de repente, ele se viu novamente prestando atenção em detalhes que pertenciam apenas a mulheres vivas: o modo como os olhos da médica se umedeciam ligeiramente em solidariedade, o sobe e desce das curvas suaves que ele podia adivinhar sob o avental branco quando ela respirava. Viu a luz do sol incidir em seus cabelos pretos brilhantes quando ela se sentou na cadeira, inalou seu cheiro de sabonete antibacteriano misturado com algo leve, familiar — o aroma cítrico de perfume.

Algo se agitou dentro dele enquanto olhava para ela, como se estivesse acordando de um longo cochilo. Agora? Sério? Bem, ninguém nunca disse que a mente era simples, ou o corpo. E, juntos, certamente eram capazes de aprontar bastante. Esse seria um bom tema de estudo. Será que pacientes diante da perspectiva de comprometimento físico grave ou morte experimentam uma excitação dos órgãos sexuais? Devia mandar um e-mail para Clark sobre isso; ele vinha fazendo estudos muito interessantes sobre a conexão mente-corpo. Poderiam dar o título de "Uma investigação sobre Eros/Tânatos".

— Dr. Anderson?

O relógio na mesa seguia em seu tique-taque e, sob esse som, ele ouvia a respiração de ambos.

— Dr. Anderson. O senhor entende o que estou lhe explicando?

Respiração, uma palavra que inspirava e expirava. Perca-se uma palavra como essa e perde-se tudo.

— Dr...

— Se eu entendo? Sim, não estou tão incapacitado. Ainda. Parece que por ora consigo decodificar estruturas frasais básicas. — Sentiu a voz começando a escapar de seu controle e a conteve com dificuldade.

— O senhor está bem?

Conferiu sua pulsação. Parecia normal, mas não confiava inteiramente nisso.

— Posso usar seu estetoscópio?

— O quê?

— Quero checar meus batimentos cardíacos. Ver como eu realmente estou. — Ele sorriu, o que lhe custou um pouco, um esforço para juntar recursos cada vez mais escassos. — Por favor. Já devolvo. — E fez uma careta. Que droga. Ela ia chamar um psiquiatra a qualquer momento.

— Prometo.

Ela tirou o estetoscópio do pescoço longo e lhe entregou. Observou-o com olhos intrigados e alertas. Será que aquele ser arruinado ainda tinha alguma faísca de vigor preservada? Ele deu uma olhada em si mesmo no reflexo da janela atrás dela, mal visível entre o metal ofuscante dos carros no estacionamento — aquela aparição de faces encovadas era mesmo o seu rosto? Nunca se incomodara muito com a aparência, considerando apenas que o ajudava com os sujeitos de suas pesquisas, mas agora sentia, com uma pontada, a perda da boa aparência. Ainda tinha cabelo, embora os cachos de que as mulheres costumavam gostar tivessem desaparecido havia muito.

O estetoscópio cheirava levemente como ela. Ele entendeu por que o perfume parecia conhecido. Era o que Sheila usava quando saíam para jantar em algum lugar melhor. Provavelmente ele mesmo havia comprado para ela. Não tinha ideia de que perfume era; ela sempre escrevia o que queria e ele lhe dava diligentemente nos Natais e aniversários, sem nunca prestar muita atenção nos detalhes, com a mente em outras coisas.

A frequência cardíaca estava um pouco alta, mas não tanto quanto ele havia pensado.

Sheila teria rido dele, "Relaxe, pare de se examinar e apenas sinta, pode ser?" — do jeito que tinha rido na noite de núpcias (já fazia mesmo quarenta e quatro anos?), quando ele a metralhara de perguntas no meio do ato, "Está bom assim, deste jeito? E assim, aqui, assim não?", em sua ansiedade para descobrir o que funcionava, estimulado tão fortemente pela curiosidade quanto pelo desejo. E o que havia de tão errado nisso? Como a morte, o sexo era importante, mas por que parecia que ninguém se interessava o suficiente para fazer as perguntas certas? Kinsey fez, e Kübler-Ross (e ele também, ou pelo menos tinha tentado), mas estes eram raros e com frequência enfrentavam a hostilidade do *establishment* científico retrógrado e com cérebro de ostra... *Solte-se, Jer*, ele ouvia Sheila dizer. *Apenas relaxe*.

Ele devia ter se sentido constrangido com sua noiva rindo dele na noite de núpcias, bem coisa de comédia, mas isso apenas confirmou para ele a sabedoria da escolha que havia feito. Ela ria porque compreendia o tipo de animal que ele era, aceitava sua necessidade de saber, assim como todo o resto dele, todo aquele pacote humano de falhas e esquisitices.

— Dr. Anderson. — A médica havia dado a volta na mesa e pôs a mão em seu braço. Isso era algo em que ele nunca havia pensado, anos atrás, quando era um residente transmitindo más notícias: o poder do toque. Sentiu a leve pressão das unhas dela através do algodão da camisa. Começou a suar ao pensar que ela tiraria a mão, então puxou o braço rispidamente, notando a instintiva expressão de surpresa enquanto a doutora processava a rejeição. Ela se afastou para trás da mesa outra vez, seus diplomas pregados dos dois lados: pequenos soldados leais de uniforme em latim.

— Está tudo bem? Tem alguma pergunta que queira me fazer?

Ele forçou a mente a voltar para o que ela havia dito. A voltar para o momento em que ela falara a palavra: *afasia*. Uma palavra como uma garota bonita em um vestido de verão, segurando uma adaga mirada para o seu coração.

Afasia, do grego *aphatos*, que significa "sem fala".

— O prognóstico é definitivo?

Um carrinho passou pelo corredor do lado de fora do consultório, com líquidos em frascos, tilintando.

— Sim, é definitivo.

Certamente havia outras perguntas.

— Não sei se eu entendo muito bem. Não tive nenhum traumatismo cerebral ou AVC.

— Essa é uma forma mais rara de afasia. Afasia progressiva primária é um tipo progressivo de demência que afeta o centro da linguagem no cérebro.

Demência. Aquela era uma palavra que ele perderia com prazer.

— Como... — ele se forçou a dizer — Alzheimer? — Será que ele havia estudado isso na faculdade de medicina? Seria significativo o fato de ele não se lembrar?

— APP é um transtorno de linguagem. Mas, sim, podemos dizer que são primos.

— Que família. — Ele riu.

— Dr. Anderson? — A neurologista o olhava como se ele estivesse com um parafuso solto.

— Relaxe, dra. Rothenberg. Eu estou bem. Só estou... processando, como dizem. Minha vida, afinal... — Ele suspirou. — Do jeito que era. "Pois os sonhos que podem vir no sono da morte/ Quando tivermos escapado ao turbilhão vital/ Nos forçam a hesitar." — Ele sorriu para ela, mas a médica manteve a expressão inalterada. — Por Deus, mulher, não fique aí tão assustada. Não ensinam mais Shakespeare em Yale?

Ele puxou o estetoscópio do pescoço e lhe devolveu. *Está vendo o que terei que perder?* Ele se enfurecia por dentro. *Coisas que nunca pensei que perderia. Existe vida depois de Shakespeare? Essa é uma pergunta que merece ser feita.*

Existe vida depois do trabalho?

Mas ele não tinha *acabado*.

— Talvez o senhor queira conversar com alguém. Uma assistente social, ou, se preferir, um psiquiatra...

— Eu sou psiquiatra.

— Dr. Anderson, me escute. — Ele notou, mas não sentiu, a preocupação nos olhos dela. — Muitas pessoas com afasia progressiva primária continuam capazes de se cuidar por seis ou sete anos. Ou mais, em alguns casos. E a sua está em estágio muito inicial.

— Então eu vou poder me alimentar sozinho e... me limpar e tudo o mais? Por muitos anos?

— Muito provavelmente.

— Só não vou poder falar. Ou ler. Ou me comunicar com o restante da humanidade.

— A doença é progressiva, como eu expliquei. Em algum momento, sim, a comunicação oral e escrita vai ficar extremamente difícil. Mas os casos variam muito. O comprometimento das funções pode avançar de forma bastante gradual.

— Até que...?

— Sintomas do tipo Parkinson podem se desenvolver, assim como declínio da memória, do discernimento, da mobilidade etc. — Ela fez uma pausa. — Frequentemente isso pode ter um impacto sobre a expectativa de vida.

— Quanto tempo? — As duas palavras foram tudo que ele conseguiu dizer.

— O prognóstico convencional é de sete a dez anos do diagnóstico até a morte. Mas há alguns estudos recentes que...

— E o tratamento?

Ela fez outra pausa.

— Não há tratamento para APP no momento.

— Ah, entendo. Mas que bom que não é uma sentença de morte.

Então era essa a sensação. Ele sempre se perguntara; sabia como era estar do outro lado da mesa. Muitos anos atrás, naqueles meses em que os residentes da psiquiatria foram encarregados de comunicar os diagnósticos mais graves, diziam a eles que aquilo era "treinamento", embora *sadismo* fosse uma palavra mais adequada. Ele se lembrava das mãos trêmulas de ansiedade ao entrar na sala em que o paciente aguardava (mãos nos bolsos, esse era seu mantra naquela época: mãos nos bolsos, voz calma, uma máscara de profissionalismo que não enganava ninguém), depois o alívio louco quando terminava. Eles guardavam uma garrafa de vodca sob a pia no banheiro da psiquiatria para essas ocasiões.

Essa médica agora, essa neurologista conceituadíssima a quem ele havia sido encaminhado (bem penteada, elegante, com uma maquiagem que era ela própria uma espécie de autoafirmação), devia fazer uma boa dúzia de comunicações desse tipo por mês (era uma de suas especialidades, afinal) e ainda parecia perturbada. Ele esperava que houvesse uma garrafa escondida para ela por ali, para quando aquilo terminasse.

— Dr. Anderson...
— Jerry.
— Há alguém que possamos chamar para vir acompanhá-lo? Um filho, talvez? Um irmão? Ou... uma esposa?

Ele a encarou.
— Sou sozinho.
— Ah. — A compaixão nos olhos dela era insuportável.

Ele assimilou e rejeitou tudo ao mesmo tempo. Não estava acabado. Não se permitiria estar acabado. Ainda era possível concluir o livro. Poderia escrever depressa; era isso que precisava fazer. Poderia concluir em um ou dois anos, antes que palavras simples, depois a própria linguagem, se tornassem estranhas para ele.

Ele tinha percebido que estava ficando cansado. Achava que era por isso. Que era essa a razão de às vezes não conseguir encontrar as palavras certas para as coisas, mesmo tendo certeza de que as conhecia. Elas não vinham à sua boca nem saíam de sua caneta, e ele achou que fosse por causa da exaustão. Os anos se passavam e ele sempre trabalhara demais. Ou talvez tivesse pegado alguma doença estranha em sua última viagem para a Índia, por isso resolvera fazer um checkup. Uma coisa levou a outra, um médico levou a outro, mas ele não tinha medo. Era um homem que não temia a morte e jamais deixara a dor o abater; um homem que havia sobrevivido à hepatite e à malária e que conseguia continuar trabalhando mesmo acometido por doenças menos graves quase sem notá-las, portanto não havia nada a temer. No entanto, de alguma maneira, fora parar ali, na beira daquele precipício. Mas não estava acabado, ainda não.

Tantas palavras. Ah, ele não estava pronto para abrir mão de nenhuma delas. Amava-as todas. *Shakespeare. Seixo. Sheila.*

O que Sheila diria se estivesse ali? Ela sempre fora mais inteligente que ele, embora as pessoas rissem quando ele dizia isso. A professora de educação infantil mais inteligente que o psiquiatra? Mas as pessoas eram idiotas, na verdade; viam os cabelos loiros dela e os diplomas dele, enquanto qualquer um com meio cérebro poderia perceber como ela era perspicaz, quanto ela compreendia, quanto era consciente.

Se Sheila estivesse ali…

Mas será que não estava? Será que ela podia ter vindo, naquela sua hora de necessidade? O perfume dela estava ali. Ele não tinha nenhuma experiência particular com espíritos, mas também não era descrente deles; era um assunto para o qual existiam dados insuficientes, apesar de alguns esforços corajosos aqui e ali, o caso Butler, de Ducasse, por exemplo, ou o fantasma de Cheltenham, de Myers, para não falar nos estudos de médiuns feitos no século xix por William James e outros.

Ele fechou os olhos por um momento e tentou sentir a presença dela. Sentiu, ou quis sentir, alguma coisa. Uma agitação. *Ah, Sheila.*

— Jerry. — A voz da dra. Rothenberg era baixa. — Eu realmente acho que você devia conversar com alguém.

Ele abriu os olhos.

— Por favor, não chame um psiquiatra. Eu estou bem. Mesmo.

— Certo — ela falou baixinho.

Ficaram sentados por um momento em silêncio, olhando um para o outro sobre a mesa, como se estivessem em lados opostos de um rio furioso. *Que criaturas estranhas são os outros seres humanos*, ele pensou. É surpreendente que alguém consiga se conectar.

Chega. Ele se inclinou para a frente e controlou a respiração.

— Terminamos, então?

Considere isso um favor, ele pensou. *Você agora está liberada das atenções ridículas de um homem em desintegração.*

— Mais alguma pergunta? Qualquer outra coisa sobre... o curso da doença?

O que ela queria dele? Uma onda de pânico o tomou de repente. Ele apertou as laterais da cadeira e pôde vê-la finalmente relaxar diante desse sinal de fraqueza. Forçou-se a soltar as mãos.

— Nada que você possa responder. Nada que não vá ser respondido em pouco tempo. — Ele conseguiu se levantar sem oscilar e fez um pequeno gesto de saudação para a médica.

Em seguida a analisou enquanto ela o observava pegar a pasta e o paletó. Reparou como ela estava desconfortável diante da própria confusão. Aquela não era a reação que ela esperava.

Que lhe sirva de lição, ele pensou quando fechou a porta e se encostou na parede, tentando recompor a respiração no corredor fluorescente e brilhante demais, em meio ao barulho contínuo e constante dos saudáveis e dos doentes. Nunca espere nada.

Essa tinha sido a lição de sua vida.

3

Janie se ajoelhou nos ladrilhos cor-de-rosa em seu melhor vestido preto e tentou aquietar a mente. A água suja da banheira se esparramava pelo chão, molhando os joelhos de suas meias, manchando a barra de veludo. Ela sempre gostara desse vestido porque a cintura alta ficava bem em seu corpo, e a barra de veludo dava um ar festivo e boêmio, mas agora, manchado como estava de gema de ovo e gotas espumantes de xampu que brilhavam como cuspe, havia se transformado em seu trapo mais opulento.

Ela se forçou a ficar de pé e se olhou no espelho.

Sim, estava horrível. O rímel escurecia a área sob os olhos como se ela fosse um jogador de futebol americano; a sombra havia deixado faixas reluzentes cor de bronze em suas têmporas; a orelha esquerda estava sangrando. Mas o cabelo ainda parecia bom, descendo em ondas e cachos em volta do rosto, como se não tivesse recebido a mensagem.

Tudo por achar que poderia tirar uma noite de folga, sem Noah.

Ela havia ficado tão entusiasmada.

Janie sabia que provavelmente era irracional se animar daquele jeito por causa de um encontro com alguém que não conhecia de fato. Mas tinha gostado da foto de Bob, de seu rosto franco, dos olhos apertados e bondosos e da voz bem-humorada ao telefone, do jeito como ela vibrava bem no fundo de seu corpo, despertando-o. Haviam conversado por mais de uma hora, encantados por descobrirem tanta coisa em comum: ambos tinham crescido no Meio-Oeste e ido para Nova York depois da faculdade, eram filhos únicos de mães intensas, pessoas bastante sociáveis, de boa aparência, surpresos por se verem sozinhos na cidade que amavam. Não podiam deixar de se perguntar (não disseram isso, mas estava lá, na reverberação de suas vozes, em seus risos fáceis) se todo aquele anseio que sentiam por dentro estaria, talvez, prestes a terminar.

E iam sair para jantar! Jantar era algo inequivocamente auspicioso.

Tudo que ela precisava fazer era passar logo por aquele dia. Foi uma manhã difícil, mais terapia de casais que arquitetura, com o sr. e a sra. Ferdinand discutindo se o terceiro quarto seria uma sala de ginástica ou um espaço para o marido, e os William confessando no último instante que queriam reduzir o quarto do bebê pela metade, porque agora iam precisar de duas suítes em vez de uma, e tudo bem; pouco importava para ela se eles dormiam juntos ou não, mas por que não haviam lhe dito isso antes que ela concluísse o projeto? Ao longo do dia, nos intervalos entre essas reuniões, ela checava toda hora o celular para ver as mensagens entusiasmadas de Bob: "Mal posso esperar!" Ela o imaginava (Será que era alto ou baixo? Provavelmente alto...) sentado em seu cubículo (ou onde quer que programadores trabalhassem), feliz quando seu telefone zumbia com a resposta dela: "Eu também!" — os dois trocando mensagens como um casal de adolescentes, passando o dia assim, porque todos nós precisamos de algo para nos empurrar adiante, certo?

E, para ser sincera, ela estava ansiosa por uma noite sem Noah. Não saía com ninguém fazia quase um ano. O jantar com Bob a inspirara, fazendo-a lembrar que não estava vivendo a vida que tinha planejado.

Os sacrifícios de mãe solteira haviam sido o refrão de sua mãe durante toda a sua infância, apresentado sempre com o mesmo sorriso só um pouco tristonho, como se abdicar do resto de sua vida fosse o preço a pagar pela única coisa que importava. Por mais que tentasse, era impossível para Janie imaginar sua mãe diferente do que sempre havia sido: o uniforme de enfermeira perfeitamente passado e ajustado com o cinto, os sapatos brancos e os cabelos curtos acinzentados, os olhos azuis aguçados e espertos intocados pelo tempo, ou por maquiagem, ou por qualquer arrependimento palpável (ela não acreditava em arrependimentos).

Ninguém mexia com Ruthie Zimmerman. Até os cirurgiões com quem ela trabalhava pareciam ter um pouco de medo dela, piscando nervosos quando ela e Janie os encontravam no supermercado e os olhos de Ruth seguiam uma rota inequívoca de seu próprio carrinho, cheio de verduras, legumes e tofu, para as caixas de cerveja e pacotes de bacon e batatas fritas presentes nos deles. Não conseguia sequer imaginá-la saindo para um encontro ou dormindo com qualquer outra coisa que não fosse seu pijama xadrez de flanela.

Quando Janie decidiu ter Noah, estava determinada a fazer diferente. E provavelmente foi por isso que insistiu em manter seus planos para aquela noite, mesmo quando tudo começou a dar tão nitidamente errado.

Ela chegou com dez minutos de antecedência à escola de Noah e passou o tempo checando as mensagens de Bob e espiando seu filho pela janela da sala das crianças de quatro anos. As outras crianças faziam alguma coisa que envolvia colar macarrões pintados de azul em pratos de papel, enquanto seu filho, como sempre, permanecia ao lado de Sondra, jogando uma bola de massinha de uma mão para a outra e a observando supervisionar a classe. Janie reprimiu uma pontada de ciúme; desde o primeiro dia na pré-escola, Noah tinha se ligado inexplicavelmente à serena professora jamaicana e andava atrás dela como um cachorrinho. Se ao menos ele tivesse metade desse apego por qualquer uma de suas babás, teria sido mais fácil poder sair de casa...

Marissa, a professora titular, uma mulher cheia de alegria natural ou de muita cafeína, avistou-a na janela e acenou com os braços, como se estivesse orientando um avião, enquanto movia os lábios, dizendo: "Podemos conversar?"

Janie suspirou — *outra vez?* — e desabou no banco do corredor, sob uma fileira de lanternas de dobradura.

— Como ele está indo com a lavagem das mãos? Algum progresso? — Marissa lhe perguntou, com um sorriso encorajador.

— Um pouco — ela respondeu, o que era mentira, mas achou que seria melhor que dizer "nenhum".

— Porque ele não pôde participar da aula de artes hoje outra vez.

— Que pena. — Janie deu de ombros de um jeito que esperava não estar desmerecendo o projeto com os macarrões. — Mas ele parece estar bem com isso.

— Ele está ficando um pouco... — Ela franziu o nariz, educada demais para continuar. *Fala*, Janie pensou. Sujo. Seu filho estava sujo. Cada pedacinho exposto de sua pele estava grudento ou manchado de tinta, giz ou cola. Uma mancha vermelha de canetinha hidrográfica já estava em seu pescoço havia pelo menos duas semanas. Ela fazia o possível com lenços umedecidos, cobrindo suas mãos e pulsos com gel antisséptico, o que parecia selá-lo contra a sujeira, como se o tivesse laminado.

Enquanto algumas crianças não paravam de lavar as mãos, seu filho não chegava perto de uma gota de água sem uma batalha. Felizmente ainda não havia chegado à puberdade e começado a feder, ou seria como aqueles maltrapilhos do metrô que cheiravam a um vagão de distância.

— E, hum... nós vamos cozinhar. Amanhã. Muffins de amora. Seria péssimo para ele perder isso!

— Vou conversar com o Noah.

— Que bom. Porque... — Marissa inclinou a cabeça, os olhos castanhos se enchendo de preocupação.

— O que foi?

A professora sacudiu a cabeça.

— Seria bom para ele. Só isso.

São só muffins, Janie pensou, mas não disse. Então se levantou e viu Noah pela pequena janela. Ele estava perto das fantasias, ajudando Sondra a pegar chapéus. Brincando, ela pôs um chapéu de feltro na cabeça dele e Janie franziu a testa. Ele ficou uma graça, mas a última coisa de que precisavam naquele momento eram piolhos.

Tire esse chapéu, Noah, ela desejou em silêncio.

Mas a voz de Marissa continuava tagarelando em seu ouvido.

— E... será que você podia pedir para ele não falar tanto no Voldemort na classe? É perturbador para algumas crianças.

— Certo. — *Tira isso.* — Quem é Voldemort?

— Dos livros do Harry Potter. Eu entendo perfeitamente se você quer ler esses livros para ele, eu adoro também, mas é que... Bom, o Noah é adiantado para a idade, eu sei, mas eles não são muito apropriados para as outras crianças.

Janie suspirou. Estavam sempre fazendo suposições erradas sobre seu filho. Ele tinha um cérebro extraordinário que captava informações aparentemente no ar — talvez algum comentário solto que tenha ouvido, como saber? —, mas sempre tentavam fazer isso significar alguma coisa a mais.

— O Noah não sabe nada sobre Harry Potter. Eu mesma nunca li esses livros. E eu nunca o deixaria ver os filmes. Talvez alguma outra criança daqui tenha contado a ele sobre isso, alguém com um irmão mais velho...

— Mas... — Os olhos castanhos da professora piscaram. Ela abriu a boca novamente para dizer algo, mas pareceu reconsiderar. — Bom, só diga a ele para deixar essas coisas sombrias de lado, tudo bem? Muito obrigada — disse ela, abrindo a porta para um turbilhão de crianças de quatro anos cobertas de tinta azul e macarrão.

Janie ficou de pé junto à porta, esperando que Noah a visse.

Ah, aquele era sempre o melhor momento do seu dia: o jeito como ele se iluminava quando olhava para ela, o sorriso torto espalhado pela cara inteira enquanto vinha apressado, correndo pela sala, para se atirar em seus braços. Ele prendia as pernas em sua cintura como um macaco e pressionava a testa na dela, olhando-a com uma seriedade feliz que era tão dele, como se dissesse: "Ah, sim, eu me lembro de *você*". Eram os olhos de sua mãe olhando para ela, seus próprios olhos também, de um azul-claro que ficava muito bem, obrigada, em seu rosto, mas em Noah, cercado pela profusão de cachos loiros, assumia uma dimensão totalmente diferente, tanto que as pessoas sempre olhavam duas vezes para ele, como se aquela beleza etérea, presente em um garotinho, fosse uma espécie de mágica.

Sua alegria sempre a surpreendia, algo que ele lhe ensinava só de olhar em seu rosto.

Janie saiu com Noah para a tarde de outubro que começava a escurecer e sentiu o mundo se compactar momentaneamente naquela pequena figura que pulava ao seu lado. Caminharam de mãos dadas sob as árvores, junto às fileiras de pedras marrons que margeavam as calçadas até onde podiam enxergar.

O celular vibrou em seu bolso, trazendo-a de volta, de repente, para Bob, para aquela coleção de traços (voz grossa, riso cheio de prazer) que ainda não haviam se juntado em um ser humano completo.

"É como se eu já te conhecesse. Estranho?"

"Não!", ela escreveu. "Eu também!" (Isso era verdade? Talvez.) Será que deveria mandar um beijo? Ou seria ousado demais? Decidiu-se por um simples "bjs". Ele respondeu imediatamente com três carinhas de beijo.

Ah! Ela sentiu uma corrente de calor subir pelo corpo, como se estivesse nadando em um trecho quente de um lago frio.

Passaram por um café na esquina de casa e o cheiro a atraiu; decidiu se fortificar para a conversa que teria pela frente. Puxou Noah para dentro.

— Aonde a gente vai, mami-mamãe?

— Eu só quero um café. É rápido.

— Mamãe, se você tomar café agora, vai ficar acordada até de madrugada.

Ela riu; um comentário típico de um adulto.

— Tem razão, Noey. Vou tomar um descafeinado, está bem?

— Eu posso comer um muffin descafeinado?

— Pode. — Estava perto demais da hora do jantar dele, mas e daí?

— E um suco descafeinado?

Ela afagou os cabelos do filho.

— Água descafeinada para você, amiguinho.

O café estava cheiroso quando finalmente se acomodaram com o lanche na varanda de casa. O sol se punha atrás dos prédios. A luz, rosada e suave, fazia corar as casas geminadas de tijolos e as pedras marrons na margem da calçada, refletindo nas folhas que se soltavam das árvores. A lâmpada a gás na frente da casa tremeluzia. Esse fora um fator decisivo para convencê-la a alugar aquele imóvel, apesar de ser caro, no piso térreo e não ter sol direto. Mas a madeira de mogno do lado de dentro, as sebes agradáveis e a lâmpada a gás do lado de fora davam uma sensação aconchegante, como se ela e Noah pudessem se entocar ali juntos em segurança, separados do mundo e do tempo. Não tinha contado com o fato de que a chama sempre tremeluzente na janela da frente atrairia seu olhar durante o dia e se refletiria nas janelas dos fundos da cozinha à noite, fazendo-a se assustar mais de uma vez com a impressão de que a casa estava pegando fogo.

Ela limpou as mãos encardidas de Noah com gel antisséptico e lhe deu o muffin.

— Amanhã vocês vão fazer muffins na escola. O que acha disso?

Ele deu uma mordida, soltando uma cascata de migalhas.

— Eu vou ter que lavar as mãos depois?

— Bom, cozinhar faz sujeira. Vai ter farinha, ovos crus…

— Ah. — Ele lambeu os dedos. — Então não.

— Não vamos poder continuar assim para sempre, pitoco.

— Por que não?

Ela não se preocupou em responder. Aquela conversa já era antiga, e havia outras coisas que ela precisava dizer.

— Ei. — Ela o cutucou de leve.

Ele estava ocupado mordendo seu muffin. Como pôde deixá-lo pedir aquilo? Era enorme.

— Escute, eu vou sair hoje à noite.

Ele olhou fixo para ela e baixou o bolinho.

— Não vai, não.

Ela respirou fundo.

— Sinto muito, garoto.

Uma luz feroz brilhou nos olhos dele.

— Mas eu não quero que você vá.

— Eu sei, mas a mamãe tem que sair às vezes, Noah.

— Então eu quero ir junto.

— Não dá.

— Por que não?

Porque não seria nada mal se a mamãe conseguisse transar pelo menos uma vez antes de você ir para a faculdade.

— É uma coisa de adultos.

Ele a atacou com um sorriso torto e desesperado.

— Mas eu sou precoce.

— Boa tentativa, amiguinho, mas não dá. Vai ficar tudo bem. Você gosta da Annie. Lembra dela? Aquela que veio ao escritório da mamãe no fim de semana passado e brincou de Lego com você?

— E se eu tiver um pesadelo?

Ela já tinha pensado nisso. Os pesadelos dele eram frequentes. Uma vez havia acontecido enquanto ela estava em um evento profissional de networking; quando chegou em casa, ela o encontrou de olhos vidrados, trêmulo diante de um vídeo de *Dora, a aventureira*, enquanto a babá (que tinha parecido tão alto-astral! Tinha até trazido brownies caseiros!) levantou os dedos em um aceno mole do lugar onde estava, largada e rendida, no sofá. Essa nunca voltou, claro.

— Aí a Annie vai te acordar, te abraçar e chamar a mamãe. Mas isso não vai acontecer.

— E se eu tiver um ataque de asma?

— A Annie vai te dar seu nebulizador e eu volto para casa na mesma hora. Mas faz muito tempo que você não tem.

— Por favor, não vá. — Mas a voz dele soou fraca, como se soubesse que não tinha mais jeito.

Janie já estava vestida, dando um jeito no cabelo enquanto assistia, no YouTube, a um vídeo de uma adolescente risonha mostrando a maneira certa de passar sombra nos olhos — que foi surpreendentemente útil, a propósito —, quando ouviu a voz aguda de Noah chamar da sala.

— Mami-mamãe! Vem cá!

Será que o *Bob Esponja* já tinha acabado? Esses programas não passavam num loop infinito?

Ela foi até a sala em sua meia-calça preta. Tudo estava como havia deixado, a tigela de minicenouras intocada sobre a mesinha com tampo de couro, Bob Esponja gritando enquanto bamboleava pela tela sobre suas pernas esquisitas, mas Noah não estava em lugar nenhum à vista. Algo passou faiscando para a cozinha. Seria o reflexo da lâmpada a gás tremeluzente?

— Olha só!

Não era a lâmpada a gás tremeluzente.

Quando ela rodeou a quina da parede e o avistou de pé junto ao balcão da cozinha, ao lado de uma caixa aberta de ovos orgânicos enriquecidos com ômega-3, esmagando um atrás do outro nos cabelos loiros encaracolados, sentiu a noite escapando de seu alcance.

Não, ela não ia permitir isso. A raiva subiu do nada: sua vida, sua vida, sua única vida, e ela não podia ter nem um pouquinho de diversão, nem uma única noite? Será que estava pedindo demais?

— Viu, mamãe? — disse ele, todo doçura, mas não havia como disfarçar a obstinação que brilhava em seu rosto. — Estou fazendo gemada.

Como ele sabia o que era gemada? Por que ele sempre sabia coisas que ninguém havia lhe contado?

— Fica olhando. — Ele pegou outro ovo, girou o braço para trás e o lançou no centro da parede, comemorando quando se espatifou. — Bola rápida!

— Qual é o *problema* com você? — ela falou.

Ele se encolheu e largou o ovo que estava na outra mão.

Ela tentou controlar a voz.

— Por que você está fazendo isso?

— Não sei. — Ele parecia um pouco assustado.

Janie tentou se acalmar.

— Você vai ter que tomar um banho agora. Sabe disso, não é?

Ele estremeceu ao ouvir a palavra. Havia ovo escorrendo em seu rosto, descendo pelo pescoço.

— Não vá — disse ele, os olhos azuis pregando-a à parede com sua carência.

Ele não era bobo. Havia calculado que valia a pena tolerar a coisa que ele mais odiava no mundo para mantê-la em casa, tamanha a força com que a queria lá. Será que Bob, que nem sequer a conhecia pessoalmente, poderia competir com isso?

Não, não, não; ela não faltaria ao encontro! Aquilo era demais! Não sucumbiria àquela espécie de chantagem, especialmente vinda de uma criança! Ela era a adulta, afinal. Não era isso que sempre diziam em seu grupo de mães solteiras? Você faz as regras. Você precisa ser firme, especialmente porque é a única pessoa adulta. Não estará fazendo nenhum favor ao seu filho se ceder.

Ela o pegou no colo (ele era leve; era só um bebê o seu menininho, tinha apenas quatro anos). Carregou-o para o banheiro e segurou com firmeza seu corpo que não parava de se contorcer enquanto ela abria a torneira e checava a temperatura.

Ele resistia, guinchando como um animal enjaulado. Ela se aproximou da borda da banheira, colocou-o sobre o tapetinho antiderrapante (com as pernas deslizando, os braços se debatendo) e, de alguma forma, conseguiu tirar suas roupas e abrir o chuveiro.

O grito provavelmente pôde ser ouvido de muito longe. Ele lutou como se sua vida dependesse disso, mas ela persistiu, segurou-o ali sob a água e esfregou xampu em sua cabeça, dizendo-se o tempo todo que não estava torturando ninguém, só estava dando um banho muito necessário em seu filho.

Quando acabou (questão de segundos, embora parecesse um tempo interminável), ele estava deitado no fundo da banheira, exausto, e ela estava sangrando. No meio do caos, ele tinha virado o pescoço e mordido a orelha dela. Janie tentou enrolá-lo na toalha, mas ele se soltou, saiu de dentro da banheira e fugiu para o quarto, escorregando pelo chão. Ela pegou uma pomada antibiótica no armário do banheiro e passou na orelha enquanto ouvia os uivos reverberando pela casa, enchendo de dor cada célula de seu corpo.

Janie se olhou no espelho.

O que quer que fosse aquele reflexo, não era de uma mulher saindo para um primeiro encontro.

Ela foi para o quarto de Noah. Ele estava no chão, nu, balançando de um lado para o outro com os joelhos presos entre os braços — um menino despedaçado, a pele pálida brilhando na luz verde lançada pelas estrelas fluorescentes que ela havia pregado no teto para fazer o pequeno quarto parecer maior.

— Noey?

Ele não olhou para ela. Estava chorando baixinho sobre os joelhos.

— Eu quero ir para casa. — Era algo que ele dizia em momentos de estresse, desde que era muito pequeno. Tinha sido sua primeira frase completa. À que ela sempre respondia da mesma maneira:

— Você está em casa.

— Eu quero a minha mãe.

— Eu estou aqui, meu bebê.

Ele desviou o olhar.

— Não você. Eu quero a minha outra mãe.

— Eu sou sua mãe, meu amor.

Ele se virou e seus olhos tristonhos se fixaram nos dela.

— Não é, não.

Um arrepio a percorreu. Era como se estivesse se vendo a distância, de pé ao lado daquele menino trêmulo, sob a luz fantasmagórica das falsas estrelas. O chão de madeira era áspero sob seus pés, seus nós como buracos pelos quais uma pessoa pudesse desabar, como uma queda para além do tempo.

— Sou, sim. A sua mamãe.

— Eu quero a minha outra. Quando ela vem?

Ela se controlou com esforço. *Pobrezinho*, pensou, *eu sou tudo o que você tem. Nós somos tudo o que temos, nós dois. Mas vamos fazer dar certo. Eu vou me esforçar mais. Prometo.* E se agachou ao lado dele.

— Eu não vou sair, está bem?

Enviaria a Bob uma mensagem de desculpas e acabou. O que ela poderia dizer? "Lembra aquele filho adorável que eu mencionei? Bom, ele é um pouco incomum..." Não, a ligação entre eles era frágil demais para suportar esse tipo de complicação, e sempre haveria outra mulher solitária em Nova York esperando para ocupar o lugar. Cancelaria a babá e pagaria mesmo assim, porque era um cancelamento de última hora e ela não podia correr o risco de perder mais uma.

— Eu não vou sair — ela repetiu. — Vou cancelar com a Annie. Vou ficar com você. — E, não pela primeira vez, agradeceu o fato de não haver nenhum adulto ali para testemunhar aquele momento de fraqueza.

Mas quem se importava com o que as outras pessoas pensavam? A cor voltou ao rosto de Noah, um desabrochar rosado na pele úmida, e seu sorriso torto a nocauteou e ofuscou todo o quarto em volta. Era como olhar para o sol. Talvez sua mãe estivesse certa, afinal, ela pensou. Talvez algumas forças fossem poderosas demais para resistir.

— Venha aqui, seu malandrinho. — Ela estendeu os braços, jogando tudo para o alto: o vestido, o encontro, aquela noite excitante e talvez todas as noites excitantes que ainda lhe restassem, uma mulher envelhecendo a cada momento, em meio à sua única vida.

Ali, nos braços dela, estava tudo o que importava. Ela beijou a cabeça delicada e úmida de Noah. Pelo menos agora ele cheirava bem.

Ele levantou o rosto.

— Minha outra mãe vai chegar logo?

4

Anderson abriu os olhos e olhou ao redor, em pânico.

Suas páginas. Onde elas estavam? O que ele tinha feito com elas?

A sala estava escura, o ar rodopiando em espirais de pó. Caixas repletas de arquivos se alinhavam junto a cada parede, erguendo-se em torno como se ele tivesse caído dois metros abaixo do chão em vez de adormecer outra vez na cama dobrável em seu consultório. A janela era alta e estreita, como uma fenda em uma fortaleza; agora ela jogava uma lança de luz sobre o chão de madeira, os livros empilhados aqui e ali e as páginas do manuscrito espalhadas, atiradas num momento de fúria na noite anterior. Ele se levantou depressa e recolheu as páginas uma por uma. Quando terminou, sentou-se outra vez, segurando o manuscrito no colo: uma coisa volumosa, como um gato. Acertou as bordas com as mãos, as pontas coçando nas palmas. Não parecia muito aquele punhado de páginas, no entanto continham o trabalho de toda uma vida. Pôs de lado a página com o título e olhou a dedicatória.

Para Sheila

Tentou senti-la, na sala, mas não conseguiu; ela estava fixada na página como uma borboleta pregada. Ocorreu-lhe que a morte de Sheila, que tinha sido a pior coisa que acontecera em sua vida, não mudara substancialmente o curso de seus dias. Por outro lado, nos cinco anos desde seu diagnóstico, a afasia quase o arruinara.

Ele virou para a primeira página. Ah, lá estavam elas: suas palavras.

Embora possa parecer difícil de acreditar, talvez existam evidências de que a vida após a morte seja de fato uma realidade.

Era irracional pensar que as frases pudessem ter apagado a si mesmas durante a noite simplesmente porque ele sonhara com isso, no entanto não mais irracional que qualquer das outras coisas que vinham lhe acontecendo. No dia anterior, estivera ao telefone com a bibliotecária da Sociedade de Pesquisa Científica de Londres, conversando sobre o armazenamento dos arquivos que ele estava doando. Queria assegurar que, embora seu consultório estivesse sendo fechado, suas pesquisas fossem acessíveis para qualquer cientista sério que pudesse considerá-las úteis. Queria contar a ela sobre os novos casos na Noruega que Amundson lhe enviara, para garantir que fossem arquivados corretamente, mas, quando chegou ao ponto da frase em que o nome do velho colega deveria entrar, o nome simplesmente lhe escapou.

— Os arquivos de lá de cima. — Essa foi a frase humilhante que saiu de sua boca. Claro que a bibliotecária ficou confusa.

— Como assim? De lá de cima onde?

Anderson viu os fiordes, as florestas e as mulheres da Noruega. O rosto de Amundson surgiu em sua mente, o nariz bulboso e os pelos sob o queixo, os olhos alegres, céticos, mas nunca cínicos.

— Os novos arquivos sobre marcas de nascença.

— Ah, está falando do estudo do professor do Sri Lanka?

— Não, não, não. — Ele sentiu uma onda momentânea de desespero e teve vontade de desligar o telefone, mas respirou fundo e fez um esforço para continuar. — A pesquisa recente sobre marcas de nascença, daquele colega... aquele colega no norte. Você *sabe* do que estou *falando* — rosnou para a pobre mulher. — Na Europa. As montanhas de gelo... os... os *fiordes*!

— Ah. Vou cuidar para que os estudos de Amundson sejam arquivados corretamente — disse ela por fim, com frieza, e ele sentiu um lampejo de vitória porque agora ela o considerava um babaca e não alguém mentalmente incapaz.

Na semana anterior, ele havia pegado *A tempestade* na estante de seu quarto e folheado até o fim, mas, quando passou pelo verso "Nossos festejos terminaram", as palavras pareceram escapar do alcance de sua mente, como um momento indo embora. Como podia não saber aquela palavra, *festejos*? Ele, que havia lido e relido essa peça, esse discurso, uma centena de vezes? Teve que procurá-la em um maldito dicionário. Devia copiar toda a sua biblioteca, pensou, até que suas mãos estivessem inchadas, copiar cada palavra de cada um de seus livros, para que pudesse reter, nas mãos, uma lembrança física de todas aquelas palavras que ele não suportava perder.

Folheou o manuscrito em seu colo. Claro que o havia mandado por e-mail para sua agente (este não era mais um mundo de papel), mas também imprimira as páginas para poder sentir seu peso. Uma vida de trabalho, os casos mais fortes, explicados para o público leigo. Décadas de labor paciente fazendo o estudo dos casos, anos escrevendo rascunho atrás de rascunho, buscando clareza, sempre clareza. Sua última chance de fazer diferença: havia trabalhado como um louco por quatro anos e meio para terminar a obra enquanto sua mente ainda fosse capaz, antes que a névoa a obscurecesse. Em alguns dias, até se esquecera de comer.

A comunidade acadêmica sempre consideraria Anderson um fracasso. Ele sabia disso. Houve um momento, logo que deixara o emprego na faculdade de medicina e os colegas ainda o valorizavam, em que seus livros tinham sido resenhados: duas vezes pelo *The Journal of the American Medical Association* e uma vez no *The Lancet*. Mas, conforme os colegas foram envelhecendo, esqueceram-se dele, ou melhor, esqueceram que o haviam respeitado um dia. Ninguém daquele mundo lhe dava alguma atenção havia décadas. Ele era famoso na comunidade de pesquisas paranormais, claro; tinha sido convidado para palestrar em todos os lugares onde estudavam percepção extrassensorial, conhecida como PES, experiências de quase morte ou mediunidade. Mas jamais seria aceito novamente pela comunidade científica, a única a que havia de fato pertencido; tinha finalmente desistido dessa batalha, décadas depois de Sheila insistir que fizesse isso. Estava encerrado.

Mas agora ele havia escrito algo para um público diferente: almejava nada menos que o mundo.

— Se as pessoas conseguirem compreender suas informações, e não estou falando de acadêmicos, mas de pessoas *reais*, talvez isso possa mudar algo para elas — Sheila lhe dissera mais de uma vez, mas ele só se dera conta da força de sua lógica quando ela já estava lutando contra a doença cardíaca que viria a matá-la.

Quando pensava em seus futuros leitores agora, imaginava um homem como ele, antes de tudo isso começar, quando ainda estava na faculdade de medicina. Via-se em uma noite fria de sexta-feira, caminhando pela praça, retornando de seu consultório, refletindo sobre um estudo de transtornos somatoformes, tentado pelo calor e pelas luzes de uma livraria. Então ele entrava ali, olhava os livros à procura de algo que lhe chamasse a atenção — e o livro o atraía. Ele o pegava e o abria na primeira página: *Embora possa parecer difícil de acreditar, talvez existam evidências de que a vida após a morte seja de fato uma realidade.*

Evidências?, ele imaginou o homem pensando consigo mesmo. *Impossível*. Mesmo assim ele se sentava em uma poltrona próxima e começava a ler...

Anderson sabia que aquilo era uma fantasia. Mas ele também havia sido um homem como esse no passado. Ele também precisara de provas. E agora podia fornecê-las. Podia deixar sua marca. Sentira-se cheio de autoconfiança até ontem. Até conversar com sua agente literária e ficar sabendo que todas as editoras haviam recusado seu livro. Quando desligou o telefone, ele chutou o manuscrito pela sala, espalhando as páginas como cinzas.

Agora, olhava para as palavras novamente.

Embora possa parecer difícil de acreditar, talvez existam evidências de que a vida após a morte seja de fato uma realidade...

Não, ele não ia deixar que isso o detivesse. Pensou naquele outro Amundson, o norueguês que havia descoberto o polo Sul e teve sua vitória turvada pelo nobre fracasso de seu concorrente, Robert Falcon Scott. Scott, que tinha perecido com seus homens na tundra congelada. Um homem corajoso que morrera tentando, enquanto o frio o tomava dedo por dedo, pé por pé. Mais uma vítima da terra nova, do grande desconhecido.

5

Ela estava atrasada.

O dia havia começado mal. Noah acordara no meio da noite outra vez, assustado com um pesadelo e encharcado de urina da cabeça aos pés. De manhã, ela tentara limpar seu corpo malcheiroso com lenços umedecidos enquanto ele se contorcia e choramingava, mas acabou desistindo, cobrindo-o de talco e deixando-o de cara feia e com um cheiro inconfundível de caixa de areia de gatos na frente da escolinha Little Sprouts.

Portanto, estava atrasada. Estaria tudo bem se não fossem os Galloway. A reforma dos Galloway tinha sido um daqueles projetos em que tudo que deveria ter saído de um jeito saiu de outro. Eles haviam se mudado fazia duas semanas e ela estivera na casa quase todos os dias desde então, incluindo uma visita na manhã do Dia de Ação de Graças.

Hoje, tinham uma lista de itens para verificar. Começaram pelos eletrodomésticos na cozinha e terminaram no banheiro social.

Os três pararam no pequeno banheiro, olhando para o fio de água que escorria do boxe do chuveiro, revestido de azulejos caros, para o novo piso de ladrilhos em padrão xadrez.

— Está vendo? — Sarah Galloway apontou uma garra vermelha brilhante para o pequeno fluxo. — Está vazando.

Por que vocês estão tomando banho no banheiro social?, Janie teve vontade de perguntar, mas não o fez. Em vez disso, pegou a trena e mediu a área do boxe, que, como ela sabia, era padrão.

— Hummm. É a largura padrão.

— Mas você está *vendo o vazamento*.

— Sim... Eu estava pensando...

Sarah a olhou com a expressão intrigada de coruja que Janie já havia entendido que era um franzir de testa com botox.

— Pensando em quê?

— Se é um problema do boxe ou da quantidade de água. Porque, se houver muita água, pode ser compreensível... — Janie fez uma pausa e disse tudo de uma só vez. — Foi o primeiro banho que alguém tomou aqui hoje, ou o segundo? Vocês tomam banhos muito longos?

Nossa, ela odiava essa parte do trabalho. Era quase como perguntar se eles faziam sexo lá dentro. E, se fosse esse o caso, achava que eles poderiam ter lhe dito, assim ela teria adaptado o tamanho...

Frank Galloway pigarreou.

— Acho que usamos o chuveiro de modo bem, hum, normal... — ele começou a dizer quando o celular de Janie tocou.

— Só um segundinho.

Ela olhou para a tela: "Escola Infantil Little Sprouts". *Ah, meu Deus.*

— Desculpem, eu preciso atender. É só um minuto. — E saiu para o aposento ao lado. O que as professoras queriam agora? Provavelmente estavam ligando para reclamar que Noah estava cheirando mal. Sim, de fato ele estava, mas...

— Aqui é Miriam Whittaker. — A voz solene da diretora arranhou seu ouvido.

Em um segundo, sua respiração falhou e seus joelhos cederam. Seria esse o momento entre antes e depois, aquele que todos temiam? O engasgo com a maçã, a queda da escada? Ela encostou na parede.

— O Noah está bem?

— Sim, ele está bem.

— Ah, graças a Deus. Escute, estou no meio de uma reunião de trabalho. Posso ligar de novo daqui a pouco?

— Sra. Zimmerman, isto é muito sério.

— Ah. — O tom dela era desalentador; Janie segurou o celular com força contra o ouvido. — O que aconteceu? O Noah fez alguma coisa?

O silêncio que se seguiu infiltrou-se lentamente na consciência de Janie, contando-lhe tudo e nada que ela precisava saber. Ouviu a mulher respirando do outro lado da linha, Sarah Galloway resmungando baixo, mas não tão baixo, com seu marido no banheiro. "Desatenta", ela pensou ter ouvido.

— Ele chorou na hora da soneca? Puxou o cabelo de alguém? O quê?

— Na verdade, sra. Zimmerman. — Ela ouviu uma puxada de ar. — Essa é uma conversa que precisamos ter pessoalmente.

— Estarei aí assim que possível — Janie respondeu com naturalidade, mas sua voz falhou, o medo pressionando sua postura profissional como um osso saliente.

A diretora da Little Sprouts era um leão, uma feiticeira e um guarda-roupa, tudo ao mesmo tempo. Quadrada como uma caixa, vestida de preto dos óculos retrô às botas de bico fino na altura dos tornozelos, Miriam Whittaker tinha cabelos longos, uma juba prateada que roçava os ombros largos com inesperada sensualidade, como se debochasse dos caprichos do tempo. Havia quinze anos ela dirigia a melhor pré-escola de uma área exigente em relação a padrões escolares, e isso parecia fazê-la ter uma noção um tanto supervalorizada da própria importância no grande esquema do universo. Janie sempre achara divertido o jeito autoritário da sra. Whittaker com os adultos, sentindo através desse véu uma espécie de melancolia e de ternura difusa.

Agora, porém, na frente dela, espremida em uma pequena cadeira de plástico cor de laranja entre o vaso de plantas e o cartaz de uma minhoca lendo um livro, Janie viu no rosto da mulher mais velha algo bem mais perturbador que a habitual autoridade espalhafatosa. Ela viu ansiedade. A diretora estava quase tão nervosa quanto ela.

— Obrigada por ter vindo — disse ela, pigarreando —, assim tão às pressas.

Janie manteve a voz controlada.

— O que aconteceu?

Seguiu-se uma pausa, em que Janie tentou manter a respiração tão regular quanto possível, em que ouviu cada ruído do coração pulsante da pré-escola: o som de uma torneira na sala de artes, uma professora cantando "Vamos limpar, limpar, todo mundo limpar" e em algum lugar uma criança, que não era seu filho, gritando.

A sra. Whittaker ergueu a cabeça e focou a visão em um ponto ligeiramente à esquerda do ombro de Janie.

— O Noah tem nos falado sobre armas.

Então era isso? Algo que Noah tinha falado? Mas isso era fácil. Ela sentiu a tensão em seu corpo começar a relaxar.

— Mas todos os meninos não fazem isso?

— Ele diz que brincou com armas.

— Ele devia estar falando de uma arma de brinquedo — disse ela, e a sra. Whittaker lhe lançou um olhar severo. Havia algo duro naqueles olhos.

— Um rifle Renegade calibre 54, foi isso que ele disse, para ser exata. Ele falou que a pólvora tinha cheiro de ovo podre.

Janie sentiu uma ponta de orgulho. Seu filho sabia coisas. Sempre tinha sido assim com Noah, alguma esquisitice em seu cérebro, como o cérebro de gênios, só que, em vez de equações matemáticas, ele sabia fatos aleatórios que devia ter ouvido em algum lugar. Será que o cérebro de Einstein era assim? Ou o de James Joyce? Talvez eles também tivessem sido mal compreendidos quando crianças. Mas, no momento, a questão era o que dizer para aquela mulher que a olhava com ar ameaçador do outro lado da mesa.

— Eu não sei de onde ele tira essas coisas, sério. Vou pedir a ele para não falar mais sobre armas.

— A senhora está tentando me dizer que não sabe onde ele usou uma arma? Ou como ele sabe que pólvora tem cheiro de enxofre?

— Ele não usou uma arma — Janie disse, pacientemente. — Quanto ao enxofre... não sei. Ele fala coisas estranhas às vezes.

— Então a senhora nega? — ela perguntou, sem olhar para Janie.

— Ele pode ter visto na televisão.

— Ah, ele tem visto programas desse tipo?

Ah, aquela mulher.

— Ele vê o Diego, a Dora, o Bob Esponja, jogos de beisebol... Talvez tenha passado alguma propaganda de artigos para caça na ESPN?

— Tem mais uma coisa. O Noah tem falado muito a respeito dos livros do Harry Potter. Mas, pelo que a senhora disse, a senhora nunca leu os livros para ele nem lhe mostrou os filmes.

— É verdade.

— No entanto, ele parece conhecê-los extremamente bem. Tem andado por aí falando uma espécie de feitiço assassino.

— Olha, o Noah é assim mesmo. Ele fala muitas coisas estranhas. — Ela mudou as pernas de posição. Seu traseiro estava ficando entorpecido naquela cadeira minúscula. Havia interrompido a visita aos Galloway; àquela altura, a sra. Galloway provavelmente estava ligando para todas as suas amigas para dizer que estava errada, que não recomendava de jeito nenhum o escritório de arquitetura Jane Zimmerman. Ela estava perdendo clientes por causa daquela bobagem. — Então foi por isso que a senhora me fez interromper uma reunião de trabalho importante? Porque acha que o meu filho fala demais sobre armas e Harry Potter?

— Não.

A diretora mexeu em alguns papéis que estavam sobre sua mesa e passou a mão ossuda e cheia de anéis pelos cabelos prateados.

— Tivemos uma conversa sobre disciplina hoje na escola. Houve um caso de mordida... mas isso não vem ao caso. Falamos sobre regras, sobre como machucar os outros é inaceitável. E o Noah contou, de livre e espontânea vontade, que uma vez ficou embaixo d'água por tanto tempo que perdeu a consciência. Ele usou exatamente essa expressão, "perdi a consciência", uma escolha de palavras estranha para um menino de quatro anos, não acha?

— Ele disse que perdeu a consciência? — Janie tentou processar aquela história.

— Sra. Zimmerman, me desculpe, mas sou obrigada a perguntar. — Seus olhos, finalmente focados nos de Janie, eram alfinetadas frias e furiosas. — A senhora já segurou a cabeça do seu filho embaixo d'água até ele desmaiar?

— O quê? — Ela piscou para a outra mulher; as palavras eram tão terríveis e inesperadas que levou um momento para absorvê-las. — Não! Claro que não!

— Espero que entenda por que está sendo difícil para mim acreditar no que a senhora me diz.

Janie não conseguiu mais ficar sentada. Pulou da cadeira e começou a andar pela sala.

— Ele odeia banhos. Deve ter a ver com isso. Eu lavei o cabelo dele. É esse o meu crime.

O silêncio da sra. Whittaker era de desdém. O olhar da mulher acompanhava Janie enquanto ela andava de um lado para o outro.

— O Noah disse mais alguma coisa?

— Disse que chamou a mãe, mas ninguém o ajudou, e que ele foi empurrado para baixo d'água.

Janie congelou.

— Empurrado para baixo d'água? — repetiu.

A sra. Whittaker confirmou com um movimento curto de cabeça.

— Sente-se, por favor.

Ela estava muito perplexa para continuar de pé e voltou para a pequena cadeira.

— Mas... nada disso aconteceu com ele. Por que ele diria isso?

— Ele disse que foi empurrado para baixo d'água — a sra. Whittaker repetiu com firmeza — e que não conseguia sair.

Por fim, Janie conseguiu entender.

— Mas... ele sonha com isso — disse depressa. — É um pesadelo que ele tem. Que está preso debaixo da água e não consegue sair.

Um fragmento da noite anterior lhe voltou à mente: Noah a golpeando com os punhos fechados, gritando: "Me tira daqui, me tira daqui, me tira daqui!" O drama noturno de ambos, que desaparecia com a chegada da manhã. Era incrível como isso saía completamente da consciência dela, até a próxima noite.

— Ele tem o mesmo pesadelo há anos. Ele só está confuso.

Ela ergueu os olhos, mas o rosto da sra. Whittaker parecia feito de aço. Completamente impenetrável.

— Então a senhora deve entender o meu dilema — a sra. Whittaker falou devagar.

— O *seu* dilema? Não, eu não entendo. Desculpe.

— Sra. Zimmerman, eu passei muitos anos com crianças pequenas e, pela minha experiência, elas não falam dos seus sonhos dessa maneira. Esse tipo de... confusão... não é comum.

Não, não era comum. Nada em Noah era comum, era? Janie tentou raciocinar. Não era só o fato de ele saber coisas; era mais que isso, não? Quando havia percebido que Noah era diferente das outras crianças? Quando ela deixara de frequentar o grupo de mães solteiras? Em algum ponto, quando as discussões evoluíram de dormir a noite toda e cólicas para banhos e pré-escola, houve vários momentos em que ela olhou em volta depois de contar alguma coisa (os pesadelos e medos de Noah, seus longos e inexplicáveis ataques de choro) e viu rostos inexpressivos em vez de cabeças balançando em um gesto de identificação. Sempre disse a si mesma que isso era apenas parte da singularidade de Noah, mas agora...

A sra. Whittaker pigarreou, um som horrível.

— Uma criança pequena com fobia de água fala que foi segurada debaixo d'água... e se agarra com unhas e dentes a uma professora daqui, soluçando incontrolavelmente por horas quando ela está ausente...

— Eu vim buscá-lo na hora do almoço naquele dia.

— ... e então os outros indícios de uma casa não muito organizada, o fato de que o menino cheira mal... Bom, você entende? Eu tenho a obrigação... As professoras dele e eu temos a obrigação... — Ela levantou a cabeça, um lampejo prateado, uma espada rasgando o ar. — ... de comunicar qualquer sinal de crianças em situação de risco para o conselho tutelar...

— Conselho tutelar?

As palavras caíram em um poço sem fundo. Ela teve uma sensação quente e ardida, como se alguém a tivesse esbofeteado com força em ambas as faces. Os Galloway, as preocupações financeiras, tudo que vinha sobrecarregando sua mente desapareceu.

— Você só pode estar brincando.

— Eu lhe garanto que não.

Aquilo era impossível. Não era? Ela era uma boa mãe. Não era?

Janie desviou o olhar para o parquinho do outro lado da janela e tentou se controlar. Eles não podiam levá-lo embora. Podiam?

Um corvo pousou nos balanços, absorvendo-a com seus aguçados olhos redondos. Ela se forçou a engolir o pânico.

— Escute — disse, mantendo a voz firme. — Você já viu alguma marca nele? Ou qualquer sinal de agressão? Ele é um menino feliz. — E era verdade, ela achava. Podia sentir a alegria de Noah, todo mundo podia. — Converse com as professoras...

— Eu já fiz isso. — A sra. Whittaker suspirou e massageou as têmporas com os dedos. — Acredite em mim, eu não estou sendo leviana. Quando se está no sistema...

— O Noah é uma criança peculiar — Janie disse de repente, interrompendo-a. — Ele tem muita imaginação. — E olhou para a janela. O corvo agitou as penas e virou a cabeça para ela, que voltou a atenção para a sala, encarando sua adversária. — Ele mente.

A sra. Whittaker levantou uma sobrancelha.

— Ele mente?

— Ele inventa histórias. Geralmente coisas pequenas. Como uma vez, na fazendinha, que ele disse: "O vovô Joe tinha um porco, lembra? Ele fazia tanto barulho". Mas ele não tem avô, muito menos com um porco. Ou na escola... Uma das professoras disse que ele contou para a classe que ia para a casa no lago no verão, que adorava ir para lá. Que pulava do deque para a água. Ela ficou orgulhosa dele por ter falado na roda de conversa.

— E?

— Bom, não existe nenhuma casa no lago. E quanto a nadar... Eu não consigo fazer o meu filho nem lavar as mãos. — Ela riu, um som seco ecoando pela sala. — E à noite, antes de dormir, ele diz que quer ir para casa e pergunta quando sua outra mãe vai vir. Esse tipo de coisa.

A sra. Whittaker olhava fixamente para ela.

— Há quanto tempo ele fala coisas assim?

Ela pensou um pouco. Podia ouvir a voz de Noah muito pequeno, naquele mesmo choramingo sentido. "Eu quero ir para casa." Às vezes, ela ria dele. "Você já está aqui, bobinho." E, antes disso, quando ele era bebê, houve um período (uma lembrança desfocada agora, mas muito sofrida quando ocorria) em que ele chorava por horas, chamando "Mamãe! Mamãe!", enquanto se debatia nos braços dela.

— Não sei. Já faz um tempo. Mas não é comum as crianças terem amigos imaginários?

A diretora olhava pensativa para ela, como se olhasse para uma criança que não conseguia lidar com operações matemáticas básicas.

— Isso é mais do que ter muita imaginação — disse ela, e a afirmação ressoou nos ouvidos de Janie, reverberando em um canto nos fundos de sua mente que já vinha esperando por isso havia um bom tempo, ela constatou.

Janie sentiu toda a resistência começar a se esvair de dentro dela.

— O que você está dizendo?

Seus olhares se encontraram. A dureza nos olhos da diretora havia desaparecido, dando lugar a uma desolação contra a qual Janie não tinha como se defender.

— Acho que você devia levar o Noah a um psicólogo.

Janie olhou pela janela, como se o corvo pudesse ter uma opinião diferente, mas ele já havia ido embora.

— Vou fazer isso o mais rápido possível — ela respondeu.

— Ótimo. Tenho uma lista de profissionais que posso indicar. Vou enviá-la por e-mail a você esta noite.

— Obrigada. — Ela tentou sorrir. — O Noah é feliz aqui.

— Sim. Bem... — A sra. Whittaker esfregou os olhos. Ela parecia exausta, cada fio de cabelo branco um testemunho das preocupações com os filhos de outras pessoas. — Vamos ficar ansiosos pelo retorno dele.

— Retorno?

— Depois que ele estiver em terapia por algum tempo. Entraremos em contato antes do verão para reavaliarmos a situação. Tudo bem?

— Tudo bem — Janie murmurou e cambaleou para a porta antes que a mulher pudesse dizer mais alguma coisa que ela não suportasse ouvir.

Do lado de fora, ela se jogou em um banco entre as pequenas botas e casacos. Ninguém ia chamar o conselho tutelar; ela conseguira evitar esse desastre. Sua mente ficou vazia com o alívio. E, num canto distante desse vazio, piscando como uma fagulha desgarrada que começava a queimar lentamente, a ansiedade (que estivera ali o tempo todo): o que havia de errado com Noah?

6

"AFASIA EM MAURICE RAVEL", *BOLETIM DA SOCIEDADE NEUROLÓGICA DE LOS ANGELES*

Aos cinquenta e oito anos, Ravel foi acometido por uma afasia que impossibilitou novas produções artísticas. O que mais surpreendeu foi o fato de ele ter capacidade de pensar musicalmente, mas não conseguir expressar suas ideias nem por meio de escritos nem por meio de execuções. A lateralização hemisférica do pensamento verbal (linguístico) e musical oferece uma explicação para a dissociação entre a capacidade de Ravel de conceber e criar...

— Jer!

Anderson deslizou o prato de comida intocado para cima do artigo que vinha tentando ler e ergueu os olhos. O homem à sua frente, um sujeito corpulento com o cavanhaque flutuando como uma ilha no centro do queixo, segurava a bandeja no ar e olhava para ele com uma expressão interrogativa. Não poderia ter sido pior.

Ele sabia que o refeitório da faculdade de medicina provavelmente era uma ideia ruim, mas achara que o burburinho de atividades universitárias e a longa caminhada até o prédio tão conhecido poderiam lhe fazer algum bem. Agora, cumprimentou o homem com um aceno de cabeça e mordeu uma maçã. Ela pareceu fria e farinhenta em sua boca.

— Você está aqui! — o homem disse. — Outro dia mesmo eu comentei com o Helstrick que achava que você tinha se mudado para Mumbai ou Colombo. — Fez um gesto com a mão bem cuidada. — Ou algo assim.

— Não. Ainda estou aqui. — Anderson ergueu novamente os olhos para seu colega e começou a suar. Conhecia aquele homem havia décadas, mas não lembrava seu nome.

O homem era uma estrela em ascensão na época em que ambos eram residentes de medicina, amigos e concorrentes, do tipo que, quando falavam de um, falavam do outro. Estavam na mesma instituição fazia vinte anos e, ainda assim, ambos pareciam surpresos com as diferentes direções para as quais o destino e os interesses os haviam levado. Agora o outro homem era chefe de departamento na faculdade de medicina, e Anderson era... Anderson era...

Ele se forçou a se mover e abrir espaço para aquele homem sem nome se sentar ao seu lado. Maravilhou-se ao constatar quanta energia comprimida alguns corpos continham. O vapor da comida do colega subiu às narinas de Anderson. Ele achou que talvez fosse vomitar. Isso poria um fim na refeição rapidamente.

— Por onde você andou se escondendo? Faz meses que não te vejo! Já soube da última?

Anderson escolheu a resposta com cuidado.

— Provavelmente não.

— Há rumores de que Minkowitz está na disputa pelo... você sabe. O N.

— O N? — Anderson o encarou, ao que o homem respondeu, num sussurro:

— O Nobel. São só boatos, entende? Mas... — E encolheu os ombros.

— Ah.

— Os estudos recentes dele realmente foram revolucionários. Eles de fato mudam o nosso entendimento atual do cérebro. Estamos todos muito orgulhosos.

— Ah — Anderson disse outra vez. O homem o olhou de lado e ele soube exatamente o que o colega estava pensando: você poderia ter sido parte disso, poderia ter feito algo, se não tivesse desviado do rumo tão inexplicavelmente. Você poderia ter mudado vidas.

Todos eles pensavam isso, Anderson percebeu. Sempre tinham pensado, mas ele estivera ocupado demais para sentir o peso daquilo. Olhou em volta agora para todos os seus colegas, conversando e mastigando, retinindo seus talheres. Médicos, na maioria; pessoas prudentes, despreocupadas. Podia sentir sua aura de certeza confortável até no modo como mergulhavam o garfo no macarrão. Conhecia alguns deles havia décadas e sempre pensara naquela como a sua comunidade: aqueles estranhos cujo nome ele havia esquecido, que não queriam nada com ele.

— Então, como vai o negócio das almas? Descobriu algumas novas nos últimos tempos? Ou seriam velhas? — O homem sem nome riu consigo mesmo. — Na verdade, eu estive pensando em ligar para você. A Corinne jura que o nosso sótão é mal-assombrado. Eu disse que ela devia te procurar. "O Jerry vai chegar ao fundo disso", falei. Claro que provavelmente são só esquilos. — Ele piscou. Um homem satisfeito consigo mesmo em todos os aspectos. Em sua certeza de que seu trabalho era valioso, e o de Anderson, não.

Em outros tempos, Anderson teria assentido, com os olhos em qualquer outra coisa, e deixado a zombaria do homem cair na casca de civilidade que ele teve que criar em torno de si. Sua resposta habitual era fingir não ter ouvido o humor por trás das perguntas e responder com uma discussão totalmente séria de seu trabalho, como se seus dados pudessem de fato lhes interessar ou fazê-los mudar de ideia. "Bom, na verdade, tive um caso recente interessante no Sri Lanka", ele poderia ter dito e continuado a falar até transformar a zombaria em tédio.

Agora, porém, olhou diretamente nos olhos pequenos e brilhantes daquele homem conhecido e sem nome e, quando as palavras vieram à sua mente, ele as disse:

— Vá se foder.

A frase mais eloquentemente expressiva e concisa que havia dito nos últimos tempos.

O homem apertou os olhos. Abriu a boca e a fechou em seguida. Enfiou algumas colheres de sopa na boca, enquanto o rosto e o pescoço se tingiam levemente de vermelho. Enxugou os lábios no guardanapo. Por alguns momentos, não falou nada. E então:

— Veja só... aquele ali não é o Ratner? Faz semanas que eu venho tentando falar com ele! — Levantando a bandeja com seu almoço espalhado e pela metade, ele se afastou depressa da mesa de Anderson em busca de ares mais favoráveis.

Anderson puxou o artigo sobre Ravel de baixo de seu prato, alisou-o e começou a ler novamente. Baixou a cabeça sobre as páginas, no que esperava ser o sinal universal de "cai fora". Já tinha tentado ler o texto três vezes naquela semana, e sua mente sempre demonstrava uma estranha resistência a completar a tarefa.

... A lateralização hemisférica do pensamento verbal (linguístico) e musical oferece uma explicação para a dissociação entre a capacidade de Ravel de conceber e de criar...

Talvez ele estivesse em negação e por isso não conseguisse seguir adiante. Ou talvez a afasia interferisse em suas tentativas de compreender diferentes aspectos da progressão da doença. Se não estivesse tão frustrado, poderia ter apreciado a ironia daquilo.

Enquanto nadava em Saint-Jean-de-Luz, Ravel — um nadador experiente — de repente percebeu que não conseguia "coordenar seus movimentos"...

Saint-Jean-de-Luz. Já havia estado naquela praia uma vez, anos antes, em sua lua de mel. Ele e Sheila tinham descido de carro pela costa francesa. Ele havia tirado duas semanas de folga e prometera não falar sobre o laboratório ou os ratos. Sem seus assuntos habituais, sentira-se ao mesmo tempo livre e desorientado. Eles comiam e falavam da comida; nadavam e falavam da água e da luz.

Hospedaram-se em um grande hotel branco na praia. O Grand Hotel Alguma Coisa. Barcos de pesca oscilavam nas ondas. A luz na água e no ar refletia nos ombros alvos de Sheila. Não havia nada como aquela luz, como todos os pintores sabiam.

Tentou se concentrar nas palavras outra vez.

... Ravel — um nadador experiente — de repente percebeu que não conseguia "coordenar seus movimentos"...

Como teria sido aquilo, o momento em que ele subitamente descobriu que não conseguia controlar o próprio corpo? Teria pensado que era o fim? Estaria se debatendo, se afogando?

A doença de Ravel era uma afasia de Wernicke de intensidade moderada... A compreensão da linguagem permanece muito melhor que a competência oral ou escrita... A linguagem musical é ainda mais comprometida... com notável discrepância entre a perda de expressão musical (escrita ou instrumental) e o pensamento musical, que é comparativamente preservado.

Notável discrepância, ele pensou. *Deviam escrever isso no meu túmulo.* Então se forçou a ler aquele parágrafo outra vez.

notável discrepância entre a perda de expressão musical (escrita ou instrumental) e o pensamento musical, que é comparativamente preservado...

O que significava... as palavras finalmente se assentavam em sua consciência, como se reconhecesse palavras que ele mesmo escrevera... o que significava que Ravel podia continuar criando e ouvindo obras orquestrais em sua cabeça, mas não conseguia expressá-las. Não conseguia marcar as notas. Elas estavam trancadas do lado de dentro para sempre, tocando para um público de apenas uma pessoa.

Apesar de sua afasia, Ravel reconhecia melodias com facilidade, especialmente suas próprias composições, e conseguia apontar erros de notas ou ritmo incorreto. O valor dos sons e o reconhecimento das notas estavam bem preservados... A afasia tornou a decifração analítica — a leitura da notação musical à primeira vista, o ditado e a denominação das notas — quase impossível, prejudicada especialmente pela incapacidade de lembrar o nome das notas do mesmo modo como afásicos típicos "esquecem" o nome de objetos comuns...

Os sons no refeitório, o zum-zum-zum das vozes, o tilintar da caixa registradora, o tinir das bandejas — esses sons foram se dissolvendo e, sob eles, Anderson ouviu as batidas em *staccato* incessantes que eram seu futuro vindo direto até ele. Talvez Ravel tivesse criado outra obra de arte, um *Bolero* ainda melhor. Talvez ele a tivesse construído em sua mente, compasso após compasso, sem poder escrever uma única nota, anotar uma única melodia. O dia inteiro essas melodias tocariam em loop em sua cabeça, entrelaçando-se e separando-se com uma precisão que apenas ele dominava e mais ninguém sabia. O dia inteiro, melodias evaporando de sua xícara de café, despejando-se da torneira durante o banho, quentes e frias, entrelaçadas e separadas, aprisionadas e incessantes.

Isso não era suficiente para deixar qualquer um maluco?

Não teria sido melhor se ele tivesse morrido ali, no mar?

Se ele não tivesse gritado, se não o tivessem visto, ele teria começado a afundar. Seus membros uma hora teriam parado de se debater, o impulso natural de resistir suavizando-se ao balanço das ondas, a glória da luz filtrando-se através da água. Ele poderia ter relaxado e deixado seu corpo levá-lo para baixo — levando junto todos os concertos não escritos, todos eles desaparecidos, de uma vez.

Não teria sido tão difícil, Anderson pensou. Ele poderia simplesmente ter afrouxado seu apego à vida. Poderia ter desistido.

Por um momento, Anderson sentiu o alívio invadi-lo, refrescando sua mente ansiosa. Ele não precisava ler o artigo, pensou. Não precisava fazer nada.

Podia simplesmente largar de mão.

Mas o desejo de continuar batia forte nele, como um boxeador que está perdendo o controle da situação e não consegue se orientar o suficiente para sair do ringue. Esticou as páginas à sua frente, focou a mente e recomeçou a ler.

7

A lâmpada a gás tremeluzia no frio molhado de março como um farol de sanidade distante enquanto Janie meio arrastava, meio persuadia Noah a seguir pelo quarteirão. Ele havia perdido a luva em algum ponto do caminho e sua mão gelada se agarrava à dela e a puxava para baixo, como um peso morto.

Ela pegou uma pilha de correspondência úmida e pouco atraente na caixa de correio (mais contas e notificações de pagamento em atraso) e fechou a porta depressa para barrar a neve.

Do lado de dentro, estava quente e quase perturbadoramente quieto depois da agitação do metrô e do ruído branco do vento. Ambos ficaram imóveis e desorientados na sala; Noah parecia atordoado, vencido. Ela fechou as janelas de madeira, prendendo-os na meia-luz amarelada do abajur, e o colocou no sofá diante de um DVD ("Veja, querido, é o Nemo! Seu favorito!"), com o álbum de figurinhas de beisebol no colo. Ele estava ficando cada vez mais desse jeito ultimamente, sua alegria amortecida, como se a atmosfera austera do consultório médico tivesse se infiltrado em seus ossos. Sentava-se e assistia a seus programas sem fazer nenhum comentário; não queria brincar nem jogar bola no quarto.

Janie não conseguia afastar o frio; seus dentes ainda estavam batendo. Tivera tanta esperança com esse psiquiatra. Estava certa de que esse seria o médico que mudaria tudo para eles.

Pôs uma chaleira no fogo e fez chá para ela e chocolate quente com caramelo para Noah, enchendo a caneca com tantos marshmallows que mal se podia ver o líquido. Olhou por um momento para os pequenos confeitos balançando alegremente no marrom espumante, como dentes brancos, depois se agachou atrás do balcão que separava a cozinha da sala, para que Noah não a visse chorar. *Controle-se, Janie.* Foi como empurrar um gato aos uivos para dentro de um saco, mas ela conseguiu. Abafou os soluços, deixou-os girar em seu estômago e se levantou. Do lado de fora da janela dos fundos, a neve caía no quintal, incessantemente.

Noah estava sentado em silêncio, assistindo ao filme com as mãozinhas apoiadas no álbum de plástico, a cabeça loira inclinada para trás no sofá, quando ela lhe levou o chocolate quente. Os quatro últimos meses haviam sido emocionalmente árduos e desastrosos para o trabalho, mas Janie tinha que admitir que havia se acostumado a ver o movimento daquela cabecinha loira sempre em sua visão periférica, a sentir o conforto de saber que ele estava *ali*. Três babás e duas escolinhas haviam falhado e, depois do último desastre (em que Noah saiu correndo pela porta da Natalie's Kids e desceu pela Flatbush Avenue, a poucos metros dos carros que passavam em alta velocidade), ela desistira e convidara sua babá mais recente para ir brincar com ele em seu escritório. Eles ficavam sentados quietos (quietos demais!), construindo coisas com Lego, enquanto sua assistente fazia cara feia e traçava esboços e Janie tentava avançar mais alguns passos em projetos que estavam em andamento.

Sentou-se ao lado dele no sofá, segurando a xícara de chá com as duas mãos, tentando se aquecer. Nem se importava mais com o cheiro: aquele aroma enjoativamente doce e ligeiramente azedo que Noah carregava consigo para onde quer que fosse.

Achou que o dr. Remson tinha sido bem gentil, como deveria ser mesmo, por trezentos dólares a hora. Ele conversou sem pressa com Noah e com ela. Mas, no fim, acabou dizendo a mesma coisa que os outros: não tinha respostas a dar, somente a aconselhara a esperar.

Mas esperar era exatamente o que ela não podia fazer. Quando lhe explicou isso, ele sugeriu o nome de outro psiquiatra, caso ela também quisesse fazer um tratamento... Como se gastar mais dinheiro em mais terapia fosse a única resposta que ele pudesse lhe dar.

— Já estamos com três meses de sessões — disse ela. — E isso é tudo que você pode me dizer? Ele está tendo pesadelos todas as noites e tem ataques de choro durante o dia. E banhos são simplesmente impossíveis.

Batendo os sapatos pretos de couro no tapete persa, os óculos de aro grosso pousados com desenvoltura sobre a cabeça que começava a ficar calva, o dr. Mike Remson não parecia ser um dos mais proeminentes psiquiatras infantis de Nova York, independentemente do que a revista *New York* tivesse dito. Ele se sentava ali em sua poltrona de couro, os dedos unidos em forma de tenda, as sobrancelhas peludas como lagartas se erguendo sobre olhos cautelosos de pálpebras pesadas. Mesmo depois de responder às perguntas dele sessão após sessão, Janie ainda tinha a impressão de que ele tentava decidir se o problema poderia ser ela, afinal.

— O Noah está começando a confiar em mim — ele disse com cuidado. — A falar mais sobre suas fantasias.

— A outra mãe dele? — As mãos de Janie se agitaram, e ela as apoiou nos joelhos.

— Isso e outras coisas.

— Mas *por que* ele imagina outra mãe?

— Frequentemente uma vida fantasiosa tão imaginativa é causada por eventos em casa.

— É o que o senhor diz, mas já examinamos isso e não há nada.

— Nenhum estresse fora do normal?

Ela soltou uma pequena risada rouca. *Nada que o senhor não esteja causando, doutor.*

— Nada que seja anterior a esta situação. — O fato era que ela estava gastando suas economias. Já havia sacado seu fundo de previdência privada e gastado a pequena herança de sua mãe, antes separada para a faculdade de Noah. (Sua meta agora era simplesmente conseguir que ele passasse em segurança pela pré-escola.) Tivera que cancelar quatro reuniões com possíveis clientes apenas naquele mês, porque não podia levar Noah a reuniões e visitas e, de qualquer forma, não tinha mesmo muito tempo, com toda aquela história de médicos. Não tinha nenhum trabalho em vista, nenhum jeito de pagar as contas sem trabalho, nenhuma resposta.

    Havia meses sua rotina era levar Noah a diversos profissionais: neurologistas, psicólogos, neuropsicólogos. Os dois odiavam aquilo, as longas viagens de metrô, as intermináveis horas de espera em consultórios lotados, onde Noah folheava sem vontade um livrinho infantil enquanto ela fazia o mesmo com uma *Time* de um ano atrás. Os profissionais conversavam com ele, faziam testes em seu cérebro, testavam seus pulmões novamente (sim, ele tem asma; sim, é branda), depois o mandavam esperar na sala ao lado enquanto conversavam com ela e, no fim, ela se sentia ao mesmo tempo aliviada e frustrada por eles não encontrarem nada e não terem nada a oferecer, exceto a promessa de mais testes. E, durante todo aquele tempo, esperava pelas sessões com o dr. Remson, que diziam ser o melhor.

— Eu já estive em três especialistas, dois psicólogos e agora o senhor. E ninguém consegue me dizer nada. Ninguém me dá sequer uma possibilidade de diagnóstico.

— A criança tem só quatro anos. É nova demais para um diagnóstico preciso de saúde mental.

— Doutor, eu não consigo nem dar banho no meu filho. — A última vez que ela tentou, uma semana antes, ele ficou tão aflito que o fato desencadeou uma crise de asma.

Fora sua primeira crise em dezoito meses. Enquanto segurava o nebulizador no rosto dele, a respiração difícil se amplificando em seus ouvidos como o som do fracasso, ela assumira um compromisso consigo mesma: ia parar de esperar que ele melhorasse. Ia fazer o que fosse preciso naquele momento.

— Terapia comportamental poderia ajudar...

— Ele já fez. Não funcionou. Nada funcionou. Doutor... por favor. O senhor trabalha com isso há muito tempo. Nunca viu um caso como o do Noah?

— Bem. — O dr. Remson se recostou na poltrona e pousou as mãos nos joelhos salientes sob o veludo cotelê. — Talvez tenha havido um.

— Houve um caso similar? — Janie prendeu a respiração. Não conseguiu olhá-lo nos olhos; em vez disso, focou a ponta dos sapatos dele. O dr. Remson seguiu o olhar dela com as sobrancelhas cerradas, os dois observando o calçado preto bater incessantemente nos quadrados cor de vinho do tapete persa.

— Foi durante a minha residência em Bellevue, muitos anos atrás. Tinha um menino lá que falava com frequência de algo traumático que havia acontecido com ele durante uma guerra. Ele desenhava imagens violentas de golpes de baioneta. Estupro.

Ela estremeceu. Podia imaginar os desenhos como se estivessem bem à sua frente, o sangue pintado com giz de cera vermelho, a pessoa feita de traços com a boca muito aberta.

— Ele era de uma cidadezinha em New Jersey, tinha uma família bem estruturada e amorosa, até onde se sabia. Eles juravam que a criança nunca tinha visto imagens como aquelas que desenhava. Era muito impressionante. Ele tinha apenas cinco anos.

Um caso como o de Noah. As peças do quebra-cabeça de seu filho finalmente se encaixando, formando uma imagem. Ela sentiu alívio, e um arrepio de pressentimento.

— E qual foi o seu diagnóstico?

O psiquiatra fez uma careta.

— Ele era um pouco mais velho do que o Noah. Mas ainda muito novo para o diagnóstico.

— Qual o diagnóstico?

— Esquizofrenia de início precoce. — Ele puxou o casaco sobre a barriga, como se suas palavras tivessem causado uma queda na temperatura. — É raro, evidentemente, em uma criança tão pequena.

— Esquizofrenia? — A palavra ficou suspensa por um momento no ar subitamente frio, cintilando como um pingente de gelo pontudo, antes que a compreensão se assentasse. — O senhor acha que o Noah tem esquizofrenia?

— Ele é novo demais, como eu disse, para um diagnóstico adequado. Mas temos que considerar a possibilidade. Não podemos descartá-la. — Seus olhos a observavam firmemente por baixo das pálpebras pesadas. — Saberemos melhor com o tempo.

Ela baixou os olhos para o tapete. A estampa cor de vinho era densa, insondável, quadrados dentro de quadrados dentro de quadrados.

O médico fez uma breve pausa.

— Às vezes há um componente genético. Você disse que não sabe nada sobre a família do pai?

Ela sacudiu a cabeça em desalento. Depois de esporádicas buscas noturnas no Google que não haviam levado a lugar nenhum, começara a tentar mais seriamente localizar Jeff de Houston. Na semana anterior, tinha dado mais um passo: ficara dois dias quase inteiros examinando todos os bolsistas Rhodes registrados nas duas últimas décadas. Concentrara-se em cada Jeff e Geoffrey, em todos os bolsistas do Texas e, depois, dos outros estados, e não havia ninguém que se parecesse nem remotamente com o homem que lhe havia dito que seu nome era Jeff. Telefonara para o hotel em Trinidad, mas ele era agora um Holiday Inn.

Então Jeff — se é que era mesmo Jeff — não havia sido bolsista Rhodes. Provavelmente nem tinha estudado em Oxford. (Ela havia pesquisado no Balliol College também, sem encontrar nada.) Talvez nem fosse empresário. Devia ter inventado tudo. Mas por quê? Ela havia imaginado que era para impressioná-la, mas agora começava a pensar se ele estava em pleno processo de algum tipo de psicose avançada.

Janie sentiu o olhar atento do médico pairando sobre ela como uma espécie de morcego marrom peludo, mas não conseguia erguer os olhos para encará-lo. Olhou para os próprios joelhos, vestidos na legging cinza, e eles de repente lhe pareceram absurdos, sua cor cinzenta, sua forma arredondada.

— Eu sei que você quer respostas — Remson estava dizendo. — Mas isso é o melhor que podemos fazer. Podemos e vamos reavaliar o caso conforme o tratamento for progredindo. Enquanto isso, há várias medicações antipsicóticas que podemos tentar. Podemos começar a administrar uma dose muito pequena ao Noah, se você quiser. Vou lhe dar uma receita.

As palavras deslizavam devagar pela mente de Janie, como se ela estivesse congelando, sonolenta, até a morte, mas, diante da palavra *medicação*, ela despertou com um susto.

— Medicação? — Levantou a cabeça. — Mas ele só tem quatro anos!

O médico assentiu em um gesto de reconhecimento, levantando a palma das mãos.

— A medicação pode ajudá-lo a levar uma vida mais normal. Vamos reavaliá-lo periodicamente depois que acertarmos a dosagem. E, claro, vou continuar a atendê-lo. Duas vezes por semana. — Pegou uma caneta esferográfica em um copo sobre a mesa ao lado e escreveu a receita.

Em seguida arrancou a folha de papel do bloco e entregou a ela como se fosse algo corriqueiro. O rosto dele era terrível em sua quase indiferença.

— Dê-se algum tempo para processar isso — disse ele — e conversamos de novo na próxima semana. — Sua mão estendida ainda tinha a receita do antipsicótico. Janie sentiu um desejo estranho e intenso de amassá-la na cara dele. Em vez disso, pegou o papel e o enfiou no bolso.

Agora, ela estava aninhada no sofá ao lado do filho, resistindo à vontade de puxá-lo para seu colo e cobri-lo de beijos.

— Tudo bem, pitoco?

Noah fez um movimento leve com a cabeça, o rosto com bigode de chocolate, os olhos fixos na tela da TV.

O celular de Janie soou. Mas não era o psiquiatra oferecendo a Noah uma recém-descoberta dose miraculosa de ervas chinesas e ômega-3. Era uma mensagem de Bob, imagine só, seu antigo flerte de internet, de meses atrás.

"Oi! As coisas melhoraram? Quer tentar de novo?"

Ela riu do péssimo momento que o pobre homem escolhera para entrar em contato, um som alto e melancólico, como o guincho de uma foca deprimida. Desligou o telefone sem responder e tomou um gole de chá. Mas não estava lhe servindo de nada. Ela precisava de algo mais forte.

Janie pôs Noah na cama mais cedo naquela noite. Ele estava todo carinhoso, os braços puxando a cabeça dela para beijá-lo, os dedos roçando o rosto dela no escuro.

— Que parte do corpo é essa? — ele sussurrou.

— É o meu nariz.

— E essa?

— A minha orelha.
— E essa é sua cabeça.
— É. Boa noite, pitoco.
— Boa noite, mami-mamãe. — Ele bocejou. E então (ela sabia que estava vindo, era sempre nesse momento, quando ele já estava quase dormindo, e ela achou que talvez dessa vez fosse ser diferente, que talvez agora ele não dissesse): — Eu quero ir pra casa.
— Você está em casa, meu amor.
— Quando a minha outra mãe vai chegar?
— Não sei, pitoco.
— Eu sinto falta dela. — A cabeça dele estava virada para o outro lado no travesseiro. — Eu sinto muita, muita falta dela. — O corpo dele começou a sacudir.
Embora fosse uma ilusão, o sofrimento era real. Ela conhecia o suficiente de sofrimento para saber disso.
— Dói, não é? — ela disse baixinho.
Ele se virou para ela, com a boca apertada. Passou os braços pelo pescoço dela e Janie segurou a cabeça do filho contra o peito, enquanto ele chorava e esfregava o nariz em sua blusa.
— Eu sinto muito, meu amor — ela murmurou, afagando-lhe os cabelos.
— Eu sinto tanta falta dela. — Ele chorava muito agora, com grandes soluços que pareciam subir do peito inteiramente formados, como nuvens de fumaça preta. Qualquer um pensaria que aquela era uma criança sofrida, uma criança abandonada. No entanto, ela nunca passara uma noite sequer longe dele. — Me ajuda, mami.
Ela não tinha escolha naquela situação.
— Vou ajudar.

Janie saiu do quarto mais triste do que lembrava de se sentir desde a morte de sua mãe. Levou o notebook para a cozinha e tirou do bolso a receita de risperidona. Em seguida pegou uma caneca e a garrafa de uísque que um cliente havia lhe dado anos antes e tomou um grande gole.

A caneca tinha o desenho de um gatinho caçando uma borboleta; tinha sido presente de um colega que achou que ela tivesse gatos. Naquela noite, pareceu-lhe reconfortante, como uma mensagem otimista em um biscoito da sorte em que a gente não acredita, mas guarda no bolso mesmo assim. O uísque girava quente em seu estômago, fazendo uma chuva brumosa dançar por seu cérebro em pânico.

Ela puxou o computador e abriu a tela de busca.

Efeito de antitranspirantes.

Não.

Efeito de antipsicóticos em crianças.

Os psiquiatras prescrevem esse tipo de medicamento para crianças em alguns casos de doenças graves em que consideram que os benefícios superam os riscos... No entanto, relatos de mortes e efeitos colaterais perigosos associados a essas drogas têm aumentado. Um estudo do USA Today com dados da FDA coletados entre 2000 e 2004 registra pelo menos 45 mortes de crianças em que um antipsicótico atípico aparece no banco de dados da FDA como "principal suspeito". Houve também 1.328 relatos de efeitos colaterais graves, alguns deles representando ameaça à vida.

Meu deus. Não.
Ela saiu depressa daquela página e abriu outra.

Sob o efeito de antipsicóticos, o paciente perde a noção de si, sua mente fica enevoada, suas emoções, prejudicadas, havendo perda de memória como resultado do tratamento.

Fechou a janela rapidamente, tentou outra, depois mais uma. Abriu janela após janela, cada uma mostrando um novo tipo de horror, até que o uísque foi escoando lentamente da garrafa para a caneca e seus olhos pareceram sangrar.

Segurou o líquido na boca, sentindo-o queimar a língua. O gatinho na caneca era demoníaco, ou na verdade normal. A qualquer momento ia pular e destroçar as lindas asas azuis da borboleta com seus dentes afiados.

Procurou risperidona e passou os olhos pela lista de efeitos colaterais: sonolência, tontura, náusea... E a lista seguia e seguia. Quando terminou de ler, se sentiu tonta, nauseada, agitada, suada, com coceiras, febril e gorda. Sua cabeça girava, embora talvez fosse a bebida.

Você se esforçou tanto para dar comida saudável ao seu filho, ela pensou. *A pizza de queijo de soja. As ervilhas, os brócolis, as cenourinhas orgânicas. Os sucos. O leite sem hormônios. As verduras. Você manteve os alimentos processados em quantidade mínima, jogou fora os doces do Halloween depois de uma semana. Nunca o deixou tomar os geladinhos vendidos no parque porque continham corante vermelho e amarelo. E agora vai lhe dar isso?*

Ela pegou a receita e a amassou, depois a alisou de novo sobre a mesa e ficou olhando para o papel. Após um tempo, levantou-se e pôs a garrafa de uísque de volta no armário.

Pensou em chamar uma amiga para vir confortá-la ou lhe dar um muito necessário conselho, mas não suportava a ideia de compartilhar aquele diagnóstico com alguém, de ouvir o próprio pânico ecoando de volta pelo telefone.

Sempre pensara em si como uma pessoa de sucesso. Trabalhara muito para construir sua empresa do zero, sobrevivendo mesmo em uma economia difícil; tinha criado Noah sozinha, dando um lar aconchegante para os dois. Agora, estava fracassando na única coisa que importava.

Abriu uma nova janela em seu notebook. Olhou para o cursor piscante por um momento, depois enviou um sinal de socorro para os deuses da internet:

Help. Tinha certeza de que não era a primeira nem a última pessoa a digitar isso no Google.

The Beatles, Help, YouTube
The Help (A resposta), 13 anos. Drama. No Mississippi, durante a década de 1960, uma garota da sociedade sulina retorna da faculdade determinada a se tornar escritora, mas transforma...

Help.com. Sou membro da sociedade da terra plana e tenho que fazer uma apresentação sobre a razão de outras pessoas não acreditarem que a terra é plana...

Ela apoiou a cabeça no teclado. Levantou novamente, os dedos se movendo pelo mouse pad, falando com o fantasma naquela máquina.

Eu nem sei o que perguntar...

Como perguntar a uma garota se ela quer sair comigo?

Meu filho quer outra mãe...

Mães podem disciplinar o filho de outra pessoa?

Outra vida...

*The Veronicas — "In Another Life" — letra — YouTube
"Outra vida", um documentário sobre reencarnação, incluindo streaming gratuito de vídeos de entrevistas...*

Ah, claro: um documentário new age. Ela tinha visto muitos desses documentários durante o último ano de vida de sua mãe. Sua mãe fora uma mulher prática, com um amplo círculo de amigos práticos, mas, quando recebeu o diagnóstico (leucemia, do pior tipo), tudo isso saiu voando pela janela no que se referia a eles. Um por um, eles vinham visitá-la com pacotes de pós marrons de homeopatas chineses, cristais, documentários e folhetos sobre procedimentos realizados no México, e Janie e sua mãe aceitavam a gentileza deles da melhor forma que podiam. Janie passava horas sentada junto à cama da mãe, de mãos dadas com ela, assistindo a esses filmes e rindo deles, um depois do outro, bobagens seguidas de mais bobagens. Documentários sobre invocação de espíritos, cura alquímica, tambores xamânicos. Janie ria por trás de uma cortina de lágrimas enquanto sua mãe, teimosa e moribunda, consumia o fim de sua intensa energia para zombar do visual cafona, das praias e arco-íris presentes nesses filmes, que ofereciam o que não tinham como oferecer: esperança. Foi a melhor parte dos piores dias da vida de Janie, rir com sua mãe enquanto viam esses filmes. De algum modo, a zombaria de sua mãe fazia Janie acreditar que ela não precisaria daquelas coisas esquisitas. Sobreviveria pela pura vontade de viver, somada aos recursos da medicina moderna. Havia outro procedimento experimental que estavam tentando, melhor que o anterior, que lhe causava uma distensão abdominal extremamente dolorosa. Aquilo já seria suficiente.

E, sim (clicando agora no link do documentário no YouTube, ansiosa para se distrair tanto do terror do presente quanto do passado igualmente insuportável, para encontrar algo que deixasse mais leve seu cérebro pesado e com excesso de uísque), sim, ali estava, naquele também: a cena sentimentaloide das ondas do mar. E ali estavam o sol, a cachoeira... e a flauta, claro! — e o mesmo estilo de narrador de voz grave... Seria o mesmo cara? Será que era o trabalho de sua vida narrar documentários de autoajuda?

"Um majestoso ciclo de vida e morte e vida começando outra vez, cada um com suas próprias lições..."

Majestoso ciclo de vida...

Ah, sua mãe ia rir dessa.

— Que tal isso, mãe? — ela disse em voz alta, declamando as palavras com uma voz retumbante de zombaria: — MAJESTOSO CICLO DE VIDA!

Então fez uma pausa, como se estivesse dando tempo para sua mãe responder, mas não havia ninguém ali, como ela sabia muito bem.

"Nos Estados Unidos, alguns exploradores científicos revolucionários vêm estudando a reencarnação..."

— EXPLORADORES, MÃE! — ela gritou, consciente de que não estava divertindo ninguém, nem mesmo os mortos, mas incapaz de se impedir de tentar. Era isso ou começar a chorar, e ela sabia que nada de bom poderia resultar disso. — Eles são EXPLORADORES!

"O mais conhecido desses exploradores é o dr. Jerome Anderson..."

— Aposto quanto quiser que ele é médico! Qual será a especialidade? PH.D. em charlatanice? — Ela soltou um soluço e riu alto.

"... que, há muitas décadas, vem estudando crianças pequenas que parecem se lembrar de detalhes de vidas passadas. Essas crianças, muitas vezes com apenas dois ou três anos, falam em detalhes específicos que sentem falta de sua casa e sua família anterior..."

Janie clicou para pausar a exibição. A sala ficou em silêncio.

Claro que ela ouvira errado. Voltou um pouco o vídeo.

"Dr. Jerome Anderson, que, há muitas décadas, vem estudando crianças pequenas que parecem se lembrar de detalhes de vidas passadas. Essas crianças, muitas vezes com apenas dois ou três anos, falam em detalhes específicos que sentem falta de sua casa e sua família anterior..."

Pausou novamente a gravação e, dessa vez, tudo parou: as imagens, os pensamentos, a respiração presa no peito, a um passo de ser solta.

Na tela, viu um homem de perfil: devia ser o dr. Anderson. Ele tinha cabelos pretos enrolados e um rosto angular e marcante. Conversava com um menino pequeno com traços sul-asiáticos, de uns três anos, usando calças gastas. Atrás do menino, uma parede de tijolos se erguia da lama vermelha. A imagem parecia granulosa, como se fosse de décadas atrás. Janie ficou olhando fixamente para a tela, até que, como tudo que se olha fixamente por tempo demais, a imagem foi se alterando: Homem. Menino. Lugar. Tempo.

Mas aquilo era... ridículo.

Na tela, o menininho olhava para o homem. Parecia muito incomodado. Devia estar com dor de barriga, ela pensou.

Voltou o vídeo outra vez.

"Dr. Jerome Anderson, que, há muitas décadas, vem estudando crianças pequenas que parecem se lembrar de detalhes de vidas passadas..."

Ela não ia cair nessa história. Era só o uísque diluindo seu bom senso.

Janie parou a imagem de novo.

Já tinha visto em primeira mão como os manipuladores se aproveitavam de pessoas ingênuas. Sabia que não havia limites para o que pessoas desesperadas eram capazes de fazer. E não era assim que Janie se sentia nesse momento?

E então ela ouviu.

Não adiantava nada ir até o quarto de Noah agora ou tentar acordá-lo. Ela conhecia o roteiro. Depois de dez minutos, o choramingo se tornaria um grito e o grito se transformaria em palavras: "Mamãe, mamãe!"

Ela o encontraria se agitando nos lençóis, se debatendo, gritando: *"Me tira daqui, me tira daqui, me tira daqui!"*

Não havia nada pior que assistir ao seu próprio filho desabando na escuridão e não ser capaz de evitar. Qualquer coisa era melhor que aquilo.

Até remédios? Até *isso*? Ela olhou para a imagem na tela.

O choramingo ficou mais agudo, o tom subindo. Logo ele chamaria por ela, e ela iria até o seu lado e tentaria, sem sucesso, acalmá-lo. Dormindo, molhado de suor, ele se contorceria em seus braços.

O médico e o menino ainda estavam ali, congelados na tela do computador. Ela pegou a receita do remédio e a segurou na mão aberta.

Alguém me diga o que fazer, pensou.

Ela ficou ali, sentada à mesa da cozinha com seu notebook, a receita na mão, seu filho chorando enquanto dormia. Olhou para a imagem na tela, perguntando-se quando aquilo começaria a perder a força.

*M**uitos dos sujeitos de nossos casos nascem com marcas ou defeitos que lembram ferimentos no corpo da personalidade anterior, geralmente de natureza fatal. Um caso que inclui tanto o sonho premonitório quanto um defeito de nascença é o de Süleyman Çaper, da Turquia. A mãe sonhou, durante a gravidez, que um homem desconhecido lhe dizia: "Fui morto por um golpe de pá. Quero ficar com você e com ninguém mais". Quando Süleyman nasceu, viu-se que a parte posterior do seu crânio era parcialmente deprimida e também apresentava uma cicatriz. Ao aprender a falar, disse que tinha sido um moleiro morto quando um freguês enfurecido feriu-o na cabeça. Juntamente com outros detalhes, forneceu o primeiro nome do moleiro e o da aldeia onde residira. De fato, um freguês enfurecido havia assassinado um moleiro daquele mesmo nome e naquela mesma aldeia, golpeando-o na nuca com uma pá.*

— Dr. Jim B. Tucker, *Vida antes da vida*[*]

---

[*] TUCKER, Jim B. *Vida antes da vida: uma pesquisa científica das lembranças que as crianças têm de vidas passadas*. Trad. Gilson César Cardoso de Souza. São Paulo: Pensamento, 2007. Todas as citações foram extraídas dessa edição e usadas com permissão. (N. da T.)

8

A fita adesiva rangeu em protesto. Anderson a cortou com os dentes e fechou a caixa, sentindo que as abas de papelão se fechavam sobre sua cabeça. Ela ficaria quieta lá dentro, com o trabalho de sua vida.

Levara meses — pegar os casos um a um para examiná-los de novo o atrasara consideravelmente —, mas o Instituto estava completamente embalado agora, pronto para ser despachado.

Que a próxima geração de investigadores científicos encontrasse seu trabalho e fizesse dele o que achasse melhor. Esperava que isso acontecesse. Havia recebido uma carta recentemente, de um colega no Sri Lanka, onde havia tantos casos que era possível coletá-los como peixes em uma rede.

Todas as evidências que ele havia compilado. Tinha certeza de que os editores dos periódicos médicos não poderiam ignorar aquilo. Como se evidências em si pudessem ser indiscutíveis. Ele havia julgado mal a natureza humana. Havia estragado tudo por se esquecer da capacidade humana de rejeitar o que bem entendesse — o próprio Galileu deveria ter lhe ensinado isso.

De algum lugar ao longe, ou naquela mesma sala, um telefone começou a tocar.

* * *

— Mas não estou entendendo. Ela não tinha recusado? Por que quer conversar agora? — Sua agente literária estava dizendo algo ao telefone, mas não fazia sentido para ele. — Afinal ela quer ou não quer?

— Ela pensou melhor. Gostaria que você fizesse algumas mudanças e quer ter certeza de que vocês estão no mesmo barco. Ela está por cima na área. Tem uma série de best-sellers no currículo. É uma ótima notícia.

Mesmo barco, ele pensou. *Por cima na área. Best-sellers.* As imagens lhe pareceram engraçadas. Imaginou um grande barco com a proa elevada como uma montanha, ele e a editora no alto, trocando um aperto de mãos. Nunca tivera que lidar com pessoas que estivessem no negócio de ganhar dinheiro. Nos meios acadêmicos que haviam publicado seus poucos livros, dinheiro quase nem entrava na discussão, mas também ninguém tinha lido aqueles trabalhos, exceto a pequena comunidade de pesquisadores com interesse semelhante. Mas este, ele pensou, era um mundo totalmente diferente. Trinta anos antes, a palavra *best-sellers* o teria feito torcer o nariz; agora, acelerava sua respiração. Como as coisas haviam mudado para ele.

A editora atendeu o telefone imediatamente quando sua secretária anunciou o nome dele.

— Não consegui tirar o seu livro da cabeça — a editora lhe disse, com uma voz dura e animada ao mesmo tempo. Uma potência no mercado editorial, sua agente dissera, citando uma série de livros de sucesso de que ele nunca tinha ouvido falar. Tentou imaginá-la: cabelos escuros, vibrante, pele muito alva num rosto em formato de coração, uma Branca de Neve cheia de energia enrolando o fio do telefone nos dedos enquanto falava... Mas o que ele estava pensando? Ninguém mais tinha telefone de fio. Estava suando como um colegial em um primeiro encontro. — Acho que muitas pessoas vão se interessar por ele. Mas ainda precisa de algum trabalho.

— É mesmo?

— Em particular os casos dos Estados Unidos.

— Os casos dos Estados Unidos?

— Sim, eles são muito antigos, das décadas de 70 e 80, e bem menos... dramáticos. Nosso público é americano. Muitos outros casos são ambientados em lugares exóticos, e isso é bom, mas precisamos focar mais as histórias americanas. Assim as pessoas podem se identificar.

Ele pigarreou, ganhando tempo.

— Mas as pessoas podem se identificar — ele disse devagar, repetindo as palavras dela cuidadosamente, como uma criança aprendendo a falar, ou um homem de sessenta e oito anos perdendo o vocabulário. — Não se trata de uma história americana. É uma história... — Qual era a palavra que ele estava procurando? Algo vasto que continha todos os planetas e sistemas solares. Como não conseguiu encontrar a palavra exata, mudou de tática. — É uma história para todos. — Gesticulou com as mãos ampla e invisivelmente como que para abranger tudo o que queria dizer, mas não conseguia.

— Certo. Mas o único caso americano recente que você tem aqui... aquele em que a criança se lembra de ser seu próprio tio-avô...

— Sim.

— Bom, os outros casos parecem mais fortes do que esse.

— Bom, é óbvio.

— Por que é óbvio?

— Quando o sujeito é um membro da mesma família, não dá para checar os fatos da mesma maneira.

— Certo. O que eu quero dizer é que precisamos de um ou dois casos novos e fortes. Casos americanos. Para dar mais peso ao livro.

— Ah. Mas...

— Sim?

Ele abriu a boca para falar, as objeções subindo dentro dele: *Meu consultório está fechado. Faz seis meses que eu não tenho um caso novo... Não há tantos casos americanos fortes, de qualquer maneira. Não tenho certeza se consigo escrever sequer uma frase convincente, quanto mais um capítulo...*

— Tudo bem — disse ele. — Está certo. Um caso americano.

— Um caso forte. Então estamos no mesmo barco?

Ele abafou uma risada. Estava eufórico, delirante. Sentiu-se escorregando pela montanha, aos tropeços, às cambalhotas.

— Sim.

*P*urnima Ekanayake, uma garota do Sri Lanka, nasceu com uma série de marcas esbranquiçadas no lado esquerdo do peito e na altura das costelas inferiores. Ela começou a falar sobre uma vida pregressa quando tinha entre dois e meio para três anos, mas os pais a princípio não lhe deram muita atenção. Com quatro anos, viu na televisão um documentário sobre o famoso templo de Kelaniya, situado a mais de duzentos quilômetros de distância, e afirmou reconhecê-lo. Mais tarde o seu pai, diretor de escola, e a sua mãe, professora, acompanharam um grupo de alunos àquele templo. Purnima estava com eles. Uma vez no local, ela garantiu ter morado na outra margem do rio que atravessa o terreno do templo.

Quando completou seis anos, Purnima já tinha feito cerca de vinte declarações a respeito da vida anterior. Falou de um fabricante de incenso falecido num acidente de trânsito e deu os nomes de duas marcas de incenso, Ambiga e Geta Pichcha. Os pais nunca tinham ouvido falar delas e... nenhuma [das lojas da cidade] vendia as tais marcas.

Um professor novo veio trabalhar na cidade de Purnima. Passava os fins de semana em Kelaniya onde a sua esposa residia. O pai de Purnima contou-lhe o que a filha andava dizendo e o professor *resolveu fazer investigações em Kelaniya para descobrir se havia alguém que tinha morrido ali que se encaixava nas declarações da menina. O professor contou que o pai de Purnima lhe forneceu a seguinte lista para checar:*

- *Ela havia morado na margem do rio oposta à do templo de Kelaniya.*
- *Havia fabricado bastões de incenso Ambiga e Geta Pichcha.*
- *Saía de bicicleta para vender o produto.*
- *Morreu num acidente com um veículo grande.*

O professor foi procurar um cunhado, que não acreditava em reencarnação, para ver se poderiam descobrir alguma pessoa que se encaixasse naquelas declarações. Dirigiram-se ao templo de Kelaniya e tomaram um bote para atravessar o rio. Ao chegar à outra margem, indagaram sobre fabricantes de incenso e ouviram que três pequenas empresas familiares daquele ramo operavam na área. Uma delas detinha as marcas Ambiga e Geta Pichcha. O cunhado e sócio do dono, Jinadasa Perera, havia sido atropelado e morto por um ônibus quando, de bicicleta, levava bastões de incenso ao mercado, dois anos antes de Purnima nascer.

Os pais da menina foram pouco depois visitar o dono da fábrica. Ali, Purnima fez vários comentários sobre membros da família e seus negócios. Estavam todos corretos e os anfitriões aceitaram-na como sendo Jinadasa renascido.

— Dr. Jim B. Tucker, *Vida antes da vida*

9

Janie fechou o livro e franziu o cenho para o fundo do pequeno restaurante. Estava esperando um homem que não conhecia, cujo trabalho podia ser impressionante ou uma bobagem total, e que agora tinha o futuro de Noah na palma da mão. E ela nem sequer conseguira ler o livro dele.

Mas havia tentado. O livro tinha um jeito sério. Teve que encomendar pela internet, porque a editora acadêmica que o havia publicado vinte anos antes não existia mais, e a edição de capa mole lhe custara cinquenta e cinco dólares. Pegara-o para ler várias vezes nas duas últimas semanas, quando já havia planejado aquele encontro; no entanto, sempre que se concentrava em um dos casos de Anderson, seu cérebro entrava em parafuso.

O livro era cheio de estudos de caso, crianças na Tailândia, Líbano, Índia, Mianmar e Sri Lanka que haviam feito declarações sobre outras mães e outros lares. Essas crianças se comportavam de uma maneira que conflitava com a cultura de sua família e aldeia e, às vezes, tinham vínculos intensos com estranhos, que viviam a horas de distância e de quem elas pareciam se lembrar de vidas passadas. Com frequência tinham fobias. Os casos eram fascinantes e estranhamente familiares... Mas como poderiam ser verdade?

Janie se via voltando repetidamente para os mesmos casos, sem encontrar nenhuma clareza de crença ou descrença. No fim, já não conseguia lê-los, mas absorvia, como uma névoa pegajosa, a impressão de algo profundamente perturbador. Crianças que pareciam se lembrar de vidas passadas vendendo jasmins ou cultivando arroz em uma aldeia em algum ponto da Ásia até serem atropeladas por uma motocicleta ou queimadas por um lampião de querosene — vidas que não tinham nada (ou tinham tudo) a ver com Noah.

Janie passou os dedos pelo cabelo macio do filho, agradecida ao menos dessa vez por haver uma televisão presa à parede acima deles. (Quando restaurantes haviam se unido a aeroportos na crença de que seus clientes precisavam estar indefinidamente colados a uma tela?) Pegou na pasta a folha que imprimira no computador e checou mais uma vez as qualificações do médico:

Jerome Anderson
Doutor em medicina pela Faculdade de Medicina de Harvard
Graduado em literatura inglesa pela Universidade Yale
Residência em psiquiatria no Hospital da Universidade Columbia,
 Nova York, NY
Professor de psiquiatria na Faculdade de Medicina da
 Universidade de Connecticut
Professor Robert B. Angsley de psiquiatria e ciências
 neurocomportamentais no Instituto para o Estudo de
 Personalidades Anteriores, Faculdade de Medicina da
 Universidade de Connecticut

O significado dessas palavras era bastante claro e ela se agarrou a isso: um homem instruído. Ela estava simplesmente buscando a opinião de outro especialista. Nada mais. E não importava de fato quais eram seus métodos, desde que dessem resultado. Talvez esse médico tivesse algum tipo de abordagem especialmente tranquilizadora com crianças, do mesmo jeito que algumas pessoas conseguiam acalmar cavalos. Era um procedimento experimental. A gente lia sobre coisas assim o tempo todo. Não importava o que Noah *tinha*, ou o que Anderson achasse que ele tinha, desde que seu filho fosse *curado*.

Ela mexeu nos papéis na pasta que havia preparado para ele. Era o mesmo tipo de pasta que usava para cativar novos clientes, exceto que, em vez de casas e apartamentos, cada seção era marcada por uma aba colorida indicando um ano na vida de Noah. A pasta continha todas as informações sobre seu filho, as coisas estranhas que ele havia dito e feito: tudo, exceto o ponto crucial. Ela não havia mencionado o dr. Remson ou seu possível diagnóstico, com receio de que Anderson se recusasse a trabalhar com uma criança que talvez tivesse uma doença mental.

Era estranho encontrá-lo em um restaurante movimentado. O dr. Anderson havia sugerido ir à casa dela — era seu protocolo habitual, porque as crianças ficam mais à vontade, ele dissera —, mas ela precisava ter uma ideia dele primeiro, fazer uma rápida avaliação de segurança, então combinaram aquele restaurante na esquina. Além do mais, que tipo de médico ia à casa do paciente? Talvez ele fosse um charlatão, afinal...

— Sra. Zimmerman?

Havia um homem de pé ao lado dela: uma figura alta e esguia usando um suéter de lã azul-marinho grande demais e calças bege.

— *Você é o* dr. Anderson?

— Jerry. — Ele deu um breve sorriso, um lampejo de dentes no salão lotado, e estendeu a mão para ela, depois para Noah, que tirou os olhos da TV apenas por tempo suficiente para roçar sua mãozinha na mão enorme de Anderson.

O que quer que ela estivesse esperando (alguém com ar profissional, talvez um pouco nerd, com o perfil marcante e os cabelos escuros encaracolados que vira no vídeo), não era aquele homem. Aquele era uma pessoa reduzida à sua essência, com as faces altas e os olhos brilhantes de uma divindade felina egípcia e a pele desgastada de um pescador. Ele devia ter sido bonito no passado (o rosto tinha uma beleza forte, básica), mas agora, de alguma maneira, era austero demais para isso, como se tivesse deixado a beleza à margem da estrada muitos anos antes, como algo que não lhe tinha serventia.

— Desculpe se isso soou indelicado. É só que no vídeo você parecia...

— Mais jovem? — Ele se inclinou ligeiramente na direção dela e um sopro de alguma coisa emanou dele: Janie teve a sensação de algo caótico correndo sob a superfície contida e elegante. — O tempo faz isso.

É só fingir que é um cliente, ela disse a si mesma. Trocando de modos, sorriu profissionalmente.

— Estou um pouco nervosa. Essa não é bem a minha praia.

Ele se acomodou diante dela à mesa.

— Isso é bom.

— É?

Os olhos cinzentos dele eram brilhantes até demais.

— Costuma significar que o caso é forte. Caso contrário, você não estaria aqui. — Ele falava de um jeito meio duro, enunciando cada palavra.

— Entendo. — Ela não estava acostumada a pensar na doença de Noah como um "caso" que poderia ser "forte". Quis contestar, mas nesse instante a garçonete (irritada e de cabelos roxos) lhes entregou os cardápios. Quando ela se virou de costas em direção à cozinha, uma tatuagem escrita YOLO em letras góticas se destacou contra a pele pálida dos ombros.

YOLO. Acrônimo de *you only live once*, um grito de guerra, *carpe diem* para a turma do skate: "Só se vive uma vez".

Mas seria verdade?

O problema era esse, não era? Ela nunca pensara nisso com alguma profundidade. Nunca tivera tempo ou interesse para especular sobre outras vidas: esta já era complicada o bastante. Já dava tudo de si para pagar a comida, o aluguel e as roupas, para tentar dar a Noah amor e educação e convencê-lo a escovar os dentes. E, recentemente, mal conseguia fazer nem mesmo isso. Aquilo *tinha* que funcionar. Não havia outra opção, exceto medicar seu filho de quatro anos. Mas que história era aquela, afinal?

Outras vidas. Ela nem sabia se acreditava nisso.

No entanto, lá estava ela.

Anderson a observava com ar de expectativa do outro lado da mesa. Noah olhava para a televisão, rabiscando distraidamente na toalha de papel. A garçonete que só vivia uma vez veio, anotou os pedidos e se afastou de novo como uma nuvem roxa de mau humor.

Janie estendeu a mão e tocou de leve o ombro do filho, como se para protegê-lo da intensidade silenciosa daquele homem.

— Noey, que tal ir ver o jogo um pouco ali, do lado do balcão? Fica muito mais perto da TV.

— Tá bom. — Ele deslizou da cadeira como se estivesse feliz por ser liberado.

Com Noah fora do alcance de sua voz, ela sentiu o corpo amolecer no banco estofado.

Na televisão perto do balcão, alguém fez um *home run*; Noah festejou com os outros clientes.

— Estou vendo que ele gosta de beisebol — disse Anderson.

— Quando ele era bebê, isso era a única coisa que o acalmava. Eu dizia que era o tranquilizante dele.

— Você também assiste?

— Não por minha vontade.

Ele pegou um bloco de notas amarelo em sua pasta e fez uma anotação.

— Mas não vejo por que isso seria incomum — Janie acrescentou. — Muitos meninos pequenos gostam de beisebol, não é?

— Certamente. — Anderson pigarreou. — Antes de começarmos... imagino que você tenha perguntas a me fazer.

Ela baixou os olhos para sua pasta com todas as abas coloridas. A pasta que era Noah.

— Como funciona?

— O protocolo? Bom, eu lhe faço algumas perguntas, depois faço perguntas ao seu filho...

— Não, quero dizer... reencarnação. — Ela fez uma careta ao pronunciar a palavra. — Como funciona? Eu não entendo. Você está dizendo que todas essas crianças são... reencarnadas e lembram coisas de suas outras vidas, certo?

— Em alguns casos, essa parece ser a explicação mais provável.

— A mais provável? Mas eu pensei...

— Eu sou um pesquisador científico. Anoto declarações de crianças, verifico-as e sugiro explicações. Não pulo direto para conclusões.

Mas conclusões era exatamente o que ela desejava. Janie segurou a pasta contra o peito, confortando-se com sua concretude.

— Você é cética — disse ele. Ela abriu a boca para responder, mas ele a silenciou levantando uma das mãos. — Tudo bem. Minha esposa também era cética no começo. Felizmente, eu não estou no ramo da crença. — Ele torceu os lábios. — Eu coleto dados.

Dados. Ela se agarrou à palavra, como a uma pedra escorregadia em um rio furioso.

— Então ela não é mais cética?

— Hã? — Ele pareceu confuso.

— Você disse que sua esposa era cética no começo. Então ela acredita em seu trabalho agora?

— Agora? — Ele olhou para o rosto dela. — Ela...

Ele não terminou o pensamento. Sua boca ficou aberta por um momento que pareceu perdurar, constrangendo a ambos, e então fechou de repente. No entanto, o momento havia acontecido e não havia como voltar atrás; era como se suas defesas, aquele campo de força comum que protege a natureza humana básica das pessoas, tivessem inexplicavelmente se desintegrado.

— Ela se foi. Seis anos atrás — disse ele, por fim. — Quer dizer... ela não está mais viva.

Ele estava sofrendo, era isso que estava errado. Estava sozinho; havia sofrido um grande golpe. Janie sabia como era isso. Olhou em volta pelo salão, para as crianças mastigando suas torradas, os pais limpando carinhosamente as manchas de geleia — aquelas pessoas estavam na outra margem, e ela estava na margem dos aflitos com aquele homem de expressão dolorida que esperava pacientemente o que quer que ela tivesse a dizer.

— Podemos continuar? — ela perguntou com a voz suave.

— Claro — ele respondeu, mais vigorosamente do que ela havia esperado. Então se recompôs depressa, os planos elegantes de seu rosto se realinhando enquanto segurava o lápis de ponta afiada erguido sobre o bloco de notas amarelo. — Quando foi a primeira vez que você se lembra de Noah ter feito algo que pareceu fora do comum?

— Acho que... foram os lagartos.

— Os lagartos? — Ele tomava notas rapidamente.

— O Noah tinha dois anos. Estávamos no Museu de História Natural. Fomos ver a exposição de lagartos e cobras. E ele ficou tão... — Ela fez uma pausa. — Acho que a palavra é hipnotizado. Parou bem na frente do primeiro tanque e começou a gritar. Achei que tivesse acontecido alguma coisa, e aí ele disse: "Olha, um dragão-barbudo!"

Ela deu uma olhada para Anderson e percebeu que ele ouvia atentamente. Os outros psicólogos nunca haviam se interessado pelos lagartos. Ele baixou a cabeça para escrever e ela notou que seu suéter azul, que parecia tão macio e caro, tinha um buraco visível na manga. Provavelmente tinha a mesma idade que ela.

— Eu fiquei muito surpresa, porque o vocabulário dele era limitado naquele ponto, ele tinha acabado de fazer dois anos e tudo que falava era "Quero a mãe-mamãe", e água, pato e leite.

— Mãe-mamãe?

— Ele costuma me chamar assim, ou de mami-mamãe. Acho que ele gosta de ter um nome só dele para mim. Enfim, achei que ele estivesse inventando.

— Inventando o quê?

— O nome. Dragão-barbudo. Pareceu uma coisa fantasiosa para mim, algo que uma criança poderia sonhar, um dragão com barba. Então eu ri dele, achando graça. E disse: "Na verdade, meu amor, ele é um…" e procurei o nome na placa. E, por incrível que pareça, o nome era mesmo dragão-barbudo. E então eu perguntei: "Noah, como você sabe sobre dragões-barbudos?" E ele disse… — Ela olhou de novo para Anderson. — Ele disse: "Porque eu tive um".

— Porque eu tive um?

— Eu achei… Nem sei o que eu achei. Ele estava sendo criança, inventando coisas.

— E você nunca teve um lagarto?

— Credo, não. — Ele riu, e ela sentiu uma distensão, um alívio por poder falar livremente das diferenças de Noah. — E não foram apenas os dragões-barbudos. Ele conhecia todos os lagartos.

— E sabia o nome deles — Anderson murmurou.

— De todos os lagartos que estavam lá. Aos dois anos de idade.

Ela havia ficado tão surpresa, tão orgulhosa da óbvia inteligência do filho, de sua — por que não dizer? — genialidade. Ele sabia o nome de todos os lagartos, algo que ela nunca soubera. Entusiasmava-a vê-lo examinar atentamente cada floresta tropical em miniatura, tão enganosa e musguenta, seus habitantes mal se movendo, exceto pela chicotada de uma língua ou uma travessia desajeitada em um tronco, enquanto a voz pura e aguda dele exclamava: "Mami-mamãe, é um lagarto-monitor! É um geco! É um dragão-d'água!" Ela pensou com alívio que o caminho dele na vida seria claro: bolsas de estudos nas melhores escolas e universidades, com sua inteligência formidável abrindo portas para uma vida de sucesso.

E então, gradualmente, seu orgulho se transformara em confusão. Como ele sabia essas coisas? Será que havia memorizado as informações de algum livro ou vídeo? Mas por que ele nunca tinha falado disso antes? Será que alguém tinha ensinado para ele? A questão nunca fora esclarecida; ela simplesmente a aceitara como parte do fato de ele ser especial.

— Havia algum livro ou vídeo na casa de algum amigo, talvez? — Anderson perguntou agora, como se lesse a mente dela, a voz baixa trazendo-a de volta ao burburinho do restaurante. — Ou na escolinha dele? Algo que ele pudesse ter visto em algum lugar?

— Isso é o mais estranho. Eu perguntei. Fui bem insistente. Não havia nada.

Ele concordou com a cabeça.

— Você se importaria se eu também investigasse um pouco? Na escola e com os amiguinhos e as babás?

— Não, tudo bem. — Ela o olhou de lado. — Parece que você está tentando encontrar uma explicação lógica. Não acredita em mim?

— Temos que pensar como os céticos pensam. Senão... — Ele encolheu os ombros. — Você notou alguma mudança no comportamento dele depois do episódio com os lagartos?

— Os pesadelos dele pioraram, eu acho.

— Me fale mais sobre isso — disse ele, com a cabeça baixa sobre o bloco de notas.

Mas era coisa demais, de repente, para contar.

— Talvez você queira dar uma olhada nisto. — Ela pôs a pasta que era Noah sobre a mesa e a deslizou na direção dele.

* * *

Anderson virou as páginas lentamente, debruçando-se sobre os detalhes. O caso não era tão forte quanto ele esperara — os pesadelos e a fobia de água eram coisas comuns, ainda que incomumente intensas, as referências ao rifle e a Harry Potter eram interessantes, mas inconclusivas, e o conhecimento de lagartos era promissor, mas só se ele pudesse provar que não havia nenhuma fonte clara para a criança. Mais importante, não havia nada concreto que pudesse levá-lo a uma personalidade anterior: armas e livros de Harry Potter eram tão difundidos quanto ar na cultura do país, e um dragão-barbudo como bicho de estimação não era uma pista muito boa para seguir. A criança havia mencionado uma casa no lago para as professoras, mas isso era inútil para ele sem o nome do lago.

Ele deu uma olhada na mulher, que construía uma estrutura com cubos de açúcar à sua frente. Como a maioria das pessoas, ela era uma contradição: olhos azuis firmes, mãos nervosas. Quando olhava para Anderson, seus olhos eram cautelosos, avaliadores, mas, quando se virava para o filho, um afeto palpável brilhava em seu rosto. Ainda assim, esperava que ela tivesse confiado nele o bastante para convidá-lo a ir à sua casa. O restaurante era barulhento e seria difícil conseguir alguma coisa da criança naquele ambiente.

Ele observou enquanto os dedos ágeis dela terminavam de construir a casinha de tijolos brancos.

— Belo...

Como era o nome mesmo? A palavra desceu de repente dos deuses da linguagem, como açúcar em seus lábios.

— ... iglu — ele continuou. Pelo menos, voltar a trabalhar em um caso era bom para seu vocabulário. A criança nele lamentou quando ela desmontou rapidamente a construção e empilhou os cubos de volta na tigela.

Ele tomou um gole de chá. Havia se esquecido de tirar o saquinho de dentro da xícara. O líquido pareceu denso em seus lábios. Bateu na pasta com o dedo.

— Você fez um trabalho bastante completo.

— Mas o que você acha?

— Eu acho que este caso pode ser promissor.

Ela lançou um olhar para o filho, atento ao jogo de beisebol no balcão, e se inclinou sobre a mesa.

— Mas você pode *ajudá-lo*? — ela sussurrou.

Ele sentiu o cheiro de café no hálito dela; fazia muito tempo que não sentia o calor da respiração de uma mulher em seu rosto. Tomou outro gole de chá. Já havia lidado com mães, claro. Décadas de mães: céticas, bravas, tristes, indiferentes, cooperativas, esperançosas ou desesperadas, como essa. O principal era se manter calmo e no controle da situação.

Foi poupado de responder pela garçonete, que, estocando dentro de si os sorrisos que lhe cabiam nessa sua única vida (Por que as pessoas tatuavam isso no corpo? Será que realmente achavam inspirador viver só uma vez?) e com cara de poucos amigos, pôs sobre a mesa um prato fumegante de panquecas.

Ele observou a mãe ir buscar o menino.

Agora poderia dar uma boa olhada nele. Era um menino bonito, sem dúvida, mas era a expressão alerta em seus olhos que chamava a atenção de Anderson. Ocasionalmente havia outra dimensão na percepção de crianças que se lembravam de fatos passados; não bem um conhecimento — era mais uma cautela, uma segunda consciência persistente, como a de um estrangeiro em um novo país que não consegue deixar de pensar em seu lar.

Anderson sorriu para o menino. Quantos milhares de casos haviam passado pelas suas mãos? Dois mil, setecentos e cinquenta e três, para ser exato. Não havia razão para ficar nervoso. Ele não se permitiria ficar nervoso.

— Quem está ganhando o jogo?

— Yankees.

— Você gosta dos Yankees?

O menino enfiou um grande pedaço de panqueca na boca.

— Não.

— De que time você gosta?

— Nationals.

— Washington Nationals? Por que você gosta deles?

— Porque é o meu time.

— Você já esteve em Washington?

Sua mãe interveio.

— Não, nós nunca estivemos lá.

Anderson tentou manter a voz gentil.

— Eu estava perguntando ao Noah.

Noah pegou uma colher e mostrou a língua para a imagem distorcida de menino refletida na parte interna.

— Mami, posso voltar para ver o jogo?

— Agora não, meu amor. Quando você acabar de comer.

— Eu acabei.

— Não, não acabou. Além disso, o dr. Anderson quer conversar com você.

— Estou cheio de médicos.

— Só mais este.

— Não!

Sua voz soou alta. Anderson notou algumas mulheres próximas olhando na direção deles, julgando essa outra mãe enquanto comiam seus ovos mexidos, e sentiu uma pontada de empatia por ela.

— Noah, por favor...

— Tudo bem. — Anderson suspirou. — Eu sou um estranho. Precisamos nos conhecer melhor. Isso leva tempo.

— Por favor, mami-mamãe. É a abertura da temporada.

— Ah, tudo bem.

Eles o observaram sair correndo da mesa.

— Então. — Ela o olhou com total seriedade, como se estivesse fechando um contrato. — Vai ficar com ele?

— Ficar com ele?

— Como paciente.

— Não funciona bem assim.

— Achei que você fosse psiquiatra.

— Eu sou. Mas esse trabalho... não é uma prática clínica. É pesquisa.

— Entendo. — Ela parecia confusa. — Bom, quais são os próximos passos?

— Preciso continuar conversando com o Noah. Ver se encontro algo concreto de que ele se lembre. Uma cidade, um nome. Algo que eu possa rastrear.

— Como uma pista?

— Exatamente.

— Para você poder ver... onde ele vivia na vida anterior? É isso? E isso vai curá-lo?

— Não posso prometer nada. Mas os sujeitos realmente tendem a se acalmar depois que solucionamos um caso e encontramos a personalidade anterior. Ele pode até esquecer por si próprio. A maioria esquece por volta dos seis anos.

Ela assimilou aquilo com cautela.

— Mas como você pode encontrar essa... personalidade anterior? O Noah não disse nada tão específico.

— Vamos ver como as coisas progridem. Leva algum tempo.

— Isso é o que todos dizem, todos os médicos. Mas a questão é... — Sua voz tremeu e ela parou abruptamente. Em seguida tentou outra vez. — A questão é que eu não tenho tempo. Estou ficando sem dinheiro. E o Noah não está melhorando. Preciso fazer algo imediatamente. Preciso de algo que *funcione*.

Ele sentiu a necessidade dela do outro lado da mesa, agarrando-se a ele.

Talvez aquilo fosse um erro. Talvez ele devesse voltar para casa em Connecticut e... fazer o quê? Não havia nada a fazer a não ser deitar no sofá que era sua cama agora, sob o edredom com estampa de folhas que Sheila comprara vinte anos atrás e que ainda guardava um perfume muito tênue de frutas cítricas e rosas. Só que, se ele fizesse isso, seria o mesmo que estar morto.

Ela franziu a testa e desviou o olhar, claramente tentando recuperar o autocontrole. Ele não iria confortá-la com falsas promessas. Como ia saber se poderia ajudar o filho dela? Além disso, o caso era fraco. Não havia nada em que pudesse se apoiar, a menos que a criança de repente se tornasse muito mais falante. Baixou os olhos para a mesa, para os restos da refeição, as panquecas do menino meio comidas, a toalha de papel suja...

— O que é isso?

A mulher estava enxugando os olhos com um guardanapo.

— O quê?

— Essa toalha de papel. O que está escrito nela?

— Isto? É um rabisco. Ele estava rabiscando.

— Posso dar uma olhada?

— Por quê?

— Posso ver, por favor? — Ele manteve a voz firme com grande esforço.

Ela sacudiu a cabeça, mas moveu o prato e o copo de suco de laranja e entregou a ele o fino retângulo de papel.

— Cuidado, está sujo de calda nas pontas.

Anderson pegou a toalha de papel. Estava melada e cheirava a calda de bordo e suco de laranja. No entanto, antes mesmo de examinar direito as marcas no papel, ele sentiu o sangue começar a formigar em suas veias.

— Ele não estava rabiscando — Anderson disse baixinho. — Estava fazendo a anotação do jogo.

10

Janie parou no meio da sala. Estava escura, exceto pelos faróis dos carros que passavam e logo desapareciam, deixando um clarão na parede. Podia discernir as formas familiares na escuridão: sofá, cadeira, abajur. No entanto, os objetos pareciam diferentes para ela, ligeiramente em desalinho, como se tivesse acontecido um tremor de terra.

Ouviu Anderson se movendo pela cozinha. Abriu uma fresta da janela e o ar entrou vivo com o frescor úmido do começo de primavera. A lâmpada a gás tremulava na escuridão, a chama sempre em movimento, aqui, depois ali, depois acolá.

Uma coisa levara à outra. Noah havia anotado os pontos de um jogo de beisebol sem que ninguém nunca tivesse lhe ensinado a fazer isso, e então ela convidara Anderson para vir à sua casa trabalhar com o menino em um lugar mais sossegado, e eles passaram a tarde entretidos com a atividade favorita de seu filho: Noah jogava sua bola de borracha contra a parede e a agarrava, enquanto Anderson, de pé a seu lado com o bloco de notas amarelo, julgava a precisão do arremesso. ("Oito." "Só oito?" "Bom, talvez um nove." "Nove! Oba! Nove!") O humor de Noah melhorou muito com as atenções de Anderson, de um jeito que ela não o via fazia meses, e o próprio Anderson parecia um homem totalmente diferente. Ele ria com facilidade e parecia verdadeiramente interessado na habilidade de Noah para arremessar e apanhar bolas de borracha (o que era espantoso para Janie, que sempre considerara esse jogo de um tédio incrível). Ele agia tão naturalmente com o menino que ela se surpreendeu quando ele respondeu, a uma pergunta sua, que não tinha filhos.

Como não gostar de um homem que brincava tão alegremente e com tanto carinho com seu filho? Quando foi a última vez que algum homem tinha feito isso?

Mas não importava quantas vezes Anderson lhe fazia perguntas ou de que modo ele as fazia. Noah não queria mais saber de falar com médicos sobre nada que não envolvesse arremessar ou apanhar. O bloco de Anderson não ganhou novas anotações.

No fim da tarde, estava claro para Janie que não chegariam a lugar nenhum. Até Noah pareceu sentir o desânimo no ar e começou a jogar a bola pela sala com exagero e a esmo, até que ela se juntou a outras duas no lustre no teto e Janie acabou com o jogo. Para acalmá-lo (e a si própria), recorreu ao último truque das mães: pôs o DVD do filme favorito dele, *Procurando Nemo*, sobre o pai à procura do peixinho perdido, e eles se sentaram juntos, Janie, Noah e Anderson, lado a lado no sofá. Janie se concentrou no peixe colorido e tentou não pensar em mais nada, mas as imagens não conseguiam prender sua atenção. O medo pingava lentamente dentro dela, enchendo-a com seu veneno paralisante: *e-agora-e-agora-e-agora?*

Anderson estava sentado do outro lado de Noah, com o rosto inescrutável de perfil, como a estátua de um cavaleiro em um túmulo. Antes que o filme terminasse, Noah dormiu com a cabeça caída no ombro de Janie, mas eles continuaram assistindo ao desenrolar da história até o fim, perdidos em mundos separados. Janie sentiu uma pontada de angústia quando o pai encontrou o filho, uma inveja de toda aquela felicidade píscea. Em seguida, carregou Noah para o quarto, com as pernas balançando dos dois lados de seu corpo como se ele fosse um bebê enorme, e o acomodou na cama. Eram apenas seis horas.

Quando Janie voltou, o homem alto estava andando de um lado para o outro. Era estranho tê-lo em sua casa sem Noah junto. Era como se o médico tivesse de repente se tornado um homem — não alguém por quem ela se interessaria (ele era velho demais para ela, e muito sério), mas alguém que, de qualquer modo, deixava as moléculas do ar carregadas com uma diferença masculina.

Ela o observou por alguns minutos; ele parecia inteiramente perdido em pensamentos.

— Então — ela disse por fim. — O que fazemos agora?

Ele parou no meio de um passo, parecendo surpreso ao vê-la ali.

— Bom, podemos tentar de novo amanhã. Se estiver tudo bem para você, é claro.

— Amanhã? — Ela sacudiu a cabeça. — Tenho uma reunião com um cliente... — Mas ele não estava ouvindo.

— Enquanto isso, precisamos confirmar as informações que temos. Vamos conferir com a escola sobre os lagartos e os outros comportamentos exibidos lá. É muito tarde agora — deu uma olhada no relógio —, mas vou mandar um e-mail para eles de manhã. Você pode entrar em contato com eles para avisá-los?

— Acho que sim. — Ela se encolheu por dentro com a ideia de falar desse assunto com a sra. Whittaker. Com certeza a diretora não teria paciência para isso, e provavelmente diria a Anderson que Noah já estava sendo atendido por um psiquiatra...

— E também uma declaração de que eles não instruem as crianças na arte da anotação de beisebol, claro. — Ele riu consigo mesmo. — Apesar de que isso seria algo totalmente incomum.

— Por que você precisa comprovar essas coisas?

— Vai ser um caso mais forte se tiver várias fontes.

— Um caso mais forte? — Ela gostaria que ele parasse de falar de Noah como um caso.

— Sim.

— Por acaso você está pensando em escrever um artigo ou algo assim?

— Exatamente.

— Bom, acho que eu não quero ser parte disso.

— Hein?

— Sou uma pessoa reservada. Nós somos pessoas reservadas.

— Claro. Nós vamos mudar todos os nomes no livro.

O livro. O entusiasmo dele de repente ficou claro para ela. Vinha se perguntando que tipo de médico ele seria e agora sabia: o tipo que estava escrevendo um livro.

— Que livro?

— Estou escrevendo sobre alguns casos. Mas não vai ficar perdido na obscuridade acadêmica, como os outros. Esse livro é para o público leigo — ele acrescentou com avidez, como se obscuridade fosse o problema.

— Eu não quero o Noah em um livro.

Ele a encarou com espanto.

— Isso é tão importante assim para você, doutor?

— Eu... — Ele não terminou o pensamento. Ficou um tom mais pálido.

Ela não podia confiar nele. Ele estava escrevendo um livro. Lembrava-se de todos aqueles livros que os amigos de sua mãe lhe haviam dado quando ela estava morrendo: todos tentando ganhar em cima dos desesperançados com suas dietas especiais e suas posturas de ioga. Mesmo quando sua mãe ficava a maior parte do tempo semiconsciente, os livros continuavam chegando. No fim, havia um armário cheio deles.

Certamente não havia livro que pudesse ajudá-la agora, e não havia mãe também. Havia apenas aquele estranho com seus projetos. Sentiu o cansaço que a invadia se transformar de repente em outra coisa: uma emoção que a assustou, tamanha sua ferocidade. Durante meses, pessoas haviam se sentado calmamente do outro lado da mesa lhe dizendo que havia algo errado com seu filho, e ela aceitava, aquietando os sinais externos de pânico da melhor maneira possível. Mas aquele homem, com seus olhos brilhantes e questionadores e o rosto pálido — aquele homem tinha algo a perder também. Ela sentia a ansiedade nele como só os desesperados podem sentir, e saber disso foi como uma chave que abrisse a porta para toda sua enorme frustração e fúria.

— Foi por isso que você ficou tão entusiasmado quando viu que ele sabia anotar pontos em um jogo de beisebol, não foi? Isso não vai nos ajudar a encontrar nenhuma "personalidade anterior". É só um bom detalhe para o seu precioso *livro*. — Ele fez uma careta diante do jeito como ela falou a palavra. — Você dá alguma importância para ajudar o Noah, afinal?

— Eu... — Ele olhou para ela com expressão confusa. — Eu quero ajudar todas as crianças...

— Certo, fazendo as mães delas comprarem o seu livro? — Mesmo enquanto dizia isso, ela sentia que aquele homem não parecia motivado por algo tão vulgar quanto ganhar dinheiro, mas não conseguiu se conter.

— Eu... — Ele começou de novo e parou. — O que é isso?

Ambos ouviram, então: vindo do quarto no fim do corredor. Um choramingo.

— Acho que acordamos o Noah — Anderson murmurou.

O choramingo se tornou um sibilo, como o vento gemendo dentro de uma chaminé.

— Não. Ele não está acordado.

O ruído ganhou potência até explodir pela sala: um furacão, uma força da natureza, e então, lentamente, o uivo tomou forma e se tornou uma palavra.

— Mamãããe! Mamããe!

Isso sempre a surpreendia: aquela torrente de emoção praticamente impossível de ser mobilizada por um menino tão pequeno. Cansada, Janie se levantou sobre pés trêmulos e olhou para Anderson. Não confiava nele, mas era a única pessoa ali.

— Você vem comigo?

E os dois foram juntos até o quarto de Noah.

Chanai Choomalaiwong nasceu na região central da Tailândia, em 1967, com duas marcas de nascença, uma na parte posterior da cabeça e outra acima do olho esquerdo. A família, num primeiro momento, não achou que aqueles sinais tivessem algum significado; mas, quando o menino completou três anos, começou a falar a respeito de uma vida anterior. Afirmou ter sido um professor primário chamado Bua Kai, que havia sido alvejado e morto a caminho da escola. Forneceu o nome de seus pais, esposa e dois dos filhos que teve naquela vida, pedindo sempre à avó, com quem vivia, para que o levasse à antiga casa, numa localidade chamada Khao Phra.

Por fim, estando ele ainda com três anos, a avó fez-lhe a vontade. Os dois apanharam um ônibus a um povoado próximo de Khao Phra, situada a vinte quilômetros de sua aldeia. Quando saltaram do veículo, Chanai conduziu a avó em direção a uma casa onde, segundo afirmava, moravam os seus pais. A casa pertencia a um casal idoso cujo filho, Bua Kai Lawnak, fora professor e morrera assassinado cinco anos antes do nascimento de Chanai... Uma vez lá, o menino identificou os pais de Bua Kai, que se achavam em companhia de vários outros membros da família, como os seus pais. Eles ficaram tão impressionados com as suas declarações e marcas de nascença que o convidaram a voltar em breve. Chanai voltou e, na ocasião, o casal o testou pedindo-lhe que apontasse os pertences de Bua Kai entre muitos outros, e ele conseguiu. Reconheceu uma das filhas de Bua Kai e perguntou pela outra, citando-lhe o nome. A família de Bua Kai aceitou que Chanai fosse o filho renascido e ele a visitou muitas vezes. Insistia que as filhas do falecido o chamassem de pai e, quando elas não obedeciam, recusava-se a falar com elas.

— Dr. Jim B. Tucker, *Vida antes da vida*

11

Uma porta se abriu e ela se jogou.

Foi isso que aconteceu, Janie pensou depois, de pé na sala de estar escura. No entanto, não havia nada tão incomum na visão de Noah gritando e se debatendo embaixo dos lençóis das Tartarugas Ninja. Sua boca estava aberta, os cabelos úmidos, grudados no rosto. Ela se moveu para a cama para confortá-lo e segurá-lo, mas Anderson foi mais rápido; estava do lado de Noah em um instante, inclinado sobre ele, segurando os pés que chutavam debaixo dos lençóis.

Um estranho estava tocando seu filho, que chamava por ela. Que estava gritando...

— Mamãe!

— Noah — disse ela, chegando perto da cama, e Anderson ergueu o rosto e a segurou com o olhar.

— Noah — Anderson disse baixinho, com a voz muito firme. — Noah, está me ouvindo?

— Me tira daqui! — Noah gritou. — Mamãe! Me tira daqui! Não consigo sair!

— Noah, está tudo bem. É só um pesadelo — disse Anderson. — Você está tendo um pesadelo.

— Não consigo respirar!

— Você não consegue respirar?
— Não!
Janie sabia que era o sonho, mas não pôde deixar de falar:
— O Noah tem asma. Precisamos pegar o nebulizador... está na gaveta...
— Ele está respirando. — O corpo esguio de Anderson estava inclinado sobre a pequena forma agitada de Noah, suas mãos ainda segurando os pés dele. *Não toque no meu filho*, ela pensou, mas não disse. Ela não disse nada. Enviou a Anderson uma mensagem silenciosa: um movimento errado, colega, e eu jogo você para fora daqui tão rápido que sua cabeça vai girar.
— Noah — Anderson disse com firmeza. — Pode acordar agora. Está tudo bem.
Noah parou de se mexer e abriu muito os olhos.
— Mamãe.
— Estou aqui, meu amor — ela respondeu ao pé da cama. Mas ele estava olhando para além dela. Não era ela que ele queria.
— Eu quero ir para casa.
— Noah — Anderson disse outra vez, e o menino voltou os olhos azuis para ele e os manteve lá. — Pode nos contar o que aconteceu no seu sonho?
— Não consigo respirar.
— Por que você não consegue respirar?
— Estou na água.
— Você está... no mar? Num lago?
— Não. — Noah puxou e soltou o ar de um modo superficial e irregular, e Janie sentiu a luta nos próprios pulmões. Se ele parasse de respirar, ela pararia também.
Noah contorceu o corpo e sentou. Anderson não precisava mais segurar seus pés. Já estava segurando sua atenção.
— Ele me machucou.
— No sonho? — Anderson falou depressa. — Quem machucou você?
— Não no meu sonho. Na minha vida real.
— Entendi. Quem machucou você?
— O Pauly. Ele machucou o meu corpo. Por que ele fez isso?
— Eu não sei.

— Por que ele me machucou? Por quê? — Noah agarrou a mão de Anderson, com os olhos aflitos. Janie se tornara invisível, uma sombra ao pé da cama.

Anderson o encarou com firmeza.

— O que ele fez?

— Ele machucou o Tommy.

— Tommy? Era esse o seu nome?

— Era.

Janie estava ouvindo seu filho, mas as palavras ecoavam de forma estranha em sua mente, como se ela as estivesse ouvindo de algum lugar muito longe. No entanto, ela estava ali, naquele quarto tão conhecido, com as estrelas que brilhavam no escuro coladas por ela no teto, uma a uma, e o móvel que ela havia pintado à mão com elefantes e tigres, e Noah, o seu Noah, e a porta de sua mente se abrindo e fechando e abrindo outra vez.

— Entendi — disse Anderson. — Isso é ótimo. Você se lembra do seu sobrenome?

— Não. Sou só o Tommy.

— Tudo bem. Você tinha uma família quando era Tommy?

— Claro.

— Quem é da sua família?

— Minha mãe, meu pai e meu irmãozinho. E nós temos um lagarto.

— Como é o nome dele?

— Rabo-Córneo.

— Rabo-Córneo?

— Ele é um dragão-barbudo. Eu e o Charlie demos esse nome para ele porque ele parecia o Rabo-Córneo que o Harry venceu.

— Certo. E quem é Harry?

Noah revirou os olhos.

— Harry Potter, claro.

Ao pé da cama, Janie ouviu a própria respiração, pesada. Segurou o ar no peito e o deixou queimar ali. Aquele quarto conhecido, aquela cena não conhecida: o homem alto inclinado sobre Noah, o rosto redondo iluminado quase roçando o rosto anguloso.

— E onde você mora, com a sua família?

— A gente mora na casa vermelha.
— Na casa vermelha. E onde ela fica?
— No campo.
— E onde é o campo?
— Ashvu?
— Ashview?
— Isso!
— É lá que você mora?
— É a minha casa!

Janie soltou o ar, um fiapo de som no quarto.

— Eu quero voltar. Posso voltar pra lá?
— É o que estamos tentando fazer. Podemos conversar um pouquinho sobre o que aconteceu com o Pauly? Podemos?

Noah concordou com a cabeça.

— Você lembra onde estava quando isso aconteceu? Quando ele machucou você?

Ele assentiu.

— Vocês estavam perto da água?
— Não. Perto da casa do Pauly.
— Vocês estavam dentro da casa dele quando ele te machucou?
— Não. Do lado de fora.
— Certo. Do lado de fora. E o que ele fez, Noah?
— Ele... Ele *atirou* em mim — ele gritou, olhando firmemente para o rosto de Anderson.
— Ele atirou em você?
— Estou sangrando... Por que ele fez isso?
— Não sei. Por que você acha que ele fez isso?
— Eu não sei! Eu não sei! — Noah estava ficando agitado. — Eu não sei por quê!
— Tudo bem. Está tudo bem. O que aconteceu então? Depois que ele atirou em você?
— Aí eu morri.
— Você morreu?
— É. E aí eu vim para... — Seus olhos procuraram pelo quarto. — Mami-mamãe?

De algum modo ela deve ter escorregado; estava agachada ao lado da cama, respirando baixinho. Ele estava olhando para ela.

— Você está bem?

Ela olhou para o menino. Seu menino. Seu filho. *Noah*.

— Estou. — Passou um dedo nos olhos molhados. — São só as lentes de contato.

— É melhor você tirar.

— Vou tirar daqui a pouco.

— Estou cansado, mami — Noah disse.

— Claro que está, meu amor. Vamos voltar a dormir?

Ele concordou com a cabeça. Anderson se afastou e ela se sentou ao lado do filho na cama. Noah pôs suas doces e suadas mãos nos ombros dela e ela pousou a testa na dele. Eles deitaram juntos como a entidade única que um dia haviam sido.

Anderson estava na cozinha quando Janie saiu do quarto de Noah pela segunda vez naquela noite. Ela se moveu pela sala de estar escura e silenciosa, olhando para os objetos que não eram mais como haviam sido uma hora antes.

Eu sou Janie, ela disse a si mesma. *Noah é meu filho. Moramos na Twelfth Street.*

Um carro passou, lançando um clarão branco na parede escura.

Eu sou Janie.

Noah é meu filho.

Noah é Tommy.

Noah era Tommy que foi baleado.

Ela acreditava e não acreditava ao mesmo tempo. Noah havia levado um tiro e estava sangrando — aquelas palavras a feriam.

De repente desejou nunca ter chamado aquele homem, poder voltar a um tempo em que eram apenas Janie e Noah, construindo uma vida juntos. Mas não havia como voltar, havia? Não era essa a lição da vida adulta, da maternidade? Era preciso estar onde se estava. Na vida que se está vivendo, no momento presente.

12

Anderson se sentou na cozinha, procurando no Google por Ashview.

Estava tudo voltando a ele agora. O entusiasmo. A energia. *As palavras.*

Havia encontrado, por fim, um caso americano forte... Talvez o caso de sua vida, que faria as pessoas se *identificarem*. Se encontrasse a personalidade anterior (e estava otimista quanto a isso), talvez pudesse obter até mesmo o interesse dos meios de comunicação. De qualquer modo, era o caso americano de que precisava para terminar o livro da maneira adequada. Tinha certeza de que conseguiria convencer Janie a permitir que ele o publicasse.

Agora tinha o que precisava. Ashview, Tommy, Charlie. Um lagarto, um time de beisebol. Já havia montado quebra-cabeças maiores com menos que isso.

— Você podia ter pedido — Janie disse. Ele não a vira entrar na cozinha.

— Humm? — Havia uma cidade chamada Ashview na Virgínia, não muito longe de Washington, que era a sede do time de beisebol Nationals. *Simples assim.*

— Para usar meu computador.

Ele ergueu os olhos. Ela parecia irritada.

— Ah! Desculpe. Eu queria acessar a internet... — Ele fez um gesto para o notebook, com a atenção atraída para a página da cidade de Ashview.

O Nationals era um time da região de Washington. Havia uma Ashview nas proximidades, na Virgínia. Tudo que ele precisava encontrar eram notícias de falecimento; uma criança assassinada sempre chegava aos jornais... Teria um nome no fim da semana, talvez antes; tinha certeza disso agora. Era como se Tommy desejasse ser encontrado.

— Então imagino que foi útil? Aquelas coisas que o Noah disse?

Ele a olhou com mais atenção. Ela estava pálida, os lábios muito apertados. Deveria se sentar com ela e ajudá-la a processar o que havia acontecido, mas sua sensação de urgência era tão intensa. Era como tentar parar uma onda.

— Sim, foi muito útil — disse ele, tentando parecer calmo. — Foi uma boa abertura. Vamos encontrar o Tommy agora, eu sinto isso.

— Tommy. Certo. — Ela sacudiu a cabeça vigorosamente, como se pudesse expulsar os pensamentos. — Então, doutor, qual é a história? Afogamento ou tiro?

— Como?

Ela sacudiu a cabeça de novo, e pela primeira vez ele se perguntou se ela estaria mentalmente sã.

— Você acha que o Noah é essa... outra pessoa, esse Tommy, certo? Então eu quero saber: como foi? Ele se afogou, levou um tiro ou o quê?

— Não está claro.

— Nada está claro. — Ela arremessou as palavras contra ele.

Anderson se recostou na cadeira na frente do computador.

— A ciência raramente é clara — ele respondeu, com cuidado.

— Ciência? Você chama isso de ciência? — Ela abafou uma risada e olhou em volta da cozinha, demorando-se em uma vasilha suja, meio cheia de água na pia. — Talvez não esteja claro porque o Noah está inventando.

— Por que ele faria isso?

Ela abriu a torneira e começou a esfregar a vasilha energicamente.

— Desculpe — disse ela, acima do som da água correndo. — Não sei se consigo fazer isso.

Ele olhou para ela, que estava de costas, tentando pensar em alguma abordagem que pudesse funcionar, o tom, o contexto, os possíveis benefícios para seu filho... Já havia usado isso umas mil vezes... Como podia duvidar de si mesmo agora? Ele que uma vez tinha conseguido convencer uma mãe brâmane na Índia a deixar sua filha visitar intocáveis da família da personalidade anterior. Podia ver a cena como se tivesse acabado de acontecer: seu reluzente sári cor de laranja passando pela porta de uma cabana feita de barro. Houve um ponto em que ele sentiu que poderia convencer qualquer pessoa usando simplesmente sua força de vontade.

— Está bem — disse ele, calmamente. — Eu vou embora, se você quiser. Mas o que você vai fazer?

O corpo dela ficou rígido.

— O que eu vou fazer? Por quê?

— Você disse que não pode continuar assim. — Ele continuou mantendo a voz tranquila, sensata. — Que está ficando sem dinheiro, que os médicos não ajudaram em nada. Então... se eu for embora agora, qual é o seu plano para o Noah?

Ele sentiu um pouco de pesar; estava usando o desespero de Janie contra ela. Mas era para o bem dela, não era? E de seu filho? E para o bem dele mesmo, e até de Sheila, pois ela não insistia para que ele terminasse e publicasse esse livro? Não sabia quanto esforço seria necessário para convencer Janie a autorizá-lo a escrever sobre Noah, mas não importava.

— Eu vou... — Mas as palavras não saíram de sua garganta. Ela se virou para encará-lo com as mãos vermelhas, pingando, o medo nitidamente estampado em seu rosto, e ele sentiu pena dela.

— Venha aqui. Vou lhe mostrar o que encontrei. Não é muito, mas pode ser um começo.

Ele bateu na cadeira ao seu lado. Janie enxugou as mãos no jeans e se sentou. Anderson virou a tela do computador para ela: casas bonitas agrupadas em volta de um campo de golfe de um verde brilhante. *Bem-vindo a Ashview!*

— Você conhece alguém de um lugar na Virgínia chamado Ashview?

Ela sacudiu a cabeça.

— Nunca ouvi falar.

— Ótimo. Então temos por onde começar. Claro que Thomas é um nome comum e não sabemos a que ano o Noah está se referindo, mas podemos usar os livros do Harry Potter como pista de que é no passado recente. Vamos vasculhar os jornais locais em busca de qualquer obituário que fale de uma morte por tiro ou afogamento relacionada a uma criança chamada Thomas. Pode levar algum tempo até localizá-lo, mas acho que temos um bom começo. Você sabe, o Nationals é um time de Washington, lá perto — ele acrescentou.

— É mesmo? — Ela apertou os olhos com desconfiança para a tela, para a grande extensão verde. Não confiava em Anderson e ele sabia disso; no entanto, ele era necessário para ela. Eles eram necessários um para o outro.

*M*ahatma Gandhi indicou um comitê de quinze pessoas proeminentes, que incluía parlamentares, líderes nacionais e membros dos meios de comunicação, para estudar o caso [de Shanti Devi, uma menina que, a partir dos quatro anos, parecia se lembrar de uma vida anterior como uma mulher chamada Lugdi, de Mathura]. O comitê convenceu os pais a permitir que ela os acompanhasse a Mathura.

Partiram de trem com Shanti Devi em 24 de novembro de 1935. O relatório do comitê descreve parte do que aconteceu:

"Quando o trem se aproximou de Mathura, ela ficou vibrante de alegria e comentou que, na hora em que chegássemos a Mathura, as portas do templo de Dwarkadhish estariam fechadas. Suas palavras exatas foram 'Mandir ke pat band ho jayenge', tão tipicamente usadas em Mathura.

O primeiro incidente que atraiu nossa atenção ao chegarmos a Mathura aconteceu na própria plataforma. A menina estava no colo de L. Deshbandhu. Ele mal havia dado quinze passos quando um homem mais velho, usando um traje típico de Mathura, a quem ela nunca havia encontrado antes, veio até a frente dela, misturado na pequena multidão, e parou por um instante. Perguntaram-lhe se ela o reconhecia. A presença dele causou uma reação tão rápida na menina que ela desceu do colo na mesma hora, tocou os pés do estranho com profunda veneração e saiu da frente dele. Quando lhe perguntaram, ela sussurrou no ouvido de L. Deshbandhu que a pessoa era seu 'Jeth' (irmão mais velho de seu marido). Tudo isso foi tão espontâneo e natural que deixou todos boquiabertos de surpresa. O homem era Babu Ram Chaubey, que de fato era o irmão mais velho de Kedarnath Chaubey [marido de Lugdi]."

Os membros do comitê levaram-na em uma tonga, instruindo o condutor a seguir as orientações dela. No caminho, ela descreveu as mudanças que haviam ocorrido desde o seu tempo, que estavam todas corretas. Ela reconheceu alguns dos pontos de referência importantes que havia mencionado antes sem nunca ter estado lá.

Ao se aproximarem da casa, ela desceu da tonga e reparou em um homem idoso no meio das pessoas na rua. Imediatamente fez uma reverência para ele e disse aos outros que ele era seu sogro, e de fato era assim. Quando chegou à frente de sua casa, entrou sem nenhuma hesitação e conseguiu localizar seu quarto. Também reconheceu muitos de seus objetos. Como teste, perguntaram-lhe onde ficava o "jajroo" (banheiro), e ela respondeu. Perguntaram-lhe o que era "katora". Ela respondeu corretamente que isso significava paratha (um tipo de panqueca frita). As duas palavras eram correntes apenas nas comunidades de Mathura e nenhum forasteiro costumava conhecê-las.

Shanti pediu então para ser levada à sua outra casa onde tinha vivido com Kedarnath por vários anos. Ela guiou o condutor até lá sem nenhuma dificuldade. Um dos membros do comitê, Pandit Neki Ram Sharma, perguntou a ela sobre o poço de que havia falado em Délhi. Ela correu em uma direção; mas, quando não encontrou o poço, ficou confusa. E mesmo assim afirmou com alguma convicção que havia um poço ali. Kedarnath removeu uma pedra naquele ponto e de fato encontraram um poço... Shanti Devi levou o grupo para o segundo andar e mostrou-lhes um lugar onde eles encontraram um vaso, mas nenhum dinheiro. A menina, no entanto, insistiu que o *dinheiro estava ali. Kedarnath mais tarde confessou que havia pegado o dinheiro depois da morte de Lugdi.*

Quando ela foi levada à casa de seus pais — onde a princípio identificou a tia como sua mãe, mas logo corrigiu o engano —, foi sentar-se no colo dela. Também reconheceu seu pai. Mãe e filha choraram abertamente em seu encontro. Foi uma cena que comoveu todos os presentes.

Shanti Devi foi então levada ao templo de Dwarkadhish e a outros lugares de que havia falado, e quase todas as suas declarações foram verificadas como corretas.

— Dr. K. S. Rawat, "The case of Shanti Devi"

13

Os Thomas de Ashview, Virgínia, não eram um grupo de muita sorte.

Ryan "Tommy" Thomas morreu aos dezesseis anos depois que sua motocicleta Honda Gold Wing colidiu com um Dodge Avenger na Richmond Highway.

Tomas Fernandez morreu de causas desconhecidas aos seis meses.

Tom Hanson, dezoito anos, teve uma overdose de heroína em um apartamento nos subúrbios de Alexandria.

Thomas "Junior" O'Riley, vinte e cinco anos, caiu de uma escada enquanto consertava o telhado do vizinho.

Sentado à mesa em seu consultório vazio, Anderson clicou em outro ano de obituários na versão online do *Ashview Gazette*. Começou pelo mês de nascimento de Noah e foi indo para trás. Sem um sobrenome para Tommy, sabia que a pesquisa demoraria um tempo, mas não se importava — não havia nada como estar de volta ao jogo, tentando solucionar um caso. E, se tivesse que ler os nomes mais de uma vez para ter certeza de que não estava deixando passar nada, não havia ninguém ali para reparar.

Inicialmente, imaginara que, apenas procurando no Google por "Thomas", "Tom" ou "Tommy", "Ashview", "criança", "tiro", "afogamento", "morte", conseguiria acertar alguma coisa, mas talvez o nome fosse comum demais ou o intervalo de tempo longo demais: usando os livros de Harry

Potter como referência, isso dava quinze anos para trás. A lista de mortes da seguridade social, que, de qualquer forma, era incompleta no caso de crianças, não seria útil nesse caso.

Tom McInerney teve um aneurisma aos vinte e dois anos.

Tommy Bowlton morreu por inalação de fumaça aos doze anos, com as duas irmãs, durante um incêndio em casa na véspera do Natal. (A idade parecia boa, mas, como Noah não tinha fobia de fogo ou Natal e tinha falado de um irmão, era melhor deixar este de lado por enquanto.)

Thomas Purcheck acertara um tiro em si mesmo enquanto limpava seu rifle, mas continuava vivo, agora na Califórnia, e tinha robustos quarenta e três anos.

Ele tinha que admitir: sentira falta de estar concentrado em um caso. Sentia falta até das máquinas de microfilmagem que havia usado antes de tudo se tornar online, enfiadas invariavelmente em um canto cercado de prateleiras de atlas e enciclopédias empoeirados. As máquinas eram como velhas amigas para ele, o jeito como o botão se encaixava com firmeza em sua mão, como o texto rolava horizontalmente na tela.

Elas sempre o lembravam da faculdade, da pesquisa nas prateleiras da biblioteca, onde deparou pela primeira vez com um livrinho fino de 1936, chamado *An Inquiry into the Case of Shanti Devi*, e correu de volta aos dormitórios para mostrá-lo ao seu colega de quarto, Angsley. Nos anos seguintes, eles passaram horas em meio a copos de cerveja no Mory's, o clube social da universidade, refletindo sobre as implicações da obra e lendo as teorias sobre reencarnação de Pitágoras, McTaggart, Benjamin Franklin e Voltaire.

Mas era a Shanti Devi que sempre voltavam. A menininha que, surpreendentemente, parecia se lembrar da vida de outra pessoa.

Se esse caso existiu, se foi real, eles especulavam, então devia haver outros. Assim, durante o restante de sua graduação em literatura e ao longo de todo o curso de medicina, Anderson passou o tempo livre em busca deles. Encontrou muitas coisas que lhe pareceram interessantes: menções a vidas passadas desde os Upanixades até teólogos cristãos do século III, Madame Blavatsky e a Sociedade Teosófica, ao lado de muitos estudos fascinantes de regressões de adultos a vidas passadas sob hipnose, embora ele tivesse dúvidas se essas experiências poderiam de fato proporcionar evidências úteis. Assimilou os céticos: a história de Virginia Tighe, a dona de casa do Colorado cujas lembranças de ser Bridey Murphy em uma vida passada, trazidas sob hipnose, tinham semelhança notável com a vida de uma vizinha de infância, e as obras de Flournoy, que diagnosticou um médium com lembranças de vidas passadas como um caso de transtorno dissociativo de identidade (ou múltipla personalidade).

Por mais atentamente que Anderson examinasse, não conseguiu encontrar outro caso de criança que se lembrasse espontaneamente de uma vida anterior.

Naquela época não havia internet, claro. Para um pesquisador, isso fazia toda a diferença...

Anderson resmungou baixinho e voltou a atenção para o computador. Tinha que se esforçar mais. Sua concentração não era a mesma de antes. Estava sempre à beira de um voo para o passado. Na casa de Janie Zimmerman, a competência de sua mente fora estimulada pela excitação de estar diante de um bom caso; quando ele estava com a criança, as palavras certas pularam para os seus lábios da mesma maneira como às vezes gagos conseguem cantar. Com Noah, ele havia cantado.

Agora, porém, as palavras no computador oscilavam diante de seus olhos, e ele forçou a concentração. Não podia deixar sua energia enfraquecer. Muitas vezes se sentira como um arqueólogo, peneirando a areia em busca de fragmentos de ossos e lascas de um pote de argila. Você se sentava sob o sol forte ou no frio do ar-condicionado e simplesmente esperava que o que sempre estivera ali se revelasse. Paciência era tudo. Ele se fixava nas palavras na tela. Se as palavras dançassem, o negócio era esperar até que fizessem sentido outra vez.

Estava em cinco anos antes do nascimento de Noah.

Deu uma olhada rápida nos óbitos de Thomas mais velhos que sucumbiram a gripe, câncer de pâncreas ou próstata, pneumonia e encefalite.

T. B. (Thomas) Mancerino Jr., dezenove anos, morreu em uma colisão de barcos no lago Ashview, no Memorial Day.

Tom Granger, três anos, morreu de sarampo. (Sarampo! Por que as pessoas tinham parado de vacinar seus filhos se os dados eram tão impecáveis e as ligações com o autismo eram tão obviamente infundadas?)

Tommy Eugene Moran, oito anos, afogado...

Ele parou para examinar melhor esse obituário.

Tommy Eugene Moran, oito anos, filho de John B. e Melissa Moran, residentes na Monarch Lane, 128, faleceu nesta terça-feira em um trágico acidente, após se afogar na piscina de sua casa. Os vizinhos dizem que ele era uma criança alegre, que adorava répteis e seu amado Nationals...

Ele se recostou na cadeira.

Era preciso esperar, até que, por fim, acontecia: aquele momento em que a areia se movimentava e se entrevia algo branco, e o fragmento de osso era revelado.

14

Sentada em um banco na estação de Baltimore, Janie se entupia de café ruim de rodoviária, tentando fingir que o plano fazia sentido. *Eu posso fazer isso*, ela pensou, *desde que não foque no que "isso" realmente significa*.

Pelo menos Noah parecia estar levando tudo numa boa: aquela aventura, aquela rodoviária. Ele havia se espantado com o tamanho do ônibus e se admirado com o fato de ter um banheiro lá dentro. "E nós vamos sentar bem do lado dele!"

Agora ele estava encantado com a máquina de videogame, embora Janie não tivesse lhe dado dinheiro para usá-la. Ele não parecia se importar, empurrando alegremente a manivela para cá e para lá e se divertindo com as figuras que se moviam rapidamente, sem se dar conta de que não estava controlando nenhuma delas. O que era mais ou menos como as coisas funcionavam, certo? A gente pensa que está no controle, mas na verdade está simplesmente olhando para as luzes em movimento.

Ele correu para ela outra vez.

— Para onde a gente vai, mami-mamãe? Para onde a gente vai? — Eles conversavam sobre esse mesmo assunto havia horas.

— Vamos pegar outro ônibus para Ashview.

— De verdade? Vamos mesmo?

Ele pulava de um pé para o outro, o rosto contorcido em uma expressão que não era inteiramente familiar para ela. Era entusiasmo e algo mais... ansiedade? (Isso seria compreensível.) Medo? Descrença? E ela achava que já conhecia todas as expressões dele.

— Que horas vamos chegar lá?

— Daqui a umas duas horas.

— Tá bom — disse ele.

— Está tudo bem? Você quer ir para lá?

Seus olhos azuis se arregalaram.

— Está *brincando*? É claro que eu quero ir! E o Jerry?

A pergunta a surpreendeu.

— Ele vai nos encontrar lá.

— Posso ver *Nemo* outra vez no ônibus?

— Desculpe, meu amor, eu já te falei, meu computador está sem bateria.

— Então posso tomar suco de maçã?

— Acabou também.

Ela mal podia esperar que o segundo ônibus chegasse. Enquanto estivesse em movimento, estaria bem. Ia sendo levada adiante, deixando os pensamentos para trás como uma pilha de roupas na praia.

Anderson tinha lhe dado um maço de papéis. Estavam enrolados dentro da bolsa, presos com um elástico. Uma notícia de jornal sobre um menininho que havia se afogado em Ashview, Virgínia. O menino morrera na piscina de casa. O rapaz que limpava a piscina tinha se esquecido de trancar o portão do quintal e a mãe tinha descido logo em seguida ao porão para lavar roupa, deixando o filho de oito anos vendo televisão na sala. Um erro simples, com consequências terríveis.

Tommy Moran: o filho de uma estranha.

Ela não conseguia olhar para as páginas. Enrolara-as com o lado em branco para fora. O papel em branco para começar, que Noah, aparentemente, não tivera.

Tommy Moran, Tommy Moran.

— Veja os fatos — disse Anderson em sua segunda visita. Estavam sentados, novamente, na cozinha. Era noite, Noah estava dormindo. Anderson parecia calmo, mas o entusiasmo em seus olhos era inconfundível. Ele puxou os papéis de sua pasta e os colocou na frente dela. — Há fortes semelhanças.

Ela passou os olhos pela primeira página: uma lista de comentários que Noah havia feito e semelhanças entre ele e Tommy. As palavras saltavam da folha. *Ashview. Obsessão por répteis. Fã dos Nationals. Casa vermelha. Afogamento.*

E onde estava o bem-estar de Noah em tudo isso?

Ela deixou o papel de lado.

— Como você conseguiu essas informações?

— Algumas delas… — ele fez um gesto vago — no computador. Além disso, falei com a mãe. Ela confirmou que a casa era vermelha e que seu outro filho se chama Charles.

— Você falou com a *mãe* de Tommy Moran? — Ela percebeu que estava gritando e tentou conter a voz. Não queria acordar Noah. — Por que não me perguntou antes?

Anderson pareceu não se perturbar.

— Eu queria ter certeza de que o caso era sólido. Trocamos e-mails. Eu contei a ela sobre o meu trabalho, sobre as semelhanças…

— E ela respondeu?

Ele confirmou com a cabeça.

— Então… se eu concordar… o que acontece?

— Levamos o Noah até a casa para descobrir se ele consegue identificar pessoas da família da personalidade anterior, lugares favoritos… esse tipo de coisa. Damos uma volta com ele, vemos o que ele reconhece.

Ela refletiu sobre tudo que Anderson estava lhe dizendo. O fim lógico da estrada que ela começara a seguir.

Tinha ouvido histórias de mães que haviam trabalhado incansavelmente e reverteram muitos dos sintomas de autismo dos filhos, mães que haviam aprendido a construir rampas para filhas deficientes, que estudaram a língua de sinais para se comunicar com filhos surdos. Mas qual era a hora de parar, quando era o seu filho?

Ela já sabia a resposta. Não se parava nunca.

Janie foi direto ao ponto.

— E esse processo vai curar o meu filho?

— Sim, talvez possa ajudá-lo. Com frequência tem um efeito benéfico para a criança.

— E se eu não concordar?

Ele encolheu os ombros. Sua voz era contida, mas havia tensão nela.

— Então a escolha é sua. E o caso está encerrado.

— E o Noah vai esquecer tudo isso?

— Não é incomum que a criança esqueça por volta dos cinco ou seis anos.

— O Noah só tem quatro.

Os olhos dele brilharam.

— Sim.

— Não sei se consigo aguentar mais um ou dois anos.

Ele a encarava estoicamente do outro lado da mesa da cozinha. Era a segunda vez que o encontrava, haviam compartilhado horas intensas no mesmo quarto, mas mesmo assim ainda não confiava nele. Não conseguia decifrar se a luz em seus olhos era de gênio ou de louco. Havia algo forçado e hesitante no modo como ele falava com ela, algo que permanecia oculto, embora pudesse ser simplesmente a natureza reticente de um cientista... No entanto, ele era bom com Noah, gentil e paciente, como se de fato se importasse com ele, e era psiquiatra também, tendo lidado com muitos casos similares. Será que ela podia confiar nisso?

Sentiu novamente a torrente de medo que fluía dentro dela havia meses, como um rio sob uma fina camada de gelo. Ela a ouvia jorrando em seus sonhos. Quando acordava, não se lembrava de nada a não ser da náusea da sensação; ficava deitada na cama e sentia o poder daquilo a puxando enquanto pensava: *Meu filho está infeliz e não posso ajudá-lo.*

— Você ainda pretende escrever sobre isso?

Ele se recostou na cadeira e a observou. Falava tão devagar que era enlouquecedor. Ela tinha vontade de sacudi-lo.

— Estou interessado em documentar o caso. Sim.

— O caso, o caso. O *caso* é uma criança, Jerry. O Noah é uma criança.

Ele se levantou, um lampejo de irritação atravessando o rosto.

— Eu sei. Você acha que eu não sei disso? Eu sou psiquiatra...

— Mas não é pai.

A raiva abandonou o rosto dele tão rapidamente quanto surgira. Ele estava impassível outra vez. Resignado. Pegou a pasta gasta e a fitou rapidamente, os olhos reluzindo com autocontrole.

— Me avise o que decidir.

Ela ficou sentada por um longo tempo na cozinha, olhando os documentos que ele havia reunido. Suas dúvidas eram numerosas demais para contar. O que Noah ia querer com essa outra família? O que poderiam fazer por ele? Seria loucura fazer isso? Talvez fosse ela a doente. Talvez houvesse uma síndrome rara que fizesse mães lançarem sua prole em turbilhões de pseudociência new age.

Mas não, ela não estava sendo neurótica. Estava fazendo isso por Noah. Não por ele estar transformando a vida deles num caos e levando-os à falência (embora ele estivesse mesmo), mas porque a expressão em seu rosto quando ela o punha na cama todas as noites ("Eu quero ir para casa. Posso ir para casa logo?") partia seu coração.

15

No trajeto de sua casa em Connecticut para Ashview, Virgínia, Anderson levou duas multas por excesso de velocidade. Ansioso, mal regulava a própria respiração, sem conseguir manter o controle do velocímetro, quase sem se concentrar no GPS. Olhava pelo para-brisa pensando em seu novo caso americano e se sentia como se estivesse começando tudo outra vez.

Lembrava-se de seu primeiro caso tão claramente como se tivesse acontecido na véspera.

Tailândia, 1977. O rio.

Era bem cedo e o dia já estava quente. Ele tomava café da manhã com seu velho amigo Bobby Angsley na varanda do hotel. Rio acima, na direção da cidade, o sol cor de manteiga se refletia no Templo do Amanhecer, espalhando cor pelo ar como uma joia. Na frente deles, um cachorro se esforçava para atravessar o rio, a cabeça molhada dando impulso acima das ondas.

Anderson estava sob efeito do jet lag e sóbrio havia três dias. Seus óculos escuros davam a tudo um tom amarelado doentio. Ele focou em seu amigo, que flertava com a garçonete enquanto ela arrumava uma tigelinha de creme sobre a musselina branca ao lado de um prato de pãezinhos. O rosto dela era perfeitamente simétrico, como um rosto em um sonho.

— *Kap khun kap* — disse Angsley, unindo as mãos em uma paródia de um tailandês educado, ou talvez já tivesse de fato se tornado um, Anderson não sabia ao certo. Ele o vira apenas duas vezes desde a graduação na faculdade, dez anos antes, e cada uma dessas vezes tinha sido decepcionante para ambos. Estavam em rotas diferentes: Anderson ascendendo rapidamente na carreira acadêmica, a caminho de se tornar chefe do Departamento de Psiquiatria dentro de poucos anos, e Angsley indo em outra direção, ou melhor (pelo que Anderson podia ver), em direção nenhuma. Anderson ficara surpreso ao encontrar seu amigo instalado em algum lugar; desde a faculdade, ele parecia estar sempre em movimento, habitando brevemente bons hotéis e boas mulheres em cidades como Nairóbi e Istambul, tentando e não conseguindo acabar com todo o dinheiro nascido de gerações na indústria do tabaco.

Eles ficaram olhando a garçonete voltar pelas portas abertas para o saguão, levando sua bandeja de prata. Nas proximidades, um quarteto de cordas tocava "The Surrey with the Fringe on Top".

— Olha o que eu trouxe. — Angsley moveu as sobrancelhas ruivas enquanto enfiava a mão em um saco de papel a seus pés e, com um floreio, tirava algo de dentro antes de largar o objeto sobre a mesa. A coisa se amontoou junto do bule de chá de prata, com as pernas espalhadas sobre a toalha branca: cabelos de lã muito vermelhos, pernas listradas, círculos vermelhos nas faces.

— Você me trouxe uma boneca de pano? — Anderson ficou olhando para aquilo sem entender nada, até que, pouco a pouco, começou a perceber a ideia. — É para hoje. Para dar para a menina.

— Eu queria algum tipo de porcelana, mas eles só tinham isso. As lojas daqui... — Ele sacudiu a cabeça.

— Você perdeu o juízo? Não podemos dar uma boneca para o sujeito de uma experiência. — (Era isso o que aquilo era? Uma experiência?)

— Ei, cara, relaxa. Come um pãozinho. — Angsley deu uma grande mordida em um pãozinho, espalhando migalhas pela toalha branca. Os cabelos ruivos estavam rareando precocemente na ampla cúpula de sua cabeça, e seus traços haviam se tornado rosados e indefinidos pelo excesso de sol e uísque tailandês, o que lhe conferia uma aparência meio mole, meio de abóbora. Talvez seus miolos tivessem ficado moles também.

— Isso é suborno. — Anderson franziu a testa. — A menina vai dizer o que eu quiser que ela diga.

— Considere um gesto de cordialidade. Ela não vai mudar a história por causa de uma boneca de pano, confie em mim. Pelo menos eu acho que não. — Angsley deu uma olhada para ele. — Você está me odiando por baixo desses óculos escuros, não é?

Anderson tirou os óculos de sol e piscou diante do brilho de seus dedos brancos.

— Eu achei que você quisesse uma avaliação científica. Achei que tinha sido por isso que me chamou até aqui.

— Bom, a gente vai meio que criando enquanto avança, não é? — Seu amigo lhe deu um sorriso de dentes tortos, aberto e um pouco maníaco, tão desvairado à sua maneira quanto o da boneca.

Um erro, Anderson pensou. Aquilo tudo era um erro. Alguns dias antes, ele estava em Connecticut, desbravando a neve para chegar ao seu laboratório. Vinha estudando os efeitos de curto e longo prazo de estímulos elétricos traumáticos no sistema nervoso central de um rato. Havia abandonado a experiência em um ponto crucial para fazer aquela viagem.

— Achei que esta fosse uma experiência séria — ele disse devagar, o tom de reclamação soando no ar como a queixa de uma criança.

Angsley pareceu magoado.

— Você não resistiu muito, se bem me lembro, quando eu lhe pedi para vir.

Anderson desviou o olhar. O cachorro ainda estava tentando atravessar o rio. Conseguiria chegar à margem ou se afogaria? Duas crianças o incentivavam do outro lado, pulando no barro. O cheiro rançoso do rio se misturava em suas narinas ao perfume floral do chá.

O que Angsley disse era verdade. Ele ficara ansioso para vir. Fora uma sensação, mais que qualquer outra coisa, que o levara até lá, uma onda de nostalgia que tomara conta dele no momento em que ouvira a voz entusiasmada do amigo em meio àqueles meses desolados, depois que o bebê morreu e tudo desmoronou.

Ele e Sheila viviam cada qual seu próprio inferno e mal se falavam. Ele atravessava seus dias, estudava seus ratos, anotava os resultados como devia, bebia mais do que devia; no entanto, sentia que a maior parte de si, na maior parte dos dias, não era melhor que os animais daninhos que ele estudava. Na verdade, os ratos tinham mais ânimo.

O entusiasmo juvenil de Angsley tinha viajado a longa distância entre eles como uma lembrança do interesse que ele uma vez tivera pela vida e talvez pudesse reencontrar, se aproveitasse a oportunidade; e, de qualquer modo, seria uma escapada, um respiro, aquilo que ele vinha procurando todas as noites no fundo de um copo.

— Ouvi uma história extraordinária. É Shanti Devi tudo outra vez — Angsley dissera ao telefone, e Anderson rira pela primeira vez em meses ao ouvir o nome. — Eu pago a viagem, claro, pelo interesse da ciência.

— Vá — Sheila dissera. Seus olhos estavam vermelhos, acusadores.

E ele fora atrás daquela oportunidade, daquele respiro. Estava indo atrás disso. Fora um alívio sair de Connecticut, com o Natal se aproximando e sua esposa furiosa e arrasada. Não havia contado nada a Angsley sobre suas circunstâncias. Preferia não falar sobre isso.

— Shanti Devi — Anderson disse agora, em voz alta. Provavelmente não era nada, ele sabia disso. Ainda assim, o nome era um tônico em sua língua, levando-o para uma década antes, para o gosto de cerveja e juventude. — É bem difícil de acreditar.

Angsley se entusiasmou.

— É por isso que vamos lá. Assim você não precisa acreditar.

Anderson afastou o olhar do rosto ansioso do amigo.

O cachorro sarnento havia feito a travessia e agora subia pela margem barrenta do outro lado do rio. Sacudiu o pelo e as crianças gritaram e se afastaram, para evitar os pingos de água suja que giravam e cintilavam na luz.

— Sem bonecas — disse Anderson.

Angsley deu uma batidinha na mão dele.

— Só conheça a menina.

* * *

A menina morava algumas horas ao norte de Bangcoc, em uma aldeia na província de Uthai Thani. O barco passou pipocando pelos casebres na periferia da cidade, depois por residências rurais maiores, casas de madeira com embarcadouros nas extremidades adornados com pequenos templos de madeira, as casas dos espíritos para os mortos. Os campos de arroz após a colheita eram de um marrom dourado de ambos os lados, pontilhados aqui e ali por um búfalo se movendo devagar ou uma pequena choupana. Anderson sentia as imagens tomando o lugar dos pensamentos em sua cabeça, aliviando-o, até ele não ser mais nada além de dedos brancos roçando a superfície da água. A diferença de fuso horário o atingiu, e ele cochilou sentado, embalado pelo ronco áspero e constante do motor.

Quando acordou, umas duas horas mais tarde, o ar era quente e pesado em seus pulmões e ele estava envolto em um cobertor de sol. Percebeu que tinha sonhado com o bebê. No sonho, Owen era uma criança linda e saudável, com olhos azuis como os de Sheila, que o fitavam pensativos. O bebê se sentou e estendeu os braços para ele, como o menino que poderia ter sido.

Eles se aproximaram de uma pequena casa de madeira sobre palafitas cercada de uma vegetação exuberante. Como Angsley identificou aquela casa específica das outras idênticas que se alinhavam à margem da estrada perto do embarcadouro era um mistério que Anderson não se preocupou em solucionar. Uma mulher idosa varria o chão de terra na sombra sob a casa, com galinhas piando em volta de seus tornozelos. Angsley fez uma saudação *wai* para ela, inclinando a cabeça sobre as mãos unidas, o que revelou um ponto careca do couro cabeludo rosado no centro de seu crânio. Os dois conversaram brevemente.

— O pai está trabalhando nos campos — disse Angsley. — Ele não quer falar com a gente.

— Seu tailandês é bom, certo? — Anderson perguntou, e lhe ocorreu que deveriam ter contratado um intérprete.

— O suficiente.

Teria que ser.

Eles subiram as escadas. Um aposento simples, limpo, janelas de ripas de madeira dando para campos de plantação e um céu azul. Uma mulher colocava vários alimentos sobre a mesa em tigelas de metal gastas. Sua roupa era do mesmo tipo de tecido estampado com cores vivas que a da senhora idosa, amarrada logo acima dos seios. Ela era muito bonita, Anderson pensou, ou havia sido não tanto tempo atrás; a ansiedade parecia ter prendido a beleza dela em sua rede. Quando sorriu para eles, linhas de preocupação ondularam de seus olhos escuros, e seus lábios carmim se separaram, revelando dentes muito vermelhos.

— Noz-de-betel — murmurou Angsley. — Eles mastigam isso aqui. É uma espécie de estimulante. — Ele inclinou a cabeça em um gesto respeitoso, com as mãos unidas. — *Sowatdii-Kap.*

— *Sowatdii.* — Os olhos dela passaram rápidos de um para o outro.

Anderson procurou a criança e a descobriu agachada no canto, observando os lagartos amarelos que brincavam na poeira do teto. Ficou chocado ao ver que ela não estava vestindo nada. Era frágil, quase esquálida, com o rosto e a barriga côncava pintados com um pó branco que ele imaginou que fosse usado para proteger do calor: dois círculos redondos nas faces, uma linha descendo pelo nariz.

A mulher havia servido um banquete de aldeia para eles: arroz branco e curry de peixe, embora fossem apenas dez horas da manhã, e copos de metal com água que Anderson tinha certeza, enquanto bebia, de que o deixaria doente. Não podia se arriscar a ofendê-la, então encheu o estômago contrariado, enquanto o gosto de metal lhe revestia a boca. Do lado de fora da janela, um homem conduzia um búfalo por um campo de palha dourada. O sol entrava pelas ripas das janelas.

Angsley caminhou até a criança.

— Tenho uma coisa para você. — Puxou a boneca da mochila e ela a pegou com ar sério. Segurou-a com as mãos estendidas por um momento, depois a aninhou nos braços.

Angsley levantou as sobrancelhas significativamente para Anderson do outro lado da sala, como se dissesse: "Viu? Ela adorou".

Acomodaram-se em volta da mesa de madeira, agora limpa do desjejum. Dois homens brancos, uma mulher nervosa e uma menininha nua que não devia ter mais que três anos, segurando uma grotesca boneca de pano ruiva. Ela ficou sentada em silêncio ao lado da mãe. Tinha uma marca de nascença irregular à esquerda do umbigo, como um respingo de vinho tinto. Agarrava a boneca com força nas mãos, enquanto observava a mãe descascar um mamão papaia em tiras longas e regulares, com dedos rápidos.

Eles conversaram com a mãe. Angsley falava em tailandês primeiro, depois em inglês para Anderson.

— Nos conte sobre Gai.

Ela concordou com a cabeça, as mãos se movendo sem cessar, as tiras de mamão caindo em uma tigela de metal. Cada vez que um pedaço caía da faca, a menininha estremecia.

A mãe falava com a voz tão baixa que Anderson não sabia como Angsley conseguia ouvi-la.

— A Gai sempre foi diferente — o amigo traduziu, em uma voz quase robótica. — Ela não come arroz. Às vezes tentamos forçar, mas ela chora e cospe. — A mãe fez uma careta. — Isso é um problema. — Havia a voz tensa e baixa dela, depois o tom neutro de Angsley. A emoção, depois o significado. — Tenho medo que ela morra de fome. — Como se isso a fizesse lembrar, ela pegou um pedaço de mamão na tigela gasta e o entregou à filha. A menina apertou a boneca com a mão esquerda e pegou o mamão com a outra, segurando-o como que com uma pinça. Anderson notou que três dedos da mão direita eram deformados, como se tivessem sido desenhados sem cuidado, com pressa, sem o refinamento de unhas e articulações. A menina o flagrou olhando para seus dedos e os fechou em punho. Anderson desviou o olhar, envergonhado.

A mãe parou de fatiar o mamão e deixou fluir uma torrente de palavras. Angsley mal conseguia acompanhá-la.

— Minha filha diz que na última vez ela morou em uma casa grande em Phichit. O telhado era de metal. Ela diz que a nossa casa não é boa. É muito pequena. Isso é verdade. Nós somos pobres.

Ela fez uma careta, levantando uma das mãos para indicar a sala simples. A menina olhou séria para eles, mastigando o mamão, e apertou o corpo mole da boneca com mais força.

— E ela chora o tempo todo. Diz que sente saudades do seu bebê.

— Seu bebê?

A menina observava a mãe falar. Era como um coelho em um campo, ouvindo.

— O menininho dela. Ela não para de chorar. "Quero o meu bebê", ela diz.

Anderson sentiu o coração começar a bater um pouco mais rápido. A mente, porém, se manteve objetiva.

— Há quanto tempo ela diz isso?

— Um ano, mais ou menos. Nós falamos para ela esquecer essa história. Meu marido diz que dá azar pensar em outra vida. Mas ela continua falando. — Ela sorriu com tristeza, deixou a faca na mesa e se levantou, como se lavasse as mãos do problema.

Os homens também se levantaram.

— Só mais algumas perguntas...

Mas ela sacudiu a cabeça, ainda sorrindo, enquanto se retirava por uma porta no fundo da sala.

Eles ficaram olhando sua silhueta nas sombras, mexendo alguma coisa em um fogão baixo a carvão.

A criança estava sentada à mesa, afagando o cabelo absurdo da boneca e cantarolando sem melodia. Anderson se inclinou sobre a mesa.

— Gai, sua mãe disse que você morava em Phichit. Pode me contar sobre isso?

Angsley traduziu e Anderson conteve a respiração. Os dois esperaram. A menina os ignorou e continuou brincando com a boneca, cujos olhos, como botões pretos, pareciam zombar deles.

Anderson caminhou até Gai e se agachou ao lado da cadeira dela. A menina tinha as faces altas da mãe sob os círculos de pó branco, os olhos ansiosos da mãe. Ele se sentou no chão e cruzou as longas pernas. Por um bom tempo, uns quinze minutos, apenas ficou ali, sentado com ela. Gai lhe mostrou a boneca e ele sorriu. Começaram a brincar em silêncio. Ela deu comida para a boneca e a passou a ele para que fizesse o mesmo.

— Bonito bebê — ele disse depois de um tempo, e ela acariciou afetuosamente o nariz pintado da boneca. — Muito bonito mesmo. — A voz de Anderson era gentil, repleta de admiração. Ele acompanhava os tons tailandeses de Angsley, que flutuavam para cima e para baixo, como aviões de papel levados para o alto e depois caindo sem alcançar o alvo. Como saber se ele estava falando corretamente?

Ela riu.

— É um menino.

— Ele tem nome?

— Nueng.

— Belo nome. — Ele fez uma pausa. — O que você está dando para ele comer?

— Leite.

— Ele não gosta de arroz?

Ela sacudiu a cabeça em negativa, a poucos centímetros dele. Anderson podia sentir seu hálito de mamão e um cheiro de pó, provavelmente da tinta no rosto.

— Por que não?

Ela fez uma careta.

— Arroz é ruim.

— O gosto não é bom?

— Não, não, não, não é bom.

Ele esperou um momento.

— Alguma coisa aconteceu enquanto você estava comendo arroz?

— Aconteceu uma coisa ruim.

— Ah. — Ele estava consciente de todos os sons na sala: a voz de Angsley, o ruído áspero dos lagartos correndo loucamente pelo teto, os batimentos acelerados do seu coração. — O que aconteceu?

— Não agora.

— Eu entendo. Aconteceu em outro tempo.

— Quando eu era grande.

Anderson olhou para o sol que passava entre as ripas da janela até o chão de madeira, para os círculos brancos que brilhavam no rosto da criança.

— Ah. Quando você era grande. Você morava em outra casa?

Ela assentiu.

— Em Phichit.

— Entendo. — Ele se forçou a respirar com regularidade. — O que aconteceu lá?

— Coisa ruim.

— Uma coisa ruim aconteceu com o arroz?

Ela estendeu a mão sobre a mesa até a vasilha de mamão, pegou um pedaço e o enfiou na boca.

— O que aconteceu, Gai?

Ela sorriu para eles com a fruta cobrindo os dentes, um largo sorriso de palhaço cor de laranja. Em seguida sacudiu a cabeça.

Eles esperaram por um longo tempo, mas ela não disse mais nada. Do lado de fora da janela, o búfalo não estava mais à vista; o sol punha os campos brilhantes em fogo. Abaixo, as galinhas cacarejavam.

— Acho que é isso então — disse Angsley.

— Espere.

A menina estava estendendo a mão de novo para a vasilha de mamão e, dessa vez, pegou a faca que sua mãe havia deixado ali. Segurou-a com sua mão imperfeita. Eles estavam tão extasiados, aqueles dois homens adultos, que a princípio não reagiram — não tiraram a faca da criança. Observaram enquanto ela pegava a boneca, enrolava seus dedos toscos de pano cuidadosamente em volta da faca e, com um movimento único e focado, virava a faca em direção ao próprio corpo, parando um pouco antes de a lâmina entrar em seu abdome, a ponta roçando a marca de nascença cor de vinho.

Foi só então que Anderson esticou o braço e tirou a faca dos pequenos dedos malformados. A menina não resistiu.

Então ela disse mais alguma coisa, os olhos fixos nele, o rosto com uma expressão de urgência sob o pó branco. *Uma criança fantasma*, pensou Anderson. *Um sonho*. Depois pensou: *Não, ela é real. Isso é realidade.*

Houve uma pausa.

— E então? O que foi? O que ela disse?

Angsley franziu ligeiramente a testa.

— Acho que ela disse "o carteiro".

* * *

Já era fim do dia quando Anderson e Angsley refizeram o trajeto de barco. A caminhonete alugada que os levara para Phichit e os trouxera de volta os deixara à margem do rio e, agora, eles retornavam em silêncio para Bangcoc. Anderson estava de pé na frente da embarcação. Ao seu lado, Angsley fumava, sentado.

O barco deslizava pela água, passando pelos casebres com embarcadouros e as pequenas casas dos espíritos postadas nas extremidades — templos em miniatura construídos para abrigá-los e apaziguá-los —, por mulheres se banhando e crianças nadando na água barrenta do rio.

Anderson desabotoou a camisa. Tirou os sapatos e as meias. Precisava sentir a água molhando seus dedos, respingando nos tornozelos. Ficou de pé no barco com a camisa aberta sobre a regata, o sol de fim de tarde rugindo sobre a cabeça. Todos os pelos de seu corpo estavam eriçados.

Pensou em Arjuna, pedindo a Krishna, o deus hindu, que lhe mostrasse a realidade: "Realidade, a luz de mil sóis brilhando ao mesmo tempo no firmamento". Pensou em Heráclito: um homem não pode entrar no mesmo rio duas vezes, pois não é o mesmo rio, e ele não é o mesmo homem. Pensou nos relatórios da polícia e do legista sobre o carteiro de Phichit que havia enfiado uma faca no lado esquerdo do abdome de sua esposa, matando-a e cortando três dedos de sua mão direita com que ela tentara se proteger, porque ela queimara o arroz.

O piloto fez algo com o motor e o barco deslizou veloz pela água, pulando sobre o rio e os encharcando com seus respingos refrescantes.

Ele se lembrou de seu tempo de faculdade, quando ele e Angsley ficavam acordados até tarde discutindo o caso de Shanti Devi e os escritos de Platão ou de qualquer outro que tivesse levado a teoria da reencarnação a sério, de Orígenes a Henry Ford, do general Patton ao Buda. Achava que tinha deixado tudo isso para trás. A sobrevivência da consciência após a morte — isso era um Santo Graal ou um castelo no ar, um trabalho impróprio para um cientista de seu calibre. No entanto, vinha pesquisando desde então à sua maneira, acompanhando o que a equipe de J. B. Rhine fazia na área de PES em Duke e explorando em seu próprio trabalho as conexões entre corpo e mente. Estresse mental causava males físicos, isso era sabido. Mas por que algumas pessoas saíam bem de traumas, enquanto outras eram atormentadas por suores noturnos e fobias? Era claro para ele que genética e fatores ambientais não explicavam tudo. Ele não acreditava que fosse uma questão de sorte. Estava procurando algo mais.

Algo mais.

Conexões geravam outras conexões em sua mente, ramificando-se como vidro rachado.

Não apenas inato ou adquirido, mas *algo mais* que pudesse causar peculiaridades de personalidade, fobias. Por que alguns bebês nasciam calmos e outros inconsoláveis? Por que algumas crianças tinham atrações e capacidades inatas? Por que outras sentiam que deveriam ter nascido com o sexo oposto? Por que Chang, o gêmeo siamês irritadiço, que gostava de beber e farrear, era tão diferente em temperamento de seu irmão Eng, tranquilo e abstêmio? Certamente os fatores genéticos e ambientais nesse caso eram os mesmos. E havia os defeitos de nascença, claro — os dedos deformados da menina proporcionavam uma ligação clara entre esta vida e a outra, e podiam até mesmo explicar...

Owen.

Anderson se sentou. Sua garganta estava seca; o sol havia queimado muito seu rosto e pescoço, e ele sabia que aquilo arderia bastante mais tarde. Quando fechou os olhos, viu manchas sem forma se movendo rapidamente por uma extensão laranja brilhante demais. As manchas se juntaram em um rosto que não era um rosto, e ele se permitiu ver seu filho outra vez.

Sheila o acusara de não ser capaz de amar Owen durante sua breve e torturada vida, porque ele não conseguia segurar e acariciar o bebê, como ela fazia. Era verdade, ele não conseguia olhar para o filho, mas porque o amava e se sentia incapaz de ajudá-lo — ele se sentia atormentado pela própria ignorância. Por que isso tinha que acontecer com *essa* criança, *dessa* maneira?

Na maternidade, antes de Sheila acordar, ele acariciara a mãozinha minúscula de seu filho imperfeito e olhara para aquela face inocente e terrível, até não conseguir mais olhar, nunca mais. Saíra direto da UTI neonatal e percorrera o corredor até a ala do berçário, até a janela atrás da qual os outros bebês dormiam ou se agitavam, seus corpos rosados de saúde.

Por quê? Por nenhum motivo claro, um bebê nasce como Owen havia nascido, enquanto outros nascem perfeitos. Que sentido havia nisso? Que ciência? Poderia ser realmente simples falta de sorte, um giro infeliz da roleta cromossômica? Por que aquela criança nascera daquele jeito, se não havia nenhum indicador, nenhum fator ambiental?

A menos que...

Ele abriu os olhos.

Bobby Angsley o observava, um leve sorriso brincando no canto dos lábios.

— Tenho acompanhado esse fenômeno — Angsley disse baixinho. — Na Nigéria. Na Turquia. Alasca. Líbano. Você achou que eu estivesse brincando. Bom, eu estava. Mas estava procurando também. Estava ouvindo.

— E ouviu alguma coisa?

— Basicamente murmúrios. Histórias contadas tarde da noite enquanto bebia raki ou algum outro destilado local com antropólogas em visita. Algumas dessas mulheres são surpreendentemente atraentes, sabia? Sexy de um jeito cientista.

— Sei. — Anderson sacudiu a cabeça e moveu os pés molhados sob o sol.

— Não, escute — Angsley disse depressa, e sua intensidade fez Anderson olhar novamente para ele. — Sabia que existe uma aldeia igbo na Nigéria em que eles amputam o dedinho de uma criança morta e lhe pedem para voltar apenas se for para viver uma vida mais longa com eles da próxima vez? E quando, depois disso, alguém tem um filho e essa criança *tem* um dedinho deformado, o que parece que de fato *acontece* às vezes, eles comemoram. E os tlingit... os tlingit do Alasca... seus mortos ou moribundos aparecem para eles em sonhos, dizendo de qual parente mulher eles vão nascer de novo. E não vou nem começar a contar sobre os drusos... — Ele pôs o cigarro entre os lábios, como para se impedir fisicamente de continuar, depois o tirou outra vez. — Escute, eu sei, parece folclore. Mas existem casos.

— Casos? — Anderson tentava entender o que Angsley estava lhe contando. Havia camadas sob camadas. — Casos verificáveis?

— Bom, eu não sou nenhum Charles Darwin. Não sou um cientista muito bom de nenhum tipo, na verdade. Eu não tenho... rigor.

Anderson olhou sério para ele.

— Você não me trouxe até aqui só pela menina.

Angsley o olhou de volta com naturalidade.

— Não. — Seus olhos brilhavam de entusiasmo.

Fizeram uma curva no rio e a cidade apareceu diante deles como um presente: as torres douradas do Palácio Real, os vibrantes telhados vermelhos e verdes do templo.

Se eles conseguissem... se tivessem casos verificáveis... poderiam fazer o que mais ninguém ainda havia feito — nem William James, nem John Edgar Coover, em Stanford, nem J. B. Rhine, em Duke, que se fechou no laboratório por todos aqueles anos com suas cartas de Zener para estudar a pes. Teriam encontrado provas da sobrevivência da consciência após a morte.

— Temos que voltar amanhã, logo cedo — Anderson disse devagar, fazendo planos enquanto falava. — Vamos levar a menina para Phichit e ver o que ela consegue identificar. Encontro você no saguão às cinco e meia.

Angsley riu e murmurou um palavrão.

— Combinado.

Houve uma pausa. Anderson mal podia respirar.

— Bobby — ele murmurou —, existem mesmo outros casos como esse?

Angsley sorriu. Tragou seu cigarro e soltou uma longa nuvem de fumaça.

A luz sobre as torres douradas era ofuscante ao sol poente, mas Anderson não conseguia desviar o olhar. Mal podia esperar até o amanhecer. Havia muito trabalho a fazer.

"Recalculando."

Quantas vezes o gps tinha dito isso? Onde ele estava? Tinha pegado uma entrada errada em algum lugar.

Anderson parou no acostamento da estrada lamacenta e saiu do carro. Caminhões passavam velozes por ele na pista, que cheirava a asfalto, fumaça de escapamento, uma falsa sensação de importância: Estados Unidos. Olhou em volta à procura de placas; a última que tinha visto indicava que ele estava em algum lugar perto da Filadélfia. Quanto teria se desviado?

Tentou afastar da cabeça as visões e os sons da Tailândia. Sentia a presença do amigo perto dele, como se tivesse acabado de sair do seu lado.

Seu melhor amigo, que não existia mais; tudo aquilo desaparecido: o Instituto, o belo edifício que ele e Angsley e o dinheiro de Angsley haviam construído. Quanto entusiasmo tiveram nessa empreitada, quando o horizonte à frente era todo deles para desbravar e os casos fluíam um atrás do outro, enviando-os pelo mundo afora: Tailândia, Sri Lanka, Líbano, Índia, cada caso novo e instigante. E eles se divertiram muito com aquilo, até que Angsley morreu de repente, seis meses depois de Sheila, quando seu coração parou de bater enquanto ele subia uma colina em sua propriedade na Virgínia, assim, do nada.

No velório (católico, tradicional — Anderson devia ter percebido ali que a viúva drenaria lentamente o dinheiro da fundação, como o sangue das veias de seu marido), havia uma expressão de surpresa gravada no rosto de Angsley que nem mesmo o dono da casa funerária havia conseguido eliminar. *Ah, meu amigo,* ele havia pensado, olhando para aquele corpo tão conhecido cheio de formaldeído, com as faces pintadas, a caminho do mausoléu da família. *Não é o enterro que você tinha imaginado, seus velhos ossos abertos sobre um rochedo, brilhando ao sol.*

Ah, meu amigo. Você me venceu nessa. Agora você sabe, e eu não.

Angsley estava morto. O Instituto estava fechado, seus arquivos, despachados. Só havia mais uma coisa a fazer, só mais um caso a investigar. Tudo o que ele precisava fazer era concluí-lo.

16

Ashview, Virgínia, deixava Janie nervosa. Era um subúrbio de Washington, repleto daquele tipo de mansão emergente que ela sempre desprezara: casas sem nenhuma história, ocupando cada centímetro de espaço, com enormes garagens desajeitadas. No entanto... ela tinha que admitir que devia haver algo sedutor para uma criança naquelas casas grandes, nos vastos jardins verdejantes, nos carvalhos que margeavam as ruas tão ordenadamente, com seus ramos verdes se estendendo sobre a pista.

Haviam percorrido a rua principal algumas vezes. Pararam na frente de três escolas diferentes (uma das quais, aparentemente, era a de Tommy Moran). Cada uma delas atraente à sua maneira, com seu grande campo de beisebol e seu parquinho.

— Reconhece alguma coisa? — Anderson ficava perguntando, mas Noah não dizia nada. Ele parecia atordoado, confuso, observando os prédios do banco de trás e murmurando para si de vez em quando com uma voz cantada: "Ash-view, Ash-view".

— Já passamos por aqui — Janie disse para Anderson.

Ele havia pegado os dois na rodoviária e seguido direto para o centro da cidade.

— Mais uma vez. Vamos fazer um trajeto diferente.

Manobrou o carro e voltaram pela via central da cidade. Janie já tinha memorizado tudo. Starbucks, pizzaria, igreja, igreja, banco, posto de gasolina, loja de materiais de construção, prefeitura, bombeiros: deslizando em torno deles repetidamente, como uma cidade em um sonho.

Ela deu uma olhada em Anderson. Ele dirigia rígido, com a boca apertada em uma determinação teimosa. Tinha vinte e quatro anos a mais que ela e sessenta e quatro a mais que Noah, e não demonstrava nenhum sinal de fadiga.

— Não parece que ele esteja reconhecendo alguma coisa.

— Isso não é incomum. Algumas crianças são mais ligadas à casa do que à cidade. As pessoas se lembram de coisas diferentes.

Por fim, chegaram a um portão. Anderson falou com um segurança que conferiu uma lista e fez sinal para eles passarem. Prosseguiram devagar por uma rua margeada por casas ainda maiores e mais novas. Um campo de golfe reluzia nas colinas à frente deles. Anderson parou diante de uma enorme casa de tijolos que lembrava a Janie uma mulher sem graça abarrotada com excesso de acessórios. O único sinal de vida humana era um caminhão de plástico ao lado do caminho de pedras que levava até a porta da frente, as rodas para o ar como um besouro de ponta-cabeça.

Ficaram sentados em silêncio no carro. Janie observava o filho pelo espelho retrovisor. A expressão dele era indecifrável.

— Bem — Anderson disse por fim. — Aqui estamos.

— Eles são ricos — Janie falou de repente. — O Tommy era rico. — Ela sentiu aquilo como um golpe.

— Parece que sim. — Anderson lhe deu um sorriso tenso.

Não era de surpreender que Noah quisesse voltar para cá, ela pensou. Quem não ia querer? E daí que a casa era mal projetada? Quem ia ficar feliz em um pequeno apartamento de dois quartos no térreo depois de ter tido aquilo?

Anderson virou para Noah no banco traseiro e seu rosto e voz se suavizaram.

— Alguma coisa parece conhecida para você, Noah?

O menino olhou para ele. Parecia um pouco vidrado.

— Não sei.

Anderson assentiu.

— Vamos entrar e descobrir?

Noah pareceu se animar. Abriu sozinho o cinto de segurança, saiu depressa do carro e começou a subir o caminho de pedras.

Um homem de camisa polo e calça bege engomada abriu a porta. Tinha o rosto vermelho e exasperado, cabelos ruivos e lisos. Olhou para eles com a consternação de um diabético que olha uma tropa de bandeirantes carregando bandejas de cookies. Janie tentou não olhar muito fixamente nem para ele nem para Noah, que inspecionava os sapatos sociais do homem. Ela se conteve para não dizer: "Meu amor, este é o seu papai da outra vida?", e então quase começou a rir de puro nervosismo.

O homem olhou para eles, franzindo a testa.

— Acho melhor vocês entrarem — disse por fim, dando um passo para trás e segurando a porta parcialmente aberta, de modo que eles tiveram de entortar o corpo para entrar. O saguão era do tamanho da sala de estar dela no Brooklyn. — Só para avisar, eu não concordo com nada disso — continuou ele. — Então, se estão esperando alguma compensação financeira, já vou dizendo…

— Não queremos negociação — Anderson disse com firmeza, e Janie percebeu que ele devia estar nervoso também. Ele segurava a pasta com força na mão.

O homem apertou os olhos.

— Como?

— Eu quis dizer… compensação.

— Certo. — Ele fez um gesto para o acompanharem até uma sala ampla. Janie tentou relaxar e simplesmente respirar; o ar cheirava a algo doce assando, e também algo cítrico e antisséptico que lhe deu uma sensação ruim no peito. De algum lugar no fundo da casa, um aspirador zumbia.

A sala era decorada em um estilo neutro e de bom gosto, com móveis bege luxuosos e quadros de flores emoldurados nas paredes. Pelas portas de vidro de correr no fundo da sala, ela podia ver uma grande piscina coberta com uma lona cinza pesada. Parecia uma cicatriz no meio do quintal.

— Vocês chegaram! — Uma mulher loira miúda sorriu de modo acolhedor para eles de um balcão que dava para a sala. Ela equilibrava um bebê rechonchudo de cerca de um ano sobre o quadril, como se ele fosse feito de ar. Era bonita, com o rosto redondo e traços finos e delicados.

A mulher se juntou a eles, parando meio constrangida na frente da lareira. Sorriu com simpatia para Janie e Anderson, como se eles tivessem vindo para o chá, e estendeu a mão macia para os dois. Tinha os cabelos presos elegantemente atrás da cabeça com um prendedor esmaltado que, Janie notou, combinava perfeitamente com o tom amarelo-canário de sua blusa de seda.

— Obrigada por virem de tão longe — disse ela. — Sou a Melissa.

Melissa virou para Noah e estendeu a mão para ele também, que a apertou solenemente. Toda a sala os observava sem respirar, o marido cético parado à porta, os dois adultos ansiosos. Noah esfregou os pés no tapete timidamente, e Janie notou, consternada, que começava a surgir um pequeno buraco no tênis esquerdo dele, perto do dedo. Mais uma coisa que ela não tinha conseguido controlar.

Melissa sorriu docemente para Noah.

— Você gosta de cookies de aveia com passas? — A voz dela era alegre e aguda, como a de uma professora de pré-escola. Noah fez que sim com a cabeça, observando-a com os olhos arregalados. — Eu imaginei que gostasse. — Ajeitou o bebê no colo e o balançou nos braços. — Estão quase prontos. Fiz limonada com hortelã também, se você quiser.

Ela era tão atraente, com seus cabelos loiros brilhantes e seu sorriso largo... como Noah. Qualquer estranho presumiria que ela era a mãe do menino. Ela era a mãe que se escolheria em um catálogo: eu quero esta aqui. Qualquer um ia querer voltar para essa casa grande e essa mãe de rosto doce que faz cookies. Janie cruzou os braços. A pele atrás de seu braço era ligeiramente áspera, um problema dermatológico de que nunca se livrara. Noah tinha o mesmo problema. Teve vontade de estender a mão e sentir a tão conhecida aspereza nos braços dele. *Ele é meu*, pensou. *Aqui está a prova.*

— Sentem-se, por favor — Melissa pediu, e todos se afundaram juntos no sofá curvo. Ela pôs o bebê no chão e eles o observaram se mover apoiado na mobília, sobre pés vacilantes e gordinhos. Noah se apertou contra Janie, quieto, com a cabeça baixa, os olhos indecifráveis sob as pálpebras semicerradas. Ela tentou se impregnar do calor do corpo dele junto ao seu.

Anderson abriu sua pasta e tirou um papel.

— Tenho uma lista de declarações que o Noah fez, se você não se importar em dar uma olhada e ver o que corresponde...

Janie espiou a página:

Noah Zimmerman:
- *conhecimento incomum sobre répteis*
- *sabe anotar jogos de beisebol*
- *torce para o Washington Nationals*
- *fala de uma pessoa chamada Pauly...*

Melissa a pegou e examinou, piscando algumas vezes.
— Tenho que admitir... eu estava cética quando você me mandou aquele e-mail. Ainda estou. Mas há tantas... semelhanças... E, bom, tentamos manter a mente aberta, não é, John? — John não disse nada. — Ou pelo menos eu tento. Tenho tentado muito olhar para dentro de mim desde...
— Sua voz falhou. Janie sentiu seus olhos se moverem automaticamente para a porta de vidro, para a piscina coberta. Quando virou para Melissa outra vez, a mulher a observava com olhos intensos e úmidos. — Fico feliz de estarem aqui — disse ela, antes de enxugar uma lágrima e se levantar. — Ei, que tal eu ir pegar os cookies? Fique de olho no Charlie para mim, está bem, amor? — John fez um movimento seco com a cabeça.
— Por favor — Anderson disse de repente, levantando-se também. — Será que posso usar o...
— Por ali. — John indicou o corredor com a cabeça. Anderson pediu licença e saiu, e a sala ficou em silêncio. Noah olhou para seus tênis. Janie observou o bebê tentando encarar o espaço traiçoeiro entre o sofá e a poltrona. O bebê deu um passo, oscilou e caiu. Começou a chorar. John se aproximou devagar e o pegou no colo. — Pronto — disse ele, balançando o bebê de um jeito automático. — Pronto.

Anderson caminhou pelo corredor, passou por uma porta semiaberta que revelava um quarto amarelo-claro repleto de bichos de pelúcia e um berço, e por outra, agora fechada, com uma placa em que se lia "NÃO PERTURBE" em letras infantis, escritas com giz de cera. As letras pareciam alegres, como se estivessem só brincando. Ele parou, olhou para os dois lados e abriu uma fresta.

Era um quarto de menino. Parecia que tinha sido usado no dia anterior, e não cinco anos e meio antes. A colcha, com estampa de bolas e tacos de beisebol, estava esticada perfeitamente sob o travesseiro; os troféus dourados de beisebol e futebol na prateleira reluziam em todo o seu esplendor, como se tivessem acabado de ser ganhos; havia um cesto com luvas de beisebol e outro com bolas sob uma flâmula do Nationals, e um pôster emoldurado de diferentes tipos de cobras. Uma mochila azul infantil repousava em um canto com o monograma TEM bordado. Parecia ainda estar cheia de livros escolares. Na estante, no canto do quarto, havia vários livros do Harry Potter, ao lado de uma enciclopédia de beisebol e três livros sobre cobras.

Anderson fechou a porta e se apressou para o banheiro.

Do lado de dentro, trancou a porta, jogou água no rosto e olhou com alarme para as faces pálidas no espelho.

Não eram eles.

Ele tinha desconfiado disso desde o momento em que entraram na casa, mas agora tinha certeza.

Charlie era um bebê, novo demais para estar vivo durante a vida da personalidade anterior. Não havia como Noah se lembrar dele. Tommy gostava de cobras, não de lagartos. E Noah não parecia reconhecer nada ali. Era a família errada.

Era sua culpa, claro. Suas faculdades mentais não estavam plenamente operacionais. A palavra *lagartos* não lhe veio à mente, então ele escreveu *répteis*. Não perguntou a idade do irmão mais novo, Charlie. Erros pequenos, mas cruciais e não habituais para ele, o haviam levado na direção errada, com efeitos desastrosos.

Ele ficara ansioso demais. Toda aquela atividade havia sido tão prazerosa para ele que quase se esquecera de tudo que estava lhe acontecendo, em meio ao desejo de avançar e continuar em movimento.

Passou a mão pelos cabelos. O caso estava acabado. Ele estava acabado. Sua fé nas palavras finalmente havia desmoronado e, com isso, toda a confiança que restava em sua capacidade profissional.

E agora? Ele havia errado e, agora, tinha que voltar para a sala e consertar a situação. E então iria para casa. Voltar e recomeçar? Não havia recomeço; ele estava acabado. Isso era claro. Um fim adequado para uma carreira longa e desprezível. Ah, mas ele trabalhara com afinco para alcançar sua obscuridade.

Apoiou-se na pia, preparando-se para o inevitável.

17

Janie sentia o cheiro de cookies do outro lado da sala.

— Espero que vocês gostem deles quentes! — Melissa exclamou, segurando a bandeja no alto, como a capa de um livro sobre como receber bem. Ela havia saído da cozinha alegre e, de alguma maneira, mais brilhante, as faces rosadas e os lábios recém-lambuzados de batom cor-de-rosa. Entregou um cookie para Noah e pôs a bandeja com o restante sobre uma mesinha de canto. O aroma doce mascarava o odor de limão e amônia dos produtos de limpeza e o cheiro azedo de Noah, que o acompanhava por toda parte. Janie se perguntou se a mulher o teria sentido.

John olhou para Melissa sobre a cabeça do bebê.

— O Charlie está molhado — disse ele, e fez uma careta.

Melissa riu, seca.

— Então troque a fralda dele. — Os olhares do casal se encontraram e Janie teve a nítida impressão de que mais de uma briga havia precedido aquela visita. John suspirou; pai e filho deixaram a sala.

Noah estava sentado muito quieto no sofá, cabisbaixo, as mãos entre as pernas, a boca cheia de cookies.

— Bem — Melissa virou-se para Janie, sorridente. — Eu soube que o Noah é fã dos Nationals.

— Ele é.

— Quem é o seu jogador favorito, Noah?

— O Zimmernator — Noah respondeu para o tapete, com a boca cheia.

— Ele gosta do Ryan Zimmerman. Por causa do sobrenome, claro — Janie acrescentou.

Mas os olhos de Melissa se arregalaram.

— Ele era o favorito do Tommy também!

Ao som do nome, Noah levantou a cabeça na mesma hora. Foi impossível não notar.

Melissa ficou pálida. Olhou para Noah e passou a língua pelos lábios, nervosa.

— T-Tommy? Você é o Tommy?

Ele concordou com a cabeça, hesitante.

— Ah, meu deus. — Ela pôs a mão na garganta. O sorriso cor-de-rosa parecia flutuar em seu rosto, incorpóreo, como se não tivesse nenhuma relação com os olhos azuis, molhados e pestanejantes.

Janie estaria sonhando? Aquilo estava mesmo acontecendo?

— Tommy. Venha aqui — a mulher disse, com os braços alvos abertos. — Venha para a mamãe.

Noah a fitou, boquiaberto.

A mulher atravessou a pequena distância entre eles e o puxou do sofá, levantando seu corpo nos braços como se fosse uma boneca de pano.

Mas não podia ser, Janie pensou. Ele tinha a mesma aspereza nos braços que ela. Ela o pegara no colo momentos depois do nascimento e ele mamara em seu peito instantaneamente, "como um profissional", a enfermeira dissera com orgulho.

— Ah, meu bebê. — Melissa começou a chorar no cabelo de Noah. — Eu sinto tanto.

— Ahn! — disse Noah, a testa ficando cor-de-rosa acima dos braços dela, a palavra emergindo dele como um piado.

Assim que ele nascera, o médico o levantara para que Janie pudesse vê-lo. Ainda estava preso ao cordão umbilical, sujo de sangue e vérnix. Seu rosto era muito vermelho, contorcido, lindo.

— Eu sinto tanto, tanto, meu bebê. Eu cometi um erro — disse Melissa com a voz rouca, o rímel começando a escorrer pelo seu rosto. — Eu sei que fiz tudo errado. Eu sempre confiro o trinco. Eu achei que tivesse conferido. Eu errei.

Janie mal podia ver o topo da cabeça de Noah, quanto mais seu rosto.

— Ahn! — ele piou outra vez. — Ahn!

— Eu deixei o trinco aberto! Eu nunca faço isso. Ah, eu fiz tudo errado. — Ela se agarrou aos braços de Noah, que estavam rígidos ao lado do corpo, e a pele dele ficou manchada sob seus dedos, tão vermelha quanto a camiseta dos Nationals. — Mas por que você se *afogou*, meu bebê? Por quê? Você fazia aulas de natação!

— Ahn! — Noah gemeu.

Só que ele não estava dizendo "Ahn", Janie percebeu de repente. Ele estava dizendo "Não".

— Não — Noah gemeu outra vez e, quando entortou o pescoço para se libertar, Janie viu que seus olhos estavam fechados com força. Ele se contorceu, mas não conseguiu escapar do abraço da mulher. — Não, não, não!

— Eu não sabia que você ia para a piscina — Melissa estava dizendo, ofegante. — Nunca pensei que você fosse fazer isso. Mas você sabia nadar! Você sabia nadar. Ah, meu Deus, eu fiz tudo errado, Tommy. A mamãe fez tudo errado! — Ela levantou a mão para enxugar os olhos e Noah se soltou.

Ele se afastou para o outro lado da sala, tremendo com tanta violência que seus dentes batiam. Janie foi até ele.

— Noah, você está bem?

— Tommy. — Melissa estendeu seus braços brancos e macios.

Ele olhou de uma mulher para a outra.

— Vão embora! — gritou. — Vão embora!

Em seguida recuou para o mais longe possível das duas, derrubando a mesa de canto e espalhando os cookies pelo chão.

— Onde está a minha *mãe*? — ele berrou, virando-se para Janie. — Você disse que eu ia ver a minha mãe! Você *disse*!

— Noah, meu amor... escute...

Mas ele fechou os olhos, pôs as mãos sobre os ouvidos e começou a cantarolar alto para si mesmo.

Anderson entrou apressado na sala, seguido por John, que carregava o bebê no colo apenas de fralda. John observou a cena, olhando primeiro para Noah, depois para sua esposa, com lágrimas descendo pelas faces como marcas de pneus.

— O que vocês fizeram? — disse ele.

Na cozinha, Noah estava sentado à mesa com os olhos fechados e as mãos sobre os ouvidos. Ele continuava cantarolando. Não queria olhar para Janie e, quando ela pôs a mão sobre seu ombro, ele se afastou. Havia outra bandeja de cookies sobre o balcão de mármore reluzente. Seu aroma permeava o aposento, forte e nauseante, como um erro que era tarde demais para consertar.

Anderson pigarreou. Janie mal conseguia olhar para ele.

— Foi um erro — ele disse, parecendo se dirigir a todos ou a nenhum deles. — Parece ser a personalidade anterior errada. — Ninguém respondeu. — Deixem-me explicar... — disse ele, mas não prosseguiu. Parecia estar desorientado, se é que alguma vez não havia estado.

Melissa estava encolhida do outro lado da mesa. Ela havia mordido o lábio, que agora sangrava. Havia uma mancha vermelha na gola de sua blusa amarela, outra nos dentes brancos.

— Eu achei que teria respostas — ela murmurou, e Janie viu um feixe de fios cinza misturados às ondas loiras de seus cabelos.

Seu marido tinha um pacote de lenços umedecidos nas mãos e limpava o rosto dela, o bebê preso sob o braço como uma enorme bola de futebol esperneante.

— Não existem respostas — disse John. — Foi um acidente.

Ele limpou gentilmente as marcas pretas no rosto e no queixo da esposa. Ela permitiu, com as mãos soltas no colo. Quando ele removeu a maquiagem, ela pareceu ainda mais nova, como uma criança.

— Você sempre diz isso — Melissa gemeu. — Mas a culpa é minha.

— O rapaz que limpava a piscina deixou o trinco aberto. — O bebê começou a choramingar. — Você sabe disso. Poderia ter acontecido com qualquer um. Foi uma fatalidade.

— Mas as aulas...

— Ele não nadava bem.

— Mas se eu tivesse conferido o trinco...
— É hora de parar com isso, Mel.
É hora de parar com isso.
As palavras por fim acordaram Janie do transe. Aquela mulher havia perdido seu filho, ela pensou. Ela *perdeu* seu *filho*. Janie deixou as palavras assentarem. Não pôde deixar de imaginar uma criança loira e meiga se debatendo no fundo da piscina. Seu corpinho morto flutuando naquela água azul cristalina. Uma criança morta — tudo fluía desse fato, não? De todas as coisas ruins que poderiam acontecer, aquela era a pior. E então eles tinham vindo aqui e feito aquilo com ela, com aquela mulher que já havia sofrido de maneira inimaginável: eles haviam lhe dado esperança, depois a esmagaram cruelmente, e não fazia diferença se essa tinha sido sua intenção ou não. *Ela* havia feito aquilo; não podia culpar Noah. E Anderson havia seguido as diretrizes de sua ética própria de um modo que ela não conseguia realmente entender. Mas ela era mãe e devia ter sido mais sensível e, em vez disso, fora cruel com aquela mulher. Era indesculpável o que ela havia feito, e tudo porque não conseguia encarar a realidade. E qual era a realidade?

Que Tommy Moran havia morrido e não ia voltar.

E o caso de Anderson estava encerrado.

E Noah estava doente.

É hora de parar com isso.

O bebê ainda choramingava.

— Mel. — O marido afagou a cabeça dela como se fosse um cachorrinho. — O Charlie está com fome. Ele precisa de você.

Melissa pegou o bebê do colo do marido mecanicamente. Levantou a blusa e o sutiã com um gesto rápido e hábil e seu seio redondo apareceu, o mamilo inchado e róseo tão inesperado quanto uma nave espacial. Janie percebeu Anderson desviando o olhar, mas ela não conseguiu tirar os olhos. Melissa ajeitou o bebê faminto no peito e, depois de alguns instantes, sua expressão se tranquilizou.

Janie sentia a vergonha fluir pelo seu pescoço. Tinha feito Noah passar por tudo aquilo também, confundindo-o ainda mais a troco de nada.

— Desculpe — ela falou para Melissa.

Melissa fechou os olhos, concentrando-se no que estava acontecendo em seu corpo, e Janie se lembrou da sensação de formigamento quando os seios se tornavam pesados e vivos com o fluxo de leite, o puxão no mamilo dado por pequenos dentes afiados, depois o profundo suspiro interior enquanto o bebê sugava o leite para a boca.

— É melhor vocês irem embora — disse John, embora isso nem precisasse ser dito. Ele os conduziu em silêncio pela casa, Janie orientando Noah com as mãos em suas costas, as mãos dele ainda tampando os ouvidos, Anderson seguindo atrás. John abriu a porta da frente, sem olhar para eles.

Os três desceram os degraus aos tropeções e voltaram à rua bonita. As árvores acenavam na brisa; os campos de golfe se destacavam ao longe. Um menino de bicicleta passou em velocidade por eles na calçada, ferozmente concentrado, quase os atingindo. Janie o observou seguir rua abaixo, com os pneus bamboleando.

Foram embora em silêncio. Janie sentou atrás, ao lado da cadeirinha de Noah, que não abriu os olhos nem tirou as mãos dos ouvidos. Depois de um tempo, as mãos dele caíram para os lados e ela percebeu que ele havia adormecido.

O Noah está doente.

Experimentou as palavras em sua mente. Elas ficaram ali, sem fazer sentido, como uma massa de plutônio de aparência inocente.

Anderson virou uma esquina, depois outra, e o segurança fez sinal para eles saírem pelo portão. Estavam de volta ao mundo agora, à realidade louca e confusa. Viraram na Main Street, em direção ao hotel. A moça do GPS cantava sua melodia indiferente. "Continue em frente por duzentos metros. Depois vire à esquerda na Preciosa Street."

Preciosa, Janie pensou. A palavra ecoou em seu cérebro, transformada em *Psicose*.

Pela janela, viu a escola de ensino médio local encerrando as atividades do dia. Crianças grandes caminhavam preguiçosamente para o estacionamento, chamando umas às outras com vozes altas e exuberantes.

"Vire à esquerda na Psicose Street. Recalculando."

Recalculando. *Medicando.*

"Continue por duzentos metros na Psicose Street. Medicando. Medicando."

Seguiam por uma rua lateral agora, passaram por um banco, uma rua simpática com casas menores e varandas adornadas com bandeiras americanas.

Rua lateral. *Efeitos colaterais.*

"Continue por trezentos metros. Vire à esquerda na Catarina Place." Catarina, *Catatônica.*

"Vire à esquerda na Catatônica Place. Medicando..."

Anderson olhava para ela pelo espelho retrovisor.

— Janie, eu preciso pedir desculpa — ele disse em voz baixa. — Aquela evidentemente não era a personalidade anterior certa. Eu devia ter percebido isso. Houve algumas coisas que eu não observei e que deveria ter observado.

— Coisas? — Janie sacudiu a cabeça, tentando clarear os pensamentos.

— Sim, o filho mais novo, Charlie. Ele é novo demais para o Tommy ter conhecido. Eu achei que eles tivessem um filho mais velho chamado Charlie.

Como parar de tentar quando é com o *seu* filho? Mas é preciso parar *em algum ponto.*

É hora de parar com isso.

"Vire à esquerda na Negação Road. Medicando. Medicando."

O carro parecia vagar pelas ruas com vontade própria. Anderson continuava falando:

— E eu usei a palavra *répteis.* Devia ter dito *lagartos.* Foi um erro meu. Não costuma acontecer comigo, mas isso não é desculpa. Eu não fui preciso. Não percebi a diferença entre cobras e lag...

— Jerry. Pare o carro.

Ele parou junto à guia. Ficou olhando para a frente, com gotas de suor brilhando na nuca.

— O que foi?

— Acabamos aqui, Jerry.

— Eu concordo, definitivamente, aquela era a... casa errada.

O que se passava na cabeça daquele homem?

— Não, quer dizer… chega de escolas, de lojas, de casas. De tudo isso. Por favor, vamos para o hotel.

— É para onde estamos indo.

— O GPS disse "esquerda". Você virou à direita. Três vezes, na verdade.

Ele franziu a testa.

— Não.

— Por que você acha que ela fica o tempo todo dizendo "recalculando"?

— Ah. — As mãos dele estavam brancas de apertar o volante. — Ah. — Ele olhou pelo para-brisa, como se estivesse perdido no mar.

Janie tentou manter a voz calma.

— Jerry, me escute. Não há personalidade anterior. O Noah inventou tudo isso.

Anderson mantinha o olhar fixo à frente, como se as respostas estivessem ali, na rua de asfalto.

— Como assim?

Ela olhou para o filho adormecido, largado na cadeirinha, a cabeça loira pendendo sobre o ombro, os cílios claros oscilando. Viu a marca do cinto de segurança onde apertava o rosto.

— Ele inventou. Porque ele tem esquizofrenia.

Pronto, ela tinha dito aquela palavra que soava como se todas as funções corporais tivessem ficado descontroladas ao mesmo tempo.

Então abriu a porta do carro e saiu. Dobrou o corpo para baixo, apoiou as mãos nos joelhos, escondida atrás de uma densa cortina de cabelo. A tontura era muito forte. Ela se ajoelhou na calçada. Sentiu-a dura e firme sob si, como a realidade.

— Você está bem? — Anderson perguntou, protegendo os olhos da luz, parecendo instável ali, de pé.

Pessoas como eles — pessoas desesperadas — eram perigosas, Janie pensou de repente. Viu a outra mãe, as trilhas pretas de lágrimas em seu rosto. Sentiu-se enjoada novamente, agora de culpa. Mas percebeu que alguma parte dela também sentia alívio. A porta fora fechada. Ela estava de volta à vida real, por mais terrível que pudesse ser.

Anderson enxugou o rosto com a mão.

— Você recebeu um diagnóstico? — disse ele, por fim.

Ela olhou em volta, como se quisesse que alguém a contradissesse: a grama, o asfalto, os carros zunindo a caminho de algum lugar.

— Sim.

Ele sacudiu a cabeça.

— Quem?

— Não exatamente um diagnóstico. Uma sugestão. Do dr. Remson, um psiquiatra infantil de Nova York. Um dos melhores, ao que parece. — Lançou a última observação para atingi-lo.

Ele recebeu o golpe sem reagir.

— Por que não me contou?

— Acho que eu tive medo que você se recusasse a trabalhar conosco.

Os olhos dele faiscaram.

— Você não sabe o que meus colegas diriam se…? — Ele inspirou devagar e, com esforço, tornou a baixar a voz. — Você… — Seu lábio tremeu um pouco, depois se estabilizou. Havia um custo, ela pensou, para forçar aquela aparência calma. — Você devia ter me contado.

Pouco me importam os seus colegas, ela pensou. *Pouco me importa o que acontece depois que as pessoas morrem. Eu me importo com esse menino dentro do carro. Ele é tudo que me importa na vida.*

— Sim, eu devia ter contado — ela admitiu. — Quando o seu filho está muito doente, a cabeça não fica no lugar e você não se comporta da maneira normal. Não consegue enxergar as coisas com clareza. — Ela enxugou os olhos com a mão. — Foi irresponsável da minha parte. — Ela falou tudo isso muito a sério.

Anderson sacudiu a cabeça com uma expressão firme.

— O Noah não tem esquizofrenia.

Janie sentiu a esperança começar a zumbir dentro dela outra vez e a esmagou depressa, antes que pudesse causar mais estragos.

— Como você sabe?

— É a minha opinião profissional.

Ela endireitou o corpo e sorriu fracamente para ele.

— Desculpe, mas isso não tem muito peso para mim neste momento. — Ignorou a careta dele. — Além disso, você viu o comportamento do Noah hoje.

— Era a personalidade anterior errada. — Anderson baixou a cabeça. — A culpa foi minha. Isso é desanimador, mas...

— Acabou. O caso acabou, Jerry.

— Sim, claro. — Ele concordou lentamente com a cabeça. — Claro. Eu só preciso de um... — Ele se afastou alguns passos pela grama e olhou em volta, como se estivesse procurando o caminho.

— Mamãe?

Noah estava acordando. Ele se espreguiçou e lançou um sorriso arrasador na direção dela.

— Como está se sentindo, meu bem? — Ela lhe afagou os cabelos e passou a mão pela marca vermelha do cinto de segurança em seu rosto. — Está com fome? Tenho uma barrinha de cereal na bolsa.

Ele sorriu, sonolento.

— Já chegamos?

— Estamos quase no hotel.

— Não, mami-mamãe — ele disse pacientemente, como se ela fosse lenta de raciocínio. — Quando vamos chegar na Asheville Road?

Sujith Jayaratne, menino de um subúrbio da capital do Sri Lanka, Colombo, começou a mostrar um medo intenso de caminhões e até da palavra inglesa lorry ("caminhão"), integrada ao linguajar local. Tinha apenas oito meses de idade. Quando cresceu o bastante para falar, disse que tinha vivido em Gorakana, aldeia situada a dez quilômetros de distância, e que tinha morrido depois de ser atropelado por um caminhão.

Deu inúmeras informações sobre essa vida. O seu tio-avô, monge de um templo vizinho, ouviu algumas delas e falou de Sujith a um colega mais jovem. A história intrigou o colega, que foi conversar com Sujith, então com pouco mais de dois anos e meio de idade. Perguntou-lhe sobre as suas lembranças e anotou-as antes de tentar verificar qualquer das declarações. Segundo as anotações do jovem monge, Sujith disse que era de Gorakana, do bairro de Gorakawatte, que o seu pai se chamava Jamis e tinha problemas no olho direito, que frequentara o kabal iskole ("escola arruinada"), onde havia um professor chamado Francis, e que tinha dado dinheiro a uma mulher, chamada Kusuma, a qual preparava para ele uma comida típica... Esclareceu que a sua casa era caiada, o banheiro ficava ao lado de uma cerca e ele se lavava em água fria.

Sujith dissera antes à mãe e à avó muitas outras coisas sobre a vida passada que ninguém escrevera antes da identificação da personalidade anterior. Declarou que o seu nome era Sammy e que às vezes se identificava como "Gorakana Sammy".... O nome de sua esposa era Maggie e a filha do casal se chamava Nandanie. Ele tinha trabalhado na estrada de ferro e certa feita havia escalado o pico Adam, uma alta montanha no centro do Sri Lanka... Contou que, no dia de sua morte, ele e Maggie haviam brigado. Ela tinha saído de casa e ele foi para o armazém. Quando cruzava a estrada, um caminhão o atropelou, matando-o.

O jovem monge foi até Gorakana à procura de uma família que tivesse um membro falecido cuja vida se enquadrasse nas declarações de Sujith. Depois de alguns esforços, descobriu que um homem de cinquenta anos chamado Sammy Fernando ou "Gorakana Sammy", como era às vezes chamado, morrera atropelado por um caminhão seis meses antes de Sujith nascer. Todas as declarações de Sujith revelaram-se corretas com respeito a Sammy Fernando, exceto a informação de que ele havia morrido imediatamente após o acidente. Na verdade, a morte só ocorreu duas horas depois de sua entrada no hospital.

— Dr. Jim B. Tucker, *Vida antes da vida*

18

Denise acordou com o nome nos lábios. O gosto dele em sua boca, salgado e amargo, como terra e mar ao mesmo tempo. Permitiu-se dez segundos para ficar ali deitada, dos quais sete já haviam se passado, e então pulou da cama. Vestiu-se com cuidado, certificando-se de não errar a casa dos botões da blusa e do blazer, verificando as meias para ter certeza de não haver fios puxados, penteando e enrolando o cabelo em um coque e prendendo-o com grampos para que ficasse firme. Seu modo de se vestir em casa era tão despreocupado que beirava o ridículo (jeans e moletom, por favor, né?), mas a vida toda tomara cuidado ao se vestir profissionalmente, mesmo nos primeiros anos como professora estagiária, e com certeza não mudaria agora. Além disso, era importante para os pacientes e suas famílias: transmitia uma imagem de respeito.

Ela arrumou a cama, recolheu o pijama, guardou-o no cesto e só então se permitiu ir para o banheiro. Escondido acima da pia, atrás de aspirinas e absorventes, estava o frasco de comprimidos que o dr. Ferguson havia lhe dado. Pegou um e o cortou em quatro com a faca de manteiga que deixava na prateleira. Mesmo metade lhe dava uma sensação de frouxidão e ligeira tontura da qual ela não gostava, e um inteiro a deixava zonza o dia todo, mas um quarto costumava ser suficiente. Ela o engoliu a seco, tornou a guardar o frasco com cuidado e fechou a porta do armário até ouvir o som de travar.

Pronto. E lá estava ela. Aquele conhecido borrão de pele, olhos úmidos marrons e cabelos pretos. Seu cabelo estava enrolando nas raízes; já devia ter retornado ao cabeleireiro fazia tempo. Gostaria de poder fazer o que muitas outras mulheres negras faziam e simplesmente cortar o cabelo bem curto e não se preocupar mais. Não conseguia deixar de olhar quando via mulheres com cabelo assim, maravilhando-se com a simplicidade, a elegância, a despreocupação. Ela mesma, porém, não se sentiria bem com essa aparência. Ela se sentiria... mal preparada.

Na cozinha, começou a fazer o café, ligou o rádio, quebrou alguns ovos na frigideira. Ouviu os passos de Charlie no andar de cima, fazendo o que quer que adolescentes de quinze anos costumam fazer de manhã. Ele não poderia levar mais que alguns minutos para vestir um jeans e uma camiseta.

— Charlie! Venha tomar o café!

Ela ficou ali cuidando dos ovos na frigideira e ouvindo as notícias no rádio, recostada no balcão. Do lado de fora da janela da cozinha, Denise via uma crosta de geada reluzindo nos caules novos dos campos de milho recém-plantados. Tinha sido um longo inverno, que não dava sinal de acabar, insistindo em suas voltas olímpicas já no meio da primavera. No quintal, um passarinho solitário tentava teimosamente beber a água semicongelada do bebedouro de pássaros.

Charlie desceu as escadas ruidosamente. Era espantoso para ela pensar que aquele corpo enorme, musculoso e agitado, com seus dreads balançantes, tinha saído de sua constituição miúda. Ele se esparramou em uma cadeira na cozinha e começou a batucar com os talheres na mesa.

Ela pôs um prato na frente dele e se sentou.

— Fiz ovos para você.

— Obrigado, mamãe. — Ele se levantou de um pulo para se servir de suco.

— Charlie, senta, você está fazendo a minha cabeça girar.

— Você dormiu bem? Aquele cachorro encheu o saco outra vez?

Ela parou; teria gritado no sono de novo? Seria por isso que ele estava perguntando?

— Não, eu dormi bem.

— Legal. — Ele desabou na cadeira.

Não, Charlie não tinha ouvido nada. Ela soltou o ar em silêncio. Isso não significava que ela não tivesse gritado, claro.

Ficou sentada, escutando o som do rádio, sem prestar atenção nas palavras. O comprimido estava fazendo efeito; deixou-se embalar pelas cadências da voz, uma voz masculina que emanava sanidade e mesmice, nivelando guerras, terremotos e furacões com seus ritmos tranquilos e previsíveis. O mundo poderia acabar — realmente havia acabado — e ainda seria possível contar com aquela voz para relatar como foi que tudo aconteceu.

— Mamãe?

— Hummm?

— Eu perguntei se ainda tem bacon.

Ela se levantou e sentiu tontura; abriu a porta da geladeira e ficou parada ali por um momento, segurando-se a ela, olhando para as coisas frias e brilhantes lá dentro. Ali estava o pacote reluzente. Ela o pegou.

— Não fale de boca cheia. — Ela foi até o fogão e colocou o bacon na frigideira. Ele chiou, cuspindo minúsculas gotas de óleo em sua boa saia marrom.

No instante em que o primeiro vapor da frigideira a atingiu, soube que não conseguiria comer nem um pedacinho. Não havia se dado conta de como bacon podia ser pouco apetitoso.

O noticiário terminou e o rádio começou a tocar música clássica. Ela sempre punha na estação de música clássica quando Charlie estava por perto. Achava que era bom para ele ouvir isso, da mesma forma que assistia a noticiários ou documentários sobre natureza à noite quando ele estava em casa, sendo que o que realmente gostaria de ver era um daqueles reality shows em que pessoas ricas e fúteis se comportavam mal. O dr. Ferguson achava que, depois de tudo que havia acontecido, ela relaxaria um pouco em relação a preocupações, mas obtivera o efeito oposto.

Ela embrulhou o bacon em papel-toalha, levou aquela coisa para o prato de Charlie, derrubando as tiras brilhantes sobre os ovos, e sentou-se outra vez em sua cadeira.

— Não vai comer, mãe?

— Espere aí. Você não tem prova de educação cívica agora de manhã? Nós não revisamos...

— Foi na sexta-feira. Mas eu acho que me dei bem.
— Charlie Crawford!
— Fui bem. Eu acho que fui bem.
— É desse jeito que você fala na aula? Foi por isso que tirou c+?
Ele baixou a cabeça e começou a enfiar o bacon na boca.
— Não.
— Porque você sabe que precisa ir melhor se quiser entrar em uma boa faculdade. Foi isso que o orientador da faculdade...
— Está tudo sob controle. — Ele deu uma olhada para ela, depois baixou os olhos para o prato outra vez e terminou de comer. Como saber se aquilo era verdade? Charlie sempre tinha sido um ótimo aluno, mas os garotos dessa idade ficam imprevisíveis quando os hormônios começam a ganhar força. O filho de Maria Clifford, que morava mais para baixo naquela mesma rua, saíra da lista dos melhores alunos para a de repetentes e funcionários do posto de gasolina em um piscar de olhos.
— Come um pouco de bacon, mãe. É bom. — Ele pôs um pedaço na mesa na frente dela e ficou olhando até ela pegar.
— Por que você está pegando no meu pé hoje?
— Porque você não come.
— Eu como. Está vendo? — Denise colocou o pedaço de bacon na língua. Sua boca se encheu do gosto de algo queimado. Ela o moveu para a lateral da bochecha, para cuspir quando ele saísse. — Vou tentar sair na hora hoje e teremos um jantar decente juntos, está bem?
— Não posso. Tenho ensaio.
— Ensaio.
— É.
— Você não devia estudar em vez de ficar martelando uma bateria no porão de alguém?
— Garagem.
— Você sabe o que eu quis dizer.
Ele deu de ombros, saiu da mesa e pegou a mochila no chão. O cachorro do vizinho começou a latir outra vez. Dava para ouvi-lo por toda a Asheville Road, provavelmente até a via expressa.

— Alguém devia matar essa coisa e fazer um favor ao mundo — disse Charlie, indo em direção à porta.

— Seja bonzinho — disse ela.

Ele sorriu entre o véu balançante dos dreads.

— Eu sempre sou bonzinho.

E se foi.

A primeira coisa que ela fez foi cuspir o bacon. A segunda foi desligar o rádio. Como detestava aquela música. Tocavam aquilo o dia inteiro na casa de repouso também, forçando os idosos a receber música como se fosse remédio. Engula, vai te fazer bem, mesmo que não fizesse mais que te entorpecer para passar o dia. Pelo menos os hispânicos levavam sua própria música, melodias com percussão e metais com as quais se podia dançar — não que ela fosse fazer isso. Ainda assim, ela sabia que ficava tempo demais no quarto da sra. Rodriguez, lavando aqueles braços roliços e bronzeados, com aquela música tocando e as plantas floridas sobre a mesa, e a filha da mulher sentada ali placidamente fazendo palavras cruzadas ao lado da cama, embora a sra. Rodriguez não a reconhecesse mais havia pelo menos dois anos. Gostava de lavá-la. Já se acostumara com os cheiros, e a carne da sra. Rodriguez era menos frágil que a da maioria; não precisava se preocupar que cada dedo deixasse sua marca, como acontecia no corpo de tantas pessoas brancas. Havia algo calmante em poder tocar alguém assim, sem desejo ou discussão. Apenas pele em contato com pele. Um corpo, uma toalha e um ato útil. E então ela se demorava. Não era justo, ela sabia, com os outros pacientes, que não tinham parentes, plantas ou músicas. Tomou nota mentalmente para ser mais rápida hoje.

Estava ali agora, desfrutando o silêncio, lavando os pratos, imaginando o quarto da sra. Rodriguez. Após guardar a louça, apoiou-se no balcão e ficou olhando para o relógio, tentando não pensar em nada. Sete horas. Sete e meia. Sabia que o nome ainda estava solto em algum lugar no fundo de sua mente, mas o comprimido o abafara o suficiente para ela não ouvir. Quando o ponteiro menor finalmente alcançou 7h55, terminou sua xícara de café e soltou o ar com profundo alívio.

Pois havia começado. Seu longo, longo dia.

* * *

O Lar de Idosos Oxford havia nascido com grandes ambições. Qualquer um podia ver isso pelas altas plantas artificiais, as colunas e os quadros nas paredes com paisagens de montanhas. Até pelo próprio nome, que não tinha nenhuma relação com a instituição de ensino superior; alguém tinha achado que soava bem. Mas, em algum ponto ao longo do caminho, algo havia dado terrivelmente errado. Os pisos de linóleo estavam violentamente gravados com marcas gastas de muitas cadeiras de rodas, macas e bengalas; o saguão cheirava um pouco como o desinfetante e os cigarros que os seguranças fumavam e bastante como a pele seca e ligeiramente rançosa dos muito velhos e muito doentes. O teto diretamente acima dos elevadores pendia em faixas descascadas pela umidade, que ficaram tanto tempo sem conserto que a própria ferida se tornara preta, como um joelho esfolado que tivesse gangrenado.

Uma questão de cuidado, Denise pensava. Ninguém se importava, então nada acontecia. A direção havia mudado tantas vezes que ninguém sabia ao certo quem era ou onde estava o proprietário atual, e os pacientes não eram alertas o suficiente para reclamar, além de não haver muitos familiares que iam até lá, embora fossem apenas vinte e cinco quilômetros da cidade. Um círculo vicioso: o lugar era tão deprimente que ninguém queria vir e, como ninguém vinha e reclamava, o lugar ficava ainda mais deprimente. Em algum outro momento de sua vida, Denise teria se empenhado em dar um jeito na situação, começando por conversar com os serventes para saber que tipo de solução de limpeza eles estavam usando, se é que usavam alguma, mas, naqueles dias, não tinha nenhum interesse em assumir responsabilidades que não eram suas.

Ela fazia sua parte; mantinha uma expressão agradável no rosto e executava seu trabalho da melhor forma possível, apesar da absoluta tempestade de merda que às vezes caía em cima dela (ela não gostava de usar palavrões, mas algumas situações exigiam). Continuava em frente, a despeito do teto que apodrecia e da absurda falta de funcionários que deixava pacientes sem atendimento, às vezes durante horas seguidas, e do jeito como analgésicos e morfina sempre pareciam faltar quando eram mais necessários. Era grata pelo emprego, pelo salário e por ser um trabalho que exigia tanto de seu corpo e de sua atenção e não muito de sua mente. No entanto, nos últimos tempos, vinha sentindo sua mente escapar por conta própria um pouco mais do que lhe parecia confortável. Por exemplo, o sr. Costello, que estava morrendo de câncer no pulmão. Por que ela perguntara se ele estava com medo? De onde tinha vindo aquela pergunta?

Talvez a serenidade dele a tenha impressionado. Ele tinha tubos que iam do nariz para um balão de oxigênio ao lado da cama, não podia comer muito mais do que lascas de gelo e ovos mexidos, passava a maior parte do dia em um sono agitado, mas seus olhos verdes sonolentos, supervisionando a desintegração do próprio corpo, pareciam divertidos, até satisfeitos.

— Então, como estou indo? — ele perguntou enquanto ela checava a oxigenação.

— Ainda firme e forte.

— Droga. Eu esperava já ter morrido a esta altura.

— Ah, vá.

— Você acha que eu estou mentindo, mas eu não estou.

— O senhor não está com medo? — As palavras haviam saltado de sua boca antes que ela se desse conta do que dizia.

— Não. Sou o último dos moicanos. Todos já se foram. — E fez um gesto com a mão, como se sua esposa e amigos tivessem acabado de vagar o quarto.

— Isso é bom — ela dissera, acrescentando: — Quer dizer, que o senhor não esteja com medo.

Ele a fitou com curiosidade. Era um velho inteligente. No passado havia sido algo como... químico? Engenheiro?

— Por que eu teria medo?

Ela sorriu.

— Eu não sabia que o senhor era religioso, sr. Costello.

— Ah, não, não, eu não sou.

— Mas... o senhor acha que existe mais alguma coisa? Depois disto?

— Não, não acho. Deve ser só isto mesmo.

— Ah. Entendo. — Ela se sentia suando. — E isso não... o incomoda? Não acha essa ideia desagradável?

— Está tentando me converter agora? Ou o contrário?

Ela não entendeu bem o que ele queria dizer com "o contrário", mas não gostou.

— Desculpe por me intrometer — murmurou, concentrando-se novamente no balão de oxigênio. Estava pela metade.

— Sabe o que é realmente desagradável, sra. Crawford? Esses tubos no meu nariz. São irritantes. Acha que pode tirá-los de mim?

— O senhor sabe que eu não posso.

Ele sorriu para ela, teimoso.

— Mas por que não? Que diferença faz?

— Um pouco de vaselina talvez diminua o incômodo.

— Não, não. Não se preocupe.

Ele olhou para as mãos. Sua pele era frágil, ela pensou, como aquele tipo de papel vegetal usado em cartas do exterior. Imaginou se isso ainda seria usado, já que as pessoas nem escreviam mais cartas. Provavelmente só usavam e-mail agora. As únicas cartas que ela havia recebido foram de Henry, muito tempo atrás. Aqueles envelopes finos e azuis, que vinham de Luxemburgo, Manchester e Munique para a caixa de correio de sua pequena Millerton, Ohio, o jeito como ela ficava parada na calçada, sentindo-os pulsar com calor em sua mão. Passava longas horas debruçada sobre os rabiscos da descuidada tinta azul sobre a superfície delicada, tentando decifrar as palavras, demorando-se sobre as ternas linhas jogadas no papel — *gostaria que você estivesse aqui para ouvir*. Isso fora nos velhos tempos, antes de ela e Henry se casarem, quando ela era professora auxiliar e ele tocava em casas noturnas, viajando em turnês.

É isso que eu quero dizer, ela pensou consigo mesma. Por que pensar nessas coisas agora? O que havia de errado com ela?

— Durante toda a minha vida, eu sempre pensei que a gente morre e acabou — o sr. Costello estava dizendo. — É o fim e pronto. Agora, para ser bem sincero, nem sempre tenho certeza disso. Não acredito em Deus nem nada. Não me entenda mal. Só não tenho um sentimento muito ruim em relação a isso, eu acho.

— Fico contente de ouvir isso — disse ela, ainda mexendo no cilindro de oxigênio. Não precisava ser substituído, decidiu. Talvez durasse mais do que ele.

* * *

Às quatro horas, depois de terminar de trocar as comadres, mudar a posição do sr. Randolph e dar uma olhada na sra. Rodriguez, só porque gostava de ver o sorrisinho alheado dela em vários momentos ao longo do dia, Denise ligou para Henry. De pé no posto de enfermagem, ouviu o telefone tocar e tocar, e já estava a ponto de desligar quando a voz dele surgiu em seu ouvido.

— Alô? Alô?

Ela não disse nada. Ouviu uma música conhecida ao fundo. Thelonious Monk, *Pannonica*. Aquilo a atingiu com força, nos joelhos. Ela ainda podia desligar...

— Denise? É você?

— Sou eu.

Ele riu.

— Eu reconheceria esse silêncio em qualquer lugar.

— É — disse ela. E lhe deu mais um instante de silêncio.

— O Charlie está bem?

— Sim, ele está bem. — Quantos meses fazia desde que haviam conversado pela última vez? Ela perdera a conta.

— Que bom. E você, como está?

— Estou bem, Henry. E você?

— Ah, finalmente se livraram daquele diretor imbecil e agora temos um novo, mas, adivinhe, cabeça-dura do mesmo jeito. E nem me fale do orçamento. Nem uma sala ou um piano temos mais, eu vou de sala em sala com um carrinho, como se estivesse vendendo rosquinhas. Como posso fazer alguma coisa com um carrinho?

— Não sei. — Ela não queria falar de assuntos de professores. A visão da sala de aula veio à sua mente mesmo assim, a sensação do pó de giz em seus dedos, as paredes cobertas de cartolina. Não que alguém ainda usasse giz. No colégio de Charlie, eram só lousas interativas.

— Fiz todos eles cantarem *a cappella*. E vou te dizer uma coisa, um aluno de segunda série cantando *a cappella* é triste. *This land is your land...*

— Ele cantou desafinado para fazer graça e o som ecoou no silêncio dela. *Ele está tentando*, ela pensou. *Ele realmente está.* — E aí, o que o Charlie anda fazendo?

— Ainda louco por aquela banda dele. Ensaios o tempo todo.
— Ensaiando, é? E ele é bom?
— Não sei. — Ela pensou um pouco. — Talvez.
— Que Deus o ajude, então.
— Ah, quer dizer que agora você é um homem religioso?
— Bateristas precisam de toda ajuda que puderem arranjar.

Eles riram, um vestígio da antiga cumplicidade que fez a garganta de Denise doer.

— Você podia telefonar para ele. Ouvir por si mesmo. Eu sei que ele sente a sua falta. Ele não diz isso, mas eu sei que sente.
— Não diz?

Ela podia ouvir a raiva começando a arder dentro dele.

— Ele só é reservado. Um adolescente. Só isso. Não quer dizer nada.
— Não quer mesmo?
— Henry.
— Só me diga uma coisa. Vocês falam o meu nome naquela casa? Vocês por acaso pensam em mim de vez em quando? Ou é como se eu nunca tivesse morado lá? Porque a sensação que eu tenho é essa.
— Claro que nós falamos de você, o tempo todo — ela mentiu. — Faz cinco anos, Henry, acho que nós dois precisamos...
— Cinco anos não é nada. Cinco anos é uma merda.

Ela fez uma careta. Ele estava falando desse jeito para provocá-la, e ela não podia deixar que ele a provocasse.

— Está bem. Bom, com isso, eu vou...
— Denise? Você sabe que dia é hoje?

Ela não disse nada.

— Foi por isso que você me ligou, não foi? Para falar do Tommy?

O nome a sufocou, e ela parou de respirar por um momento.

— Não — ela respondeu.
— Eu o vejo o tempo todo. Sabia? Nos meus sonhos.
— Escute, Henry, eu vou desligar. — Mas ela continuou ali, imóvel.
— Ele fica parado ao lado da cama, olhando para mim. Sabia? Com aquela expressão dele. De quando queria ajuda, mas não pedia.

Ela ficou em silêncio. Era por isso que eles não haviam conseguido: ela seguira em frente e continuara em movimento, como se essa fosse a única maneira de poderem encontrar Tommy, e ele ficara paralisado, derrotado, deixando aquilo destruí-lo cada vez mais.

— Você ainda acha que um dia o Tommy vai voltar? Você não acha isso, não é? Denise?

A voz dele tinha uma urgência que tocava fundo, uma voz que era uma mão se enterrando dentro dela, torcendo suas entranhas como uma meada de linha. De repente ela se deu conta de que o nome não havia parado de se repetir desde que acordara com ele naquela manhã. Continuara soando em segundo plano em sua mente o dia todo. Ela ia vomitar. Ia vomitar naquele instante se não desligasse o telefone. Suas mãos começaram a tremer.

— Denise?

Ela se preparou para dizer algo. Mas não havia nada a dizer.

Desligou o telefone.

Ela ia vomitar.

Não. Não ia. (Para começar, não havia comido nada o dia todo.)

Certo, então. Precisava de um comprimido.

Não. Não precisava.

Fechou os olhos e contou até dez.

Depois até vinte.

Ela sempre voltava para casa pelo caminho mais longo, seguindo a via expressa até a saída e depois fazendo o retorno no sentido oposto, mas hoje entrou no carro e, sem pensar, pegou a avenida principal e virou à direita no farol. Seguiu direto pelo meio da cidade, passando pela rua dos consultórios médicos, pela loja de variedades, a loja de bebidas e o Taco Bell, depois pelo Corpo de Bombeiros e o magazine fechado, dirigindo-se para os campos de milho onde ficava a entrada para a sua casa e para a McKinley.

A Escola de Ensino Fundamental McKinley era um prédio baixo de concreto cortado por fendas verticais; fora construído na década de 1960, quando não acreditavam em janelas, e tinha aquele aspecto cinzento de prisão às vezes encontrado em igrejas e escolas dessa época. Por dentro, a história era bem diferente, com paredes cobertas de desenhos e histórias, salas vibrando com a força vital efervescente de crianças em processo de aprendizado.

 Ela evitara esse prédio durante anos, como um rosto que se tentasse tirar da lembrança, no entanto ali estava ele, ali sempre estivera ele, a meros cinco minutos de sua casa, e ela percebia agora que, durante seus dias no lar de idosos, havia uma parte de si que sabia o que estava acontecendo a cada momento na escola: que às 8h45 o sinal tocava e os alunos faziam fila para entrar na aula; que às 12h40 eles almoçavam; que às 13h10 iam para o recesso. Por onze anos lecionara ali, e os ritmos estavam entranhados em seus ossos.

 Estacionou na frente da escola, a duas portas da casa dos Sawyer, para onde Tommy às vezes ia depois da aula para jogar videogame com Dylan. Os jogos na casa dos Sawyer, ela se lembrava agora, eram mais violentos que os que ela permitia que ele jogasse, e na ocasião surgiram algumas discordâncias quanto a isso. Ela e Henry haviam discutido sobre conversar ou não com Brenda Sawyer a esse respeito, ou melhor, ela havia ficado hesitante, seu desgosto por jogos violentos lutando com sua reticência natural a dizer a outras pessoas como criar seus filhos, até que Henry se encheu de toda aquela história e prometeu telefonar para Brenda e dizer que não aceitaria de jeito nenhum que um filho seu atirasse em alguém, mesmo que apenas num jogo.

 E no fim... No fim não precisaram resolver esse problema. Não tiveram a chance de encontrar o caminho certo ou de descobrir que tipo de pais seriam para Tommy aos nove anos e meio, ou aos onze, ou aos quinze. Os Sawyer tinham participado do grande grupo de pessoas que havia percorrido toda a redondeza naquelas primeiras semanas pregando cartazes de Tommy, levando rosquinhas e café para os policiais com animação contida, uma intensidade de propósito que ela agradeceu no começo, mas, com o passar dos dias, só conseguia irritá-la. E Brenda e Dylan estiveram entre os poucos que vieram visitá-los um mês depois do desaparecimento de Tommy, trazendo flores e um ensopado, como se não conseguissem decidir o que levar. Ela os observara da janela do quarto, mãe e filho lado a lado diante da porta com uma expressão tensa, e viu quando eles relaxaram de alívio ao constatar que ninguém ia abrir. Deixaram as flores e o ensopado na varanda e, quando eles se foram, ela jogou fora as flores e raspou no lixo a comida nojenta que aquela mulher havia feito, lavou e esfregou a vasilha de vidro e fez Henry devolvê-la na mesma noite, para que pudesse se livrar deles para sempre.

E lá estava a casa cinza dos Sawyer com o aro de basquete, como sempre, e lá estava a McKinley. Havia luzes acesas no escritório. Tarde demais para serem os professores depois da aula, e não havia carros suficientes para sugerir uma reunião; provavelmente eram os seguranças. Ou o dr. Ramos trabalhando até mais tarde.

Se ele ainda fosse o diretor. Provavelmente já havia saído de lá. Ele sempre fora um homem ambicioso.

A luz se apagou. Ela devia ir embora. Mas ficou sentada dentro do carro, até que a figura robusta de Roberto Ramos saiu do prédio e se dirigiu para o carro no estacionamento. O mesmo Subaru. Ele enfiou a mão no bolso para procurar as chaves e, instintivamente, ergueu os olhos e viu o carro dela do outro lado da rua. Olharam um para o outro a distância, um homem alto de casaco preto, uma velha minivan. Ela estremeceu no ar frio do carro e esfregou os braços. Talvez ele apenas acenasse, entrasse no carro e fosse embora. Ela esperava que ele fizesse isso.

No entanto, lá estava ele, batendo na janela. Ela hesitou por uma fração de segundo antes de destravar a porta. Ele entrou no carro em uma lufada de ar e calor corporal, tão vívido com suas faces lisas e rosadas, os cabelos pretos e o lenço vermelho que os olhos dela doeram ao olhar para ele. Era um erro estar ali. Tantos erros naquele dia. Ela concentrou a atenção no volante.

— Denise. Que bom ver você.

— Eu só estava passando a caminho de casa. Trabalho no Lar Oxford agora, na Crescent Avenue.

— Eu soube. — Ele esfregou as mãos, vestidas com luvas de inverno. — Que primavera, hein? Difícil acreditar que estamos em abril.

— É.

— E como estão te tratando no seu trabalho?

— Ah, muito bem. São boas pessoas. A maioria, pelo menos.
— Fico feliz. Está tão frio aqui, você poderia...?

Ela virou a chave na ignição e o aquecimento começou a funcionar. Ficaram sentados ali, se aquecendo.

— Está melhor assim, não está?

Ela concordou com a cabeça.

— Sentimos sua falta, sabia? Eu sinto a sua falta. A melhor professora de primeira série que já tivemos.

— Eu sei que isso não é verdade.

Ele pôs a mão enluvada sobre a mão nua dela, o calor abafado da pele dele atravessando lentamente o couro. Seu diretor; eles haviam trabalhado bem juntos durante anos. Pouco mais de seis anos antes. Não era quase tempo nenhum, no entanto ela tinha vivido cem mil vidas nesse intervalo.

Eles nunca tinham conversado sobre o que acontecera entre eles, e Denise era agradecida por isso. Mas era uma das poucas lembranças a que ela retornava — uma das poucas a que suportava retornar: aquela meia hora, seis anos antes, após o Baile do Dia dos Namorados na escola. Oito meses depois de Tommy ter desaparecido.

Durante aqueles meses iniciais, ela pensara que talvez pudesse recomeçar de onde havia parado, que seria mais fácil seguir em frente se mantivesse a vida de antes, cuidando de Charlie, dando aulas. Ainda olhava o site vamosencontrarTommy.com todas as noites, claro, e pregava cartazes novos na biblioteca quando os antigos eram cobertos por outros, o queixo de Tommy oculto por propagandas de aula de ioga ou de sessões de mamãe e bebê. Não jogava mais os cartazes invasores no lixo, apenas os movia para o lado, prendendo-os a alguns bons centímetros do rostinho doce do seu menino, e saía de lá.

O dr. Ferguson achava que voltar ao trabalho poderia não ser a pior coisa para ela — era algo para lhe dar um chão. A expressão de tristeza nunca deixou totalmente o rosto dos outros professores quando a olhavam; as risadas paravam quando ela entrava na sala dos professores, embora, na verdade, isso não fosse algo novo. Ela nunca entendeu bem por quê. Talvez a achassem muito séria para o tipo de piada que eles contavam, quando ela até teria gostado de ouvi-las. Os pais também não se sentiam muito à vontade com ela, porém ela não se importava. Era um robô, não uma mulher, mas ninguém precisava saber disso. As crianças pareciam ter um pouco de medo da mulher com o filho desaparecido, e sabiam que havia algo de errado nela, mas não conseguiam expressar em palavras o que poderia ser.

Ela estava bem. Principalmente quando ficava ocupada. Foi por isso que se ofereceu para supervisionar o Baile do Dia dos Namorados e por isso ficou até mais tarde, limpando.

Eles eram as duas últimas pessoas no prédio. O dr. Ramos dispensara os outros professores, ela fora a única que insistira em ficar. Trabalharam em silêncio, puxando as serpentinas brilhantes que desciam do teto como teias coloridas, varrendo as migalhas de cupcake, os grãozinhos de purpurina e os corações de papel caídos no chão.

— Você devia ir para casa, Denise — ele disse depois de um tempo.
— Eu termino por aqui. Seu marido deve estar esperando.
— Não — disse ela. Não queria ir embora. Não tinha nada para fazer em casa.
— O quê?
— Ah, é que o Henry está em turnê e o Charlie foi passar a noite na casa da avó. Por que você não vai? Pode até pegar umas flores e levar para a sua esposa...
— A Cheryl e eu estamos separados. — Ele se sentou pesadamente na arquibancada e passou a mão pelos cabelos. — Eu não queria dizer isso.
— Eu não sabia. Desculpe.
— Simplesmente aconteceu. — Os olhos dele se encheram de lágrimas de repente. — Droga. Não era para ser assim. Desculpe, Denise. Eu sou um idiota.

Ele nunca a havia chamado de Denise antes daquela noite. Era sempre sra. Crawford. Ela se sentou ao lado dele.

— Por que está pedindo desculpa?
— Por estar aqui sentado sentindo pena de mim mesmo, quando você...
— Não faça isso — ela o cortou depressa. — Não tem como resolver a situação com a sua esposa?
— Ela não quer. Eu acho que tem... — ele fez uma careta rápida — ... outra pessoa. — Encolheu os ombros, com os olhos avermelhados. Tirou

um frasco do bolso do paletó, tomou um gole e sacudiu a cabeça. — Puxa, me desc...

— Posso tomar um pouco?

— O quê? — Ele se virou para ela, surpreso, e pela primeira vez a olhou nos olhos. — Ah, claro.

Ela pegou o frasco, tomou um gole, depois outro. A bebida queimou seus lábios, suave e áspera ao mesmo tempo.

— O que é isso?

Ele sorriu da reação dela.

— Um uísque muito bom. Gostou?

— É... interessante.

— É.

Ficaram ali sentados por um tempo, bebendo. A quentura do uísque se esparramava por dentro dela. O lugar estava quieto e luminoso demais, pilhas cintilantes de balas em formato de coração e cravos esmagados erguendo-se aqui e ali sobre o reluzente piso de madeira. Uma floresta flácida de serpentinas vermelhas ainda não removidas balançava do teto. Um lugar tão conhecido emaranhado em estranheza. Ela tomou mais um gole e lambeu os lábios.

— É bom.

— É.

Ela ficou observando enquanto um balão cor-de-rosa se soltava do teto e descia lentamente.

— Não sei como você consegue — ele murmurou. — Seguir em frente assim. Você é uma mulher incrível.

— Não. — Estava cansada desse tipo de conversa. Como se ela pudesse escolher o que conseguia suportar. Pôs a mão no braço dele. Sua visão estava agradavelmente borrada. — Você é um bom homem e ela é uma burra. Qualquer mulher se sentiria feliz por estar com você.

Havia outras coisas que ela queria dizer, mas não pôde. Coisas que tinham a ver com o modo como Henry ficava fora por semanas seguidas, o seu jeito quando ela ligava para ele na estrada, o tom distante em sua voz, como se qualquer lugar em que ele estivesse fosse mais urgente que tentar estar com ela, mesmo que por poucos segundos. E ela em casa com

Charlie, noite após noite, tentando ser uma boa mãe para ele, dando-lhe jantar, banho, lendo histórias antes de dormir, quando, por dentro, tudo era só vazio. Ela não se permitiu dizer essas coisas em voz alta, mas talvez Roberto as tenha ouvido mesmo assim. Ele se virou para ela com uma pergunta no rosto e ela o beijou, ou deixou que ele a beijasse, o fato era que seus lábios estavam unidos e ela sentiu seu coração fantasma se desenrolar, girando e girando rapidamente, até não restar mais nada dele. A velha Denise jamais faria isso, jamais deitaria na arquibancada dura de metal e beijaria um homem com tanta intensidade. Sentia o nada dentro dela se enchendo com o ar abafado do ginásio, o cheiro de bolas de basquete, suor, toalhinhas de plástico, cravos e o gosto de uísque, o desejo crescendo e preenchendo cada espaço vazio, como fumaça.

Não soube que instinto a fez se afastar um pouco e colocar as mãos no peito dele com um mínimo de força, um empurrãozinho mínimo que ela mesma não queria nem pretendia, mas suficiente para fazê-lo recuar, envergonhado, e fugir do ginásio soltando pedidos de desculpa atrás de si. Deve ter sido a mãe dentro dela, ainda viva, arrastando-a de volta da inconsciência que ela tanto desejava. Ficou ali no ginásio por mais de uma hora depois disso, varrendo, esfregando as pétalas rasgadas e lisas dos cravos contra seus lábios ardentes.

Aquilo não era algo que ela poderia fazer novamente. Nem o uísque nem o homem. Não quando a atração era tão forte e Charlie ainda tão pequeno. Ligou avisando que estava doente no dia seguinte, e no outro, e depois não voltou mais à escola. Não respondeu a nenhum dos telefonemas ou mensagens de Roberto. Enviou os documentos e ficou em casa. Ninguém a questionou sobre isso; era como se já esperassem o tempo todo.

— Se você quiser voltar — Roberto dizia agora, mexendo na borda do porta-luvas como se fosse um cofre que ele talvez decidisse arrombar —, podemos arrumar algo para você. Seria bom ter mais uma especialista em leitura.

Ela sacudiu a cabeça.

— Não posso voltar.

Ele encolheu os ombros, resignado.

— Está bem.

— Como você está, Roberto? Parece... cansado. Está bem de saúde?
— Estou muito bem. Eu... Minha esposa teve um bebê.
— Um bebê?
— Dois meses atrás. — Ele sorriu mesmo sem querer, e a luz azul de sua alegria brilhou em meio à tensão no carro, tão espantosa para ela quanto se um passarinho tivesse saído voando do porta-luvas e fizesse círculos em volta de sua cabeça. — Quer dizer, estou cansado, sabe como é. Mas é... é bom. É muito bom.
— Você voltou com a Cheryl, então?
— Você não soube? Eu me casei com a Anika. Anika Johnson, lembra? Anika Ramos agora. Ela lecionava...
— Mas ela é...
— Sim?
Ele a observava.
— Ela é linda.
— É verdade.
Ela é tão sem graça, era o que ia dizer. A srta. Johnson, tão comum com seu cabelo castanho liso e seu rosto pálido, os lábios finos que se fechavam em uma linha. E você é... bem o contrário disso. Mas ela conseguiria ficar de boca fechada. Ela conseguiria.
A srta. Johnson tinha sido professora de Tommy e tinha mandado um previsível buquê de flores com um previsível cartão: "...Sinto muito pelo que você está passando. O Tommy é um menino tão bom. Se tiver algo que eu possa fazer, blá-blá-blá". A vida tinha seguido mais rápido do que ela podia acompanhar. Um novo bebê no mundo. O mundo continuava girando, girando, enquanto ela estava... enquanto ela estava...
— Você está bem, Denise? Posso te ajudar com alguma coisa? — Ele observou o rosto dela com ar ansioso, como se procurasse nele alguma dor que pudesse afastar, como um cílio solto, com seus dedos frios e enluvados.
Ela se afastou dele e recompôs a expressão do rosto que usava todos os dias, a expressão que era a sua agora.
— Não, eu estou bem. Obrigada por perguntar.

* * *

Agora estava sentada sozinha no carro frio. Havia desligado o aquecimento no segundo em que ele saíra, abrindo a porta para o ar fresco e congelante da noite e fechando-a novamente, enquanto os ombros largos de Roberto se afastavam apressados na escuridão. Via-o apertar o rosto contra a pele quente e macia de seu bebê, com medo e gratidão. Ela carregava isso consigo para toda parte agora, aquele medo que produzia nos olhos de outros pais e mães.

O frio mantinha sua mente focada, alerta. Ela ia fazer aquilo. Sentada ali naquele carro, sabia que aquele dia não resistiria. Ela ia telefonar.

Havia adiado o dia inteiro, falando com Henry, vendo Roberto e fazendo tudo que sempre tentava não fazer, exceto a coisa mais real de todas, aquilo que se impedia de fazer a cada minuto de cada dia, riscando com um x preto todos os dias no calendário se tivesse resistido com sucesso, durante meses e anos, até as sessões semanais com o dr. Ferguson ficarem no passado e ela quase esquecer o que estava marcando. Mas agora nada mais importava, era o que precisava ser feito, então ela pegou o telefone e ligou para o número que estava gravado em linhas ásperas em seu coração.

— Tenente Ludden, boa noite. — Ele havia atendido o telefone no meio de uma conversa, a julgar pelo seu tom de voz, leve e divertido. Ela ouviu vozes ao fundo, espontâneas, rotineiras. Quase podia sentir o cheiro do café queimado da delegacia.

— É tenente agora?

Ele reconheceu sua voz, claro, embora alguns anos tivessem se passado. Não se liga para alguém às onze da noite, depois às oito da manhã, depois novamente ao meio-dia, e de novo, todos os dias, durante anos, sem que sua voz fique gravada na memória da outra pessoa. Tinha sido essa a ideia.

— É, sou. — Ela sentiu a exaustão entrando na voz dele ao ouvi-la.

— Quando foi isso?

— Fui promovido no ano passado.

— É Denise Crawford.

— Eu sei. Olá, sra. Crawford. Como está?

— Você sabe como eu estou. — Essa era a Denise real, sua voz real, rouca e firme. Talvez por isso tivesse sido tão difícil se controlar para não telefonar.

— E o que posso fazer pela senhora esta noite?

— Você sabe o que pode fazer por mim.

Ele soltou o ar.

— Se houvesse alguma novidade, eu teria ligado. Sabe disso, sra. Crawford.

— Sim, eu só quis checar. Sobre a investigação. Como está indo?

— Como está indo a investigação?

— Sim.

Houve uma longa pausa.

— A senhora sabe que faz sete anos. — A voz dele era fraca, quase suplicante. Ela esgotara o homem. Considerava isso uma espécie de vitória.

— Seis anos, dez meses e onze dias, para ser exata. Está me dizendo que encerrou a investigação? É isso que está me dizendo?

— Para mim, sra. Crawford, esse caso nunca estará encerrado, até... até encontrarmos o seu filho. Mas a senhora precisa... a senhora tem que entender que temos novos casos todos os dias. Pessoas continuam morrendo em Greene County, sra. Crawford, e elas têm mães também, e essas mães também me ligam, e eu preciso prestar contas a todas elas.

— O Tommy não está morto. — As palavras saíram secas, automáticas.

— Eu não disse que ele está. — A voz dele era pesada, desesperançada; era assim que eles falavam um com o outro, seu único relacionamento verdadeiro no mundo.

Ela olhou pela janela. Tudo que podia ver era seu próprio reflexo, aqueles olhos que eram seus olhos reais, não tão firmes como a voz, mas cansados, cansados. Sua boca permanecia com aquele gosto o dia todo, o gosto de algo queimado.

— Mas eu ainda mantenho os olhos abertos. Eu não esqueço. Está bem? Eu não esqueço nenhum deles, mas especialmente o Tommy. Está bem?

— Talvez você possa consultar os arquivos outra vez. Talvez haja algo que você deixou passar na época e só perceberia agora, depois de todo esse tempo. Ou talvez algum detalhe tenha surgido em algum outro lugar que possa ter relação...

Houve uma pausa.

— *Tem* algo... não é?

Ela sentiu a pulsação acelerar. Ah, ela o conhecia. Podia sentir isso em seu silêncio.

— O que foi?
— Não. Não é nada.
— Tem alguma coisa.
— Não.
— Eu sei que você encontrou alguma coisa. Posso perceber na sua voz. Me conte o que é.
— Um menino desapareceu alguns meses atrás na Flórida. Talvez tenha lido sobre isso...
— Eu não leio mais os jornais. E ele foi encontrado? Encontraram o menino? — Sua voz estava trêmula de emoção, enquanto suas entranhas se contorciam de inveja. A palavra ecoando em seus ouvidos: *encontrado, encontrado.*
— Encontraram o corpo.

E então ela se encolheu novamente, com tristeza. Por si mesma, pelos pais do menino, por todos os pais e mães do mundo.

— A senhora não ouviu sobre o caso?
— Como o menino morreu?
— Ele foi assassinado.
— Como?
— Eu não posso lhe contar.
— Detetive, você sabe que eu aguento. Você sabe disso. Agora me conte. Como. O. Menino. Foi. Morto. — Ela mal conseguia manter a voz estável.
— Não, é que... é parte da investigação. Eu mesmo não sei. O caso não é meu, estão nos mantendo informados para o caso de... haver alguma semelhança.
— E há semelhanças?

Ele suspirou.

— O menino tinha nove anos. Era negro. Foi encontrada uma bicicleta.
— Uma bicicleta? Mas... Mas... Mas havia uma bicicleta. Nós encontramos a bicicleta do Tommy. Ao lado da estrada.
— Eu conheço os detalhes do caso, sra. Crawford.
— E o homem que fez isso... que matou esse menino na Flórida...

— Se ele foi pego? Não. Eles estão trabalhando nisso dia e noite, posso lhe garantir.

— Dia e noite. Certo. — Ela tinha visto como era esse dia e noite. Urgentemente por um dia, uma semana, um mês. Depois era uma hora aqui, alguns minutos ali.

— Escute, vou manter a senhora informada se soubermos de algo. Mesmo que encontrem o criminoso, não é provável que haja uma conexão entre os dois casos. A senhora sabe disso, certo? É mais que provável que tenha sido alguém que o conhecia, um parente, um amigo da família...

— Onde o menino foi encontrado?

— Sra. Crawford.

— Onde ele foi encontrado?

— Em um riacho nos fundos da escola onde ele estudava.

— Mas... temos riachos por toda esta região. Precisamos reunir uma equipe e...

— Sra. Crawford. Não há um centímetro deste condado que eu próprio não tenha vasculhado. A senhora sabe disso. Vou procurá-la pessoalmente se houver algo relevante sobre o caso. Ou mesmo que não haja, se eles encontrarem esse desgraçado na Flórida, eu comunico a senhora no mesmo dia. Está bem?

— Pessoalmente. — Ela soltou o ar com amargura.

— Sim.

— É o aniversário dele hoje.

— O quê?

— É o aniversário do Tommy. Ele está fazendo dezesseis anos.

Pausa.

— Procure ficar bem. Certo? Sra. Crawf...

Mas ela já havia desligado.

19

No hotel, Anderson se esticou na cama, consumido pela angústia.

Ele havia cometido um erro. Suas faculdades mentais não se mostraram totalmente operacionais. Não encontrara em sua mente a palavra *lagartos* e, em vez disso, escrevera *répteis*. Meu deus, não conseguia mais nem seguir um GPS, a voz dizia uma coisa e seu cérebro ouvia outra.

Ele ficara ansioso demais. Um caso americano sólido, bem documentado: imaginara que isso pudesse fazer toda a diferença. Vinha vibrando com as possibilidades nas últimas semanas, adormecendo à noite com sonhos de validação, só para acordar e deparar com... erros e mais erros. E agora ele estava acabado.

Ouvia o menino chorando no quarto ao lado, a mãe tentando acalmá-lo. Os soluços caíam sobre ele como agulhas. Através da parede fina, escutou as palavras: *Asheville Road*.

— Quando vamos chegar na Asheville Road? — Noah perguntara alegremente quando acordara no carro. — Quando?

Mesmo completamente desmoralizado, Anderson sentira as palavras o percorrerem como uma corrente, o entusiasmo do menino acendendo o seu próprio. *Asheville Road!*

— Estamos em Ashview agora, meu amor — Janie respondera.

— Mas é a errada — a criança disse, pacientemente.

— Talvez, meu bem. — Ela olhou com ar zangado para Anderson, como se pudesse ver sua nítida euforia e isso a machucasse. — Mas já terminamos por aqui.

— Então agora nós vamos para a certa?

— Acho que não, meu bem. Não.

Noah se recostou na cadeirinha, olhando de um para outro com incredulidade. Em seguida se virou para Anderson.

— Mas você disse que ia me ajudar a encontrar a minha mãe.

— Eu sei que disse. — Ele balançou a cabeça, derrotado. Sabia que havia machucado os dois, a mãe e o filho. — Desculpe, Noah.

— Noey — disse a mãe —, quer um sorvete?

O menino a ignorou. Seus olhos, fixos em Anderson, estavam impregnados de um desespero que parecia eloquente demais para uma criança.

— Eu estou *tão decepcionado*. — E virou a cabeça, evitando ambos os adultos, pôs as mãos no rosto e começou a chorar.

Anderson levantou da cama. Abriu o minibar, pegou uma garrafinha de vodca, virou a tampa e a levou à boca, para experimentar. Fazia décadas que não bebia vodca. Derramou um pouco na língua, deixou-a formigar ali, decidindo, depois engoliu o resto.

A vodca aqueceu seu corpo agradavelmente, como uma mão invisível afagando-o em lugares que ninguém tocava havia anos. Sua mente estremeceu, sentindo a aniquilação próxima. Ele passou a mão no rosto e a trouxe de volta manchada de uma cor ferrugem. E essa agora?

Olhou no espelho. Um fio de sangue escuro do nariz até os lábios, as faces sujas. Não conseguiu encarar os próprios olhos.

Enfiou alguns lenços de papel nas narinas e cambaleou de volta para a cama. Estava perdendo o controle; suas raízes estavam cedendo sob o poder do álcool como uma árvore em uma ventania, a mente escapando de repente, inexoravelmente, em direção à única coisa em que ele nunca se permitia pensar. O arquivo que teria rasgado em pedaços, se não fossem provas. Seu pior caso.

Preeta.

Deitou-se na cama e tentou empurrá-la de volta para onde a mantivera por todos aqueles anos, longe de seus pensamentos diários. Mas agora não conseguia parar de vê-la: a menina de cinco anos correndo pelo quintal com os irmãos atrás de uma bola, os cabelos brilhantes voando. Ele estava contente de ter essa criança tão encantadora como sujeito de estudo, depois de um longo período trabalhando com as crianças sofridas e tímidas das planícies de maré.

Preeta Kapoor, magrinha e adorável, com olhos grandes e sérios.

Ele achava que esse seria um de seus casos mais sólidos.

O sol entrando pelas pequenas janelas da casa de alvenaria. O jeito como a mãe se levantara e fechara as persianas, lançando a sala em sombras. A mesa de metal reluzindo no quarto obscurecido, suas mãos suando. O gosto dos bolinhos doces e redondos em seus lábios — açúcar, rosas e leite.

Um Ganesh de madeira no canto, removendo obstáculos. Uma tv junto à parede, tremeluzindo com um filme de Bollywood a que ninguém assistia.

— Preeta não falou muito nos primeiros anos de vida — seu pai havia dito. — Até os quatro anos, foram raras as vezes que falou.

— Achamos que talvez ela fosse… — A mãe fez uma careta.

— Mentalmente prejudicada — o pai continuou. — Mas então, aos quatro anos, ela começou a falar. Disse: "Preciso ir para casa".

— "Preciso ir para casa pegar a minha filha", foi isso que ela disse — a mãe completou. — E também: "Esta não é a minha casa, eu tenho uma filha, preciso pegar a minha filha".

— E o que vocês responderam?

— Nós falamos para ela: "Esta é a sua vida agora, talvez você esteja se lembrando de uma vida diferente". Mas ela… insistiu. E ela também usava palavras muito incomuns.

— Palavras incomuns? — Ele tomou mais um gole do chá adocicado. — Que tipo de palavras?

— Palavras estranhas — a mãe respondeu. — Achamos que estava inventando. Coisa de criança, entende?

— Entendo.

— Então eu pesquisei essas palavras para a família — o advogado, amigo deles, disse e tirou alguns papéis da pasta. — Achei que seria interessante. O caso me interessou.

— E?

O advogado agitou um dedo na direção de Anderson.

— Você não imagina o que eu encontrei.

Anderson controlou a impaciência e sorriu de leve para o advogado, um homem alegre de rosto redondo que balançava um punhado de papéis finos na mão com um entusiasmo que ele conhecia bem.

— O quê?

— As palavras são em khari boli, um dialeto do oeste do estado de Uttar Pradesh, a mais de cento e cinquenta quilômetros daqui.

— Tem certeza?

— Total! — Sua atitude irritou Anderson um pouco; ninguém merecia ter tanta certeza.

— E vocês não conhecem esse dialeto? — Anderson perguntou aos pais, que o olharam placidamente.

— Não, não.

— Algum parente? Vizinhos dessa região? Algum conhecido?

— Eu já perguntei — disse o advogado. — Você pode perguntar também. A resposta é não. Esse dialeto não é falado aqui. Eu registrei tudo.

E passou suas anotações para Anderson, que as pegou de boa vontade; eles não eram tão diferentes assim, afinal. O advogado havia documentado tudo, todas as primeiras declarações da menina, com datas.

— Gostaria de poder continuar esse trabalho eu mesmo, mas infelizmente tenho outros compromissos. — Ele observou Anderson com os olhos pequenos brilhando. Mais um homem enfeitiçado pelos fatos.

Anderson olhou para o papel. Todas aquelas palavras em khari boli, totalmente incompreensíveis para a família. No entanto, Preeta, ainda muito pequena, as conhecia.

A criança entendia palavras em uma língua que não havia estudado nem ouvido antes — seu primeiro caso de xenoglossia. Houvera outros, mas aquele havia sido o mais sólido.

A bonita Preeta, de cabelos brilhantes e olhos sérios.

Trouxeram a menina para dentro, mas ela não falou. O pai falou, as mãos elegantes acompanhando as palavras no ar enquanto explicava, a mãe passando mais uma bandeja de amêndoas torradas, creme de frutas e os bolinhos redondos de açúcar e rosas que ele não cansava de comer...

— Ela sempre chora à noite, chora sem parar. Diz que sente saudade da filha.

— Ela fica preocupada com a filha. Quem vai cuidar dela? Diz que o marido não é um homem bom. Os sogros não são pessoas boas. Ela diz que queria ir para a casa dos pais, mas não a deixaram. Ela quer ir para casa ver a filha.

A menina estava sentada à mesa, escutando em silêncio toda a conversa, a cabeça baixa fazendo-a parecer uma aluna penitente, com as mãos apertadas no colo.

— Ela falou o nome da aldeia em Uttar Pradesh?

— Sim.

Claro que eles iriam. Ele mal podia esperar, teria partido naquela mesma tarde, se possível. Mas teve de aguardar até a manhã seguinte. Os cinco, espremidos na caminhonete alugada de Anderson, partiram pela estrada. Eram só cento e cinquenta quilômetros em linha reta, mas estavam na Índia, e a viagem levou nove horas.

Os sogros não quiseram recebê-los. Anderson conversou com eles à porta por um longo tempo, com a cabeça baixa no calor, murmurando de sua maneira mais respeitosa e persuasiva, mas eles ficaram ali parados e de cara fechada, ouvindo e sacudindo a cabeça.

Não que eles não acreditassem — era isso o que Anderson se lembrava de ter pensado. Ah, eles acreditavam, sim, que era possível que sua nora tivesse reencarnado. Mas não queriam nada com ela, naquela vida ou nesta. Não quiseram nem sequer dizer o nome dos pais da personalidade anterior ou a cidade onde ela morava antes de ir para lá. A menina se mantinha em silêncio. Sua lembrança permanecera somente naquele lugar e em nenhum outro. Sabe-se lá por quê.

— Podemos ver a filha? — perguntara Anderson, quando a porta estava se fechando. — A filha de Sucheta? Ela está em casa?

— Não tem nenhuma filha.

Os vizinhos deram informações diferentes. Havia uma criança, anos antes. Ela tinha morrido. Ninguém sabia como.

Preeta ouvira as notícias em silêncio. Agradecera aos vizinhos (identificando dois deles pelo nome) e seguira determinada por uma trilha até a margem do rio que passava pela aldeia, onde as mulheres lavavam roupas. Anderson tomava notas rapidamente com sua caneta azul, o bloco de papel amarelo agitando-se ao vento, enquanto, em uma voz rouca de criança, ela lhes contava como seu marido e seus sogros a tratavam. Como, sozinha naquela aldeia, tão longe dos pais, aos catorze anos, ela havia dado à luz uma menina e, dois anos depois, ficado grávida e dado à luz outra menina. Sua sogra fora a parteira.

Tiraram a segunda bebê de perto dela assim que nasceu.

"Natimorta", disseram depois, mas ela sabia que não era verdade, tinha ouvido o choro.

Quando ela os acusara de matar sua bebezinha, eles a espancaram, chutaram seu rosto e sua barriga, naquela noite mesmo, tão pouco depois do parto. Machucada, achou que talvez nada daquilo tivesse acontecido e a bebê ainda estivesse em seu ventre, mas dessa vez deu à luz uma massa escura e desoladora, feita de sangue e tecidos.

Talvez ela fosse morrer de qualquer maneira. Talvez estivesse com hemorragia.

O fato era que nunca ninguém saberia; ela se jogou no rio Yamuna na manhã seguinte.

A menina Preeta lhes contou essa história, as palavras se derramando dela em frases fluidas muito além da capacidade da criança que ela era então, de pé, com a voz rouca, à margem daquele rio veloz e lamacento, enquanto as mulheres batiam roupas para limpá-las nas pedras e as páginas do bloco de notas de Anderson subiam e desciam ao vento feito um leque, feito respiração.

Ele registrara tudo.

Fizeram a viagem de nove horas de volta à aldeia de Preeta em silêncio.

Anderson lhes assegurou que, quando retornasse à Índia, colheria outros possíveis detalhes de que Preeta pudesse se lembrar, a fim de acompanhar o caso. Recordava-se do aperto de mão firme e caloroso do pai. De como a menina o segurara pelas pernas, surpreendendo-o, quando ele se despediu.

Preeta, com seus cabelos brilhantes e seus olhos sérios, acenando para ele do quintal...

Não havia nada a fazer a não ser deixar a lembrança preencher sua mente como o perfume de jasmim, como o cheiro de barro vermelho.

Ele procurava acompanhar seus melhores casos de tempos em tempos. Mas estivera ocupado, no auge de sua vida, seguindo casos no Sri Lanka, na Tailândia, no Líbano, construindo o Instituto, redigindo artigos, escrevendo seu primeiro livro, depois tentando conseguir que fosse resenhado em veículos importantes. Tudo isso havia tomado seu tempo, e quatro anos se passaram antes que ele voltasse àquela parte da Índia.

Ele escreveu uma carta para a família antes da visita, mas não recebeu resposta, então fez o que sempre fazia nessas situações: atravessou o país para vê-los.

A mãe veio até a porta, distraída, com um novo bebê no colo. Assustou-se quando o viu.

Tinham voltado à aldeia sem ele. Ela lhe explicou isso um pouco mais tarde, na mesma sala de que ele se lembrava com as persianas de madeira fechadas, a mesa de metal reluzindo na obscuridade, o Ganesh de madeira belamente esculpido. Dessa vez a mãe falou, enquanto o pai ficou sentado na penumbra, ouvindo.

Preeta aos nove anos. Ela lhe mostrou uma fotografia. Adorável como sempre, graciosa, de pernas longas, com um sorriso melancólico. Ela vinha implorando para voltar, para ver a aldeia outra vez e, depois de um tempo, as súplicas foram maiores do que seus pais amorosos puderam suportar. Seu pai às vezes tinha negócios naquela região, vendendo tecidos em uma cidade próxima, então a levou consigo em uma dessas viagens. Eles ficaram em uma pequena casa na aldeia que às vezes atendia viajantes.

Quando seu pai acordou na manhã seguinte, ela havia desaparecido.

O mesmo rio, duas vezes.

Os aldeões disseram que ela não hesitou. Caminhou decidida até o rio e deslizou direto pela margem, o barro vermelho manchando as costas de seu sári, a cor brilhante verde-mar flutuando como uma bandeira nas águas cinzentas. Tudo aconteceu muito rápido. Nenhum dos aldeões que se preparavam para o mercado matinal disse uma palavra sequer. Simplesmente ficaram parados, em choque, de olhos fixos na bonita cabeça de cabelos escuros e rosto sério que emergia e submergia na superfície do rio, o tecido verde se estendendo nas águas escuras, depois afundando sob o próprio peso, perdendo o brilho para a torrente cinzenta, enquanto ela sumia na curva.

Ninguém pulou atrás dela. Eles não a conheciam. Era uma menina estranha em uma pequena aldeia. O rio era perigoso. Nunca encontraram o corpo.

Anderson se sentiu sufocar na sala escura. Agradeceu fracamente aos pais de Preeta, em tom de desculpas, por terem tido a gentileza de recebê-lo e lhe contar a história, e cambaleou para fora, direto para o meio de uma tempestade de monção. Ficou ali, deixando o céu desabar sobre sua cabeça. Em um momento de confusão, achou que era sua filha que tinha feito aquilo. Que era sua filha que ele havia perdido.

Se ele não os tivesse procurado, eles nunca teriam ido à aldeia e a menina teria esquecido.

Na aldeia, ele anotou os relatos dos aldeões sobre a morte. Fez sua pesquisa, tomou nota de todas as informações, conversou com todas as testemunhas, escrevendo tudo com cuidadosa tinta azul sobre papel amarelo, enquanto seu olho interior apontava para aquele rio lamacento, a cabeça emergindo e submergindo. Não conseguia olhar para o rio diretamente; tinha medo de se atirar lá dentro também.

Ele se embebedou naquela noite, tentando afundar em esquecimento, mas as perguntas voavam para cima dele como corvos, só esperando uma porta aberta para atacar.

A culpa era dele.

A culpa era dele que os restos daquela criança estavam em algum lugar no fundo do rio. A culpa era dele que ela nunca teria seus próprios filhos, sua própria vida.

Suas pesquisas eram inúteis. Pior.

Ele sempre acreditara na lucidez: em olhar tão claramente quanto possível para as coisas tal como elas eram, apesar do desejo de se extraviar em direção a ilusões e projeções reconfortantes, seguindo os resultados de forma racional. Não pôde, portanto, se proteger agora das perguntas que lhe vinham à cabeça. Qual era o propósito de renascer apenas para reviver a angústia da vida anterior? Qual era o sentido daquilo? Qual era o significado?

De repente e pela primeira vez, viu a atração do escape, do niilismo. No entanto, mesmo nesse momento, o cientista que havia nele o manteve firme, falando com clareza e equilíbrio sob a cacofonia da culpa e da dor: poderia o desejo suicida se despejar como uma fobia ou uma característica de personalidade de uma vida para a seguinte? Poderia haver uma dor tão intensa e mal resolvida que permanecia, fluía para a próxima vida tão forte quanto um defeito ou uma marca de nascença, sem poder ser removida?

Ele não era um homem de orações, de forma alguma, nunca, mas fez uma oração mesmo assim, de pé à margem do rio para o qual não conseguia olhar, desejando que a próxima vida daquela menina fosse longe dali.

Com uma força de vontade brutal, conseguiu se arrancar do estado de desespero. Ficara sem beber durante toda a longa viagem de trem de volta a Calcutá, a necessidade alfinetando seus nervos, as mãos trêmulas evidenciando um vício de que ele só tinha uma consciência muito vaga.

Quando, por fim, chegou, cambaleante e sóbrio, soube que havia perguntas que ele não podia fazer a si mesmo. Que havia vínculos que não podia criar. Era a única maneira de seguir em frente. E ele seguiu, trabalhando firmemente.

Até agora.

No minibar do hotel havia mais garrafinhas: toda uma fileira delas. Anderson virou a chave, abriu a porta outra vez e ficou olhando para elas. Parecia que fazia poucos dias que havia parado de beber, não décadas. O entorpecimento da consciência vinha esperando pacientemente por ele por todos aqueles anos. *Tudo bem, então*, ele pensou. Estendeu a mão para pegar outra garrafinha de vodca.

Não.

Correu para o banheiro, cuspiu e lavou a boca, depois escovou os dentes duas vezes. Não desse jeito. Não depois de todo esse tempo. Jogou a chave do minibar no vaso sanitário e deu descarga, mas ela permaneceu na bacia, brilhando como um tesouro no fundo do mar.

Voltou para a cama e esticou o corpo, tentando recuperar a sensação de quentura que a vodca havia gerado sob sua pele. Sentiu o gosto do álcool nos lábios por baixo da pasta de dentes. Do outro lado da parede, o menino ainda soluçava.

Droga.

Anderson gostava dele. Do menino. *Noah*.

Droga. Droga. Droga.

Quando Anderson por fim cochilou, sonhou com Owen. Sonhou que seu filho estava bem. Owen estava bem e Sheila estava feliz e não havia necessidade de ele ir para a Tailândia, não importava o que Angsley tivesse dito ao telefone. Ele podia ficar em Connecticut com sua família e seus ratos de laboratório.

Acordou de repente, com uma sensação de perda tão pura que, por um instante, ficou sem voz.

Sentou-se na cama. O quarto ainda estava escuro. Sua mente estava clara.

Eu posso ajudá-lo, pensou. *Posso ajudar essa criança. Fiz tudo errado, mas não é tarde demais para corrigir. Fomos atrás da personalidade anterior errada. Tudo bem. Isso já aconteceu antes. Tenho a informação de que preciso agora. Vou convencer a mãe dele. Por Noah, vou consertar essa situação.*

Mas ele havia desistido. Não havia?

Levantou-se, abriu as persianas e olhou pela janela para o amanhecer que começava a se impor sobre o estacionamento indiferente, a luz pálida iluminando a rua. Mais um dia estava começando, quer se gostasse disso ou não. No entanto, apesar de todas as suas apreensões, ele se sentia faminto para começar esse novo dia.

Foi até o computador e o ligou. Impaciente, esperou que inicializasse. Abriu a janela de busca e digitou: "Tommy Asheville Road".

20

Janie afivelou o cinto de segurança de Noah e depois o seu próprio com uma sensação de sóbria determinação.

Em caso de despressurização da cabine, a comissária de bordo no vídeo estava dizendo, coloque a sua máscara de oxigênio primeiro, depois ajude outras pessoas no seu grupo que precisem de assistência. O vídeo mostrava um pai bonitão prendendo a máscara de oxigênio no próprio rosto, sua filha sentada calmamente ao seu lado, respirando ar ruim.

Que idiota tinha inventado aquela regra? Alguém que não entendia nada da natureza humana.

Imaginou o compartimento se enchendo lentamente de fumaça e Noah ao seu lado, ofegando. Eles realmente achavam que ela poderia arrumar a máscara em seu próprio rosto e respirar ar puro enquanto seu filho asmático sofria para conseguir respirar? A suposição era de que ela e seu filho fossem duas entidades com corações, pulmões e mentes separados. Não percebiam que, quando um filho não consegue respirar, você sente sua própria respiração presa dentro do peito.

E, enquanto isso, ela mentia para o próprio filho, e isso o fazia uivar de desgosto, perturbando os outros passageiros no avião, impossibilitando-os de ouvir como afivelar o cinto de segurança e confundindo seriamente o seu já comprometido bom senso.

Noah queria ir para a Asheville Road, e eles estavam indo para a Asheville Road, mas ele não podia saber disso, ainda não, não desta vez. "Brooklyn, com conexão em Dayton", era o que ela lhe dizia, aliviada por ele ainda ser muito pequeno para entender mapas. Não cometeria o mesmo erro duas vezes. Se fosse o caso, cometeria um erro novo.

— Eu quero ver a minha mãe! — Noah gritava, e os outros passageiros olhavam para ela como se estivesse mentindo para eles também.

O avião se preparou para decolar e começou a avançar, ganhando velocidade na pista. Ela nunca teve medo de voar, mas, agora, sentiu uma espécie de alarme nos tremores iniciais da aeronave ao sair do chão.

Quando estava grávida, leu estudos que afirmavam que níveis altos de cortisol, o hormônio do estresse, podiam atravessar a placenta e chegar ao feto, prejudicando o desenvolvimento fetal e causando baixo peso no recém-nascido. Fazia sentido para ela. Não eram apenas as cenouras que ela comia, as vitaminas que tomava — o que ela sentia, seu bebê sentia. Tinha tentado se manter tão calma quanto possível. Recusou o emprego dos sonhos em uma grande empresa para não afetar negativamente o desenvolvimento do bebê com longas horas de trabalho e estresse máximo.

Agora, sentia o cortisol subir em seu corpo e se perguntava se Noah ainda poderia senti-lo de alguma maneira, se minúsculas partículas de seu estresse cercavam o ar que ele respirava, tornando tudo pior. Mas não conseguia evitar. O mundo era mais perigoso agora do que algumas semanas atrás. Era um mundo que escorregava e deslizava sob seus pés, onde crianças morriam porque mães se esqueciam de verificar os trincos. Como manter seu filho seguro nesse tipo de mundo?

Desde o momento em que entrara no ônibus intermunicipal até o momento em que embarcara no avião com Noah e Jerry no Aeroporto Dulles, em Washington, tivera a sensação de estar rolando por uma encosta íngreme. Não podia parar. Se pusesse as mãos de lado para desacelerar o movimento, elas ficariam em carne viva.

O avião decolou. A voz de Noah se elevou para um gemido agudo e sentido. E ela ficou trancada em si mesma. O que estava fazendo? Como podia ceder novamente àquela ideia, depois daquele fracasso tão recente? Como podia se arriscar a machucar mais uma mãe?

Como podia imaginar que Noah não fosse seu e somente seu?

No entanto, quase como em resposta, a frase surgiu de repente em sua cabeça:

Seus filhos não são seus filhos.

Onde tinha ouvido isso? Quem havia dito?

Janie apoiou brevemente a cabeça no encosto do assento da frente e bateu de leve no joelho de seu filho aos gritos.

Seus filhos não são seus filhos.

Agora se lembrava, enquanto ouvia os gritos a envolverem em ondas sonoras e via a comissária de bordo passar pelo corredor franzindo a testa para ela: era uma música. Uma canção do Sweet Honey in the Rock que ela ouvira com Noah no verão anterior, em um show gratuito no Prospect Park.

Era uma noite no começo de julho, o clima estava ameno, com uma brisa agradável. Ela havia se acomodado sobre um cobertor com algumas amigas e homus, queijo pita e cenouras suficientes para alimentar uma pequena cidade de pré-escolares. As vozes das cantoras se combinavam em perfeita harmonia *a cappella* ("*Seus filhos não são seus filhos... embora estejam com você, eles não lhe pertencem*"). Janie havia tirado os sapatos e flexionado os dedos cansados enquanto ouvia as preocupações de suas amigas (escola particular *versus* pública, maridos inconsequentes). Ela própria não tinha como pagar uma escola particular e não tinha marido de quem reclamar, mas se sentia feliz, porque a canção estava errada e Noah *era* dela, e era uma noite linda, e ela não podia imaginar que houvesse muito amor sobrando dentro de si para dar a qualquer outra pessoa.

Como poderia ter imaginado, naquele momento, que estaria ali, viajando mais rápido que o vento em direção a uma mulher que não fazia ideia do que a aguardava?

Isso tinha acontecido no verão passado, mas era como se fosse em outra vida.

— eu quero a minha mamãe! — Noah gritou outra vez, e o avião inteiro pôde ouvi-lo: como se ela o estivesse raptando, como se ele não tivesse sido sempre totalmente seu.

* * *

Depois que o voo se estabilizou em segurança e Noah finalmente se esgotou e caiu em um sono agitado, Janie pegou sob o banco à sua frente as páginas que Anderson imprimira na noite anterior. Cópias de notícias do *Millerton Journal* e do *Dayton Daily News* sobre Tommy Crawford, que morava na Asheville Road e tinha desaparecido aos nove anos. Ele estudava na Escola de Ensino Fundamental McKinley, onde sua mãe era professora.

A fotografia no jornal tinha sido tirada na escola. A bandeira americana de um lado, um fundo meloso de arco-íris contra um falso céu azul. Era quase possível ouvir o fotógrafo dizendo: "Dê um grande sorriso agora". Um grande sorriso. Poderia ser qualquer menino, na verdade. A pele dele era marrom-clara. Ele era negro. Não havia motivo para isso surpreendê-la. Ele sorria para ela. Tinha um sorriso bonito.

AUTORIDADES ENCERRAM BUSCA POR MENINO DESAPARECIDO

A polícia de Greene County encerrou hoje as buscas por Tommy Crawford, 9, residente na Asheville Road, 81, que desapareceu nas proximidades de sua casa em Oak Heights, em 14 de junho. Embora se tema que a criança esteja morta, o detetive James Ludden, que esteve no comando das buscas, afirmou: "Para mim, este caso não estará encerrado até encontrarmos o menino, de uma maneira ou de outra".
Tommy Crawford, que estudava na Escola de Ensino Fundamental McKinley, é um menino inteligente e popular. Seus pais o descrevem como uma criança alegre, que adora beisebol e é apaixonado pelo irmão mais novo, Charles, de 8 anos. "Charlie sente muito a falta do irmão", disseram seus pais, Denise e Henry Crawford, em uma declaração à imprensa. "Sentimos falta do nosso amado filhinho. Se o Tommy estiver com você, ou se você souber onde ele está, por favor, por favor, entre em contato..."

Ela desviou o olhar. Havia dor demais naquele pedaço de papel.

Estavam nas nuvens agora, a caminho de um lugar onde ela nunca estivera. Estava voando por instinto, o que era um mistério até para si mesma.

Janie era uma mulher coerente. Era algo de que se orgulhava. Se ela dizia "Não pode comer biscoito antes de dormir", não voltava atrás. Evitava se irritar (na maior parte do tempo); era constante (tanto quanto possível). Crianças precisavam disso.

Ela tentara criar ordem na vida de Noah, assim como sua mãe criara na dela, depois do caos de viver com seu pai. Não se lembrava muito de como era antes de seu pai as deixar. Havia uma lembrança de estar sentada nos ombros dele em um festival ao ar livre — mas seria uma memória real ou algo que ela criara a partir de uma fotografia? Houve uma vez que os dois foram ao shopping e ele comprou um grande urso polar de pelúcia para ela, grande demais para qualquer cômodo da casa sem ser a sala de estar, e sua mãe havia reclamado, mas depois deu risada e deixou que ela o mantivesse ali, ao lado da TV. Havia o cheiro do cachimbo dele e de seu uísque, e o som dele socando a porta a noite inteira quando chegava bêbado e sua mãe não o deixava entrar. Havia sua mãe segurando uma taça cheia de vinho tinto (a primeira e única vez que Janie a vira beber), enquanto contava a ela com a voz natural de sempre que pedira para ele ir embora e que ele não voltaria mais — e tinha razão, ele não voltou. Janie tinha dez anos. Lembrava-se daquele dia perfeitamente, a visão surpreendente de sua mãe bebendo à tarde, o jeito como o vinho dançava dentro da taça enquanto ela falava e como Janie ficara nervosa, com medo que ela o derramasse.

Depois disso, sua mãe voltara a trabalhar como enfermeira e elas entraram em um ritmo regular. Ela começou a trabalhar à noite quando Janie tinha treze anos, mas estava em casa para acompanhar as tarefas escolares e sempre garantia que houvesse jantares saudáveis para ela esquentar no micro-ondas e roupas limpas e passadas para ela vestir de manhã, antes de ir para a escola. E, quando as noites ficavam um pouco solitárias, Janie ia para o quarto dela, onde tudo estava exatamente do jeito que ela queria que estivesse. Abria a porta e via seus quadros emoldurados de cavalos e castelos europeus enevoados; sua mobília pintada à mão em alegres cores primárias; seu armário organizado por cores; seu mundo codificado por cores.

Havia se seguido uma vida de criar espaços organizados, mas de que adiantara? O mundo não era organizado.

Até mesmo sua mãe fora, no fim, um mistério para ela.

Quando foi limpar a casa de sua mãe na semana depois de sua morte — aqueles dias em que mal estava consciente, o coração congelado de dor, embora palavras ocasionalmente chegassem à superfície e emergissem dela (palavras como *por quê* e *órfã,* mesmo que, até onde ela sabia, seu pai ainda estivesse vivo em algum lugar, e *Deus,* em quem ela nunca havia sido ensinada a acreditar, mas com quem estava furiosa mesmo assim) —, encontrou na gaveta da mesa de cabeceira do quarto o tipo de livro de que sua mãe sempre fizera piada. Tinha até um arco-íris na capa e um título de autoajuda: *Você pode mudar sua vida.* Virou as páginas: havia capítulos sobre meditação, carma e reencarnação, ideias que sua mãe ateia nunca parecera levar a sério; ela faria cara de impaciência e diria: "Quem tem tempo para pensar *nisso*? Quando a gente morre, a gente morre". No entanto, o livro estava bem manuseado e tinha várias passagens sublinhadas, algumas marcadas com asteriscos e pontos de exclamação. Uma frase, "Tudo é uma projeção da mente", tinha três asteriscos ao lado.

Será que sua mãe queria tão desesperadamente continuar viva que perdera o bom senso? Ou teria encontrado algo no fim que mudou seu modo de ver as coisas? Ou será que o livro era de outra pessoa, os asteriscos feitos por outra pessoa? Janie não sabia e nunca poderia saber, então resolveu tirar aquilo da cabeça para sempre. Ou pelo menos achara que sim.

"Há mais coisas entre o céu e a terra, Horácio." Essa era uma das frases que sua mãe adorava dizer. Ela era uma mulher prática, que trabalhava o dia todo com instrumentos cirúrgicos, mas sempre tivera um fraco por Shakespeare. Janie nunca pensara muito na citação; era algo que sua mãe dizia, geralmente com uma bufada de impaciência, nos momentos em que não tinha explicações: por que seu pai nunca havia telefonado para ela, por exemplo, ou, no hospital, por que ela se recusara a tentar mais um tratamento experimental.

A última vez que Janie tinha pensado naquilo fora na noite em Trinidad, quando Noah foi concebido. Naquela noite, depois que Jeff foi embora, ela não conseguiu dormir, então saiu para caminhar sozinha pela praia. Era tarde e ela estava consciente de sua vulnerabilidade, uma mulher sozinha, a vulnerabilidade aumentada pela proximidade do sexo, de ter sido vista em sua condição mais indefesa. Aquele momento arrebatado de intimidade com Jeff havia acontecido, ela o vivera, e agora ele se fora, como um fósforo aceso tremeluzindo até apagar na escuridão úmida. Olhou para o céu, que parecia zombar dos céus noturnos que ela costumava ver: aquilo era a essência do céu, em suas profundezas de escuridão e de luz. Aquela beleza, como uma peça musical, elevava sua solidão a algo além de si, fazia-a olhar para cima em vez de para dentro. Sentiu um impulso de lançar sua confusão ao espaço, uma mensagem na garrafa, na esperança de que algo (Deus? Sua mãe?) pudesse estar ali, ouvindo.

— Alôôô — ela chamou, meio na brincadeira. — Alguém aí?

Sabia que não teria resposta.

No entanto, de pé na praia, com as ondas refluindo e expondo a nudez cintilante de depressões na areia aqui e ali, com conchas e pedras, depois avançando novamente e puxando sua cortina eterna sobre a superfície frágil, ela foi invadida por uma sensação de paz. Havia sentido algo ali. Seria Deus? Seria sua mãe?

Há mais coisas entre o céu e a terra, Horácio, ela pensara naquele momento.

Era Noah. Noah era sua resposta, era ele que estava ali. Isso era suficiente para ela.

Então era adequado, ela pensou, olhando agora para a vasta extensão de céu azul, que Noah a trouxesse de volta à mais abstrata das perguntas, agora insuportavelmente relevante. Pois ou a reencarnação era uma bobagem, ou não era. Ou Noah estava doente, ou não estava. E não havia como saber. Não havia nenhum modo de refletir sobre a questão racionalmente, pelo menos nenhum modo que ela conhecesse ou pudesse imaginar.

Apesar de tudo que ela sabia ou não sobre os vivos, apesar dos milhares de casos cuidadosamente analisados e inexplicáveis, apesar de seus momentos de pânico e de seus anos de bom senso, teria que dar aquele salto no escuro.

21

"Você é sério demais para a praia", ela dizia, rindo dele.

— Com licença, senhor?

Não era Sheila; era a comissária de bordo, inclinada sobre Anderson, oferecendo-lhe água e pretzels. Ele sacudiu a cabeça para acordar e pegou o minúsculo pacote de salgadinhos, mas recusou a bebida, embora estivesse com a garganta seca, com receio de despertar a criança adormecida ao lado se abrisse a bandeja.

A mãe do menino estava sentada ao lado do filho, olhando pela janela. Como era o nome dela?

Havia deslizado pelo ralo e sumido.

Sua mente parecia clara como sempre. Era apenas a palavra que lhe escapava. Estava ali, bem na sua frente, provocando-o, no entanto seu cérebro refugava, recusando-se terminantemente a esticar um dedo sequer para tocá-la. Sentia-se como Tântalo, sedento e faminto, lutando em vão para chegar à água fresca e às uvas que estavam sempre logo além de seu alcance.

Tântalo, punido pelos deuses por contar aos humanos seus segredos imortais. Tântalo tinha altas esperanças para os humanos, e para onde isso o levou? Para a ruína. Banido para o Tártaro. E como ele conseguia se lembrar do nome e da história de Tântalo, mas não do nome de que precisava? Ah, o cérebro: quem poderia saber por que ele se lembrava do que lembrava ou perdia o que perdia. E lá estava ele: Jerome Anderson no Tártaro, a região mais profunda do inferno.

As coisas estavam saindo do controle rapidamente. Tinha o nome da mulher em sua pasta, claro, no bloco de notas amarelo, logo ali aos seus pés. Podia se abaixar agora mesmo e pegá-la. Essa informação específica era fácil de obter. Mas quem podia saber quando ele a perderia outra vez, ou o que mais ele perderia? Não deveria nem estar ali, especialmente porque o caso não estava seguindo de acordo com o protocolo. Talvez ele devesse parar. O menino acabaria esquecendo. Mas Anderson não sabia como. Ele era o homem que não parava, era assim que ele era, era só assim que sabia ser, desde o momento em que voltara para casa depois de seus primeiros casos com Angsley, na Tailândia.

Ele tinha entrado pela porta de casa dois meses depois, em um estado eletrizante de empolgação.

Sheila esperava por ele no sofá, com as pernas fortes dobradas sob o corpo. Ela era a mesma: o rosto de lua, bonita como sempre, com as sardas salpicadas no nariz, a nuvem pesada de cabelos loiros. Ele, por outro lado, era um homem diferente.

Ela o fitou com um olhar penetrante, inquiridor. Ele não havia escrito naqueles dois meses, exceto para avisar que estava voltando para casa, e sentiu-se tomado de ternura diante daquilo tudo: o velho sofá vermelho com o estofamento aparecendo nas costuras e a jovem esposa que tentava avaliar se ainda tinha um marido, a concretude e o puro encanto que constituíam a vida que estava sendo vivida, a vibração da ilusão. Antes de beijá-la ou de tirar a jaqueta, ele puxou os arquivos de dentro da maleta e os colocou sobre a mesinha de centro.

As fotografias não eram bonitas, mas ele queria que ela as *visse*. Espalhou-as diante dela, os mortos e os vivos: as deformidades e marcas de nascença, e os relatórios dos legistas sobre as feridas fatais das personalidades anteriores. A menina com dedos deformados em uma das mãos, a mulher que havia sido morta por ter queimado o arroz. Quando terminou de contar o último detalhe brutal e improvável, olhou para Sheila e prendeu a respiração, à espera do que ela diria. Sentia toda a sua vida, todo o seu casamento, a única coisa fora de seu trabalho que tinha importância para ele, pendendo na balança.

— Você certamente me surpreendeu, Jerry — ela falou.

Parecia confusa, chocada e intrigada, tudo ao mesmo tempo. Lá estava, aquilo que mais amava nela, bem ali: aquele ar de surpresa divertida por ser esse o rumo que sua vida estava tomando.

— Por um momento, quando você entrou, achei que fosse me contar que tinha conhecido outra mulher.

— É isso que eu quero fazer da vida. Quero voltar e entrevistar todos eles outra vez daqui a um ou dois anos. Encontrar mais casos.

— Você sabe que vai ter muita dificuldade com as pessoas por causa disso? Que ninguém vai te levar a sério?

— Eu não me importo com o que as pessoas pensam. Só me importo com o que você pensa. — Isso não era, no fundo, totalmente verdade.

— Você está desistindo de uma carreira muito promissora.

— Vou fazer isso dar certo de algum modo. Por nós — ele acrescentou, a palavra balançando desajeitadamente entre eles. — O que você acha?

Ela fez uma pausa e ele prendeu a respiração por tanto tempo que ficou tonto com a falta de oxigênio.

— Eu não sei, Jerry. Como posso saber? O que você está me contando... — Ela sacudiu a cabeça. — Como pode ser possível?

— Mas você está vendo os dados. Eu mostrei a você. Que outra explicação pode haver? Você acha que eles estão mentindo? Que razão teriam para mentir? Essas famílias não estão recebendo nenhum dinheiro por isso, não estão em busca de atenção, acredite em mim... E, sim, é possível que essas crianças tenham algum tipo superaguçado de percepção extrassensorial, eu pensei nisso, mas elas não estão simplesmente falando da vida de outras pessoas, estão dizendo que elas *são* essas outras pessoas. E, se excluirmos isso... bem, que outra explicação haveria? E as marcas de nascença, as deformidades, o jeito como elas se encaixam com o modo como as mortes aconteceram, nem sempre perfeitamente, não, mas existe uma conexão, uma conexão visível, e eu só comecei... Há casos demais para que seja coincidência. Não pode ser coincidência...

— Isso tem a ver com o Owen, não é?

Pela primeira vez, ele parou de falar. Ela sempre conseguia ver através dele.

Confusa, ela examinou os papéis espalhados sobre a mesa de centro. As anotações, os rostos, os corpos com marcas, os outros corpos com deformidades, embora nenhuma tão grave quanto a de Owen.

— Você acha que o nosso filho nasceu daquele jeito por causa de... algo que aconteceu em uma vida anterior? É isso que você acha?

— Você não pode admitir que isso seja provável? Ou pelo menos possível? — Ele a estava pressionando, mas não conseguia evitar. Precisava disso.

Sheila franziu a testa, pensativa.

— Você sempre foi um homem sensato, Jerry. Um homem cauteloso. Não me parece que isso tenha mudado, mesmo que... — Sacudiu a cabeça. — Então, se você acha que é possível, eu vou admitir que é possível. Confio em você.

Ele se agarrou às palavras dela.

— Isso é tudo o que eu peço.

— Você vai continuar com isso de qualquer maneira, até o fim.

Ele a encarou.

— Acho que sim.

Ela suspirou e o olhou de lado com uma expressão ao mesmo tempo cansada, divertida e reprovadora. Era como se soubesse já naquele momento que ele nunca chegaria ao fim, que nunca teriam outros filhos, que ela passaria o resto de seus dias vivendo na esteira dessa obsessão até que não houvesse mais nada a fazer a não ser apoiá-lo.

E ele continuava com isso, certo?

Apesar de suas capacidades comprometidas, ele seguia em frente. E, agora, estava jogando o protocolo pela janela. A mulher, aquela cujo nome lhe escapava, havia insistido que fosse assim.

Ela havia atendido de imediato quando, hesitante, ele batera à porta de seu quarto no hotel. Usava as roupas da véspera e seu rosto parecia pálido à luz da manhã.

— Tivemos uma noite ruim — ela disse apenas.

Ele lhe entregara as páginas que imprimira no escritório do hotel, preenchidas com as pesquisas que fizera — pesquisas que indicavam uma criança desaparecida chamada Tommy Crawford que morava na Asheville Road.

— Você só pode estar brincando — disse ela quando viu o que era aquilo que ele estava lhe entregando. Mas pegou os papéis e deu uma olhada neles enquanto Noah dormia profundamente na cama ao lado. — Você acha que esta é a personalidade anterior? — ela falou por fim.

— Sim, acho.

Ela continuou folheando as páginas.

— Não é incomum pessoas reencarnarem em uma raça ou cultura diferente — Anderson falou em voz baixa, tentando controlar a ansiedade. — Houve inúmeros casos em que crianças da Índia se lembravam de vidas passadas em uma casta diferente. E algumas crianças birmanesas pareciam se lembrar de vidas anteriores como soldados japoneses mortos na Birmânia durante a Segunda Guerra Mundial.

— Então, se formos fazer isso... — Ela lhe lançou um olhar sério de advertência. — Se formos para Ohio...

O coração dele deu um pulo. Não pôde evitar.

— Sim?

— Vamos agora. Hoje.

— Não é assim que funciona — Anderson explicou. — Primeiro nos comunicamos com a família por e-mail. Ou por carta, se possível. Não aparecemos simplesmente na casa deles. — Ele havia feito isso, na verdade, na Ásia, quando a família da personalidade anterior não tinha telefone ou outro meio de contato. Mas as famílias asiáticas não eram como as americanas, e era bem mais provável que ficassem pelo menos curiosas para ouvi-lo.

— Mas isso é exatamente o que vamos fazer — ela respondeu. — Eu não vou me aproximar de outra mãe enlutada sem ter certeza. De novo, não. Se o Noah não reconhecer nada, nós damos meia-volta e retornamos para casa sem eles nem ficarem sabendo.

A calma dele começou a se dissipar no ar. Ela não podia estar falando sério.

— É melhor entrar em contato com a família primeiro.
— Eu vou, com ou sem você. Vou pegar o próximo voo.
— Não é recomendável.
— Paciência. Não vou levar o Noah para casa e depois começar tudo isso de novo. Então acho que é agora ou nunca. E, se fizermos isso... — Ela se sentou ereta na cama. — Você não vai escrever a respeito. Está entendendo? Isso tem a ver com o meu filho, não com o seu legado.

Ele tentara sorrir. Estava tão cansado.
— Foda-se o meu legado.

Seu legado — ah, ele tivera grandes expectativas para si, mas não chegara muito longe. Havia tantas coisas que ainda não sabia. Por que algumas crianças nasciam com lembranças de vidas passadas, com o corpo marcado por sinais de traumas passados? Isso estaria relacionado (*tinha* que estar) ao fato de que setenta por cento das personalidades anteriores de que essas crianças se lembravam haviam morrido de forma traumática? Se a consciência sobrevivia à morte, e ele havia demonstrado que sim, como isso se conectava com o que Max Planck e os físicos quânticos haviam proposto, que eventos não ocorriam a menos que fossem observados e que, portanto, a consciência era fundamental e a própria matéria derivava dela? Isso faria com que este mundo fosse como um sonho, em que cada vida, como cada sonho, fluía uma atrás da outra? E seria então possível que alguns de nós, como essas crianças, tivéssemos sido despertados abruptamente demais desses sonhos e ansiássemos por retornar a eles?

Pela janela, o céu azul estendia-se diante dele até onde a vista podia alcançar. Tantas coisas que tinha esperado explorar mais. Queria investigar a própria natureza da realidade. Queria terminar aquele livro. Mas, agora, sua mente estava aniquilada e tudo que ele queria era ajudar uma única criança.

Olhou para o menino encostado nele, o corpo aninhado em seu braço. Poderia ser qualquer criança, dormindo docemente. Era qualquer criança.
— Ele gosta de você — a mulher disse.
— E eu gosto do Tommy. Muito.

Ela respirou fundo.

— Noah.

— O quê?

— O nome dele é Noah.

Claro.

— Desculpe. Não sei como isso aconteceu. — *Jerry. Jerry. Trate de se controlar.*

Ela ficou pálida.

— Desculpe. Estou um pouco cansado...

— Tudo bem — ela interrompeu. Mas desviou o olhar e mordeu o lábio.

Noah. Tommy. Tudo acabava se reduzindo a nomes, não era? As evidências de que se era esta pessoa e não aquela. E, se os nomes se perdessem — quando eles se perdessem — e tudo que restasse fosse uma única longa faixa indistinta de humanidade, como um amontoado de nuvens no céu... e aí?

Ele precisava fazer melhor. Precisava manter os nomes por perto. Noah, Tommy. Faria rolinhos deles e os usaria para preencher as fendas de sua mente, do jeito que as pessoas enfiam pedaços de papel com desejos entre as pedras do Muro das Lamentações.

Eles olharam juntos para o menino adormecido.

— Você sabe que não posso lhe prometer nada — Anderson murmurou.

— Claro.

Mas Janie estava mentindo. Ela achava que ele havia lhe prometido tudo.

22

Denise deslizou para a ponta da cadeira e espiou a vasilha de M&M's que sempre parecia intocada na mesinha do psiquiatra. Será que ninguém nunca os comia? Estaria olhando para os mesmos M&M's há quase sete anos? Alguém devia fazer uma experiência, ela pensou. Pôr todos os verdes em cima e ver o que acontece. Dar um nó na cabeça do bom doutor.

— Denise?

— Estou ouvindo. — Ela não estava com vontade de olhar para ele, mas imaginou que ele provavelmente prestaria atenção nisso se ela não olhasse. O elegante rosto equino do médico parecia mais alongado ainda de preocupação.

— Eu disse que todo mundo regride às vezes — o dr. Ferguson repetiu. — Acontece.

Ela olhou de volta para a vasilha de M&M's.

— Não comigo.

— Você é muito dura consigo mesma. Tem feito um trabalho incrível de criar uma vida para si. Não se esqueça disso.

— Uma vida para mim — ela disse do mesmo jeito como poderia dizer: "Meio quilo de salame cortado fino, por favor", ou "Hora dos remédios, sr. Randolph". Mas o que ela queria dizer, e que qualquer pessoa poderia ver se não fosse uma idiota, era: minha vida é uma bosta.

O dr. Ferguson não era um idiota. Denise sentiu que ele a observava.

— Você está decepcionada consigo mesma.

Ela enfiou um M&M verde na boca. O açúcar virou pó em sua língua. Não conseguia sentir gosto de nada.

— Eu desisto.

— O que quer dizer com isso?

Ela achou melhor dizer a verdade. A quem mais poderia dizer?

— Eu desisto. Eu me esforcei tanto todos esses anos para ser forte para o Charlie, e um único telefonema me faz voltar tudo de novo. É como se tudo tivesse acontecido ontem. E eu não posso... — Ela respirou fundo. — Eu não consigo.

Denise sentiu que ele escolhia as palavras com cuidado.

— Eu entendo que deve ser extremamente perturbador se sentir assim de novo.

Ela sacudiu a cabeça.

— Eu não consigo.

Ele cruzou uma longa perna muito magra sobre a outra.

— E que outra escolha você tem? — O pomo de adão oscilava visivelmente no pescoço dele, como o de Ichabod Crane em um filme que ela tinha visto tempos atrás. *Acho que isso faz de mim o cavaleiro sem cabeça*, pensou. Tudo bem. Ela não tinha mais pensamentos ou sentimentos mesmo. Observava a si mesma de uma grande altura, da maneira como dizem que mortos recentes olham para o próprio corpo.

— Digamos apenas que estou considerando minhas opções.

— Você está me dizendo que está pensando em suicídio?

Ela notou a preocupação dele. Era como uma bolha de pensamento pairando sobre a cabeça dele, sem significar nada. Denise deu de ombros. Um hábito de Charlie que sempre a irritara, mas agora via sua utilidade.

— Porque, se for isso que você quer dizer, se estiver falando sério, eu tenho que tomar uma atitude. Você sabe disso.

Aquele hospital. Aqueles sofás manchados, pisos lascados, rostos vazios olhando para uma televisão estúpida. Ela estremeceu.

Mas o fato era que ele nunca lhe daria uma receita médica se ela parecesse suicida. E ela precisava da receita. Não sabia por que havia dito aquilo.

— Você sabe que eu nunca faria isso. Nunca. Nunca daria essa satisfação a ele.

— A ele?

Ela lançou um olhar gelado para o psiquiatra.

— O homem que roubou o Tommy, claro. — No minuto em que disse isso, ela soube que era verdade, que não faria aquilo. Que inferno. E vinha se sentindo tão calma. — E é claro que eu não posso fazer isso com o Charlie.

Claro que não podia. Além do mais, não havia uma pequeníssima parte dela que ainda queria algo desta vida? Lançar esses seus cacos ao vento para ver se eles conseguiam criar raízes em algum lugar?

— O que o detetive Ludden disse quando você ligou para ele?

— Você quer dizer ontem à noite ou hoje de manhã?

Pois é, doutor, agora pode ver onde está pisando, certo?

Pausa.

— Qualquer uma delas.

— Ele disse que os detetives na Flórida estão trabalhando no caso. É o que ele sempre diz. "Eles estão trabalhando com empenho, senhora", tão educado, sabe? Eu sei que ele acha que eu sou louca. Todos eles acham.

— Quem são "todos eles"?

— Todo mundo. Você acha que estou paranoica? Não estou paranoica. Toda vez que eu encontro as pessoas, elas me dão aquele olhar, até hoje, é sutil, mas eu percebo, como se estivessem surpresas, como se...

— Como se o quê?

— Como se tivesse algo errado comigo e eu não devesse ainda estar andando por aí, como se eu devesse estar...

— Sim?

— Morta. Porque o Tommy está morto.

Era a primeira vez que ela dizia aquilo e imediatamente quis não ter dito. As palavras haviam saído de sua boca como bolas de gude e rolado para todos os lados pelo chão, irrecuperáveis.

E as pessoas estavam certas, ela pensou. Por que deveria continuar respirando? Todos aqueles anos ela se mantivera firme não só por Charlie, mas também por Tommy: para que estivesse inteira quando ele voltasse para ela.

Mas não podia mais fingir: Tommy estava morto e ela era... o quê? Nem viúva, nem órfã. Não havia palavra para o que ela era.

— Entendo — disse o dr. Ferguson, deslizando uma caixa de lenços de papel para ela sobre a mesinha.

Eles se olharam. Ela notou que ele estava esperando que ela chorasse. A caixa quadrada a encarava em expectativa, sua pele de papelão nadando com absurdas bolhas rosas e verdes, um lenço se projetando obscenamente pela fenda, chamando suas lágrimas, sua — como era mesmo o nome que davam nos livros? — catarse. Ele queria que ela finalmente desmoronasse. Mas estava muito enganado se achava que conseguiria isso. De que adiantava essa história de catarse? A gente continuava tendo que recolher os cacos e seguir em frente com a vida, com aquela sua vida que era uma montanha de merda. Ela se levantou.

— Aonde você vai?

— Vai me dar a receita ou não?

— Não é recomendável...

— Sim ou não? Porque eu vou buscar em outro lugar. Você sabe que alguma outra pessoa vai me dar, se você não der.

Ele hesitou, mas lhe passou o papel.

— Volte logo, está bem? Na próxima semana?

Ainda era preciso recolher os cacos de sua vida, sair pela porta e enfrentar o brilho do sol da tarde nos para-brisas dos carros no estacionamento.

Ainda era preciso encontrar seu carro, colocar a chave na ignição, ouvir seu gemido alto quando ele ganhava vida. Era preciso manobrá-lo até a rua com todas as outras coisas móveis e vivas, todas se dirigindo para algum lugar, como se a rotação do planeta dependesse de seus trajetos para a lavanderia ou o shopping. Era preciso sair da rua para o estacionamento da farmácia, sair do carro, ficar de pé na fila do balcão com todas as outras pessoas que esperavam as poções que lhes garantiriam mais uma hora ou mais um dia, quer elas quisessem ou não, e era preciso colocar meio comprimido na boca, só metade, e engolir, com força e a seco, sentindo-o raspar a garganta. E então, como não tinha comida em casa e havia outra pessoa além de você para cuidar, era preciso andar pela calçada até o supermercado. Era preciso ficar ali dentro, piscando sob aquelas luzes muito brilhantes, todas aquelas fileiras e cores pulando sobre você, tomates tão vermelhos que doíam nos olhos, pacotes ardentemente laranja de Doritos, embalagens verde-neon de 7-Up, tudo gritando para os vivos: "Me pegue! Me pegue! Me pegue!"

E não se podia ficar ali parada para sempre, como se nunca tivesse visto um supermercado antes. Era preciso, mesmo então, especialmente então, quando seu ânimo começava a ceder, continuar em frente. Encher seu carrinho com as coisas de que sua família precisava: um frango morto e desossado, uma caixa enorme de flocos de milho e uma caixa de leite. Brócolis para o Charlie, o único vegetal que ele comia, e algumas cebolas para o Henry, para o caso de ele aparecer algum dia, e também um pacote de tomates-cereja. Você sabia que o Charlie não ia comer e você também preferiria um bife, mas pegava-os mesmo assim, ora essa, a pele vermelha e lisa a fitando através do saquinho... Pegava-os porque Tommy gostava deles, gostava de segurá-los entre os dentes e lançá-los para o outro lado da sala, e você queria mostrar a si mesma que ainda se lembrava do que Tommy gostava, mesmo que isso cavasse um buraco no seu coração.

Depois era preciso ficar na fila, fingindo não saber que a sra. Manzinotti a encarava da seção de laticínios, então você folheava as revistas de celebridades que estavam se separando, se apaixonando ou ambas as coisas, notando que a sra. Manzinotti caminhava em sua direção agora, e você esperava que ela ainda a ignorasse, como havia feito nos primeiros anos, evitando olhá-la, esquivando-se quando você passava por ela no supermercado ou na calçada. Mas lá estava ela, cheia de determinada alegria, caminhando em sua direção, como se tudo isso fosse passado e devêssemos continuar como antes, certo? Não importava se você estava pronta ou não; você simplesmente ficava pronta, como num passe de mágica. E então você comentava como era bom que finalmente o clima parecesse de primavera (como se tivesse notado) e perguntava do sr. Manzinotti, de Ethan e Carol Ann, e, quando ela dizia "E como está o Charlie?", você respondia "Estamos bem, obrigada", como se sua própria história fosse uma reportagem em uma revista que alguém pudesse folhear e pôr de volta na estante, como se seu menininho não estivesse (diga de uma vez) apodrecendo em algum lugar debaixo da terra.

E, enquanto você pagava no caixa, naquele momento lhe ocorria que havia um homem na Flórida parando em algum posto de gasolina, exatamente naquele minuto. Você pode vê-lo, claro como o dia, comprando um pacote grande de Doritos e carne-seca e um Red Bull, depois deixando o pacote lá no balcão com o caixa enquanto vai ao banheiro fazer xixi antes de voltar à estrada. E os olhos daquele homem de pé ali, aqueles olhos sem arrependimento olhando para o espelho do banheiro, aqueles foram os últimos olhos que Tommy viu antes de...

Não.

Não, porque: Tommy estava vivo.

Vivo agora mesmo em toda a sua Tommyce: seu amor por tomates, marshmallows e caramelo, sua inexplicável aversão a morangos, o jeito como ele agarrava sua mão quando você saía de perto da cama dele à noite, pedindo-lhe que ficasse só mais um pouquinho (ah, por que ela se soltava das mãos dele e lhe dava um beijo de boa-noite? Por que não ficava mais um pouquinho, como ele queria?), a covinha em sua face que aparecia quando ele lhe dava aquele sorriso bobo e ambíguo depois de fazer alguma travessura, como na vez que ele estourou o balão de seu irmão na volta do parque e fingiu que tinha sido um acidente.

Tommy estava vivo e ninguém podia lhe dizer o contrário.

Tommy estava vivo e, um dia, eles se veriam outra vez.

Acontecia às vezes. Aquela menina de Utah, por exemplo. Aquela de rosto simpático e amistoso e cabelos loiros, que parecia ter acabado de sair de um cercado de criação de cabras em um acampamento de jovens, e não ter rastejado de quatro para escapar do purgatório. Lá estava ela na capa da revista que Denise ainda guardava na gaveta de sua mesa de cabeceira. Conhecia a história de cor: a menina havia desaparecido de seu quarto uma noite e, cinco anos depois, estava em casa outra vez, e o monstro que a levara iria para a prisão, onde passaria o resto da vida. Havia fotos dela com a família, sentada no sofá com o braço da mãe a envolvendo, a mão do pai em seu ombro, tão naturalmente quanto possível. Ela ia voltar para a escola, segundo a reportagem. Tocava piano. Um sorriso tímido no rosto, fitas azuis no cabelo. A menina estava intacta. Mais ou menos. Isso podia acontecer. Coisas assim aconteciam. Não era mais nem menos provável do que uma criança que saíra de bicicleta pela estrada em direção à casa do melhor amigo em uma manhã de sábado e simplesmente desaparecera do planeta.

Mas esses pensamentos, como as páginas da revista, estavam quase rasgando de tanto uso. O que a fazia voltar ao outro pensamento. O que a fazia pensar novamente que não conseguiria mais continuar.

Não posso continuar tendo esperança, mas também não posso continuar sem ela, pensou.

Denise manobrou o carro para sair do estacionamento. Quando chegou ao cruzamento, em vez de pegar a direita para sua casa, virou à esquerda e se viu dirigindo no sentido de Dayton. Seguiu em frente por algum tempo, passando por campos cada vez mais verdes, sem saber para onde estava indo, até ver o letreiro da nova loja Staples, ao lado do shopping center. Ele lhe lançou seu sorriso reluzente de neon, como se estivesse à sua espera, como se ela fosse uma das devotas que tivessem encontrado o caminho de volta para casa.

Sentiu uma leve emoção quando ninguém a olhou duas vezes enquanto ela entrava na loja. Todos continuavam a fazer o que estavam fazendo, o que, até onde ela podia ver, era um monte de nada. Uma menina de tranças horrivelmente malfeitas folheava uma revista. Um garoto branco com um gorro de lã na cabeça (por que usavam isso em ambientes fechados? A menos que se fosse careca, o que aquele garoto não era) registrava uma venda. Ela ouviu os risos nervosos do rapaz ecoando pela loja. Caminhou um pouco pelos longos corredores repletos de suprimentos pendurados, desfrutando o frescor do ar-condicionado. No corredor número dez, pegou um grampeador novo e reluzente e se dirigiu aos fundos da loja, onde ficava a copiadora, sentindo o peso do objeto na mão.

Havia uma fila de pessoas segurando seus papéis. Vendendo carros, talvez, ou procurando alunos para aulas de piano. Ela ficou na fila, mais uma pessoa com a necessidade de multiplicar exponencialmente seus desejos, segurando na outra mão o cartaz que mantinha no porta-luvas exatamente por esse motivo. Esperou sua vez e, então, entregou o folheto para um rapaz de uns vinte e poucos anos, de pele muito marrom e rosto liso, simpático e entediado.

Talvez o Tommy seja mais ou menos como ele um dia, pensou. *Talvez também arrume um emprego na Staples.* Não era a pior das opções. Estava se permitindo ter esse pensamento. Sabia disso. Era como se sua mente consciente tivesse ficado no estacionamento do supermercado e ela deixasse essa outra parte de si assumir o controle novamente.

— Duzentas, por favor.

Ele pegou o papel e nem olhou. *Obrigada*, ela pensou. *Obrigada por não olhar*. As pessoas na papelaria da cidade já estavam acostumadas com ela; a expressão de pena em seus olhos não era nenhuma novidade, havia congelado ao longo dos anos em algo familiar, automático, como se Denise fosse um cachorrinho perdido que entrasse repentinamente em algum lugar em busca de um pedaço de pão ou um afago.

Mas ela não precisava de afago, nem de nenhuma piedade requentada. Ela precisava de duzentas cópias.

— Quer que faça em papéis de cores diferentes? Ou em papel branco?

— O rosto vai ficar nítido em cores diferentes?

— Claro. Podemos fazer isso.

— Então pode ser em cores diferentes desta vez.

— Certo. Que cores a senhora quer?

— Pode escolher.

— Vou fazer em amarelo, verde e vermelho. O que acha?

— Está ótimo.

Ela sorriu para ele. Ficou de pé atrás do balcão, sentindo sua borda dura e afiada contra os dedos. A sensação do comprimido se espalhando em seu corpo. O grampeador pesado na outra mão. Henry havia sumido com o anterior. Havia lhe custado vinte e nove dólares, e ele o jogara no lixo.

Você tem que parar com esses cartazes, ele lhe dissera.

As palavras fluíram por sua mente, tão frias quanto o ar fresco, como se fossem palavras que ela ouvia no ambiente, faladas entre estranhos.

Que direito você tem de aparecer aqui e me dizer o que eu devo ou não fazer?

O Charlie me contou. O nosso filho. Ele disse que você nem está aqui para o jantar na maioria das vezes.

O menino está comendo. Olhe para ele. Ele não está passando fome.

Não é essa a questão. Você está se desgastando, e desgastando o Charlie também. Além de mim.

O que importa para você?

Você precisa parar. Por favor.

Eu não posso. E se...

Ligue para o médico, então. Vá procurar ajuda.

E se isso fizer a diferença, Henry? E se alguém vir um deles e...

Por favor, Denise...

O rapaz estava de volta.

— O vermelho ficou um pouco escuro para um rosto. Que tal azul? O azul é bem claro.

— Tudo bem.

Ela esperou. Só precisava esperar, as mãos passando pela borda afiada do balcão, o rosto de Tommy se multiplicando em verde, azul e amarelo. Ela deixou a mente se demorar em cada um dos rostos conforme eles saíam da máquina, pensando: *Talvez este. Talvez seja este que vai fazer a diferença.*

23

Charlie Crawford voltou pedalando devagar da casa de Harrison Johnson, com a cabeça cheia de riffs de bateria, o corpo todo pulsando com a emoção da vitória e da erva de primeira que Harrison sempre tinha à mão por causa de um amigo do irmão dele que trabalhava na pizzaria.

Ba DA DA ba DA DA DA DA. O jeito como ele estendeu a última batida, prolongando-a para que ressoasse por toda a garagem... ele soube de cara: não tinha feito merda ali. Pôde ver isso no modo como Harrison e Carson realmente pararam para escutar dessa vez, nos movimentos de aprovação da cabeça deles em sua direção enquanto saía no fim do ensaio. Sabia que eles estavam pensando em trocá-lo por aquele Mike da faculdade comunitária; nunca acharam que ele fosse bom de verdade, ele sempre havia sido o garoto que tinha uma bateria, morava perto e meio que conseguia marcar o ritmo. Mas hoje ele mostrou a eles o que podia fazer. Tinha detonado, tinha sido MATADOR.

Tudo bem, talvez não tivesse sido o melhor solo de bateria de todos os tempos, talvez ele não fosse como, sei lá, Lars Ulrich, mas, em sua vida, aquilo era uma puta vitória, e ele ia pegar aquela bike e pedalar todo o caminho até em casa com aquela erva IRADA do amigo do irmão do Harrison fluindo por dentro dele e fazendo tudo ficar bem, fazendo tudo tão, tão certo que ele resolveu dar uma volta extra no quarteirão, passando pelo cachorro doido do vizinho na borda dos campos de milho, e nem sentiu nenhum receio quando entrou em casa, onde, graças a Deus, o carro de sua mãe não estava. Podia ficar melhor do que isso? Ia pegar um pote de sorvete, subir para o quarto e mandar uma mensagem para a Gretchen. Ou, melhor ainda, ia pensar na Gretchen sem ter o estresse de escrever para ela, deitar na cama enquanto sua cabeça ainda estava leve, pensando nos seios da Gretchen balançando ao ritmo de seu solo de bateria matador, os joelhos dela abrindo e fechando naquela minissaia jeans que ela tinha usado na escola dois dias antes... ou, espera... melhor ainda, ia pular toda essa parte da Gretchen, trabalho demais, e ir direto ao ponto na internet, preparar, apontar, fogo! Essa era uma maneira agradável de passar a tarde.

Foi dar mais uma volta no quarteirão, ardendo de expectativa, os dreads voando como asas sobre as orelhas, depois decidiu que era melhor seguir logo o plano antes que o efeito passasse. Ele nunca se arriscava a levar maconha para casa. Sua mãe vivia no pé dele por causa desse lance e era bem capaz de mandá-lo para uma academia militar se descobrisse uma semente que fosse no seu bolso, e isso já era bem difícil de controlar, ficar prestando atenção em cada sementinha desgarrada quando a gente dava um tapa com tanta frequência quanto ele. Mas, até agora, tudo que ela tinha feito era dar uma cheirada nele quando chegava em casa, como se ele fosse um pedaço de carne velha na geladeira. Provavelmente ela nem sabia como era o cheiro da coisa, devia achar que era o suor dele que cheirava estranho. Por sorte, ninguém mexia no seu armário na escola. Podia ter uma farmácia inteira lá dentro que ninguém ia saber.

Ele largou a bicicleta no jardim e correu para a porta. Mas havia pessoas andando perto da casa, olhando em volta. Pessoas brancas. Um homem, uma mulher e uma criancinha. *Ah, não.* Deviam ser Testemunhas de Jeová, embora a maioria desses que ele já tinha visto por ali fossem negros. Nem sabia se existiam Testemunhas de Jeová brancos. Será que mórmons iam até lá? Tinha que reconhecer que eles eram espertos nessa de levar uma criança junto. Era difícil bater a porta na cara de uma criança.

Mas era uma criança bem estranha, aquela. O menino pulava sem parar, como se fingisse ser um canguru, enquanto gritava: "É essa, é essa, é essa!" Ele ficava batendo com a mão no revestimento de alumínio da parede, como se a casa fosse um grande cachorro vermelho.

— Pois não? — disse Charlie, pondo no rosto seu melhor sorriso este-é--um-jovem-bem-educado, que ele sabia reproduzir tão bem através da névoa do baseado. Sua especialidade, de fato. Podia se sentar na sala da diretora Ranzetta neste instante e ela nem desconfiaria de nada. Já havia feito isso, aliás.

Os três olharam para ele com ar de espanto.

Por fim, a mulher falou:

— O sr. ou a sra. Crawford estão em casa?

Caramba, aqueles evangélicos estavam bem informados.

— Minha mãe não está no momento. Podem voltar outra hora? — Ele os olhou, esperançoso.

A mulher e o homem velho se entreolharam. Pareciam discordar, ainda que sem palavras. Como se a mulher tivesse uma tarefa a cumprir e o cara só quisesse dar o fora.

Será que eles eram da escola? Não os reconhecia, mas o velho tinha uma vibe de inspetor escolar e a mulher podia ser tipo uma administradora ou até policial, com aquele jeito todo nervoso. Vai ver eles tinham encontrado a erva em seu armário e ela ia prendê-lo, ou expulsá-lo, ou mandá-lo para uma clínica de desintoxicação, como aquele vacilão que foi pego com um frasquinho de licor de menta embaixo da carteira na aula de estudos sociais. Cara, licor de menta? A pessoa se dá mal por causa disso? Licor? Embaixo da carteira?

Mas por que eles trariam uma criança se tivessem ido lá para prendê--lo? Era isso que ele não conseguia entender. E aquele menino lhe dava um pouco de medo. Estava olhando fixo para ele, com olhos brilhantes e esquisitos.

— Então... o que vocês querem com a minha mãe? — Charlie afrouxou um pouco o sorriso de jovem-bem-educado e apertou os olhos para os três.

— É um assunto particular — a mulher disse, parecendo tensa.

Epa.

De repente ele teve uma ideia, que brilhou cheia de possibilidades em seu cérebro, então arriscou:

— Vocês são da TV?
— O quê?
— De algum programa sobre casos de polícia ou algo assim?
— Não, não somos.
— Ah. — Sua mãe sempre falava de ir a um programa desse tipo, para divulgar mais o caso. Mas, até onde ele sabia, não costumavam mostrar meninos negros desaparecidos. Só meninas brancas bonitinhas.

Mas então quem eram eles? Encarou-os com um longo olhar que a maconha enchia de valentia, enquanto eles se entreolhavam, pouco à vontade. Ótimo, pensou. *Vão embora daqui, pessoas brancas esquisitas.*

Pausa. Ninguém disse nada, exceto a criança, que continuava pulando e murmurando para si mesma: "É essa, é essa".

Vão embora, vão embora, vão embora, pessoas brancas esquisitas, ele repetiu em silêncio.

— Vamos voltar mais tarde — o velho falou.

Aleluia. O senhor sabe ler mentes, parabéns. (Talvez ainda não fosse tarde demais para a pornografia, afinal.)

— Não! — A criança tinha uma vozinha fina, como se tivesse inspirado hélio ou algo assim. — Eu quero ficar!

— Vamos voltar daqui a pouco, meu querido. Está bem? — A mulher afagou os cabelos dele. Ela não parecia mais uma policial.

— NÃO! — O menininho já estava lhe dando nos nervos.

— Nós vamos voltar, Noah. Está tudo bem.

A criança começou a chorar. O homem agachou ao lado dele e lhe perguntou algo em voz baixa que Charlie não conseguiu ouvir. A criança concordou com a cabeça. Depois apontou para ele.

— Sim. Este é o Charlie — disse.

O velho e a mulher olharam para Charlie. Ele começou a suar, como se tivesse feito algo errado.

— Eu não fiz nada para esse menino — disse. — Eu nem conheço ele. — Olhou suplicante para os olhos arregalados dos três. Achava que aquela maconha não era tão boa assim, afinal. Ela o estava deixando paranoico.

— É esse o seu nome? Charlie? — o homem perguntou.
— É.

Os quatro ficaram parados ali, constrangidos sobre o degrau de cimento, o menino loiro ainda chorando daquele jeito irritante.

Por fim, ocorreu-lhe que talvez sua mãe conhecesse aquelas pessoas. Eles sabiam seu nome. Ela o mataria se descobrisse que os havia deixado esperando na rua.

— Querem entrar?

— Seria ótimo, obrigado — o cara falou. — Foi uma longa viagem.

O que fazer com um vovô, uma mulher e uma criancinha chorosa, todos de pé em sua sala de estar? O velho se acomodou com ar de expectativa na ponta do sofá e começou a tomar notas com uma caligrafia minúscula e angulosa em um bloco de papel amarelo.

— É aqui — o menino disse de novo. Ele parecia ligado em 220 volts. Então se pôs a correr pela sala, com a mulher (ele tinha certeza de que era sua mãe) bem atrás.

Ele sabia que devia fazer alguma coisa. A ideia lhe veio lentamente, uma densidade cintilante do outro lado da sala, que aos poucos ganhou peso e movimento, pairando em seu cérebro como um fantasma prestativo. *Comida. Quando pessoas vão na sua casa, você oferece comida.*

— Vocês querem comer alguma coisa? Um lanche, talvez?

— Seria bom — o velho respondeu, parecendo realmente agradecido, como se não tivesse comido nada o dia inteiro.

Quando Charlie voltou da cozinha (de mãos vazias, exceto por uns copos de água da torneira — não havia nada na geladeira a não ser um molho de macarronada velho e o sorvete no freezer que ele estava guardando para si), a criança estava de pé na frente da lareira, apontando para o quadro da fazenda que seu avô Joe tinha pintado quando era vivo.

— Isso estava lá em cima — a criança disse. — No sótão.

— É, nós trouxemos para baixo depois que o papai foi embora... — E então ele parou. — O que você disse?

— O papai não está aqui?

— Meu pai mora em Yellow Springs agora.

— Por que ele mudou para lá?

— Bom, ele e a minha mãe não estavam mais se dando bem, então eles...

A criança estava olhando para ele com olhos arregalados. *Cara, que menino esquisito.*

— Meus pais... estão separados.

— Separados? — O rosto do menino se moveu como se tentasse absorver a informação.

— Você sabe o que quer dizer *separados*, meu bem? — a mulher falou. — É quando a mãe e o pai decidem morar em lugares separados...

A criança estava indo até o piano agora, levantando a tampa.

— Onde estão todas as músicas?

— Nós não temos nenhuma.

— Tinha músicas.

Charlie achou que estava ficando louco. Surtando. Sua ligação com a realidade começava a se dissolver. Talvez tivesse mais alguma coisa na maconha do amigo do irmão do Harrison, como peiote ou algo assim. Tinha ouvido falar que às vezes as pessoas faziam isso, misturavam algum alucinógeno que podia mandar a gente para uns lugares doidos, mas ele não entendia por que alguém ia querer fazer isso, já que o objetivo de usar erva, pelo menos para ele, era só deixar tudo mais leve.

Ele olhou para o menino, sentado no banco do piano. *Tente, Charlie, tente.*

— Você sabe tocar piano?

O menino só ficou ali sentado.

— Não, ele não sabe — a mulher disse.

E, então, o menino começou a tocar. Era a música-tema de *A Pantera Cor-de-Rosa*. Só precisava das primeiras notas para saber. Ele não ouvia a melodia fazia anos, mas na época, quando seu irmão tocava, ele ouvia todos os dias, às vezes a cada duas ou três horas, até seu pai ameaçar enforcá-lo, e Charlie soube sem sombra de dúvida que Estava Ferrado. Estava Fodido. Estava Fodido e ia surtar bem ali, na frente daqueles brancos.

— Você tem que parar de tocar isso — disse ele.

O menino continuou tocando.

— Você tem que parar de tocar isso.

Ele ouviu o carro chegando, com o chiado característico do amortecedor. *Ah, Jesus, obrigado. A mamãe chegou.*

— Ei, garoto.

Merda de Pantera Cor-de-Rosa.

A criança disse:

— Você não me conhece, Charlie?

A porta do carro bateu. Ela estava pegando alguma coisa no porta-malas. *Entra logo em casa, mãe. Entra e vem ver o que é essa porra toda, tira isso das minhas mãos.*

— Não — Charlie respondeu. — Não, eu não te conheço.

O menino disse:

— Eu sou o Tommy.

Ele tentou se agarrar aos últimos fragmentos do efeito da erva, mas não estava mais lá, já tinha desaparecido fazia tempo.

24

Analisando em retrospecto, eles haviam feito tudo errado.

Anderson estava na cozinha dos Crawford, tentando detalhar para si mesmo como havia deixado tudo sair do controle.

Ele havia trabalhado em quase três mil casos e sempre fazia uma análise posterior e um acompanhamento, não só para saber como estavam seus sujeitos de pesquisa, mas também para aprender a fazer seu trabalho melhor. Agora, em seu último caso, quase se sentia como se estivesse no começo, inexperiente e ingênuo. Seu último caso era importante, quanto a isso ele estava certo: importante não por ser o caso americano que poderia finalmente fazer o mundo notar que havia fortes evidências de reencarnação, mas porque era o caso que provava de uma vez por todas que ele estava acabado.

Ele devia ter imaginado. O que havia passado em sua cabeça? Não deviam ter falado com o adolescente, deviam ter ido embora imediatamente para se reorganizar. Quase três mil casos e certamente uns cinquenta ou sessenta casos americanos decentes: ele *sabia* que ali não era a Índia, onde os aldeões falavam com avidez sobre possíveis renascimentos e o faziam examinar marcas de nascença que ele mal conseguia enxergar. Na Índia, eles queriam que sua investigação tivesse sucesso, entusiasmavam-se com a possibilidade de provar o que já sabiam. Nos casos americanos, porém, era preciso ter cuidado. Era preciso avançar devagar, muito devagar, para explicar qual era o seu trabalho, da forma mais educada possível, deixando claro que só estava fazendo perguntas.

Deviam ter ido embora antes que a mãe chegasse.

Ele devia ter previsto que o adolescente poderia puxar o gatilho daquele jeito, "Mãe, este menino está falando que é o Tommy", antes mesmo que a pobre mulher tivesse passado pela porta.

Ele devia ter imaginado, mais importante ainda, que, como não haviam encontrado um corpo, a mulher não sabia que o filho estava morto.

"Mãe, este menino está falando que é o Tommy", o adolescente disse. E a mulher ainda tentando passar pela porta, de lado, com uma sacola de supermercado apertada contra o peito e um punhado de papéis presos sob o braço.

"Este menino está falando que é o Tommy", e o menino lá dentro tocando piano, e ele próprio paralisado pela maldita timidez verbal e também pela excitação que inundava os centros de dopamina em seu cérebro, a excitação que sempre acompanhava a comprovação de ter encontrado a correspondência correta — pois ele estava seguro de que aquela criança nunca havia tocado piano antes e que a melodia que agora tocava tinha um significado para a família da personalidade anterior.

Música: havia algo mais potente para invocar o que estava perdido? Seria de fato tão surpreendente que, quando a mulher se virou para a sala, houvesse esperança em seus olhos, aquela esperança desesperada e louca que se via às vezes no rosto de pessoas com doenças terminais ao falar sobre os tratamentos mais recentes? Seria de fato tão surpreendente que, por um momento, ela tivesse achado que seu filho perdido estava ali na sala, que estava vivo e tinha voltado para ela?

Ou que, quando seu olhar pousou, em vez disso, na criancinha branca que era Noah, e que agora corria para ela como um míssil teleguiado loiro e se lançava contra suas pernas, ela tenha ficado sem ação? Ela precisou processar tudo aquilo de uma só vez, a esperança e o choque da decepção e da força vital de Noah colidindo com seu corpo, tudo isso enquanto estava ali de pé na entrada de sua casa, ainda com o casaco de frio e as chaves na mão e uma sacola pesada de supermercado nos braços.

Ele devia ter assumido o controle naquele momento. Estabelecido alguma ordem. Pegado a sacola dos braços dela. "Sra. Crawford, sou o professor Anderson, por favor sente-se e vamos explicar nossa presença aqui." Essa era a frase que tinha na cabeça. E ele se ouviu dizendo-a em um tom tranquilizador. Mas hesitou, querendo ter certeza de que as palavras estivessem certas, e, antes que tivesse a chance de falar, Janie correu, agarrou Noah pelo braço e tentou arrancá-lo das pernas da mulher.

— Meu bem, solte.

— Não.

— Você tem que largar dela. Desculpe — ela falou para Denise. Tentou puxar Noah, mas ele se segurou com mais força, apertando as pernas da mulher entre seus pequenos braços.

— Que brincadeira doentia é essa?

— Noah, você está incomodando a moça. Solte AGORA.

— Não! — ele exclamou. — Ela é a minha mamãe!

— Isso é ridículo — Denise Crawford respondeu, sacudindo a perna em um esforço para se soltar da criança, ainda segurando a pesada sacola de supermercado. Ninguém a havia ajudado com isso. O adolescente estava parado, boquiaberto. Anderson só assistia, formando as palavras na mente. Lá estava Noah, pressionando-se contra Denise, e Janie tentando puxá-lo para o outro lado, os dois no meio de uma guerra de vontades como a luta primal entre mãe e filho, até que a pilha de papéis que Denise carregava sob o braço começou a escorregar e, em um esforço para se reequilibrar, ela sacudiu a perna outra vez, ou chutou, e Noah caiu.

Caiu para trás e bateu a cabeça no chão de madeira, com um barulho alto.

Anderson sentiu o som ecoar com um arrepio pelo seu corpo.

O menino não se movia. Estava deitado no chão com os olhos fechados. Anderson ouviu uma arfada — era Janie —, depois um farfalho dos papéis de Denise escorregando e se espalhando diante de todos eles, Tommy Crawford sorrindo em verde, amarelo e azul.

Janie estava ao lado dele em um instante.

— Noah?

Então Anderson finalmente saiu da paralisia e agachou junto ao menino. Sentiu sua pulsação, e os batimentos fortes trouxeram a sala de volta à vida.

Noah abriu os olhos. Piscou e olhou para o teto. Suas pupilas pareciam normais.

— Você sabe quem eu sou? — Anderson perguntou.

O olhar do menino deslizou do teto para Anderson. Olhou para ele com uma expressão triste, como se a pergunta o tivesse decepcionado.

— Claro que eu sei quem você é. Eu conheço todo mundo aqui.

Anderson se levantou e alisou os joelhos da calça.

— Acho que ele está bem.

— Você não tem como saber! — Janie gritou. — E se ele tiver uma concussão?

— Vamos prestar atenção se aparece algum sintoma. Mas não é provável.

— É mesmo? Como você sabe?

A pergunta vibrou no ar entre eles. *Ela não confia em mim*, ele pensou. *Faz sentido. Por que deveria confiar?*

— Ai! — Outro som de queda. Dessa vez era a sacola de supermercado quando Denise finalmente perdeu o controle dela, o som de fliperama de cebolas rolando pelo chão. Denise olhava de Noah para a bagunça no chão, sacudindo a cabeça. — Desculpem...

Noah tentou se levantar. Seu rosto se contorceu.

— Mamãe?

— Desculpem — Denise repetiu. Seus joelhos pareceram oscilar e Anderson temeu por um momento que fossem ceder, que ela fosse cair, que a comédia de absurdos ficasse completa. Mas, em vez disso, ela se abaixou e começou a recolher os papéis, arrumando-os em uma pilha ordenada.

Janie levantou Noah nos braços.

— Venha, meu amor. Vamos pegar um... copo d'água, está bem? — Sem esperar pela resposta, se levantou e saiu da sala.

— Eu não queria... machucar ninguém... — Denise estava rouca, atordoada, recolhendo os cartazes, um por um.

— Mamãe — disse o adolescente. — Deixa isso aí.

— Não, eu preciso...

— Deixa esses cartazes.

— A culpa não é sua — disse Anderson. — É minha.

Ela levantou os olhos, mas ele não conseguiu olhar para ela.

Dez minutos depois, Anderson se sentava ereto no sofá e deixava toda a força da fúria e da confusão da mulher recair sobre ele. Ele sabia que merecia aquilo.

— Que droga é essa que você está falando?

— Talvez seja melhor conversarmos sobre isso depois que a senhora se recuperar um pouco mais — Anderson respondeu devagar. — Do choque.

— Ah, eu já estou recuperada. — A sra. Crawford estava de pé à sua frente, mas não parecia totalmente estável.

Isso só provava que o modo de abordagem sempre era importante, Anderson pensou. Ele não devia ter ouvido Janie. Devia ter se comunicado com a mulher por e-mail primeiro. Devia tê-la alertado de alguma maneira.

Ela cruzou os braços e ele sentiu a fúria crescendo dentro dela, revelando-se em sua voz trêmula e no brilho em seus olhos.

— Então, vamos ver se eu entendi. Você acha que o meu filho está... reencarnado dentro daquela criança? É isso que você acha?

— Senhora, nós tentamos não nos apressar para... — Anderson olhou para ela. *Merda.* — Sim. É isso que eu acho.

— Vocês estão completamente loucos.

— Senhora, eu lamento que tenha... chegado a essa conclusão. — Ele respirou fundo. Havia encontrado resistência muitas vezes. Por que aquilo deveria perturbá-lo tanto agora? Não conseguia encontrar clareza dentro de si para explicar o que precisava. — Se puder me dar só um momento e me deixar explicar algumas coisas que o Noah tem dito, a senhora pode, então... concordar com elas ou...

— Só pode ser algum tipo de vodu...

— Não é vodu — disse Janie. Ela estava parada à porta.

Anderson se sentiu profundamente aliviado ao vê-la ali.

— Como o Noah está?

— Bem. Por enquanto. Ele não quer falar comigo. O Charlie o distraiu na cozinha com desenhos animados no computador. — Janie virou para Denise. — Escuta, eu sei que tudo isso parece maluco e totalmente absurdo... e na verdade é absurdo, tudo isso, mas talvez também seja... — Ela deu uma olhada para Anderson com olhos assustados, abertos como uma janela. — Talvez também seja verdade.

Um sentimento de gratidão deixou Anderson momentaneamente sem ação. Talvez não estivesse tudo perdido, afinal.

— Nós não queremos perturbá-la. Essa é a última coisa que queremos — disse Janie, nervosa, e Denise riu, um som terrível.

— Olha, podem continuar acreditando no que quiserem. É um direito de vocês. Mas, por favor, deixem a minha família fora disso.

— O Tommy tinha um lagarto chamado Rabo-Córneo? — Anderson perguntou de repente.

O rosto de Denise era ilegível acima dos braços cruzados.

— E daí se ele tivesse?

— O Noah se lembra de ser um menino chamado Tommy que tinha um lagarto chamado Rabo-Córneo e um irmão chamado Charlie. Ele fez várias referências a livros do Harry Potter e torce para o Nationals. — Anderson se surpreendeu com sua súbita fluência com nomes próprios, como se alguma outra parte intacta de seu cérebro estivesse recuperando as informações necessárias. Isso era alguma peculiaridade da afasia, material para uma possível pesquisa, só que nesse caso não se tratava de uma pesquisa; era a sua vida, era este momento. — Ele falou sobre usar um rifle calibre 54.

Denise torceu os lábios em um sorrisinho.

— Pois então, está vendo? Nunca tivemos armas em casa. Eu não deixava os meninos pegarem nem em armas de brinquedo.

— Ele diz que sente falta da mãe dele. Da outra mãe dele — Janie acrescentou baixinho. — Ele chora por causa disso o tempo todo.

— Olha, eu não sei por que seu filho diz essas coisas. Se há algo errado com ele, eu lamento muito, mesmo. Mas isso é bobagem, um punhado de coincidências sem relevância, e vocês estão dizendo tudo isso para a pessoa errada, porque, para ser sincera, eu não me importo. — Denise riu outra vez, se fosse possível chamar aquilo de risada. Anderson sentia a dor por trás daquela fachada decidida e furiosa, como relâmpagos faiscando ao longe, impenetráveis. — Eu não sou uma pastora e, até onde posso ver, nem vocês. Não vou ficar aqui na minha própria sala de estar especulando sobre o além, porque nada disso faz diferença. Porque nada disso vai trazer o meu menino de volta. O Tommy está... — Sua voz falhou. Ela sacudiu a cabeça e tentou de novo. — Meu filho está morto.

As palavras ressoaram pela sala. Ela olhou de um para outro, como se um deles pudesse contradizê-la. Subitamente, Anderson desejou ser um residente outra vez, armado com seu jaleco branco, curando os doentes; qualquer coisa menos ser quem ele era, estar onde estava: naquela sala, concordando com aquela mulher que seu filho estava morto.

— Eu sinto tanto — disse Janie. Sua voz soou rouca de lágrimas.

Denise Crawford não estava chorando. Continuou a falar, com uma voz tão fria que Anderson sentiu o gelo penetrando fundo nos ossos: a dor gelada que ele conhecia tão bem.

— Ele está morto. E não vai voltar nunca mais. E vocês... deviam se envergonhar.

— Sra. Crawford...

— É melhor vocês irem agora. Já fizeram o bastante. Apenas vão embora.

Janie tentou sorrir.

— Sra. Crawford... nós vamos embora, não vamos insistir, mas se a senhora puder ver o Noah por alguns minutos... Não precisa dizer nada, se puder só sentar com ele e ser... amigável...

— Vocês convenceram esse garoto de que ele é outra pessoa. Arrastaram o menino até aqui, sabe-se lá desde onde...

— Nova York.

— Por que isso não me surpreende? Vocês fizeram lavagem cerebral nessa pobre criança e a carregaram de Nova York até aqui. E agora querem que eu brinque junto, como se fosse algum tipo de jogo. — Ela sacudiu a cabeça. — Isso não é um jogo para mim. Agora saiam da minha casa.

— Não é um jogo para nós também — Anderson disse devagar, com firmeza. — Sra. Crawford... eu sei que sofreu uma perda. Uma perda terrível. Eu compreendo como se sente.

— Você compreende? Por quê? Quem você perdeu?

— Eu perdi meu... meu... — Ele procurou a palavra, mas ela se quebrou sob ele como o degrau de uma escada, deixando-o com os pés no vazio. Imaginou o rosto de sua esposa. Ela estava decepcionada com ele. — Meus outros. — Foi tudo que conseguiu achar. Perdera o nome de sua própria esposa. De seu próprio filho.

Denise Crawford esticou o corpo. Era quase tão alta quanto Anderson.

— Eu disse saiam.

Foi por isso que passei tantos anos na Ásia, ele pensou. Era isso que acontecia com casos americanos. Ele ficou ali, parado, sem conseguir pensar.

Janie olhou para ele, e ele a seguiu pelo corredor.

Sinto muito, ele pensou. *Sinto muito por ter metido você nisso, por ter feito você acreditar neste patético saco de ossos.*

— E agora, o que dizemos ao Noah? — ela sussurrou, furiosa. Sua proximidade no corredor, a respiração de seu sussurro no rosto dele o atingiram com força, e ele recuou instintivamente da intensidade. — Como vou consertar as coisas com ele?

— Você vai encontrar um jeito.

— Isso é tudo o que você tem a dizer? Que eu vou encontrar um jeito?

De algum lugar ali perto, começou uma batida de tambores, ameaçadora, inexorável, como se estivesse conduzindo o exército para a derrota. Ele se forçou a levantar a cabeça e olhá-la nos olhos.

— Desculpe.

Ela desviou o olhar e abriu a porta da cozinha. Mas não foi preciso encontrar nenhum jeito, porque Noah havia sumido.

25

Era como um castelo de cartas desmoronando, pensou Anderson. Tudo que podia dar errado deu errado. Não lhe restava mais nada a não ser observar a tragédia se desenrolar, sentindo-se mais impotente do que qualquer um dos outros. Ele havia procurado as palavras, mas elas não estavam ali.

Isso nunca teria acontecido na Índia. Na Índia, eles entendiam que a vida era do jeito que era, quer se gostasse disso ou não: a vaca na estrada, a guinada no volante que salva ou mata. Uma vida terminava, uma nova começava, talvez a presente fosse melhor que a anterior, talvez não. Os indianos (e as pessoas da Tailândia, do Sri Lanka) aceitavam isso do mesmo modo como aceitavam as monções ou o calor, com uma resignação que podia ser traduzida como simples bom senso.

Malditos americanos. Sem a experiência das pilhas de estrume queimado e das desviadas abruptas nas estradas, eles não conseguiam deixar de se agarrar fortemente à vida que viviam, o que era como se segurar a um galho fino que certamente se quebraria em algum momento... e, quando as coisas não saíam como esperavam, os americanos perdiam o chão.

Inclusive ele.

O que era uma explicação bem adequada para o que aconteceu naquela tarde.

Mas não se podia de fato culpar os americanos, certo?

Porque as coisas na Índia às vezes também davam errado, não davam?

Os humanos eram tão complexos; como prever sua reação diante do impossível?

Não havia como.

Ele ficou parado no meio da cozinha, tentando organizar os pensamentos. Na geladeira, havia uma fotografia de um time de beisebol infantil, todos sorridentes. Olhou mais de perto e identificou Tommy no canto inferior esquerdo, segurando um cartaz que dizia: "CAMPEÕES DA LITTLE LEAGUE, DIVISÃO SUL DE MILLERTON, 'THE NATIONALS'".

Ah, os Nationals. A peça que faltava. Ele havia esquecido que às vezes os times das ligas infantis recebiam o nome dos grandes times das ligas principais. Uma boa evidência, mas não lhe trazia nenhuma satisfação. De que adiantava uma evidência agora?

Ele saiu da cozinha e começou a procurar o menino desaparecido.

Janie parou na porta dos fundos da casa de Denise e olhou para a extensão vazia à sua frente.

Havia relaxado a vigilância por não mais que um minuto, mas era um minuto a mais do que poderia, e agora Noah tinha sumido.

Vasculhou mais uma vez a despensa, a sala de estar e o banheiro do térreo enquanto o adolescente checava novamente os outros cômodos da casa, mas ele não estava lá.

Devia ter escapado pela porta dos fundos enquanto ela conversava com Denise e Charlie subia para tocar bateria. Provavelmente achou que Denise o rejeitara e que por isso o empurrara de suas pernas. Claro que ele devia ter pensado isso. Ou talvez achasse que era culpa dele — culpa dele, quando a culpa era de Janie. Bem, não havia tempo para isso agora. Teria bastante tempo para arrependimentos mais tarde.

Ela abriu a porta de tela: uma extensão de grama enlameada, o amarelo manchado com o verde novo que surgia, como o inverso de uma cabeça que fica grisalha. Um bebedouro de passarinhos cheio de água escura, com uma folha girando sem parar no centro. A silhueta de uma árvore, botões de flores na ponta dos galhos. E, então, o fundo do quintal, para além do qual começavam os campos, estendendo-se até onde a vista alcançava.

— Noah?

Ela havia esquecido como o campo era silencioso. Em algum lugar, um cachorro latiu.

— Noah!

Até que distância um menino de quatro anos poderia ir?

Fragmentos de consolo voavam por sua cabeça: *a qualquer momento agora, não se preocupe, tudo vai ficar bem, sempre ficou, ele tem que estar em algum lugar por aqui.* Sob elas, porém, o pânico crescia como uma enchente, passando por cima de tudo que encontrava no caminho. A grama se estendia em direção aos pequenos talos verdes dos campos de milho recém-plantados.

— NOAH!

Ela começou a correr.

Os talos de milho espetavam seus tornozelos enquanto ela corria pelos campos, procurando um menino de cabelos loiros. Sentia os talos frágeis quebrando sob seus pés enquanto corria.

— No-ah!

Ele podia estar em qualquer lugar. Podia estar encolhido no chão úmido logo além de seu campo de visão, cercado pelos talos verdes. Podia estar entre as árvores além dos campos, nas sombras escuras do bosque.

Talvez fosse o nome. Ele era um menino teimoso. Talvez quisesse insistir naquilo e só fosse aparecer se ela usasse o outro nome.

— Tommy? — O nome saiu à força de sua garganta, raspando no ar. — TOMMY! Noah? Tommy? Noah! — O som reverberava na planície e na cúpula cinzenta do céu. — Tommy! Noah! Tommy! — Janie chamava, vasculhando o mundo verde e cinza. Afinal o menino que ela procurava era loiro ou negro? Ele desapareceria uma segunda vez, seria esse o seu destino? Desaparecer e desaparecer e desaparecer de novo?

Não. Você está em pânico. Ele está em algum lugar por aqui. Você vai encontrá-lo a qualquer momento.

Ou talvez não.

— Noah! Tommy! — Ela correu através dos campos, até o bosque, até perder todo o senso de direção. Como poderia ajudar seu filho se ela mesma estava perdida?

Nesse momento, não pôde deixar de pensar em Denise Crawford. Denise, que provavelmente havia estado naquele mesmo lugar não tanto tempo atrás, chamando aquele nome, gritando para o céu indiferente até sua voz ficar rouca, e, em seu pânico e sofrimento, Janie soube que a distância entre ela e aquela outra mulher havia se encolhido a nada. Elas eram mães. Elas eram iguais.

26

Denise estava deitada na cama. Quis ajudar a encontrar o menino, mas suas pernas estavam instáveis e aquele médico, ou o que quer que ele fosse, olhara para ela e insistira que se deitasse. A dor de cabeça tinha sido forte, mas estava amenizando rapidamente com os dois comprimidos extras que ela tomara. Ao olhar para si no espelho do armário de remédios, se sentira tentada a despejar o maldito frasco inteiro pela garganta e pôr fim àquilo de uma vez por todas, mas se contentou com mais dois comprimidos por enquanto, jogando-os na boca e engolindo-os a seco, guardando o restante no bolso.

E, agora, não sentia nenhuma dor, nenhuma dor mesmo, e parecia estar em um sonho, uma realidade alternativa, em que tudo tinha virado de cabeça para baixo e se tornado totalmente diferente. Alguns demônios haviam tentado enganá-la e ela ferira um anjo que queria alguma coisa dela, mas agora todos tinham ido embora.

Ouviu fragmentos de vozes agudas cortando o ar. A vida era um vidro que caíra e se estilhaçara, e eles eram os cacos. As pessoas eram os cacos.

Alguém estava chamando por Tommy.

Mas Tommy não estava lá.

Tommy estava desaparecido. Podia ouvir a si própria chamando por ele. Havia girado sem parar e caído de volta naquele lugar, naquele dia de que nunca tinha saído.

Ela achava que havia deixado aquele momento de lado, achava que tinha se afastado dele, contornado — não esquecido, nunca esquecido, mas que tivesse feito um longo círculo em volta para poder passar por ele, para poder atravessar cada dia, mas estava errada, porque ele sempre estivera ali, reproduzindo-se na tela de sua alma. Ela nunca saíra dele. Daquele dia.

Tommy!

Ela havia acordado com o som dos meninos discutindo. Henry tinha voltado na noite anterior trazendo presentes de última hora que encontrara em algum aeroporto e, como de costume, havia escolhido mal, e Tommy tinha gostado mais do presente de Charlie. Então os meninos estavam brigando por causa disso, e ela acordou com o barulho, ainda meio dormindo, e pensou: *Droga*. Sem saber. Sem ter a mínima ideia do que aquele dia lhe traria. Só pensando: *Droga*, porque os meninos estavam brigando, e Henry estava exausto ao seu lado, dormindo depois de todos aqueles shows madrugada adentro, em mais uma turnê que durara dias e dias, fazendo dela a mãe sozinha que ela nunca pretendera ser. Haviam brigado sobre isso na noite anterior, sobre ele voltar a dar aulas, ter uma renda estável, ser mais presente em relação à família, brigaram sobre isso na frente dos meninos, como sempre haviam tentado não fazer. "Você está querendo tirar o que eu amo", Henry gritara.

Tirar o que eu amo.

E ela acordara com o som dos meninos discutindo e pensara: *Droga, agora eu vou ter que lidar com isso sozinha*, e então foi até a porta pisando duro e gritou: "Resolvam isso, meninos! Vão acordar o papai". E foi assim que ela começou aquele dia.

E Tommy queria brincar na casa do Oscar, e ela disse: "Tudo bem, pode ir", porque Henry estava dormindo e os meninos estavam brigando e ela achou que seria melhor que ele lhe desse sossego por um tempo.

E assim ela teve o seu dia, o seu dia com Tommy lhe dando sossego. Charlie quieto com seu brinquedo novo. Henry dormindo. À tarde, depois de um almoço tranquilo, decidiu fazer uma lasanha para o jantar. Enquanto cozinhava, olhou pela janela e os narcisos estavam florindo em volta do bebedouro de passarinhos, e Henry estava em casa, e a casa estava quieta, e ela se sentiu satisfeita. Havia Henry em casa, e Charlie e Tommy, e sua casa com o bebedouro de passarinhos, e logo as férias de verão, e ela se sentiu abençoada por ter aquele momento tranquilo, aquela vida, aquele dia.

Tommy!

Mas a tarde ia chegando ao fim, era quase noite, e ela saiu para chamar Tommy para jantar.

Caminhou calmamente pela rua. Não havia pressa. Era sábado. Os campos verdes reluziam ao crepúsculo. O verão chegava e, com ele, o ar agradável.

Passou pelo cachorro que latia o tempo todo no vizinho, pelas caixas de correio dos Clifford e dos McClure, e virou na rua sem saída onde Oscar morava, um meio círculo de casas sob árvores altas que balançavam à brisa. Uma das árvores devia estar doente; havia um homem lá no alto serrando os galhos. Ela parou, ficou observando e pensou que era uma pena aquilo, os galhos caindo daquela árvore grande e antiga que devia estar ali há séculos, enquanto por toda a volta a primavera envolvia o mundo. Na rua sem saída, as pessoas estavam fora de casa, andando de skate, ouvindo rádio, lavando o carro. Oscar estava jogando basquete na frente de casa, sua mãe no jardim ao lado regando os tomates. Denise viu os tomates enquanto subia os degraus da casa; eram pequenos, redondos e verdes no pé, como uma promessa.

Ouviu a bola de basquete mergulhando através do aro. O jorro de água de um dos vizinhos, que tirava o sabão do carro. O zumbido da serra na árvore e, então, o rangido lento quando um galho começou a cair.

Se fosse possível voltar — o que não era —, se fosse possível voltar, ela voltaria àquele momento, viveria exatamente ali, de pé na frente da casa na primavera, ouvindo a bola de Oscar mergulhar na cesta, esperando por Tommy. Aquele momento antes de a mãe de Oscar erguer os olhos de seus tomates, Denise ler a surpresa escrita nitidamente no rosto da outra mãe e sua vida se partir ao meio.

Dali em diante, sempre haveria o pedaço de vida que ela estava vivendo e o outro pedaço, o que vivia na escuridão, em que algo, em algum lugar, estava acontecendo com Tommy.

Mas estava acontecendo tudo outra vez, e nunca tinha parado de acontecer, aquele momento em que Tommy desaparecera. Ela estava trancada dentro dele e nunca haveria nenhuma saída, por mais comprimidos que tomasse. Ela sempre estaria ali, naquele dia. Só havia imaginado que tinha seguido em frente, que tinha criado Charlie da melhor maneira possível, que continuara trabalhando.

Denise olhou para o teto, a cabeça girando. As coisas estavam se movendo muito rápido agora, fragmentos caindo em toda sua volta, como pedaços de vidro. As luzes azuis e brancas do carro de polícia piscando na janela. O carro que ela chamara tarde demais, porque ele havia desaparecido fazia horas, nunca chegara à casa de Oscar.

Ela ficou deitada de costas na cama, mexendo nos comprimidos que guardara no bolso. Gostava de senti-los, lisos e esfarelados nos cantos. Amistosos. Pôs mais um na boca, seco e amargo. Mais um comprimido amargo não era nada para ela.

Ela os tirou do bolso e olhou para eles.

Doze amiguinhos, piscando para ela, chamando seu nome.

27

Janie voltou dos campos de milho e se sentou à mesa da cozinha ao lado de Anderson. Apoiou a cabeça nas mãos e tentou aquietar o atropelo dos pensamentos em sua mente. Anderson falava com alguém, muito devagar, ao telefone. Ela se perguntou como ele conseguia estar tão controlado com Noah desaparecido. Mas Noah não era filho dele, afinal. Ele era um estranho, um pesquisador. Como Noah, aquele pânico também pertencia só a ela.

Ele tentou acalmá-la com o olhar. Ela o evitou e olhou em volta, para a cozinha de Denise. A janela que dava para o bebedouro de passarinhos e os campos de milho. O quadro emoldurado de pêssegos sobre o fogão. O relógio de parede em forma de galo, com suas batidas altas. Não gostava de pensar no sofrimento que aquele cômodo já presenciara.

Anderson desligou o telefone.

— A polícia está vindo.

— Ótimo. — A voz dela estava rouca de tanto gritar. — Você...?

— Vasculhei a casa.

— E a sra. Crawford?

— Descansando, mas o menino não estava lá.

— E o adolescente?

— Procurando.

— Você olhou no porão?

— E no sótão. Vamos olhar de novo daqui a pouco. Nós vamos encontrá-lo — disse Anderson. Ele parecia exausto, mas também concentrado e alerta. Era uma daquelas pessoas, ela pensou amargamente, que ganhavam vida na adversidade. Acreditara que pudesse ser uma dessas pessoas também, mas, naquele exato momento, achava que não.

— Acho que vou dar uma volta de carro pelas redondezas — disse Janie, e se levantou. — Me dê as chaves.

— Espere um pouco — pediu Anderson.

— Eu estou bem.

— Só um pouco.

— Não!

— Você vai ajudar mais se estiver calma.

Ela se sentou outra vez à mesa. Seus joelhos tremiam.

— Como isso aconteceu? Como eu deixei isso acontecer? Ele só tem quatro anos!

— Então ele não pode ir longe.

— Não pode? — Ela se virou para Anderson. — Eu nunca deveria ter vindo para cá. Nunca deveria ter participado dessa sua experiência maluca. O que deu na minha cabeça?

— Você estava tentando ajudar o Noah.

— Bom, foi um erro.

— Olhe para mim. — Os olhos dele estavam límpidos. — Nós vamos encontrar o Noah.

Noah. A palavra lhe provocou uma avalanche de sentimentos. O que não daria para tê-lo em seu colo outra vez. Seus bracinhos rechonchudos e seus cabelos macios. Nunca entendera quando algumas mães diziam que seus filhos eram gostosos, mas agora percebia, queria encontrá-lo para poder brincar de comê-lo, cheirá-lo tão intensamente a ponto de trazê-lo de volta para dentro de sua barriga, para que nunca mais pudesse perdê-lo.

Anderson se levantou e pegou um copo de água para ela.

— Tome. Beba.

Ela aceitou o copo e bebeu tudo de uma vez.

— E se ele tiver um ataque de asma enquanto estiver fora? E se o homem que pegou o Tommy ainda estiver por aí?

Anderson encheu o copo novamente, deu para ela e ela tornou a beber.

— Agora respire.

— Mas...

— Respire.

Ela respirou fundo. O relógio na cozinha de Denise continuava batendo; não havia parado de bater por todos aqueles anos.

— Estou bem agora. Posso dirigir.

— Tem certeza?

— Tenho.

Ele lhe entregou as chaves.

— Tenha cuidado, Janie.

— Está bem. — Ela pegou as chaves e se levantou. Na porta da cozinha, olhou outra vez para Anderson. Ele havia enchido um copo de água para si e estava sentado à mesa, olhando para o líquido. Parecia cansado.

Ele não pretendia que algo assim acontecesse, Janie pensou e se arrependeu por ter sido dura com ele.

— Como você fez? — ela perguntou baixinho.

— O quê?

— Perder alguém. Como você suportou?

— A gente respira fundo — disse ele, e tomou um gole de água. — Depois respira fundo de novo.

Ela ficou ali parada, balançando as chaves na mão.

A campainha tocou.

Anderson ergueu os olhos.

— A polícia está aqui.

*U*m caso que envolve vários reconhecimentos é o de Nazih Al-Danaf, do Líbano. Muito novo ainda, Nazih descreveu uma vida passada aos pais e a sete irmãos, todos eles disponíveis para entrevistas. O menino discorreu sobre a vida de um homem que a sua família não conhecia. Afirmou que o tal homem carregava pistolas e granadas, tinha uma bonita esposa e filhos pequenos, morava numa casa de dois andares rodeada de árvores e com uma caverna nas imediações, tinha um amigo mudo e tinha sido fuzilado por um grupo de homens.

O pai relatou que Nazih pediu para ser levado à sua residência anterior, localizada numa cidadezinha a quinze quilômetros de distância. Os pais fizeram-lhe a vontade quando ele tinha seis anos, levando também duas de suas irmãs e um irmão. A pouco menos de um quilômetro da cidade, depararam com o início de uma trilha poeirenta que saía da estrada principal. Nazih lhes disse que aquela trilha ia dar numa caverna, mas todos tocaram para diante sem confirmar a informação. Ao chegar ao centro da cidadezinha, onde seis caminhos convergiam, o pai perguntou a Nazih qual deles deveria tomar. O menino apontou um dos caminhos e explicou que deveriam segui-lo até dar com uma estrada que se bifurcava numa ladeira, *de onde avistariam a sua casa. Ao chegar no local, a família desceu e começou a perguntar a respeito de alguém que tinha morrido do modo descrito por Nazih.*

Logo souberam que um homem chamado Fuad, morador de uma casa perto daquela estrada antes de morrer dez anos antes do nascimento de Nazih, parecia encaixar-se na descrição do menino. A viúva de Fuad perguntou a Nazih: "Quem construiu os alicerces do portão de entrada da casa?" e Nazih respondeu corretamente: "Um homem da família Faraj". O grupo então entrou na casa, onde Nazih, sem errar, informou que Fuad guardava as suas armas num armário. A viúva indagou se tinha sofrido um acidente em sua residência anterior e Nazih descreveu com minúcia esse acidente. Ela perguntou também se se lembrava do que havia deixado sua filhinha muito doente e Nazih respondeu que a menina tinha tomado acidentalmente alguns comprimidos do pai. O garoto descreveu também, com acerto, dois outros incidentes da vida da personalidade anterior. A viúva e seus cinco filhos ficaram perplexos com o conhecimento demonstrado por Nazih e se convenceram de que ele era Fuad renascido.

Pouco depois do encontro, Nazih visitou o irmão de Fuad, Sheikh Adeeb. Quando Nazih o viu, correu para ele gritando: "Aí está o meu irmão Adeeb!". Sheikh Adeeb pediu-lhe que provasse ser seu irmão e Nazih disse: "Eu lhe dei uma Checki 16". A Checki 16 é uma pistola de fabricação tchecoslovaca, pouco comum no Líbano; Fuad realmente tinha dado uma ao irmão. Sheikh Adeeb perguntou então onde ficava a sua casa original e Nazih, descendo com ele a estrada, apontou-a corretamente: "Aquela é a casa do meu pai e aquela [a próxima] o meu primeiro lar". Dirigiram-se para a última, onde a primeira esposa de Fuad ainda vivia, e, quando Sheikh Adeeb perguntou quem era ela, Nazih não hesitou e deu-lhe o nome correto.

— Dr. Jim B. Tucker, *Vida antes da vida*

28

Paul Clifford acordou devagar e fez um inventário de si mesmo. Mais um dia e ele estava inteiro — bem, mais ou menos. Talvez seu nariz estivesse quebrado; doía à beça e ele sentia uma faixa de sangue seco coçando loucamente sobre o lábio superior. Mas provavelmente não. Sempre tivera essa sorte. Entrava em alguma confusão superfodida e apagava, depois acordava e descobria que ainda estava vivo nessa merda de planeta. "Uma evolução decepcionante", como lhe dissera certa vez seu antigo padrinho no AA, quando ele lhe telefonou no meio de uma bebedeira particularmente épica. Agora, estava deitado de cara para o chão de cimento. Isso significava que estava no porão da casa de sua mãe.

Sentiu uma dor perto das bolas e viu que era uma raquete de pingue-pongue. Devia ter tropeçado na mesa e caído na noite anterior, e ficara ali mesmo. Seu lábio também estava estranho, inchado; moveu a língua pela boca. Tinha gosto de sangue e terra, mau hálito e vômito. Havia um pouco de vômito grudado em seu cabelo, embora ele não entendesse como podia ter vomitado. Não comia nada sólido fazia dias.

Levantou a cabeça. A dor era de matar, claro. Baixou-a de novo com cuidado sobre o concreto frio. Era bom, como um travesseiro. Ia ficar ali mais um pouco. Não se lembrava do que havia acontecido e com quem havia brigado, mas podia apostar que já passava muito do meio-dia e que ele tinha ferrado com tudo outra vez. O sr. Kim não o aceitaria de volta no posto de gasolina. Isso significava que Jimmy provavelmente daria um belo pontapé em seu traseiro. Estava com o aluguel atrasado, embora nunca tenha engolido muito essa história de pagar aluguel para usar o sofá de alguém. Estava sendo explorado, certo? Então por que se preocupar?

Mas o emprego no posto de gasolina não era tão ruim; o trânsito constante de pessoas mantinha sua mente ocupada. Quando ele estava trabalhando, sua mãe ficava menos no seu pé para ele fazer as provas do supletivo ou voltar para o AA. Tinha tentado dizer para a mãe que não ia voltar para lá, mas ela não entendia e ele não sabia como explicar. Ela ficava perguntando: "Por quê?"

— Por causa de perguntas como essa — ele dizia.

No AA, era sempre aquela mesma coisa. Eles queriam que você lhes contasse uma "história". A sua "história". Queriam arrancar aquilo de você, sua infância ruim ou o que fosse, e nunca escutavam quando ele dizia que não tinha uma história para contar. Seu pai era um imbecil e, quando Paul tinha quinze anos, divorciou-se de sua mãe e se casou com uma colega de trabalho que ele estava fodendo, mas muitos pais faziam merdas desse tipo. Que diferença fazia o motivo de ele ter acabado daquele jeito? Ele estava ali agora, não estava? Mas isso não era suficiente para eles. Queriam seu sangue, era isso que eles queriam. Aquela conselheira, na última vez, não parava de falar disso. Olhava para ele o tempo todo, como se soubesse que ele estava mentindo. Seu cérebro começou a ficar com aquela sensação de vertigem, como se fosse uma roleta girando que poderia parar a qualquer momento no número errado. E ele teve que sair daquela sala depressa. Saiu pela porta dos fundos, foi direto para o supermercado e comprou uma cerveja. Só uma cerveja. *Feliz agora, sua vadia?*, ele pensou enquanto virava o conteúdo da garrafa. Foi para o porão da casa de sua mãe com aquele gosto na boca e na mente, como o cheiro de uma garota que ele não conseguia esquecer, e então, no meio da noite, roubou todo o conhaque dela, xarope, vinhos medicinais e tudo que pôde encontrar e, por um dia ou mais, não pensou em nada, e então ela o pôs para fora.

Agora, ouvia sua mãe e seu irmão andando no andar de cima, fazendo sabe-se lá o que eles faziam o dia todo. Do porão, sentia o cheiro dos cachorros-quentes que ela preparava. Estava de ressaca, mas também faminto, então sentia náusea e fome ao mesmo tempo, algo que talvez não achasse possível se não fosse o que ele sentia o tempo todo. Seria capaz de matar por um cachorro-quente naquele momento, ou mesmo por um sanduíche de pasta de amendoim, mas não queria se arriscar a subir, porque sua mãe daria uma olhada nele e entenderia tudo. Ela não era nenhuma idiota, mesmo que ainda o deixasse dormir no porão de vez em quando.

Ficou ali deitado até ouvir sua mãe e Aaron terminarem de comer e a porta de tela bater quando saíram. Talvez Aaron tivesse uma competição de luta na escola.

Depois que eles foram embora, ele não conseguiu encontrar energia para se levantar e, por um longo tempo, ficou deitado no chão do porão onde havia passado tantas horas quando criança, jogando air hockey, pingue-pongue e videogame. Pensou em como estava com fome e em como havia se atolado na merda.

Então sua mente começou a ficar com aquela sensação nervosa outra vez, como se fosse explodir, e ele tateou o chão para ver se havia alguma coisa ali. Encontrou uma garrafa de vodca que devia ter comprado na noite anterior. Havia um gole dentro dela, mas não era suficiente.

Forçou-se a subir as escadas para procurar comida. Talvez houvesse uma garrafa de Amaretto ou alguma outra coisa escondida que ele ainda não tivesse encontrado, embora, depois da última vez, duvidasse seriamente disso.

Alguém estava lá fora; ele ouvia os passos no cascalho. Talvez fosse um cara entregando pizza no endereço errado. Poderia comer uma pizza inteira agora, mesmo que tivesse cogumelos. Encontraria dinheiro em algum lugar. Tinha que haver algum trocado no meio das almofadas do sofá ou em qualquer outra parte. Ele abriu a porta.

Havia um menino parado ali.

Uma criança pequena, de cabelos loiros. Estava de pé ali na frente, olhando para a casa. O menino tinha um lagarto no ombro. Era uma visão bem estranha. Ele conhecia todas as crianças do quarteirão, e aquele menino não era uma delas.

— Oi — disse Paul.

O menino parecia muito nervoso. Talvez alguma criança o tivesse desafiado a ir até sua casa. Todas as mães do quarteirão diziam a seus filhos que não falassem com ele; dava para ver isso pelo jeito como às vezes ficavam assustados quando ele dizia "Oi". Doía sua cabeça pensar nisso. Ele queria que o menino fosse embora.

— Precisa de alguma coisa?

Mas ele só ficou ali parado. Não disse nada. Era um menino esquisito. Talvez houvesse alguma coisa errada com ele. Podia ser um mongoloide ou algo do gênero. Como era mesmo que chamavam isso agora? Síndrome de Down. Um amigo seu tinha uma irmã assim, e ela às vezes ficava olhando fixo para ele também, e isso não queria dizer nada. Mas esse menino tinha olhos normais, grandes olhos azuis que o olhavam como se ele tivesse roubado seu pirulito ou algo parecido.

Paul sorriu. Tentou ser gentil. Era só um menininho. Ele não era tão escroto quanto todos pensavam.

— Quer alguma coisa?

— Você não está me reconhecendo? — o menino perguntou. Ele parecia decepcionado.

De alguma maneira, Paul já havia dito a coisa errada. Sentiu uma onda de exaustão. Às vezes era difícil tentar ser legal com as pessoas.

— Eu não conheço nenhuma criança pequena.

— O nome do meu irmão é Charlie.

— Tá bom. — Algo lhe ocorreu. — Você está perdido? Quer entrar e ligar para a sua mãe?

— Não! Não! — O menino começou a gritar. — Me deixa em paz!

— Está bem, então. Tá, eu tenho que... hum... tenho que ir. Boa sorte para chegar em casa. — Se o menino começasse a surtar ali, ele não queria estar envolvido. Talvez devesse avisar a polícia sobre o garoto. Ou quem sabe um dos vizinhos avisasse. Ele começou a fechar a porta.

— Espera...

Ele se virou.

— O que é?

A boca do menino estava toda contorcida.

— Por que você fez aquilo comigo?
— Aquilo o quê?
Parecia que os olhos dele iam explodir para fora da cabeça.
— Por que você me machucou?
Paul começou a suar. Seu suor cheirava a álcool e o deixava com sede de bebida.
— Eu nunca te vi. Como posso ter te machucado?
— Você me machucou muito, Pauly.
Como aquela maldita criança sabia aquele nome? Ninguém o chamava de Pauly havia anos.
— Não sei do que você está falando.
— Eu estava indo para a casa do Oscar e você me parou. Estava sendo legal comigo, mas depois me machucou.
Ele começou a tremer. Devia ser a síndrome de abstinência. Mas como aquilo era possível?
— Eu não sei que história é essa. Nunca te vi antes. Nunca te machuquei.
— Machucou, sim. Com a arma.
Ele ficou paralisado. Não podia acreditar.
— O que você disse?
— Por que você fez aquilo? Eu nunca te fiz nenhum mal.
Ele estava ficando maluco. Era isso que estava acontecendo. Era como aquela merda assustadora que ele tinha lido no colégio antes de abandonar a escola, aquela do coração batendo através das tábuas do chão até fazer você pirar de vez. O menino nem estava lá. Mas ele o via, arrastando os pés no chão de terra, com as mãos fechadas em punhos, parecendo apavorado e furioso ao mesmo tempo. Uma criancinha loira. Nada a ver com o menino que morreu. Será que alguém estava querendo lhe pregar uma peça? Mas quem poderia saber?
— Você nem me deixou experimentar — disse o menino. — Você disse que ia deixar.
— Como você sabe disso? Ninguém sabe nada sobre isso.
Era mais provável que ainda estivesse bêbado. Talvez fosse só isso. Mas não se sentia bêbado.

O menino continuava ali, com os punhos fechados, o corpo todo tremendo.

— Por que você fez isso, Pauly? Eu não entendo por quê.

Ele teve aquela sensação outra vez em sua mente, girando e girando, como uma roleta, só que dessa vez não conseguiu parar, dessa vez ela foi até onde queria ir o tempo todo.

29

Janie continuou dirigindo, envolta em um mundo dividido, um mundo de Noah e não Noah. As lâmpadas das ruas se acendendo uma a uma, o leve sacolejar do asfalto rachado sob as rodas, as casas em desnível com cestas de basquete, os gramados verdes passando a cinzentos no escurecer, o ar noturno esfriando rapidamente, sussurrando com a noite — tudo isso era não Noah e, portanto, inútil.

O mundo tinha um metro de altura, pele clara, cabelos loiros e veias pulsando com vida.

Isso era tudo que seus olhos enxergariam. Tudo que reconheceriam. Ela podia ver, mas não registrar, as formas daquele mundo sem Noah.

Mas seu cérebro, seu cérebro...

A culpa era dela. Ela não conseguia parar de pensar nisso. Tantos erros, tantas alternativas para sair daquele caminho, tantas coisas simples que poderia ter feito. Podia não ter ligado para Anderson. Podia ter decidido que aquela viagem era uma péssima ideia. Podia ter ficado com Noah na cozinha enquanto ele assistia a um vídeo. Podia ter dado uma olhada para ver se ele estava bem. Devia ter olhado. Por que não olhou? Ele tinha apenas quatro anos.

A culpa era dela.

Achara que vir aqui poderia ajudá-lo, quando, na verdade, deveria ter corrido o mais rápido possível na direção oposta. A resposta não era lembrar. A resposta era esquecer. Nenhuma outra vida, nenhum outro mundo. Só esta, bem aqui, esta vida inexplicável, cheia de asfalto rachado, com Noah fazendo parte dela. Era só o que Janie pedia. Era só o que queria. Mas ela havia cometido um erro e, talvez, o perdido — para sempre?

Não. Claro que não. Ela o encontraria a qualquer momento.

Só que estava ficando mais escuro agora. Seu filho estava andando pela noite em algum lugar, perdido e sozinho. Logo a escuridão engoliria sua jaqueta vermelha, seus brilhantes cabelos loiros. E então, como ela o encontraria?

Abriu a janela e o ar noturno encheu o carro com todo seu frescor e sua densidade sem Noah:

— NO-AH!

Seus olhos percorreram a paisagem, mas não encontraram nada.

Cambaleante, Anderson se afastou da casa dos Crawford, a lanterna na mão lançando um fio de luz inútil sobre a face larga e zombeteira do crepúsculo. Escurecia, e Noah continuava ali fora em algum lugar, e a necessidade de corrigir tudo aquilo pulsava dentro dele, bombeando por todo seu corpo o pico de energia áspera legada pelos hormônios secretados pela medula adrenal; a adrenalina aumentava seus batimentos cardíacos, sua pulsação, sua pressão, elevando seus níveis sanguíneos de glicose e lipídeos e fazendo seu cérebro ricochetear da parede do presente para dez, vinte, trinta anos antes.

Preeta Kapoor.

O mesmo rio, duas vezes.

Quem era ele para brincar com vidas, passadas e presentes, como se fosse um deus? Quando a realidade era que as pessoas não deveriam se lembrar. É por isso que a maior parte de nós não se lembra. As pessoas deviam, sim, esquecer. Lete: o rio do esquecimento. Apenas algumas almas perdidas se esqueceram de beber em suas águas curadoras — e se esqueceram de esquecer.

E ali estava ele, caminhando por aquelas ruas de subúrbio que lhe eram mais estranhas que qualquer uma das aldeias indianas já havia sido, lançando ao céu noturno um nome de criança perdida, arrancando-o de dentro do peito. Sua última criança.

Noah, loiro e saltitante, balançando na ponta dos pés.

Caminhando e chamando, uma boca, um par de olhos; era só para isso que ele servia agora. O Lete subindo à sua volta até ele logo esquecer tudo, até o nome dos desaparecidos.

30

Ele tinha que fugir dali.

Paul correu para dentro da casa. Ainda podia ouvir o menino chamando e chorando do lado de fora.

Saiu disparado pela porta dos fundos, direto para o quintal, atravessou o buraco na cerca e continuou, correndo a toda pelo campo até o bosque. Quando passou pelo velho poço, fez uma curva aberta para desviar dele, como se os ossos lá dentro pudessem saltar para o seu rosto, era assim aquele filme doido que ficava passando em sua cabeça, só que aquilo não era um filme e não estava em sua cabeça. Ele se enfiou pelo meio das árvores, com o passo instável, os pés deslizando loucamente sobre as agulhas dos pinheiros, mas impulsionando-o para a frente, sempre em frente, como se ele pudesse ultrapassar o 14 de junho de uma vez por todas, quando sabia que nunca poderia se livrar daquilo, que ele sempre estaria ali, aquele menino de pé na frente da casa perguntando: "Por que você me machucou, Pauly?"

"Por que você me machucou, Pauly?"

"Por que você fez isso?"

E seu próprio coração revidando: *Eu não sei eu não sei eu não sei.*

31

Ele estava sentado na beira da cama dela. Sua pele lisa e brilhante. Seu sorriso radioativo.

Oi, mamãe.

Denise abriu os olhos.

Era fim de tarde. Ela estava sozinha no quarto. Tommy não estava lá. Tinha ouvido sua voz em um sonho.

A palavra ainda zumbia em seus ouvidos. *Mamãe.*

O quarto estava escuro. Vozes não muito distantes, pontos de luz se agitando pelos campos.

Tommy!

Ela se sentou depressa, tonta. Sua boca parecia revestida de um sabor amargo de remédio, e os olhos doíam quando ela piscava. Denise abriu a mão e viu os comprimidos na palma. Pela janela, avistou o brilho das luzes dos carros de polícia no milharal e no bosque mais além. Abriu a janela para deixar entrar ar fresco. Pessoas falavam na frente da casa. Fragmentos de conversa espetaram seus ouvidos.

— ... temos uma dúzia de homens no bosque agora, tenente...

— Quatro anos, chama-se Noah...

Ela deitou outra vez. Tudo aquilo voltando, inundando sua mente: aquelas pessoas em sua casa, as palavras se enfiando por seus ouvidos, falando sobre o além.

* * *

A mesma velha música. Ela já a ouvira antes, embora com um conjunto diferente de respostas. Nascera ouvindo aquilo.

Via agora a tenda, aquela grande tenda em Oklahoma em que não pensava fazia mais de trinta anos. Sentada com seu avô, que todos achavam que não batia bem da cabeça. Sua mãe dizia que eles eram todos um bando de encantadores de serpentes, mas ela não se importava, estava interessada em ver encantadores de serpentes e queria ir aonde quer que seu avô fosse. A tenda era grande e alta como um circo. Estava cheia até a borda com mais gente do que ela jamais vira reunida em toda a sua vida, fileiras e mais fileiras de pessoas. De pé à frente, o pastor falava tão alto que toda a tenda podia ouvi-lo. Era um homem alto e magro com pele muito escura, e Denise achava que ele parecia bravo, mas as pessoas não pareciam se importar muito. Algumas ficavam sentadas, quietas, escutando o pastor, enquanto outras riam, suspiravam e gritavam.

Ela estava sentada no colo do avô, que a amava mais que qualquer outra pessoa. Não sabia explicar como ela sabia disso, mas sabia. Ele pousava a grande mão sobre a cabeça dela e, vez por outra, puxava uma de suas tranças, como para dizer "olá".

Ela lembrou que eles ouviram alguns hinos bonitos e, então, o pastor começou a falar, naquela voz que as pessoas usavam quando citavam a Escritura.

> *E os israelitas estavam cansados de sua jornada, sua esperança se desvanecendo no deserto.*
> *E eles falaram contra Deus, eles disseram: Pode Deus nos pôr a mesa no deserto?*
> *E Deus fez chover sobre eles maná para comer e lhes deu o grão do céu...*

Ela lembrou que riu, achando engraçada a ideia de montar uma mesa no meio do nada. Recostou-se no peito do avô com a mão dele em sua cabeça e seu cheiro de sabão, grama e esterco e cochilou ali, naquela obscuridade. Então a voz grave do pastor começou a gritar: "Quem quer entrar no Reino dos Céus? Quem está aqui para dar testemunho? Quem está aqui para ser curado pelo seu poder? Apresentem-se".

Ela abriu os olhos e as pessoas caminhavam pelo corredor. *Caminhavam* não é bem a palavra. Elas se arrastavam, cambaleavam ou seguiam sobre rodas, para ser mais exata. Havia pessoas em cadeiras de rodas e pessoas segurando no colo crianças maiores que ela que não conseguiam andar sozinhas. Foram até a frente e disseram seus nomes, e todas eram parentes entre si. Eu sou a irmã Green. Eu sou o irmão Morgan. Desse jeito. Uma depois da outra. E todas elas estavam doentes. Eram todas partes da mesma família doente, com dor de dente, câncer de estômago, gota, pé torto, cegueira e paralisia. Nunca tinha visto tantas variedades de dor.

Talvez algumas delas tenham sido curadas naquele dia, mas ela achava que não. Não se lembrava. Tudo que se lembrava era de ter ficado chocada ao ver que havia tanta dor no mundo, e com a injustiça de uma só família ter ficado com uma parte tão grande do sofrimento.

E seu avô estava morto agora. Ele tinha ido para Tulsa comprar um equipamento de trator e caiu na calçada com um ataque cardíaco, e, como ninguém achou estranho ver um homem negro deitado ali nem parou para levá-lo ao hospital, ele morreu na calçada sob o sol escaldante. Quanto à sua avó, morreu alguns anos depois, de tristeza. E sua mãe alguns anos atrás, de diabete. E Tommy também estava morto.

E agora havia chegado a vez dela.

— Eu sinto muito...

Era a voz de Charlie. Fraca, perturbada, carregada pelo vento; ela conheceria a voz de seu filho em qualquer lugar.

Charlie estava lá fora, em algum lugar, com problemas. Achando que a culpa era dele.

Não, não, Charlie. Não foi sua culpa. Foi minha culpa.

Eu devia ter ido buscá-lo mais cedo. Eu devia ter chamado a polícia. Estava gostando do sossego. Devia ter ido buscá-lo mais cedo e então poderia ter chamado a polícia, porque o tempo era tudo. Quem não sabia disso? Quando uma criança desaparecia, era preciso agir imediatamente, essa era a regra número um, a regra de ouro das instruções para emergências. Devia-se chamar a polícia. Imediatamente.

Mas ela não sabia que ele estava desaparecido, e então horas e horas já haviam se passado quando ela a chamou.

Não foi sua culpa, Charlie.

Tinha que dizer isso a ele. Tinha que lhe dizer que ele não precisava pedir desculpa, que ele não tinha nada para se desculpar.

Eu devia ter sido uma mãe melhor para o Tommy. E para você. Para você, Charlie.

Todo esse tempo ele estivera esperando por ela, o seu Charlie. Anos haviam se passado e ela o deixara sozinho, perdera-o de vista e, no entanto, lá estava ele, ainda esperando por ela em algum lugar, esperando que ela lhe dissesse: "Não foi sua culpa, querido. Foi minha culpa. Toda minha".

Pode Deus montar uma mesa no deserto?

Ela abriu a mão e olhou para os doze comprimidos meio esfarelados que estava apertando com tanta força. Observou-os por um momento, depois correu para o banheiro. Jogou todos eles na pia, abriu as torneiras e empurrou os resíduos brancos pelo ralo. Lavou as mãos e as secou. Endireitou o corpo, olhou-se no espelho, passou a mão nos cabelos e limpou o rosto com uma toalha molhada. Não havia nada a fazer por aqueles olhos.

Então desceu as escadas e saiu noite adentro, em busca de Charlie.

32

O lagarto tinha sumido. Foi a primeira coisa que Charlie notou. Alguém havia tirado Rabo-Córneo do tanque em seu quarto.

O efeito da maconha tinha passado agora, a não ser por uma sensação incômoda de que nada estava certo e não estaria certo nunca mais. Era uma sensação conhecida. A sensação de não estar fumado.

Ele estava procurando o menino, viu que Rabo-Córneo tinha sumido e então soube. Ele sabia onde a porra do menino estava.

Saiu batendo a porta dos fundos, atravessou o quintal, passou pelo bebedouro de passarinhos e foi até o bosque. Havia um velho carvalho ali com estacas de madeira pregadas fundo na casca e, no alto dessas estacas, algumas tábuas que seu pai havia prendido um dia na tentativa de fazer uma casa na árvore. Ela nunca foi terminada — construir aquilo era mais complicado do que seu pai havia imaginado. Ele justificou para quem quisesse ouvir com questões de estabilidade e apoio e por isso nunca a concluiu, e sua mãe os proibira de subir ali, já que era só um pedaço de madeira servindo de chão e nada mais, sem nenhum tipo de corrimão ou parede para oferecer segurança. Mas às vezes ele e Tommy se esgueiravam para lá mesmo assim, quando não queriam ser encontrados. Era bem alto e, no verão, não dava para enxergar entre as folhas.

Eles diziam que ali era o seu forte. Deixavam coisas guardadas lá: o diário que Tommy escreveu por alguns meses, a coleção de pedras de Charlie, revistas sobre armas e carros que roubavam do consultório do dentista. Às vezes Tommy gostava de levar Rabo-Córneo para lá e deixá-lo correr como se estivesse em uma floresta. Até o ano anterior, Charlie costumava subir lá para fumar baseado.

Agora, teve de se esforçar para fazer o corpo crescido passar pelo buraco.

O menino estava lá, sentado nas tábuas de madeira no escuro, com as mãos em volta dos joelhos e Rabo-Córneo balançando no braço. Estava horrível. Uma tempestade corria de seus olhos e do nariz.

Charlie agachou ao lado dele.

— Está todo mundo te procurando, sabia?

— Nosso quarto está diferente.

— O quê?

— Nosso quarto. Tiraram as coisas.

— Que coisas?

— Os livros sobre lagartos. Minha luva, meu bastão e meu troféu de campeão.

— Ah, você está falando das coisas do Tommy. Bom, elas ficaram lá por um tempo.

Ele tinha medo de olhá-lo nos olhos. Será que o menino tinha algum tipo de poder, como um garoto esquisito de filme? Talvez ele visse pessoas mortas. Talvez o fantasma de Tommy gostasse de ficar em volta dele. Mas não importava o que fosse; tudo aquilo era assustador e ele não queria tomar parte. Só queria levar a criança de volta para a casa e continuar com sua vida.

— Por que você levou minhas coisas embora?

— Não fui eu. O papai mandou a mamãe tirar. Ele disse que não ia ser bom para mim quando eu voltasse para cá.

O rosto dele se iluminou.

— Você voltou também?

— Bom, eu fiquei na casa da minha avó nos primeiros seis meses, mais ou menos. Enquanto a minha mãe e o meu pai procuravam... o Tommy.

Aqueles longos meses na casa da avó. Não pensava neles fazia anos. Ajoelhado no tapete gasto, a música gospel de sua avó no velho toca-discos, imaginando o que estaria acontecendo em casa, se já haviam encontrado seu irmão. Nunca falavam sobre isso. "Se acontecer alguma coisa, vamos ser os primeiros a saber", ela havia dito, "então vamos deixá-los em paz para fazer o que tem que ser feito. Tudo que podemos fazer é rezar para ele voltar para casa." Ela já estava mal naquela época, os pés tão inchados que mal podia sair da poltrona para se ajoelhar. Mas ele não conseguia rezar. Estava assustado demais.

— Quem tomou conta do Rabo-Córneo? — o menino perguntou.

— Eu levei ele comigo para a casa da vovó — Charlie respondeu e começou a rir. — Um dia deixei ele solto no tapete só para dar um susto nela. Ela não gostou nem um pouco.

— É, ela detesta lagartos.

— É.

— E cobras.

— É.

Ele olhou para baixo entre os galhos. Viu a luz das lanternas dos policiais se movendo pelo milharal e pelo bosque. Estavam procurando o garoto, mas ele estava flutuando acima de tudo aquilo, totalmente em outro lugar.

— Desculpa por eu ter quebrado o seu sub — disse o menino.

— O meu sub?

— O submarino que o papai te deu.

— Ah.

A última vez que ele vira Tommy. Aquele último dia. Eles tiveram uma briga daquelas. Seu pai tinha voltado de uma longa turnê e tinha trazido um submarino novo e reluzente para Charlie, e Tommy só ganhou um livro e, cara, ele ficou muito bravo. Tommy queria brincar com o submarino de Charlie, "só uma vez", ele ficava dizendo, mas Charlie nunca havia tido algo que Tommy quisesse, era sempre o contrário, e ele adorava o seu submarino novo e brilhante que Tommy queria e disse "Não". Ele disse: "Arrume a sua própria porcaria de submarino".

— Só uma vez — Tommy tinha dito.

— Não — Charlie respondera. — É meu e você não pode pôr a mão nele. — E Tommy o arrancou dele no mesmo instante, quebrando o periscópio no meio.

— Bom, desculpe por isso — o menino estava dizendo agora.

— Tudo bem. A culpa foi minha. Eu devia ter deixado você brincar um pouco — disse Charlie. Então lhe ocorreu que ele estava falando com o menino como se ele fosse o Tommy. Isso foi seguido por outro pensamento (os pensamentos o atingiam como socos, um depois do outro, fazendo-o ver estrelas), de que só ele e Tommy sabiam que Tommy tinha quebrado o periscópio. Charlie tinha planejado contar para se vingar do irmão, mas ele desaparecera antes que tivesse oportunidade. Charlie olhou para o escuro através dos ramos oscilantes e sentiu tontura; sentou-se e estendeu as longas pernas sobre o piso flutuante. Ali estava seu corpo, suas pernas com os pelos todos arrepiados, seus shorts brilhantes, seus tênis de cano alto.

— Eu quebrei porque estava bravo. Era tão legal — o menino falou. — Eu nunca tive um submarino como aquele.

— Tudo bem.

Charlie estava sentado ali, de boca aberta. Ocorreu-lhe que devia fechá-la.

— Você é ele, não é? — disse, duvidando das palavras enquanto elas saíam de sua boca. — Como você pode ser ele?

— Não sei — o menino respondeu.

Eles ficaram em silêncio. O menino passou a palma da mão pelos espinhos no dorso do lagarto.

— Obrigado por cuidar do Rabo-Córneo.

— De nada — disse Charlie. Ele estava orgulhoso de si, de repente, por ter mantido o lagarto de Tommy vivo por todos aqueles anos. Sentiu todo o seu corpo corar de orgulho, como quando era criança, lançava uma bola boa e Tommy dizia: "Boa bola, Charlie!"

O menino afagou o lagarto e Rabo-Córneo olhou para ele com seus olhos amarelos. Charlie se perguntou se ele teria sentido falta de Tommy, se o reconhecia agora, ou se era apenas mais um dia como os outros para o lagarto.

— Eu sinto muito pelo que aconteceu com você — Charlie disse por fim.
— Não foi você.
— Mas talvez eu pudesse ter impedido.
— Não, Charlie. Você era uma criancinha.

Charlie engoliu em seco. Seu peito doía. Podia sentir as palavras queimarem na garganta, então as disse:

— A mamãe me mandou te chamar, para você vir almoçar em casa. Para voltar da casa do Oscar. Ela me mandou dizer isso para você. Mas eu estava bravo por você ter quebrado o meu submarino e não queria falar com você, então não fiz o que ela mandou. E talvez, se eu tivesse falado, você podia ter voltado para casa mais cedo... e talvez então...

— Não, Charlie. Eu já estava morto.
— Já estava?
— É. Eu morri bem depressa.
— O que aconteceu? — Charlie perguntou. Ele havia esperado anos para saber. O menino não respondeu. Seu nariz começou a escorrer outra vez. O lagarto desceu lentamente do braço dele para o chão, então Charlie o pegou e segurou o corpo frio e pulsante na mão. Depois de um tempo, ouviu um som nas folhas lá embaixo. Alguém mais estava lá. A pessoa não disse nada.

— Eu vi ele — o menino falou por fim.
— Quem?
— O Pauly.
— Pauly?
— O Pauly. Que mora ali embaixo na rua.
— Paul Clifford?

Ele confirmou com a cabeça.

— Foi ele... que me matou.
— Paul Clifford? O Pauly ali do fim da rua? Foi ele que... matou você?

Ele confirmou com a cabeça outra vez.

— Que merda. *Paul Clifford?* O que ele fez?
— Não sei. Aconteceu tão depressa.

O menino respirou fundo.

— Eu estava na minha bicicleta, indo para a casa do Oscar, e vi que o irmão do Aaron, o Pauly, estava lá. Ele disse... Ele disse que tinha um rifle e perguntou se eu queria experimentar, que ia levar só um minuto. Eu disse que tudo bem, porque ele falou que era só um minuto e você sabe que a mamãe nunca deixou a gente encostar em nenhuma arma.

— É.

— Então fomos para o bosque dar uns tiros e ele atirou em todas as garrafas e não me deixou pegar a arma nenhuma vez. Aí eu perguntei se podia experimentar e ele atirou em mim.

— Ele atirou em você? Porque você queria experimentar?

— Não sei por quê. Eu não sei. Eu estava de pé ali e de repente não consegui ver mais nada, ficou tudo escuro. E quando acordei, eu estava caindo.

— Caindo?

— O meu corpo estava caindo e era uma queda longa, a água era fria. Era muito frio mesmo lá, Charlie, a água estava muito acima da minha cabeça, e era fria e cheirava muito mal. Eu tentei pôr a cabeça para fora da água e gritei, gritei, mas ele não me tirou de lá, Charlie, ele não me deixou sair, e então eu gritei, gritei, e cada vez que eu gritava doía o meu corpo, meu corpo doía muito, mas eu continuava gritando e ninguém vinha, ninguém vinha e eu estava sozinho lá, sozinho, até que não consegui mais. Eu tentei, Charlie, eu tentei muito mesmo, mas não consegui mais ficar com a cabeça fora da água. Era frio lá embaixo e eu não conseguia respirar. Eu via o sol brilhando na água, ele brilhava muito forte e fazia o balde de metal ficar muito brilhante. Brilhava muito forte mesmo. Eu via ele brilhando ali na água. E aí eu morri.

— Cara. Porra. Porra, cara. — Ele não conseguia pensar em mais nada para dizer. Via seu irmão Tommy se afogando. Estavam todos eles lá embaixo, Tommy, ele, sua mãe e seu pai também, todos lá embaixo, se afogando na água fria. — Porra. Paul Clifford. Por que ele faria uma coisa dessas?

— Não sei. Eu tentei perguntar por que ele fez aquilo comigo, mas ele não quis me dizer. Ele fugiu.

O menino não disse mais nada por um minuto. Seu nariz estava escorrendo até a boca e ele limpou com a manga da blusa, depois murmurou alguma coisa baixinho.

— O quê?

— Ela não me quer, Charlie.

— Quem?

— A mamãe. Ela não quer me ver. Ela esqueceu de mim. E eu venho tentando voltar pra cá desde o dia em que nasci.

Ele não sabia o que dizer. Pôs a mão nas costas do menino e o afagou em pequenos círculos. As costas do garoto se moviam para a frente e para trás enquanto ele inspirava grandes golfadas de ar. *Tudo bem*, Charlie pensou. *Continue respirando. Só respire agora. Respire por todos nós. Você tem muito o que respirar para compensar.*

Todos os seus sentimentos por Tommy ficaram trancados em um quarto em algum lugar, e agora a porta tinha sido aberta e eles estavam transbordando.

Ele olhou para o menino. A pequena criança branca de nariz escorrendo que era e não era seu irmão. Não conseguia assimilar aquilo. Nem tentou.

33

— Tommy?
Parada embaixo da árvore, Denise ouviu o nome sair dos próprios lábios. Era estranho em sua língua e soava estranho aos seus ouvidos, como se ela só o estivesse experimentando, como se nunca tivesse dito aquele nome antes em toda a sua vida.
Ela estivera ali ouvindo. Sentia a mente girar no escuro e não conseguia se segurar a nada; não havia nada a que se agarrar exceto aquelas duas vozes que soavam como os seus meninos conversando naquela pilha precária de madeira em que costumavam se esconder. Seus meninos, ela os conheceria em qualquer lugar, só que não eram. Tinha ouvido e não tinha. Havia algo que ela precisava fazer, mas não sabia o que era, pois não sabia mais o que era real. Então ouviu uma voz que era a sua própria voz dizendo o nome.
— Tommy?
Ela não queria olhar. Não queria ver. Não era Tommy lá em cima. Ela sabia que não era Tommy. Ela ouviu e não ouviu. Tommy estava morto e aquele era outro menino.
Mesmo assim, ela se segurou nos degraus de madeira pregados no tronco da árvore, subiu até o buraco e espremeu o longo corpo por ele.
O menino não parecia seu filho. Era uma criancinha branca, com os cabelos dourados mesmo à noite, como uma foto em um catálogo de loja.

Nem um pouco como seu lindo menino de pele marrom-clara que parecia iluminado por dentro, com o sorriso de derreter o coração. Nem um pouco como seu menino desaparecido.

Aquela era uma criança diferente, sentada ali com a mão de Charlie em suas costas.

O menino olhou para ela. Estava todo arranhado, as faces sujas de terra, sangue e lágrimas, como se tivesse subido rastejando desde as entranhas do inferno.

— Ah, meu bebê. — Ela estendeu os braços para o menino, e ele veio e se jogou sobre ela, pressionando seu pequeno corpo contra o dela com tanta força que a fez puxar a respiração e apoiar as costas na árvore, tão real, áspera e dura contra sua coluna.

Ela não sabia se era Tommy ali dentro em algum lugar. Não sabia como podia ser. Achava que provavelmente, em sua confusão, estivesse cometendo um engano honesto por desejar tanto que fosse assim. Mas o conhecera pela expressão nos olhos, que correspondia à expressão em seus próprios olhos — ele era um dos perdidos, um dos seus.

34

Paul acordou. Estava escuro. Sentia-se esvaziado. Limpo. Devia ter desmaiado. Estava deitado de costas sobre as agulhas dos pinheiros, olhando através das árvores para o céu noturno. Uma noite limpa. Via estrelas olhando de volta para ele. Havia tantas. Sempre gostara das estrelas. Elas não vinham para cima dele cheias de críticas ou julgamentos. Só ficavam olhando. "Nada disso importa", era o que as estrelas diziam. "O que quer que seja, não importa."

Ele não queria se mover. Se movesse os olhos do céu, não sabia o que lhe aconteceria.

Homens estavam vindo. Ouvia o som deles nas folhas. Percebia as luzes de lanternas invadindo o escuro. Estavam se movendo pelo bosque. Era como um filme, só que no filme haveria cachorros. E ele estaria correndo, com a respiração ofegante. Mas não estava. Estava deitado calmamente, olhando para o céu.

— O que foi?

— Achei que tinha visto alguma coisa! — Ele ouvia as vozes reais e as agudas vozes de brinquedo que estalavam nos walkie-talkies.

— Tem algo aqui!

Não algo, ele pensou. *Alguém.*

Pensou que deveria correr. Já deveria estar fazendo isso. Sabe-se lá como, o menino sabia e tinha contado para eles e eles tinham vindo pegá-lo. Mas ele sentia o corpo se afundando mais e mais nas agulhas dos pinheiros e na terra.

Ele se lembrou daquele dia: 14 de junho. Percebeu que nunca havia realmente saído dele, sempre estivera ali, naquele dia, ouvindo o menino gritar do fundo do poço.

Tudo havia começado com o gato.

Ele tinha reparado no gato fazia pelo menos uns dois meses, seu corpo ossudo com manchas pretas e brancas tão parte do cenário quanto a grama cor de cocô, o milharal atrás dela ou a cerca cinza que separava sua propriedade da dos McClure, que aquele gato atravessava todos os dias. Absorto, ele o observava enquanto se arrumava para ir para a escola, o jeito como ele descia pela cerca, uma pata cuidadosamente atrás da outra, como se tivesse um plano de mestre e o seguisse passo a passo. Invejava aquele gato sarnento que podia ir para onde quisesse.

Então, um dia, ele estava do lado de fora da casa jogando uma bola de tênis contra a parede do telheiro e o gato estava andando pela cerca e olhou para ele. Paul sentiu aquilo por seu corpo todo, o gato olhando direto para ele. Ninguém olhava para ele daquele jeito ultimamente. Não assim, direto nos olhos. O homem invisível, era como se sentia às vezes. A escola de ensino médio era três vezes maior que a escola fundamental, ninguém prestava muita atenção nos novatos mesmo, e ele não tinha amigos lá, já que tinham vendido a casa boa em que moravam antes e se mudado para aquela porcaria de casa alugada do outro lado da cidade. Todos os seus amigos estavam no outro colégio. Não sofria bullying, mas ficava sozinho quase sempre durante as tardes, fazendo lição de casa, jogando videogame e lançando a bola sem parar contra a parede do telheiro.

No dia seguinte, ele saiu para jogar bola ali novamente e o gato estava na cerca. Ele trouxe uma vasilha de leite e o gato veio rapidamente e bebeu tudo.

Então ele fez isso de novo no dia seguinte, e no próximo, até que o gato começou a aparecer quando o via saindo pela porta dos fundos, como se fosse seu. Uma vez, o gato veio se esfregar nele. Sentiu o corpo do animal se pressionando contra sua perna. O pelo era todo emaranhado e ele ficou nervoso de tocá-lo. Podia ter pulgas ou algo assim. O bicho estava fazendo um barulhinho. Ronronando. A sensação subiu direto de sua panturrilha para o corpo, fazendo-o ressoar.

Então, naquele sábado, ele acordou tarde, viu o gato ali e, quando despejou o leite na vasilha, ouviu um grito.

— O que você está fazendo?

Levantou a cabeça e viu seu pai o encarando. Estava sentado na sala de estar, com um sapato na mão, o rosto vermelho.

Paul levou um susto tão grande que sua mão tremeu e o leite derramou pela lateral da vasilha e se espalhou pela mesa, escorrendo na madeira, fazendo uma poça no linóleo do chão.

— Eu perguntei o que você está fazendo.

Ele olhou para a sala. A cena era usual. Sua mãe estava lendo no sofá, seu irmão menor brincava com as cartas de beisebol no chão na frente da TV, seu pai assistia ao noticiário de sua poltrona — só que ele não estava olhando para o noticiário. Ainda estava olhando para ele.

Era como estar no escuro e alguém acender uma luz brilhante demais. Ele viu a poça de leite aumentar no chão.

— Limpando — respondeu.

Pegou um pano de chão e enxugou o leite. Esperava que seu pai o deixasse em paz outra vez. Paul lambeu os lábios. O pai ainda o olhava.

— Você está tomando leite em uma vasilha agora?

— Não.

— Então por que está fazendo isso?

Ele olhou para os pés descalços do pai, apoiados na banqueta. Os pés mais feios que já tinha visto, os dedos todos inchados de artrite e de ter que ficar de pé todos os dias com seus sapatos bons. Nos velhos tempos, ele costumava fazer café para sua mãe e sair de manhã assobiando enquanto eles comiam, e dormia até tarde nos fins de semana, e talvez assistisse a um jogo na TV, mas, nos últimos tempos, ele acordava antes de todo mundo nos sábados e ficava com os pés levantados sobre a banqueta, lustrando os sapatos. Os olhos do pai estavam apertados em sua direção, duas fendas vermelhas no pesado rosto cinzento, como se fosse culpa de Paul que sua vida estivesse daquele jeito e que ele tivesse que ficar de pé o dia todo tentando vender aparelhos de som para pessoas que só queriam amplificadores para seus iPods.

— Para o gato.

— Não temos gato — o pai falou.

— Tem um gato lá fora.

Seu pai se endireitou na poltrona.

— Está achando que o gato é seu? Aquele gato não tem nada a ver com você. Não é seu. Você acha que eu vou alimentar você e um gato também? Vá arrumar um emprego e pagar o leite. Aí vai poder ter um maldito gato.

— Ele está na escola — a mãe disse de trás do livro, no sofá. — Esse é o trabalho dele.

— Pois então devia se sair melhor nisso.

— Ele está indo bem.

Ele sentiu que o pai ia começar outra vez. Paul olhou para a parede. Nos últimos tempos, não precisava muito para ele começar.

— Como que tirar um c em educação física é ir bem? Como que dá para tirar um c em educação física, a menos que seja um completo palerma?

A mãe levantou os olhos, como se estivesse aborrecida por ter que interromper a leitura. Ela estava sempre lendo aqueles livros sobre crimes reais com fotografias horríveis.

— Ele está só no primeiro ano. Vá com calma, Terrance. Ele não é como você.

O pai tinha sido campeão de luta quando estava no colégio. Os troféus ficavam em uma prateleira na casa antiga. Ele não sabia onde estavam. A mãe tinha se desfeito da maior parte daquelas coisas.

Seu pai esfregou o sapato com a graxa.

— Vou te falar. Ele é uma porra de uma decepção.

Paul não disse nada. A princípio, achou que o pai estivesse falando do cara na TV, um senador que conversava com o jornalista, mas então percebeu que estava falando dele.

— Terrance... — a mãe falou muito fracamente, como se aquela única palavra tivesse consumido toda a sua energia. Ela já não tinha muita, para começar. Quando chegava em casa após as noites de trabalho no Denny, tudo que queria era não fazer nada.

O pai bufou com desdém.

— Como se tivéssemos dinheiro para um gato. — E olhou de volta para o noticiário.

Paul terminou de limpar a cozinha, subiu para o quarto e fechou a porta. Ligou o PlayStation, caçou os camponeses um por um e os desintegrou com suas línguas de fogo.

Depois de um tempo subiu para o próximo nível, ainda sentindo aquela agitação dentro de si. Quando saiu do quarto, não havia mais ninguém lá. Seu pai tinha ido trabalhar e sua mãe devia ter levado Aaron para brincar no parquinho ou coisa assim. Ele ficou parado por um momento, respirando na casa vazia. Ligou a TV, procurando um jogo de beisebol ou algo parecido para focar a mente, mas não havia nada. Abriu a geladeira, mas não encontrou nenhum dos iogurtes de que gostava. Ele vivia pedindo para sua mãe comprar e ela vivia comprando o outro tipo. Também não tinha refrigerante.

— Temos que apertar o cinto agora — ela havia dito.

Uma porra de uma decepção.

Ele bebeu uma das cervejas do pai. Achou que talvez o deixasse feliz e relaxado como às vezes fazia com seu pai, mas, em vez disso, o deixou enjoado e tonto. Foi até o quarto dos pais. Abriu algumas gavetas, viu as roupas de baixo de sua mãe e fechou depressa. Agachou ao lado da cama e puxou os rifles de baixo dela. O pai mantinha as armas nas caixas originais. Ninguém tinha autorização para tocar nelas, mas ele gostava de olhá-las às vezes, quando estava sozinho. Quando era mais novo, seu pai costumava levá-lo ao bosque para treinar tiro ao alvo. "Bom tiro, Pauly!", dizia quando ele acertava uma lata e estendia a mão para despentear seu cabelo. Ele fazia essas coisas o tempo todo quando Paul era pequeno.

Seu pai costumava caçar, mas tinha ouvido a mãe dizer uma vez que ele andava muito de ressaca nos últimos tempos para acertar um tiro.

Paul tirou com cuidado a tampa das caixas e passou a mão pelo metal. As armas eram lindas.

Tirou uma delas da caixa. Queria senti-la outra vez nas mãos, lembrar a sensação de ter aquele tipo de poder. Achou que poderia ser bom atirar com ela. Talvez aliviasse toda a pressão em sua cabeça e a sensação estranha da cerveja no estômago. Atirar no alvo em uma árvore e imaginar o rosto do pai. *Uma porra de uma decepção.* E isso quando ele se esforçara tanto na nova escola e conseguira um b em quase tudo, e até um a em biologia. Pegou algumas balas na caixa sob a cama, escondeu o rifle embaixo da blusa e saiu pela porta dos fundos.

Passou pelo buraco na cerca e entrou nos campos de milho. Havia uma velha estradinha de terra que cruzava o milharal e, depois, margeava o bosque. Era um dia bonito de primavera e era agradável caminhar pela trilha com o milho crescendo dos dois lados, sentindo o rifle pressionar sua barriga. Todo o seu corpo começou a formigar de excitação. Ele estava pensando em como era uma pena que nenhum de seus amigos estivesse por perto para vê-lo segurar a arma quando ouviu um rangido de pneus na terra e viu um menino se aproximando rápido, bamboleando sobre uma bicicleta, com as mãos elevadas um palmo acima do guidão e um sorriso bobo no rosto, como se soubesse que sua mãe o mataria se o visse pedalando em velocidade daquele jeito sem as mãos.

O menino desacelerou quando o viu e pôs as mãos de volta no guidão para desviar dele.

Paul já tinha visto o garoto pela vizinhança e tinha até feito um jogo improvisado de beisebol com ele uma vez no Lincoln Park. Tinha a idade de Aaron, mas era legal, e um lançador muito bom para um garoto de nove anos. Aaron sempre contava que ele jogava com os meninos de doze anos. Era negro, como muitos dos garotos daquele bairro, o que fazia Paul gostar mais dele, por algum motivo que não sabia explicar. O menino passou direto por ele na bicicleta e o cumprimentou com a cabeça (por que aquele garoto não podia ser seu irmão em vez de Aaron, o Pentelho?). E então ele pensou: *Por que não?* Não era como mostrar para um amigo, mas era melhor que nada. Estava cansado de ficar sozinho o tempo todo. O nome dele era Tommy.

— Ei! Tommy! — ele chamou.

Tommy já tinha passado; ele pôs os pés no chão e olhou para trás.

— Quer ver uma coisa?

Tommy girou um pouco a bicicleta de volta e olhou para ele sobre o guidão, como se achasse que era alguma pegadinha.

— Que tipo de coisa?

— É muito legal. Vem aqui. — Tommy desceu da bicicleta e caminhou até Paul. — Você não pode contar para o Aaron. Se contar para o Aaron, eu vou ficar sabendo e você vai se arrepender.

— Não vou contar.

Aquela não era uma boa ideia, Paul pensou. Se ele contasse para Aaron, seu irmão com certeza falaria para o pai e ele ficaria encrencado. Mas Tommy estava ali, esperando que ele cumprisse o que prometeu. Que otário ele seria se desse para trás agora? Seria motivo de riso em toda a vizinhança.

Paul empurrou o rifle para cima até a ponta dela aparecer sobre a gola de sua blusa.

— Dá só uma olhada nisso.

— Uau. Que demais. — Tommy pareceu adequadamente impressionado. — É seu?

Ele sorriu. Gostava daquele garoto. Era um menino muito gente fina.

— É. Um Renegade calibre 54 legítimo. Vou praticar um pouco. Quer dar um tiro com ele?

— Não sei. — Tommy hesitou. Ele sorriu, depois fez uma careta, como se não conseguisse se decidir. Paul quase podia ler sua mente: *Minha mãe não vai gostar*, ele estava pensando. Por alguma razão, isso fez Paul querer ainda mais que ele viesse.

— Vamos lá. É pegar ou largar. Só vale hoje.

— Eu estou indo para a casa do Oscar.

— Ah, vem comigo, é só um minuto. Eu não vou contar para ninguém. Aposto que você nunca atirou com uma arma antes.

Tommy olhou para ele com aquela expressão estranha, como se quisesse que Paul lhe dissesse qual era a coisa certa a fazer. Como se ele realmente quisesse ir para a casa do amigo, mas também realmente quisesse experimentar a arma e não conseguisse decidir que pessoa deveria ser.

— E você deve ser bom de tiro, pelo jeito daqueles seus lançamentos no beisebol.

Ele sabia que isso ia funcionar, e funcionou.

— Ah... tá bom. Só um tiro.

Tommy deixou sua bicicleta junto à fileira baixa de pés de milho, e eles caminharam juntos pela estrada e entraram no bosque.

Seu pai sempre trazia um pedaço de papelão com um alvo pintado quando saíam para praticar tiro, mas ele não havia pensado em trazer nada. Tinham ido praticar uma vez em um lugar no bosque onde havia um velho poço com um balde balançando no alto e lixo em volta, da época em que hippies e ciclistas costumavam ficar por ali.

— Ei, Tommy, veja só isso.

Ele pegou uma garrafa de refrigerante e a colocou de pé na borda do poço. Levantou a arma, sentiu seu peso nas mãos, olhou pela mira e deu um tiro sem pensar. O coice quase o jogou no chão, mas mirar com aquilo não era tão diferente de seus videogames.

— Ei! — disse Tommy. — Bom tiro.

Ele olhou para o chão e viu que tinha derrubado a garrafa de cima do velho poço. A parte de não pensar era o que tinha dado certo. Sempre que ele pensava demais em alguma coisa, acabava fazendo tudo errado.

— É. Valeu.

Todos aqueles videogames deviam mesmo ter ajudado a desenvolver sua coordenação mão-olho. Seu pai sempre enchia o saco por ele ficar jogando tanto, mas, se pudesse vê-lo agora, não ia mais chamá-lo de palerma. Só que ia matá-lo por ter pegado a sua arma.

— Pode pôr outra lá para mim? — ele pediu a Tommy.

— Está bem. —Tommy correu até o poço e pôs outra garrafa de pé na borda. Muito legal mesmo aquele garoto.

Ele mirou na garrafa e a derrubou também. Incrível. Dois tiros, duas garrafas.

O menino correu de volta para ele, ofegante.

— Você é bom!

Tommy o olhava como se ele tivesse acabado de ganhar sozinho o campeonato mundial de tiro ao alvo.

— Você acha que eu consigo fazer de novo?

Tommy concordou com a cabeça.

— Claro que consegue, Pauly. Mas posso experimentar uma vez agora?

O menino estava louco para pôr as mãos no rifle e mostrar o que podia fazer. Paul se perguntou se o garoto seria um atirador melhor que ele. Era possível.

— Só mais um — disse Paul.

Tommy pôs outra garrafa sobre o poço de pedra e se afastou.

Paul mirou a garrafa, então moveu a mira para o velho balde meio enferrujado que reluzia preso na corda acima do poço. Pensou no rosto de seu pai dizendo "uma porra de uma decepção" e apertou o gatilho. Ouviu um tinido agudo de metal quando a bala bateu e ricocheteou. *Rá!*

O balde estava balançando na corda. *Tente isso, garoto*, ele pensou.

— Consegui! — Ele se virou para o menino. Estava entusiasmado. — Três tiros, três acertos — disse, mas não encontrou mais o menino ali. Ele estava deitado no chão.

Tommy não se movia. Havia uma estranha mancha vermelha em suas costas.

Paul olhou em volta. O bosque estava totalmente quieto. Não havia ninguém ali. Não havia nem mesmo passarinhos cantando. Era um dia quente e claro. Era como se nada tivesse acontecido. Ele fechou os olhos e desejou poder voltar quinze segundos, antes de ter mirado o balde, mas, quando os abriu de novo, o menino continuava deitado no chão.

Por que ele não podia ter mirado a garrafa e não o balde? Nada teria ricocheteado da garrafa. A garrafa teria quebrado.

Deixou que a corrente daquele pensamento carregasse sua mente por um tempo do qual não teve consciência (um minuto, uma hora?), como se, rendendo-se a ela, pudesse permanecer ali, no passado. Mas o presente se afirmou, por fim, em sua boca seca e no calor batendo em sua cabeça. Não havia como voltar atrás. Ele estava lá. O corpo de Tommy estava lá. Sua vida estava arruinada. Provavelmente passaria o resto da vida na prisão. Não podia esperar mais nada. Não podia mais ser veterinário, nem coisa nenhuma.

Era irreal. Sua vida estava acabada por causa daquele corpo caído ali. Mas, se aquele corpo não estivesse ali, sua vida não estaria acabada e continuaria como antes.

Ele fechou os olhos e os abriu de novo. No entanto, toda vez que os abria, o corpo continuava caído ali, e Paul não suportava olhar para ele.

Como sua vida inteira podia acabar tão depressa? Em um momento ela estava ali, na sua frente, não uma vida perfeita, mas sua vida, e no momento seguinte não estava mais. Pôs o rifle no chão. Aquilo não entrava na sua cabeça.

Não teve intenção de matar Tommy, mas ninguém ia acreditar nele. Provavelmente pensariam que ele era racista, porque Tommy era negro. Seu pai ia acabar com ele. Ia estrangulá-lo com as próprias mãos. Sua mãe nunca mais falaria com ele.

Mas e se pudesse fazer o corpo desaparecer? A vida daquele menino tinha acabado. Não queria matá-lo, mas o fato é que ele estava morto. E por que a vida de Paul tinha que acabar também? Ele não queria perder a vida, constatou. Ela não lhe parecia muito boa uma hora atrás, mas, naquele momento, ele a queria de volta mais do que qualquer coisa.

Levantou o corpo de Tommy e o carregou até o poço. Era mais leve do que imaginara e foi fácil jogá-lo na água parada. Ouviu o barulho quando ele bateu na água. Olhou para a terra onde o menino estava e não havia nenhuma mancha de sangue, nenhum sinal de que algo tivesse acontecido. Ficou de pé ali, ao lado do poço, ofegante, tentando pôr a cabeça no lugar. Estava feito, pensou. Estava acabado. Nunca tinha acontecido. Ele nunca havia se encontrado com aquele menino. Ouviu a própria respiração, o latido do cachorro longe na estrada e, então, ouviu um barulho na água e algo que parecia uma voz.

Era o menino. Tommy. Chamando. Ele não estava morto. Estava vivo, dentro do poço, pelo menos alguma parte dele estava. Talvez estivesse morrendo lá dentro. Devia estar quase morto. Ia morrer a qualquer segundo.

A voz era rouca e fraca, pedindo ajuda a pelo menos seis metros de profundidade. Ouvia o *chap-chap* enquanto ele chapinhava na água no fundo do poço.

Paul não conseguiu olhar para baixo nem responder. A voz estava comprimida na garganta. Correu em volta à procura de uma trepadeira, uma corda, qualquer coisa para içá-lo para fora, mas não havia nada, nenhum jeito de puxar alguém de tão fundo, muito menos uma pessoa que devia estar morrendo, baleada. Poderia correr em busca de ajuda, mas estavam a quase um quilômetro das casas mais próximas e, quando a ajuda chegasse, o menino provavelmente já estaria morto, e então como ele se explicaria? Tommy atirou em si próprio e depois se jogou no poço? Ficou ali parado, tentando pensar no que ia dizer, no que devia fazer, todos os pensamentos se amontoando dentro dele, o tempo todo ouvindo aquela voz que parecia sair de dentro do próprio corpo, dizendo: "Me ajuda, Pauly! Me ajuda! Me tira daqui! Me tira daqui!", e depois apenas "Mamãe! Mamãe! Mamãe!", e então, por fim... nada.

Estava acabado. Depois de um longo tempo, ele espiou dentro do poço e viu a mesma água suja, verde e escura que sempre estivera ali. O sol ainda brilhava. Pegou o rifle do pai e as balas e correu de volta pelo bosque e pela estrada entre os campos de milho e continuou correndo, passando pela bicicleta de Tommy, até chegar em casa. Guardou a arma de volta na caixa e a deslizou para baixo da cama, bebeu outra cerveja do pai e foi ver tv. *Acabou*, pensou.

À noite, os policiais passaram batendo em todas as portas da vizinhança, e sua mãe saiu com os outros para procurar pelo milharal e pelo bosque. Na manhã seguinte, Paul viu o rosto de Tommy sorrindo para ele em cada poste e vitrine de loja na cidade. Esvaziaram a piscina do outro lado das plantações. Alguém disse ter visto Tommy em Kentucky, mas não era nada. Levaram o professor de informática da escola fundamental para interrogatório, mas ele voltou ao trabalho. Paul esperou que encontrassem Tommy no poço, mas nada aconteceu.

Só que o nada não era nada. O nada havia se entranhado dentro dele como aqueles parasitas sobre os quais tinha lido na aula de biologia, como aquele verme na África que se enfiava em seu dedo do pé enquanto você estava nadando e, antes que você se desse conta, já o havia comido inteiro. Toda vez que ouvia o nome de Tommy ou via seu rosto, todos os dias no começo, depois cada vez menos, conforme os meses e anos se passavam, sentia aquele verme consumindo mais uma parte dele. Ele apodreceu seu cérebro, e Paul não conseguiu mais se concentrar na escola. Uma vez, quando estava realmente fodido, viu o rosto de Tommy em um cartaz e achou que era o seu próprio rosto morto sorrindo para ele. O nada era assim.

Até hoje, quando ouviu as palavras de Tommy saindo da boca daquele menininho branco.

As pessoas estavam chegando mais perto agora. Ouvia o som delas roçando nas moitas. Ele deveria estar correndo. Ficou deitado, imóvel, ouvindo a própria respiração fácil e regular. Olhando para todas as estrelas. Devia ser essa a sensação de perder o juízo, mas ele sentia a mente mais clara do que estivera em muito tempo. Houve uma época em que ele queria ser uma boa pessoa, ou pelo menos não queria ser uma pessoa ruim, mas aí ele atirara em Tommy Crawford e ficara com tanto medo que o deixara morrer no poço. Ele não queria fazer isso, mas tinha feito mesmo assim.

Os fachos das lanternas cruzaram o chão e as raízes das árvores e se moveram para o seu rosto. Ele piscou sob o brilho das luzes. Era a polícia. Reconheceria aquelas vozes mecânicas de robôs em qualquer lugar.

Fechou os olhos e viu as estrelas outra vez. Toda a pressão em sua mente estava se afrouxando; ele a lançou para o céu. Havia se agarrado às palavras por tanto tempo (*Fui eu, eu fiz aquilo*) e agora podia liberá-las. Tudo que precisava fazer era falar.

35

Janie viu primeiro a luz da lanterna cruzando a rua. Quando parou ao lado de Anderson, ele olhou para ela pela janela do carro sem dar sinal de reconhecimento, a camisa para fora da calça, os olhos arregalados. Ficou chocada ao vê-lo. Não havia percebido como ele se importava com seu filho. Abriu a porta e ele piscou, depois entrou sem dizer nada.

— Vou procurar na casa outra vez — disse ela, não se permitindo parar nem pensar.

— Certo. — Ele concordou com a cabeça, e seguiram até a casa em silêncio.

Havia um detetive de terno marrom ao lado de um carro junto à calçada quando Janie estacionou. Andava de um lado para o outro, de costas para ela, gritando ao telefone. Janie saiu do carro e recebeu as palavras dele como um soco.

— Temos que esvaziar o poço agora, cacete. Não me importa a profundidade, se ele falou que o corpo da criança está lá dentro...

As frases ecoaram na mente de Janie, rasgadas em pedaços. Misturadas.

Esvaziar o poço...

O corpo da criança...

Ela se sentiu perdendo o controle. Aquilo não era real. Ela não deixaria que fosse real. Iria para longe de onde quer que aquilo estivesse acontecendo.

— Entre em casa. — Ouviu a voz de Anderson, mas o sentido das palavras não alcançou sua mente. — Venha.

Era bom não entender. Se ela se permitisse entender aquelas palavras, teria que senti-las, e não havia como saber o que poderia acontecer depois disso.

Anderson estava segurando sua mão e tentava conduzi-la, mas ela não sentia os próprios pés. Era assim a carne no mundo irreal. Como sombra. O homem ao lado dela era uma sombra, o detetive era uma sombra, as figuras que se moviam lentamente em sua direção, duas sombras altas, uma baixa, como uma criança, como...

Noah! O coração de Janie explodiu, e ela se jogou para a frente.

Ele estava agarrado à cintura de Denise Crawford, com os olhos levantados para ela. O lindo, sujo Noah, com espirais de catarro nas faces. Janie estava de pé bem na frente dele agora, mas ele não movia os olhos do rosto da outra mulher.

— Noah?

Ele não olhou para ela. Por que Noah não olhava para ela? Como isso era possível? Janie sentiu os joelhos fraquejarem. Estava caindo, mas havia algo atrás dela, segurando seus braços, mantendo-a de pé. Era Anderson. Ela deixou que ele a amparasse.

— Noah! Sou eu! É a mamãe!

Então Noah se virou e a examinou com ar de interrogação, de muito longe, como um passarinho no meio da floresta olharia para uma pessoa de passagem lá embaixo.

Todos observavam conforme ele olhava, buscava o ar para respirar e não conseguia encontrá-lo.

Respire, Noah, respire.

Nenhuma crise havia sido tão grave assim. No carro, Janie o segurava no colo, o inalador pressionado sobre a boca. Nem se preocupou com a cadeirinha de segurança.

Luzes azuis e vermelhas piscavam através do para-brisa, abrindo caminho. Se Noah estivesse alerta naquele momento, ia adorar. Sua própria escolta policial, com sirene e luzes piscando.

Respire. A cabeça dele encostada nela como se fosse um bebê. Mesmo preocupada, sentia o alívio de tê-lo nos braços outra vez, depois de achar que talvez nunca mais tivesse outra chance. *Respire*.

— Ele vai ficar bem, não vai? — o garoto Crawford perguntou.

Ele insistira em vir junto e estava sentado ao lado dela, batendo os dedos nos joelhos, em um frenesi de nervosismo percussivo. Janie queria que a mãe dele o mandasse parar, mas Denise parecia distante. Ela estava sentada no banco da frente, indicando o caminho para Anderson com uma voz atordoada.

— Sim, ele vai ficar bem — Janie respondeu, falando para si tanto quanto para os outros. — Só precisa de um remédio mais forte, mas o hospital vai cuidar disso.

— Isso já aconteceu antes? — o adolescente indagou.

— Já. Ele tem asma.

— É mesmo?

— Sim.

— Então isso é asma?

— Sim, é asma.

— Nossa, que alívio. Eu achei que ele estava tendo algum tipo de flashback sobre o que aconteceu da outra vez e estivesse, sei lá... se afogando de novo.

Janie não disse nada por um momento. Apertou seu filhinho, que lutava para respirar e não tinha nada a ver com aquela história, ou qualquer outra. Anderson interveio do assento do motorista.

— Não funciona assim. Embora às vezes haja de fato uma conexão entre o modo da morte e algumas... anormalidades. Às vezes pessoas que têm asma tiveram uma personalidade anterior que se afogou ou se asfixiou de alguma maneira.

Cale a boca, Jerry, Janie pensou.

— Bom saber — Charlie disse por fim.

Anderson olhou para ele pelo espelho retrovisor.

— Ele falou com você sobre afogamento?

— Falou. No poço. Ele ficou bem agitado.

— Eu não entendo. — Janie se virou para Charlie. — Ele te contou que se afogou em um poço? Por que ele contaria isso a *você*?

— Talvez porque ele ache que eu sou o irmão dele?

Janie o fitou: um adolescente com uma camiseta regata dos Cleveland Indians e shorts, o corpo esguio e forte irradiando juventude.

— Você acredita nele?

— Acho que a gente não tem muita escolha depois que ouve ele falar, não é?

Ela se agarrou a Noah. Ele estava apoiado em seu peito, com a mão apertando seu braço. Sentia cada respiração raspando dentro dele.

— Acho que não.

— Você não acredita nele? — Charlie a encarava.

— Não, eu acredito — disse ela. E era verdade.

— Ah, mas você não quer acreditar, certo? — Ele era mais perceptivo do que parecia.

— Eu acho... que eu queria que ele fosse só meu.

Ele riu.

— Você acha isso engraçado?

Ele tinha um sorriso que ocupava todo o rosto. Como o sorriso de Noah. Como o de Tommy.

— Moça, sem querer ofender, mas você não sabe de nada — disse Charlie. — Ele nunca foi só seu.

36

Janie achou que teria aquela imagem em sua mente para sempre: Noah deitado na cama de hospital, pálido mas respirando, uma das mãos segurando a máscara com o medicamento, a outra agarrando a primeira coisa que alcançou, que foi a mão de Denise. Denise estava sentada ao lado dele, segurando a pequena mão na sua.

Janie estava na cadeira ao lado de Denise. Pensara em pedir à outra mulher que lhe cedesse o lugar junto ao filho, mas não queria correr o risco de contrariar Noah. Em certo momento, Denise afrouxara um pouco a mão e se movera, como para oferecer a Janie seu lugar de direito ao lado de Noah, mas o menino a agarrara pelo pulso, os olhos encontrando os dela sobre a máscara. Olharam-se por um momento como dois cavalos se reconhecendo no meio de um campo, e então Denise encolheu os ombros levemente e voltou à posição anterior, colocando a outra mão sobre a dele.

Após uns quinze minutos presenciando essa cena, Janie não pôde mais suportar.

— Noah? Vou estar logo ali fora. Só um pouquinho. Logo ali do lado de fora daquela porta — disse ela, e os dois viraram a cabeça e olharam para ela como se nem tivessem percebido que ela estava no quarto.

Janie não queria deixá-lo ali assim, mas precisava sair. Precisava de ar. Começou a se afastar lentamente da cama.

— Mamãe?

Janie e Denise viraram para ele. Noah tirou a máscara e olhou para Janie.

— Você vai voltar?

Ela nunca havia imaginado que o súbito brilho de medo nos olhos de seu filho seria algo que poderia saborear com prazer. Mas tudo tinha virado ao contrário em sua cabeça naquele dia.

— Claro, meu amor. Eu volto em um minuto. Vou estar logo ali, do lado de fora daquela porta.

— Tá bom. — Ele lhe deu um sorriso sonolento e satisfeito. — Até daqui a pouco, mami-mamãe.

— Ponha a máscara de volta, meu amor.

Ele recolocou a máscara no rosto com a mão que não estava apertando a de Denise. Depois fez um gesto de positivo com o polegar para cima.

Janie puxou a cortina, fechou a porta com cuidado e deixou as mãos paradas ali, apoiando a testa na porta. Uma respiração, depois a próxima. Era assim que se fazia. Uma respiração, depois a próxima.

— Ele está bem.

Ela se virou. Um homem velho muito magro estava sentado em uma cadeira no corredor. Era Anderson. Quando ele se tornara tão frágil?

— Eles vão liberá-lo logo — acrescentou.

— Sim.

Ela se sentou ao lado dele, piscando para o teto, para os pequenos corpos escuros de insetos mortos, presos na base da cúpula brilhante de luz. Uma respiração, depois a próxima.

— Que dia — Anderson falou.

— Eu devia voltar lá para dentro. Nem conheço aquela mulher.

— O Noah conhece.

Silêncio.

— A maioria esquece com o tempo — disse Anderson. — A vida presente assume o controle.

— É ruim ter esperança disso?

O corpo rígido de Anderson pareceu relaxar, e ele deu um tapinha na mão dela.

— É compreensível.

Quando ela fechou os olhos, o oval brilhante de luz reluziu por dentro de suas pálpebras. Ela os abriu. Seu cérebro estava girando.

— Aquele homem... o que a polícia prendeu. Foi ele que matou o Tommy?

— Possivelmente.

— O Noah vai ter que estar lá? No julgamento?

Anderson sacudiu a cabeça, um sorriso irônico brincando no canto dos lábios.

— Uma personalidade anterior não é exatamente uma testemunha.

— É, tem razão — disse ela. — Ainda não entendo como o encontraram.

— Imagino... que teve a ver com o Noah.

Ela perguntaria mais tarde. Descobriria mais tarde. Era informação demais para lidar de uma só vez. Uma respiração, depois a próxima.

As costas de Anderson estavam eretas como um tapume, as mãos no colo. Em posição de sentido, imóvel.

— Você não precisa esperar aqui — disse ela. — Pode ir para o hotel. Pegue um táxi. Descanse um pouco.

— Está tudo bem. Nós vamos descansar... no dia depois de hoje.

— Amanhã.

— Certo. Amanhã.

A palavra ficou flutuando no ar.

— E amanhã — ele murmurou.

— E amanhã — disse ela. — "Arrasta-se nesses passos curtos dia após dia."

Ele olhou para ela, espantado.

— "Até a última sílaba do tempo registrado. E todos os nossos ontens iluminaram para os tolos o caminho para a morte poeirenta."

— Você conhece Shakespeare — disse ela. Talvez ele também tivesse tido uma mãe que recitava Shakespeare. Janie sentiu de repente como se sua mãe estivesse ali com eles. Talvez estivesse. Poderiam as pessoas renascer e também estar aqui como espíritos? Mas essa era uma pergunta para outra hora.

Anderson sorriu com tristeza.

— De algumas palavras eu me lembro.

— Todo mundo esquece palavras às vezes. — Ela pensou no modo como ele parecia substituir algumas palavras por outras. Em como o GPS o havia confundido. — Mas não é só isso, é?

Ele ficou em silêncio por um momento.

— É degenerativo. Afasia. — Deu um sorriso amargo. — Essa palavra eu não esqueço.

— Ah. — Ela sentiu aquilo como o golpe que de fato era. — Eu sinto muito, Jerry.

— Há mais na vida do que a memória. Pelo menos é o que me dizem.

— Há o momento presente.

— Sim.

— A memória pode ser uma maldição — disse ela. Estava pensando em si, em Noah.

— Ela é o que é.

Silêncio.

— Acho que eu vou embora, então. — Ele pôs as mãos nos joelhos, como se tentasse se induzir a ficar em pé.

— Na verdade... será que você poderia ficar mais um pouco? — ela perguntou, sem conseguir evitar que a sensação de carência saltasse de sua voz.

Os olhos dele pareciam prateados na brilhante luz fluorescente.

— Está bem.

— Obrigada.

— Quer que eu te traga alguma coisa? — ele perguntou. — Um café? Ela sacudiu a cabeça.

— Ou, se estiver com fome, eu posso ir à... eu posso...

— Jerry?

— Sim? — Ele parecia... O que ele parecia? Pela primeira vez, com seu próprio desespero por fim diminuindo, ela o viu como ele era: como havia trabalhado duro na vida, e com que coragem, e como estava cansado agora, e com que intensidade ele sentia que havia fracassado.

— Obrigada — disse ela.

— Por quê?

— Por... Pelo que você fez pelo Noah.

Ele assentiu fracamente com a cabeça. Seus olhos reluziram por um breve momento e ele os fechou. Afundou-se mais na cadeira, estendendo as longas pernas para o lado, para não bloquear a passagem no corredor. Ela sentiu a tensão saindo dele, deixando seu corpo e se dissipando. Ele inclinou a cabeça para trás de encontro à parede, ao lado da dela, seus cabelos quase se roçando.

Então soltou um suave suspiro.

— De nada.

John McConnell, policial aposentado de Nova York que trabalhava como vigia, parou após o expediente diante de uma loja de produtos eletrônicos, numa noite de 1992. Viu dois homens roubando o estabelecimento e sacou o revólver. Outro assaltante, por atrás de um balcão, começou a atirar nele. John tentou responder ao fogo, caiu e levantou-se, sempre disparando. Foi atingido seis vezes. Uma das balas penetrou-lhe as costas, dilacerando o pulmão esquerdo, o coração e a principal artéria pulmonar, o vaso sanguíneo que leva o sangue do lado direito do coração para os pulmões, a fim de ser oxigenado. Foi levado às pressas para o hospital, mas não sobreviveu.

John era muito ligado à família e dizia frequentemente a uma das filhas, Doreen: "Não importa o que aconteça, sempre tomarei conta de você". Cinco anos após a morte de John, Doreen deu à luz um filho, William. William começou a sofrer desmaios logo depois de nascer. Os médicos diagnosticaram atresia da válvula pulmonar, condição na qual a válvula da artéria pulmonar não se formou adequadamente, de modo que o sangue não consegue atravessá-la rumo aos pulmões. Além disso, uma das câmaras do coração, o ventrículo direito, não se formou perfeitamente, em consequência do problema com a válvula.

O menino passou por várias cirurgias. Embora tivesse de tomar remédios pela vida toda, saiu-se muito bem.

William apresentava problemas de nascença muito parecidos com os ferimentos fatais sofridos pelo avô. Não bastasse isso, quando aprendeu a falar, começou a falar fatos da vida do avô. Um dia, tendo ele três anos de idade, a mãe estava em casa tentando trabalhar no seu estúdio quando William se pôs a fazer travessuras. Ela, por fim, lhe disse: "Sente-se ou lhe darei umas palmadas". William replicou: "Mamãe, quando você era uma menininha e eu o seu pai, às vezes você se comportava mal, mas eu nunca bati em você!"...

William afirmou que era o avô inúmeras vezes e falou sobre sua morte. Disse à mãe que várias pessoas tinham disparado durante o incidente quando ele foi morto e fez muitas perguntas a respeito.

Certa vez, perguntou à mãe: "Quando você era uma garotinha e eu o seu pai, como se chamava mesmo o meu gato?"

Ela respondeu: "Refere-se a Maníaco?"

"Não, não a esse", continuou William. "Estou falando do branco."

"Boston?", indagou a mãe.

"Sim", respondeu William. "Eu costumava chamá-lo de Boss, não é?" De fato, a família tinha dois gatos. Maníaco e Boston — e só John chamava o branco de Boss.

— Dr. Jim B. Tucker, *Vida antes da vida*

37

Ossos não mentem. Isso é o que os arqueólogos dizem, e eles estão certos.

Ossos não inventam histórias porque querem acreditar nelas. Não repetem algo que ouviram em algum lugar. Não têm percepção extrassensorial. São reais e carregam em suas fissuras a verdade da nossa materialidade falha e do nosso caráter único. A rachadura no fêmur, os buracos nos dentes. Portanto, não poderia haver prova maior, para o modo de pensar de Anderson, do que os ossos positivamente identificados como pertencentes a Tommy Crawford que foram encontrados em um poço abandonado no bosque, não muito longe da residência dos Clifford.

Anderson estava de pé ao lado de Janie, Noah e da família de Tommy, olhando para o buraco na terra em que haviam baixado a caixa cara coberta de flores caras que já murchavam com o calor. Achava que deveria estar observando as reações dos sujeitos a esses procedimentos, mas, em vez disso, estava pensando que, quando sua própria hora chegasse, não queria nada daquilo para si. Que levassem seu corpo para o alto de uma montanha para se desintegrar e alimentar os abutres, como os monges tibetanos faziam, até que a parte corpórea de Jerry Anderson não fosse mais nada além de ossos sobre um rochedo. Pensou que não demoraria muito tempo agora, que ele jamais deixaria que seu corpo sobrevivesse à sua mente.

O pai do menino, Henry, estava ao lado da cova, com a pá nas mãos. Ele enchia a pá e jogava a terra sobre o caixão, e a terra parecia fazer uma pausa no ar e cair com um baque espalhado, e então ele enchia a pá outra vez, sem intervalo, como se tudo se resumisse a um único movimento, longo e contínuo — a pá se enchendo e a terra caindo e a pá se enchendo, o rosto dele brilhando de suor.

Todos o observavam. Entre Denise e Janie, Noah permanecia quieto, segurando a mão de Janie. Charlie tinha o braço sobre os ombros da mãe.

Claro que nenhuma quantidade de dados seria capaz de convencer alguém que não estivesse aberto a ser convencido. As pessoas arranjavam as respostas que queriam. Sempre tinha sido assim. Sempre seria. Anderson havia tentado se resguardar contra isso em seu trabalho, contratando pesquisadores para conferir diversas vezes seus dados e colegas para revisar seus artigos, exigindo os mais altos padrões de ceticismo, mas era inevitável que houvesse algum viés. Seus colegas eram seus colegas; queriam confiar nele. Acreditara por tanto tempo que, se conseguisse livrar seu trabalho de todo e qualquer traço de subjetividade, era só questão de tempo para que seus dados fossem aceitos; isso era parte da batalha que vinha lutando, só que agora era um fim de manhã, o ar estava quente e o cheiro da terra era intenso e revigorante, e ele sentia a luta começando a se desprender dele. Que as pessoas acreditassem no que quisessem acreditar.

O detetive Ludden, por exemplo: a resposta que fazia mais sentido para o detetive Ludden era "percepção extrassensorial". Isso nunca deixava de surpreender Anderson. Ali estava aquele homem profissional e racional, com sua inteligência afiada e sua vasta experiência de mundo, agarrando-se à noção de que uma percepção superextrassensorial de Noah fosse inerentemente mais provável do que a ideia de que algum fragmento da consciência de Tommy pudesse ter se mantido de alguma maneira após sua morte. Um vendedor de samosas nas ruas de Nova Délhi e um motorista de táxi em Bangcoc morreriam de rir de tal ingenuidade. Mas poderes psíquicos eram um fenômeno com que os departamentos de polícia dos Estados Unidos tinham pelo menos alguma experiência: todos já tinham ouvido histórias de pistas geradas dessa maneira; alguns deles até faziam uso de médiuns de vez em quando. Portanto, o pequeno Noah Zimmerman era um médium incrivelmente poderoso que intuiu os últimos momentos da vida de Tommy Crawford. Como quiser, detetive.

E ele teve de admitir, depois de decidir não se aborrecer com esse aspecto do caso, que o detetive era surpreendentemente determinado. Antes de terem obtido uma identificação positiva dos restos mortais, ele já havia entrevistado Noah. Tomou notas cuidadosas e as usou para preencher as lacunas, para obter uma confissão mais abrangente. Não que o assassino estivesse tentando esconder alguma coisa, mas o detetive queria que os fatos fossem apresentados da forma mais clara e completa possível. Anderson entendia isso; ele queria saber o que havia acontecido, e não é o que todos nós queremos?

Tudo batia, mais ou menos, com as evidências. Os ossos, as costelas partidas por uma bala.

O pai queria ver o assassino morto, mas a mãe achou que não havia muito sentido nisso. E os promotores descartaram a pena de morte, por ele ter confessado e por ser um adolescente quando o crime aconteceu. E, afinal, era melhor que ele lidasse com a culpa nesta vida. Não havia necessidade de fazê-la transbordar para a próxima. Então Anderson concordava com Denise quanto à inutilidade da pena de morte, embora ela ainda se recusasse a usar a palavra *reencarnação*.

O espírito de Tommy, foi como ela disse.

Como quiser, minha amiga. Como quiser.

Ele vinha pensando mais seriamente em carma nos últimos tempos. Nunca havia se concentrado nisso em seu trabalho — já era bem difícil encontrar comprovações de que a consciência perdurasse mesmo sem se entranhar na complexidade das ramificações éticas ao longo do tempo — mas, vez por outra, havia feito análises dos dados na tentativa de verificar se havia alguma conexão entre o tipo de vida que as pessoas levavam e sua vida seguinte. Não havia nada conclusivo, embora uma pequena fração dos que viviam em condições de paz ou comodidade financeira se lembrasse de vidas passadas em que haviam meditado ou se comportado de maneira virtuosa. Mas vinha tendo esses pensamentos nos últimos tempos, de que ignorância, medo e raiva, como traumas, talvez pudessem ser transferidos de uma vida para a próxima, e que talvez fossem necessárias múltiplas vidas para superá-los. E, se raiva e medo podiam persistir, então, claro, emoções mais fortes também poderiam, como amor. Seria isso que puxava algumas pessoas de volta para reencarnar dentro da própria família? Seria isso que fazia algumas crianças se lembrarem de suas conexões passadas? E, nesse caso, talvez esse fenômeno, as lembranças dessas crianças, que ele estudara tão cuidadosamente, não fosse contra as leis da natureza, afinal. Talvez fosse a lei fundacional da natureza que eles estavam provando, o que ele vinha documentando e analisando havia mais de trinta anos sem saber: a força do amor. Ele sacudiu a cabeça. Talvez seu cérebro estivesse pifando.

Ou talvez não. Deixara tantas perguntas como essas de lado por todos aqueles anos e, agora, elas giravam à sua volta, tocando-o com algo como espanto, em seu caminho para algum outro lugar.

38

Denise jamais superaria aquilo. Ela sabia disso.

Os ossos de Tommy no fundo do poço.

Ela e Henry haviam passado algum tempo com aqueles ossos. Depois que a polícia finalmente terminou de analisá-los, etiquetá-los e fotografá-los, eles tiveram algum tempo antes do funeral. Ela os apertara contra o peito, passara os dedos pelas cavidades lisas onde haviam estado seus olhos brilhantes. Estava ali e, ao mesmo tempo, não estava. Uma parte dela queria aqueles ossos, queria pôr os fêmures sob o travesseiro à noite quando fosse dormir, carregar o crânio em sua bolsa para poder estar sempre com ele; ela entendia agora como pessoas enlouqueciam e faziam coisas loucas. Mas outra parte dela sabia que aquilo não era Tommy. Ele não estava ali.

Os ossos de Tommy, onde Noah havia dito que ele se afogara; ela imaginava que aquela fosse uma prova, se fosse isso que estivesse procurando, mas ela não estava procurando. De alguma forma, aquilo não importava mais para ela.

No entanto, como poderia não importar, se aquele menino carregava um pedacinho de Tommy bem no fundo dele? Alguns fragmentos de seu amor. O amor de Tommy por ela, sobrevivendo dentro de Noah. Era alguma coisa, não era?

Mas certamente todos carregávamos um pedacinho uns dos outros dentro de nós. Então o que importava se as lembranças pertencentes ao seu menino existissem dentro desse outro? Por que estávamos todos acumulando amor, estocando-o, quando ele estava em toda a nossa volta, movendo-se para dentro e para fora de nós como ar, se ao menos pudéssemos senti-lo?

Ela sabia que a maioria das pessoas não poderia acompanhá-la nesse caminho. Pensariam, como Henry, que ela estava perdendo a razão. Como alguém poderia entender o que ela própria não entendia?

Seu coração... Algo havia acontecido com ele. Era o que ela lhe diria, se achasse que ele podia escutar. Sabia que seu coração estava estilhaçado para sempre, sem chance de conserto. Mas não havia imaginado que esses estilhaços pudessem fazê-lo se abrir.

Ela nunca superaria a perda de Tommy. Sabia disso.

Nem poderia voltar a ser a pessoa que era antes. Não opunha mais resistência, não restara mais nada contido dentro de si, depois de uma vida inteira se contendo. Sentia cada brisa desgarrada penetrando até o fundo de seu ser. Era aterrorizante, mas não havia nada a fazer. Seu coração havia se rompido e o mundo todo podia entrar nele agora.

Henry a puxou de lado após o enterro. Os outros pararam junto aos carros no calor, dando aos dois um momento para estarem sozinhos com seu luto. Eles ficaram ao lado da terra revolvida e das flores espalhadas, aquela cena surreal, mas tão conhecida, que parecia gritar: *Acredite*. Denise apertou os olhos sob o sol e fitou os túmulos que formavam fileiras ordenadas, as árvores pendendo sobre eles. Árvores e pedras, terra e céu, até onde podia ver.

Henry segurou a mão dela, e a pele de Denise se arrepiou com o alívio de sentir a carne dele contra a sua outra vez. Ele apertou os dedos dela entre os seus.

— Eu não vou para casa. — Todos se reuniriam na casa de Denise para a recepção após o funeral. Ela havia contratado um bufê. Sentia-se sobrecarregada demais para lidar com a resistência de Henry. Ele tinha que ir.

— Só um pouco, Henry. Por favor.

Ele segurava a mão dela, mas tinha uma expressão furiosa.

— Não vou suportar ficar na mesma sala que aquelas pessoas.

Ela sabia a que pessoas ele se referia.

— Eles não vão incomodar você. Isso não importa, Henry.

Ele soltou a mão dela.

— Como assim, não importa? — Levantou a voz. — Não importa que eles sejam loucos, isso não importa também, imagino?

Ela esperara que ele pudesse passar alguns minutos com Noah. Poderia ser bom para ambos. Henry poderia ver o que havia para ser visto e interpretar do jeito que quisesse. E ela sabia que a frieza de Henry machucava Noah. Durante o funeral, ela notara o menino olhando para ele com ar magoado.

— Falar com ele pode ajudar você. E acho que ajudaria a criança a...

— Eu não acredito que você, Denise, entre todas as pessoas... — A voz de Henry era rouca. Ele baixou a cabeça e ela teve vontade de tocar aquela bruma de preto e cinza que conhecia tão bem, mas se conteve. Os olhos dele, quando a fitaram outra vez, eram suplicantes. — Eu sei que é difícil, é brutal — disse ele. — Mas nunca pensei que você pudesse ser influenciada por algo assim. Talvez eu devesse saber, pelo jeito que você achava que o Tommy ainda ia voltar para nós. E agora encontrou uma maneira de continuar acreditando nisso, não é? Mesmo diante de tudo.

— Você acha que é tudo uma fantasia.

— Eu acho que você está fazendo tudo que pode para acreditar que o Tommy ainda está vivo. Acha que eu também não quero isso? Acha que eu não procuro por ele em toda parte, que eu não fico vendo o meu filho no rosto de cada criança em uma multidão? Mas precisamos nos ater à realidade.

Realidade. A palavra doeu nela como um tapa.

— Você acha que eu não sei que o Tommy está morto? Estamos sobre o túmulo do meu filho. Eu sei que ele está morto. Eu sei que ele não vai voltar.

— Sabe *mesmo*?

— Não como o Tommy. Mas... — Ela tateou pelas palavras. — Existe algum pedaço dele aqui. Ah, Henry. Eu não sei como dizer isso e, mesmo que soubesse, você não ia acreditar em mim. Mas, eu juro, se você passasse um tempo com ele... O doutor...

Henry bufou com desdém.

— O dr. Anderson disse que o menino sabe marcar jogos de beisebol. Ninguém ensinou isso a ele. Você ensinou, Henry.

Henry estava sacudindo a cabeça.

— Como ele poderia saber algo assim, sem ninguém ensinar? — Esse não era o argumento que ela pretendia usar, mas o argumento real não era composto de fatos, por mais que o dr. Anderson os coletasse. Os fatos eram importantes, ela sabia, mas também sabia que nenhuma lista exaustiva de características ou declarações convenceria aquele homem. E ela não sabia o que poderia convencê-lo.

— Não sei — disse Henry. Pelo cansaço na voz dele, ela percebeu que o estava perdendo, que a energia dele para a conversa estava se esgotando. Se ao menos conseguisse encontrar as palavras certas. Sentiu agudamente que seu casamento, ou o que restava dele, estava em jogo.

Henry virou para ela, as linhas do rosto mais flácidas, como se a dor tivesse aumentado a força da gravidade.

— Eu sei que o meu filho está morto. Sei disso porque segurei os ossos dele nas minhas mãos. E sei disso na minha alma, se é que existe tal coisa, do que eu duvido muito. Para ser sincero, Denise, estou decepcionado com você. Você sempre foi uma das pessoas mais sensatas que eu conheci. E agora está me deixando sozinho. Nosso filho está morto e você está me deixando sozinho com isso para dar ouvidos a um menininho branco maluco.

— Ele não é maluco. Se você pudesse...

— Você está me matando com essa porra. Sabia disso? Está me matando aqui, neste momento. Você só pode ter enlouquecido.

Ela olhou para o homem que ainda era seu marido. Ele estava sofrendo e ela não podia ajudá-lo. Só estava piorando tudo. Pôs a mão em seu ombro e sentiu os músculos tensos sob os dedos, a dor fluindo do corpo dele para o dela como água que se molda a um novo recipiente.

— Talvez. — Seus pensamentos não eram seus; isso era verdade. O olhar de Henry se suavizou, e Denise sentiu um alívio no peito.

— Podemos procurar ajuda para você, Denise. — Ele pôs o braço forte em volta da cintura dela. Estavam se abraçando agora, balançando lentamente. — Faz sentido com tudo isso... — Fez um gesto para o túmulo, o cemitério. — É compreensível. Eu percebo agora. Vamos encontrar um novo médico, se necessário. Nunca gostei daquele Ferguson.

Uma brisa se levantou e se moveu em volta deles. Ela se aconchegou nos braços rijos do marido e se deixou envolver por aquele conforto tão conhecido. Sentira falta disso. Sentira falta dele. Os lírios no túmulo de Tommy se moviam de um lado para o outro ao vento, como se sacudissem a cabeça. O perfume muito doce das flores brigava em suas narinas com o cheiro pesado da terra revolvida. Sob a terra, a caixa, os ossos. Os ossos de Tommy. Mas não Tommy. Ele estava em toda parte, conectado a tudo, incluindo o vento, incluindo Noah. Ela não sabia como isso era possível, mas não podia fingir que não era. Nem mesmo por Henry. Denise se soltou dos braços dele, agachou no chão e deixou um punhado de grãos de terra escorrer entre os dedos.

— Desculpe, Henry. Não quero deixar você sozinho nisso, juro que não. Eu também sinto falta dele, a cada segundo de cada dia. — Pegou outro punhado de terra e o deixou escoar, uma chuva seca sob seus dedos. Pensou no rosto de Tommy. Concentrou-se em seu sorriso. Não conseguia olhar para Henry. — Mas o Noah não é louco. Existe algo do Tommy nele. Algumas lembranças do Tommy, e algo do seu... amor. Por você também... — ela começou a dizer, virando-se, mas as costas largas de Henry já se afastavam dela.

39

Cada recepção de funeral era diferente, Janie imaginava. Não havia estado em muitas. Os judeus também tinham a shivá, uma espécie diferente de reunião, embora com o mesmo tema.

E algumas pessoas, como Tommy Crawford, tinham um velório. O evento havia acontecido na noite anterior, em uma sala silenciosa e cheia de gente na casa funerária. Ela e Noah tinham ficado apenas alguns minutos naquela sala, olhando para a caixa de madeira reluzente coberta de flores. A urna contendo os ossos de Tommy, a fotografia da criança de pé, ao lado.

Noah olhara intensamente para a foto. A pele marrom lisa, o sorriso maroto.

— Sou eu! — Noah tinha gritado. — Sou eu!

Ela teve que tirá-lo depressa dali. Todos olhavam em sua direção, murmurando. Viu de relance o pai de Tommy olhando para eles de cara feia enquanto ela puxava o filho da sala e pelo corredor, até saírem para a noite.

Aquilo era um velório. Mas por que chamavam de velório? Seria por causa das velas que cercavam os caixões com sua chama oscilante, a instabilidade que seguia um evento importante? Seria isso?

Ou seria de velar, ficar acordado?

Acorda, Janie.

Ela espetou no palito alguns cubos de peru e os colocou em um prato com um pouco de salada de batata e pepino em conserva para si, e queijo e abacaxi para Noah, equilibrando o prato na palma da mão aberta. A sala estava cheia de pessoas que ela não conhecia usando ternos e vestidos pretos. Pessoas que conheciam Tommy. Todos conversando, pondo as notícias em dia. Tommy estava morto fazia anos e a novidade do choque e da tristeza já havia sido absorvida.

Um grupo de adolescentes estava reunido ao lado da mesa de comida, pouco à vontade em seus ternos. Eles também não sabiam o que fazer com os pratos. Seguravam-nos instáveis nas mãos, enfiando na boca colheres desajeitadas cheias de salada de batata.

Denise passava dizendo "Obrigada por ter vindo, obrigada por ter vindo". Estava elétrica. Não havia outro modo de expressar. Janie diria que era o luto, se tivesse que definir. Mas era impossível tirar os olhos dela.

A sala pareceu ficar mais lenta. O tinir dos talheres, os murmúrios: encerrados agora, em repouso. Um rio de som fluindo através do aposento. Noah estava do outro lado da sala, perto de Charlie, com o lagarto no ombro, a cabeça do adolescente alto inclinada para baixo. O sol brilhante nas janelas da sala, ricocheteando nos cabelos de Noah. Um dia quente, o calor reluzindo em seus rostos tranquilos, um lustro pálido na superfície da salada de batata no prato de Charlie.

Noah falando com Charlie, contando algo para ele, mais uma coisa que ela nunca saberia. Uma gota naquele oceano.

Acorda, Janie.

Um trecho de um poema de Emily Dickinson flutuou até ela.

Como o Raio fica mais fácil para as Crianças
Depois de uma explicação amável,
A Verdade deve brilhar pouco a pouco
Para que não fiquem todos cegos —

O calor dos corpos na sala. Noah de pé ao sol. Não havia onde sentar, a sala estava deslizando diante dela, as paredes arremetendo para o céu...

Ela agachou no tapete. O prato no colo.

Tantos estranhos: pessoas idosas se abraçando, sacudindo a cabeça. Os adolescentes cabisbaixos, constrangidos. Anderson, junto à parede, observando. Denise. Charlie. Noah.

Ela era a única pessoa ali que não conhecia Tommy, com exceção de Anderson.

E Noah, claro, que não se podia... de fato... contar.

As risadas vieram se atropelando por sua garganta como camundongos famintos. Para cima e para fora. Janie cobriu o rosto com as mãos.

Mas estava tudo bem, na verdade, porque ela não estava de fato rindo. Estava chorando. Tinha as lágrimas para provar, bem ali no prato de isopor, pingando sobre os cubos de queijo. E isso era adequado para uma recepção de funeral. Talvez preferível. De repente as pessoas ali pensariam que ela havia conhecido Tommy. Talvez achassem que ela era sua professora de piano. Ela parecia uma professora de piano, não parecia? Embora não soubesse tocar uma nota sequer. Talvez pudesse aprender. Noah poderia lhe ensinar o tema da *Pantera Cor-de-Rosa*...

O muco pegajoso do nariz escorrendo em seus dedos, as lágrimas salgadas.

— Você está bem?

Denise estava de pé à sua frente, com um prato em cada mão.

Ela ergueu os olhos.

— Eu...

— Venha comigo.

O quarto de Denise era ensolarado. As cortinas estavam totalmente abertas e Janie teve que proteger os olhos da claridade. Ela se sentou na cama. Estava com soluço e sentia os olhos molhados. Denise lhe trouxe uma caixa de lenços de papel.

— Eu te daria um comprimido, mas ele pode te derrubar.

— Acho que já estou derrubada.

Denise moveu ligeiramente a cabeça, concordando. Ela parecia eficiente agora, uma enfermeira decidida.

— Quer um analgésico?

Não era daquilo que ela precisava, mas tomaria um mesmo assim.
— Seria bom.
Ela se deitou na cama e tentou se acalmar enquanto Denise se movia pelo banheiro. De repente, pôs-se de pé.
— O Noah. Eu preciso voltar...
— O Charlie está cuidando dele. — Ela estava de volta ao quarto com um comprimido na mão e um copo de água na outra. — E aquele médico está lá.
— Sim, mas...
— Ele está bem. Sente-se.
Ela se sentou. A luz no quarto era cegante. Ela pegou o comprimido de que não precisava e o engoliu. Não era dor o que a estava deixando tonta. Era a realidade. Estava sentada naquela colcha muito florida no quarto daquela outra mulher — isso era real, e o sol em seus olhos era real, e ali estava aquela outra mulher, que também era real. E a realidade da situação era maior do que isso... mas o que fazer diante disso? Só de pensar sua cabeça girava.
— Desculpe. — As palavras saíram sem pensar.
— Por quê? — O rosto de Denise não revelava nada.
— Por tirar você da... festa. — A palavra pairou entre elas, dolorosamente. Janie fez uma careta. — Quer dizer, do velório. Não, não é isso. Eu queria dizer... — *Acorda.*
Denise recolheu o copo.
— O Charlie é bom com crianças — ela continuou, como se tentasse puxá-la de volta para a normalidade com sua conversa. — Faz séculos que eu tento convencê-lo a pegar um trabalho para cuidar de crianças. Ganhar um pouco de dinheiro em vez de esvaziar minha carteira para gastar com sabe-se lá o quê. Gibis, porcarias para comer e videogames, principalmente. E isso é só a parte que eu sei.
— Ah. — Janie tentou puxar a mente para o que aquela mulher estava dizendo. — Ter um adolescente deve ser difícil. Por enquanto só estou tentando lidar com a pré-escola.
— O Charlie é um bom menino. Mas detesta estudar. E é disléxico, para completar. Então... — Ela sacudiu a cabeça, conformada.

— Dislexia... Quando a gente percebe que eles têm isso? — Janie não havia pensado nesse problema ainda. Mais uma coisa para se preocupar.

Denise lhe ofereceu um lenço de papel e ficou olhando enquanto ela assoava o nariz.

— Geralmente por volta do primeiro ano, quando eles começam a ler. É quando as dificuldades de aprendizagem se tornam evidentes.

— Ah, entendi. — Ela tentou lembrar se Noah tinha alguma dificuldade para reconhecer letras. Ele parecia não ter problemas com isso. — O Tommy também...?

— Só o Charlie. — A voz dela soou brusca.

Janie ficou pensativa por um momento. Havia uma conexão hereditária, não havia? Mas seria possível herdar coisas da família da encarnação anterior? Sua cabeça começou a girar outra vez. Ela respirou fundo. Onde terminava Tommy e começava Noah? O que Henry e Denise tinham a ver com isso? Queria perguntar a Denise, mas não teve coragem.

— Imagino que, quando chegam à adolescência, a gente já os conhece até pelo avesso.

Pela primeira vez, Denise sorriu.

— Está brincando? Eu não sei metade do que se passa na cabeça do Charlie. Ele simplesmente... escapou de mim. — As palavras feriram o ar, e o rosto dela se fechou outra vez. Janie queria preencher o espaço entre elas, mas não conseguiu encontrar a coisa certa a dizer.

Ela passou os olhos pelo quarto. Não havia muito para ver, exceto fotografias: fotos de escola de Charlie e Tommy na parede (ela reconheceu a que estava no artigo do jornal), outras na mesinha de cabeceira. Uma foto emoldurada de um menino pequeno avançando pelo chão em direção a uma mulher jovem e bonita, de brincos de argola dourados e braços abertos.

— Essa foi no dia em que o Charlie aprendeu a andar — Denise disse apenas. Ela estava de pé ao seu lado, olhando sobre seu ombro. — Antes só dava um ou dois passos, e nesse dia conseguiu atravessar a sala inteira. Parece que ele está andando para mim, mas, na verdade, está andando para o irmão dele, logo atrás de mim. Ele idolatrava aquele menino.

Janie olhou de novo para a fotografia. Não tinha percebido que a mulher na imagem era Denise. Pegou a outra foto ao lado dessa.

Uma foto de Tommy pulando de um deque de madeira. Era um retrato de momento, mas a câmera havia captado o sol cintilando na água, a madeira rústica do deque. Tommy foi pego no ar, com as pernas abertas, e Janie reconheceu a pura alegria naquele rosto. Ela *conhecia* aquela expressão. Não conseguia tirar os olhos dele.

Denise olhou para a fotografia.

— Isso foi na casa do lago. Nós íamos para lá todo verão. — A voz dela era saudosa. — O Tommy adorava aquele lugar.

— Eu sei — disse Janie. — O Noah falou de lá.

— É mesmo?

— Ele disse para as professoras que eram suas férias favoritas — Janie contou. As palavras pairaram em sua mente por um instante e ela esperou o ciúme que viria em seguida. Mas não sentiu ciúme olhando para aquela foto, que parecia conter a essência da alegria de Noah. Sentiu outra coisa tomando conta de seu peito: gratidão. Ele teve uma vida boa ali, com Denise. Pela primeira vez, ela percebeu que não podia separar isso do menino amoroso e radiante que havia nascido dela.

Denise pegou gentilmente a fotografia das mãos de Janie e a colocou de volta sobre a mesinha de cabeceira.

— Ele chorava quando tínhamos que voltar para casa — ela comentou. — "Quando vamos voltar para lá, mamãe? Quando vamos voltar?", não parava de perguntar no carro, durante toda a viagem de volta. Nos deixava malucos.

— Imagino — disse Janie. — Ele se apega muito às pessoas. Sempre foi assim. — Mas o que *sempre* significava? Quando *sempre* havia começado?

— Faz anos que não vamos para lá. — Os olhos de Denise se entristeceram. — Talvez...

A ideia tremeluziu ali no quarto com elas, a miragem de um lago com um menino loiro pulando dentro. Janie desviou os olhos da criança na foto; era demais para imaginar. A fantasia se desfez antes que qualquer uma delas ousasse mencioná-la.

— Você parece bastante calma com tudo isso — disse Janie.

— Calma. — Denise riu. — Bem, nós não nos conhecemos, não é?

— Não. Nós não nos conhecemos.

Um som de gargalhadas veio da sala de estar.

— Acho que preciso voltar para lá — disse Denise. — Tem muita gente na minha casa. E eles estão se divertindo demais. Só que isso é um funeral. — O sorriso que segurava o canto de seus lábios parecia fixo ali por pura força de vontade. Ela alisou o cabelo em direção ao coque que o prendia, embora nem um fio tivesse se soltado.

— Está bem. Mas... Só mais uma coisa...

A mulher parou, esperando. Janie sentiu todas as suas perguntas borbulhando dentro dela; não conseguia mais segurá-las.

— E se o Noah não superar tudo isso? E se ele não quiser mais ir embora, como acontecia na casa do lago?

Denise apertou os lábios.

— Seu filho vai ficar bem. A mamãe dele o ama loucamente.

— Mami-mamãe — disse ela.

— *O quê?*

— Eu sou mami-mamãe. Você era mamãe. É como ele te chamava. — Denise franziu a testa para ela, ressabiada. *Eu não devia ter dito isso*, Janie pensou. Mas agora era tarde demais. — E quanto ao seu filho? — perguntou.

— O Charlie também vai ficar bem — respondeu Denise, mas parecia incerta. Ela soava como se quisesse sair logo dali.

— Eu me referi ao seu outro filho. — Essa não era a maneira certa de dizer aquilo, mas Janie não sabia se havia uma maneira certa. *O que você acha de tudo isso?*, era o que ela queria dizer. *O que isso significa?*

Foi como se Janie tivesse pisado em um dedo quebrado. Os olhos de Denise relampejaram.

— O Tommy morreu.

— Eu sei. Eu sei. Mas...

— Não.

— Mas o Noah...

— É outra pessoa — ela disse com rispidez, os olhos faiscando. — Ele é o *seu* filho.

— Sim. Sim, ele é, mas... mas você mesma viu, não viu? Você disse que sim, que as lembranças dele... pareciam reais. Elas são reais. Não são? E os ossos estavam... — Não havia como articular o que ela queria dizer. Janie só sacudiu a cabeça.

Denise continuou ali de pé, apertando os olhos ao sol que atingia seu rosto.

— Então... — Janie prosseguiu, hesitante. Não podia parar agora. — Isso é algum alívio? Isso ajuda?

Denise não disse nada. Estava parada em meio a um raio de sol cheio de partículas de poeira rodopiantes. Parecia ao mesmo tempo paralisada e totalmente desorientada, e Janie de repente se sentiu envergonhada por ter perguntado.

— Não sei — Denise disse devagar.

— É só que... você parece saber alguma coisa.

— Sério? — Denise começou a rir. — Porque eu tinha alguma esperança de que você soubesse.

E então as duas estavam rindo. Uma risada dura, desamparada, que fez a barriga de Janie doer, gargalhando daquela piada que o universo havia feito com elas. O momento durou mais tempo do que Janie achava possível, até que, por fim, as duas recuaram, ofegantes. Denise tinha lágrimas correndo pelo canto dos olhos e passou os dedos pelas faces.

— Ai, ai, eles vão pensar que eu estava me matando de chorar aqui dentro — disse ela. As palavras caíram como uma sombra pelo quarto.

— Não vou contar a eles.

— Melhor não.

Elas se entreolharam. Estavam conectadas e, ao mesmo tempo, sozinhas naquilo.

— É melhor eu ir — disse Janie, relutante. — Antes que o Noah coma todos os brownies.

Denise enxugou os olhos com um lenço de papel.

— Ah, deixe ele se divertir.

— Você já esqueceu como é uma criança de quatro anos com uma carga de açúcar no sangue? Eles se transformam em pequenos selvagens.

— Não, eu não esqueci. — O rosto dela estava seco e tranquilo. Era difícil imaginar que estivesse chorando de rir um minuto antes. Janie abriu a porta e deixou os sons humanos as envolverem.

— Que bom — disse Janie. Que coisa para dizer. Janie se demorou diante da porta aberta, ouvindo a sala barulhenta onde Noah estava sentado. Por alguma razão, se sentiu nervosa de voltar para ele. — Eu não sei mais quem ele é — falou. — Ou de repente eu não sei mais quem sou.

— Pensou que talvez não fosse certo dizer aquelas coisas, especialmente para Denise, mas não sabia para quem mais poderia dizer, ou o que era certo ou não.

Denise enxugou o rosto seco com um novo lenço de papel, jogou-o no cestinho de lixo e ergueu os olhos.

— Você está aqui — disse baixinho. — E o Noah está na minha sala de estar, esperando por você. Não é suficiente?

Janie concordou com a cabeça, dando-se conta da verdade daquilo. Claro que era suficiente. Tomou a direção da sala onde seu filho estava.

— Isso ajuda — Denise disse de repente. Janie se virou; os olhos de Denise estavam cheios de emoção. — Ajuda, sim. Não com a saudade dele, não com essa parte, mas... — A voz dela falhou.

Ficaram paradas em silêncio, o ar entre elas vibrando com o espanto de tudo que não sabiam.

Noah ergueu os olhos quando Janie voltou para a sala. Estava sentado no sofá. Aqueles olhos azuis sempre penetravam no fundo dela e tocavam alguma parte sua que só ele conseguia alcançar. Ela se sentou ao seu lado.

Eles ficaram observando os adolescentes de pé em volta da mesa de comida, comendo salada de batata e murmurando entre si, seus corpos se movendo desajeitados nos ternos mal assentados.

— Podemos ir embora, mami-mamãe? — perguntou Noah.

— Você não quer ficar um pouco com os amigos do Tommy?

Ele sacudiu a cabeça.

— Eles são muito... velhos.

— Ah.

— Isso é muito doido — um dos adolescentes disse. Todos começaram a rir e pararam subitamente, como se tivessem lembrado onde estavam.

Ela gostaria de poder fazer algo para aliviar a tensão e a tristeza no rosto de Noah, mas o que podia fazer? Achara que podia consertar as coisas para ele, mas isso sempre estivera além do seu alcance.

— Tudo está diferente — disse ele.

— É, acho que sim.

Ele entortou os lábios.

— Ah, meu bem, eu sinto muito. Você achava que ia ser igual?

Noah confirmou com a cabeça.

— Nós vamos logo para casa?

— Para o Brooklyn? Sim, vamos.

— Ah.

Ele piscou algumas vezes, olhando em volta, e ela seguiu seu olhar.

Não havia prestado muita atenção na sala antes; estava chocada demais para vê-la adequadamente. Era bem agradável o interior daquela pequena casa de subúrbio rural. Alguém a enchera de mobília marrom confortável, com muitas almofadas contrastantes azuis. Havia um piano vertical sob a escada; parecia um pouco desgastado, mas a madeira reluzia. A janela ampla dava para uma rua arborizada. A prateleira sobre a lareira de tijolos estava repleta de pequenos enfeites e recordações: um gato de pedra sinuoso, algumas velas, um pequeno anjo de madeira segurando uma borboleta de arame, um troféu de beisebol. Não era nada tão extraordinário, aquela casa dos sonhos de Noah e dos pesadelos dela. Era apenas uma casa. Ele se sentira amado ali.

— Não podemos ficar aqui, Noah.

— Eu quero ir para casa, mas quero ficar aqui também.

Ela pensou em sua própria casa, o quarto aconchegante dele, os tigres na estante, as estrelas.

— Eu sei.

— Por que eu não posso ter os dois?

— Não sei. A gente tem que fazer o melhor possível com o que temos. Estamos nesta vida agora. Juntos.

Ele concordou outra vez, como se já soubesse aquilo. Subiu no colo de Janie e encostou a cabeça no queixo dela.

— Estou muito feliz porque eu vim para você.

Ela o virou para poder ver seu rosto. Achava que conhecia todas as diferentes fases de Noah — o Noah triste e desamparado, o Noah birrento, a criança barulhenta e amorosa que ela conhecia tão bem —, mas aquilo era algo novo. Ela manteve a voz calma.

— Como assim?

— Depois que eu saí do outro lugar.

— Que lugar?

— O lugar para onde eu fui depois que morri. — Ele disse isso com toda naturalidade. Seus olhos eram pensativos e incomumente brilhantes, como se ele tivesse pegado um peixe inesperado e estivesse admirando as escamas prateadas reluzindo ao sol.

— E como era lá?

Uma pergunta simples, no entanto a resposta guardava mundos dentro de si. Ela prendeu a respiração, esperando pelo que ele diria.

Ele sacudiu a cabeça.

— Mamãe, não dá para descrever aquele lugar.

— E você ficou lá por um tempo?

Ele pensou um pouco.

— Não sei quanto tempo. Aí eu vi você e vim pra cá.

— Você me viu. Onde você me viu?

— Na praia.

— Você me viu na praia?

— É. Você estava de pé ali. Eu te vi e vim pra você.

Mesmo quando ela achava que os limites de sua mente tinham sido levados para tão longe quanto podiam chegar, havia sempre mais um nível de vastidão.

Ele pressionou a testa contra a dela.

— Estou muito feliz que você é minha mãe dessa vez — disse Noah.

— Eu também — Janie respondeu. Era tudo de que ela precisava.

— Ei, mami-mamãe — ele sussurrou. — Adivinha que horas são?

— Não sei, pitoco. Que horas são?

— Hora de outro brownie! — Ele levou a cabeça para trás, os olhos transbordando de sua alegria travessa habitual, e ela soube que a outra criança tinha ido embora por enquanto; ele jogara o peixe de volta ao oceano.

40

Depois que os convidados foram embora e Janie e Anderson ajudaram Denise e Charlie a guardar a comida que sobrou, e Janie limpou a mesa enquanto Denise passava o aspirador para remover os farelos de brownie, quando o lugar finalmente ficou arrumado outra vez, os sujeitos do último caso de Anderson se sentaram lado a lado no sofá, Charlie e Denise, Noah e Janie.

Anderson se acomodou em uma poltrona na frente deles. Sentiu a cadeira envolver seu corpo e se deixou afundar nela.

O dia estava acabando. Os cinco ficaram em silêncio, estranhos ligados pela estranheza.

— Então vocês vão embora amanhã? — Denise perguntou por fim.

— Vamos. — Havia um tom de desculpa na voz de Janie. — Nosso voo é à tarde.

Eles tinham feito a visita; tinham sido interrogados pela polícia; tinham comparecido ao funeral. Agora havia a vida a ser retomada, o trabalho, responsabilidades. Para todos, exceto para ele, Anderson pensou. Estranhamente, o pensamento não o perturbou. Indagava-se por quê.

— O que fazemos agora? — Janie perguntou para Anderson.

Todos olharam para ele.

Havia mais alguns registros a fazer. Essa parte, que antes importava imensamente para ele, agora não fazia mais sentido.

Ele deu de ombros.

— Então paramos por aqui? É só isso? Nós não... — ela olhou para Denise — vamos manter contato?

— Vocês podem se visitar, se quiserem. — Ele sorriu. — Isso é com vocês.

— Ah. — Janie olhou em volta, pela sala. — Você acha que é uma boa ideia?

— Isso é com vocês — Anderson repetiu, parecendo frívolo, mesmo aos seus ouvidos. Estava experimentando uma emoção que não lhe era habitual. Seria essa a sensação de estar relaxado?

— Eu poderia ir visitar vocês — Denise disse de repente para Janie. — Eu poderia ir ao Brooklyn.

Janie pareceu aliviada.

— Ah, seria bom. Não seria, Noah?

— Não de imediato, claro — Denise acrescentou rapidamente. — Acho que todos nós precisamos de um tempo... Mas eu gostaria de ir ver onde você mora algum dia — ela falou para Noah. — Conhecer o seu quarto. Eu posso fazer isso?

Ele concordou com a cabeça, timidamente.

— Então está combinado — disse Janie.

Anderson os observava. Tudo estava resolvido, e nada estava, ele sabia disso. As coisas mudariam. Noah mudaria. Anderson teria que acompanhar, claro. No entanto, não se sentia muito ansioso por isso. Talvez as ligações se mantivessem e talvez não, ou talvez se transformassem em outros modos de ser. Ele não havia se dado conta de como sentia falta do silêncio. Ficaram sentados por um longo tempo assim, com a luz do sol mudando para um tom mais pesado e escuro, Noah quieto entre Denise e Janie. Anderson ergueu o rosto para sentir os últimos raios do sol, como um animal sonolento.

— Acho que precisamos voltar ao hotel, meu bem — Janie disse para Noah, por fim, despertando todos eles. — Está ficando tarde.

Noah se espreguiçou.

— Eu quero tomar banho aqui — disse ele, bocejando.

Janie levou um susto.

— Você *quer* tomar banho?

Ele esticou o lábio inferior.

— Eu quero um banho *aqui*. Na banheira cor-de-rosa. Com ela.

E apontou para Denise, que encolheu os ombros de leve e olhou para Janie em busca de orientação.

— Ah.

Anderson observou a resistência surgir em Janie, depois sentiu quando ela cedeu.

— Está bem — disse Janie.

— Você pode me dar banho da próxima vez, tá bom, mami-mamãe?

Ela hesitou só por um instante, antes de lhe devolver o sorriso.

— Claro, Noah. Como você quiser.

41

Noah queria um banho, portanto Denise lhe daria um banho.

Aquela era a tarefa, a última daquele longo dia, e depois ela poderia descansar. Havia acabado de enterrar um filho, o que restava do corpo dele, e agora daria banho em outro.

Outro filho. Era como ela pensava consigo mesma naquele momento, como lhe parecia quando sorria para o menino e o colocava sobre a tampa do vaso sanitário com um dos velhos livrinhos do *Garfield* de Charlie enquanto remexia o armário do banheiro à procura de sabonete líquido infantil.

Havia um frasco de sabonete de espuma Mr. Bubble no fundo — ela o havia usado quando seus meninos eram pequenos e sobrara um pouco, e ela o guardara, tantos anos depois dos banhos de banheira de seus filhos, como as pessoas costumam guardar essas coisas: porque uma parte dela achava que talvez pudesse manter algum pedaço da infância de Tommy intacto, como se também estivesse acondicionada dentro do vistoso frasco cor-de-rosa.

Quando a verdade era que ela já havia ido embora. Para onde?

O desenho de Mr. Bubble no frasco sorriu para ela, um sorriso insano.

Denise abriu a torneira, que estrondeou em seus ouvidos. Sua mente voltou para Tommy, ofegando por ar, chamando por ela na escuridão aquosa. Mamãe!

Concentre-se na água. Vai ficar tudo bem.

Ela pôs a mão sob o fluxo para se acalmar e despejou o restante do sabonete de espuma na água. As bolhas proliferaram na banheira, pipocando para a vida.

— Isso são... bolhas? — Noah pulou do vaso sanitário e se inclinou na lateral da banheira.

— São.

— Aaaah. Posso entrar?

— Claro.

Ele tirou o resto das roupas e, então, pareceu hesitar. Espiou pela borda da banheira.

— Não está muito fria, está?

— Não, querido, está gostosa e quentinha.

— Ah. Tá bom. — Ele concordou com a cabeça para si mesmo, como se estivesse tomando uma decisão, depois entrou na banheira e começou a bater nas bolhas. — Quando eu era o Tommy, a gente sempre tinha banho de espuma.

Ela nunca deixava de se surpreender quando ele dizia coisas assim.

— É verdade. Vocês dois sempre fizeram uma grande bagunça.

Ele riu.

— A gente fazia mesmo.

Concentre-se no amor. Vai ficar tudo bem.

Ela fechou os olhos por um momento e se lembrou de Charlie e Tommy jogando espuma um no outro na banheira, a água cheia de sabão se derramando no chão. Agarrou-se à sensação até que todo o aposento pareceu vibrar com a força de seu amor por eles. Quanto amor havia.

A água jorrava incessantemente entre seus dedos, mudando de momento para momento. Quando criança, ela tinha visto um filme sobre Helen Keller, sobre como ela sentiu a água corrente de uma bomba e, finalmente, conseguiu conectar o nome àquilo que ele identificava — mas, agora, ela estava indo na direção oposta e os nomes estavam perdendo o sentido. O que era Noah ou Tommy, e quem era ela? Sua cabeça retumbava em uma confusão faiscante.

— Ei, olha! — ele a chamou. O que quer que ela fosse para ele, não era uma estranha. Não havia estranhos ali. — Olha — disse Noah. — Olha essa bolha!

O brilho da torneira doeu nos olhos dela. Denise se virou para ele, um segundo tarde demais.

— Ah! Estourou, foi mal — disse Noah.

— Tudo bem.

— Olha! Bolha! — Dessa vez ela olhou depressa.

— Estou vendo — disse Denise. — Essa é bem grande.

Era bem grande. Ocupava toda a distância entre os joelhos dele, e ficava maior e maior conforme ele afastava as pernas, reluzindo loucamente por sua fração de segundo de existência.

— Olha!

A bolha ficou maior ainda. No mapa sempre mutante de suas cores, alguém estava se afogando e alguém estava nascendo.

— Ah! Estourou.

— É.

Não havia mais nada a que se segurar. Só havia tudo.

Então Noah olhou para baixo e pôs todo o rosto na água. Ele levantou a cabeça. Tinha uma barba e um bigode de espuma e estava sorridente como um Papai Noel bebê demoníaco.

— Adivinha quem é? — ele perguntou.

Denise sorriu.

— Não sei — disse ela. — Quem?

— Eu!

42

Era tarde quando eles chegaram em casa, do aeroporto. Charlie estava sentado ao lado de sua mãe quando estacionaram na garagem. Mais uma noite na Asheville Road; os mesmos velhos sons de grilos e um jogo dos Indians na TV dos Johnson. Era louco que tudo parecesse igual quando o que estava em sua cabeça havia mudado tanto. Ele refletiu que a vida devia ser mesmo assim. Quem podia saber o que estava na cabeça das pessoas? Enquanto isso, pessoas morriam e tinham vidas inteiramente novas, como os vaga-lumes que chegavam em junho, piscando aqui, depois sumindo, depois piscando de novo. Era como um truque de magia muito pirado.

Charlie havia passado horas caçando vaga-lumes com o irmão quando eram pequenos. Tommy corria pelo quintal com um pote de vidro e Charlie corria atrás. Depois de pegarem alguns, punham o pote nos degraus e se sentavam para observá-los zumbir e cintilar. Era sempre uma briga na hora de soltá-los. Eles queriam mantê-los como bichinhos de estimação, mesmo depois de sua mãe explicar que assim morreriam e que o lugar deles era a natureza. Uma noite, Tommy e Charlie não resistiram: mentiram e esconderam o pote embaixo da cama de Tommy e, na manhã seguinte, acordaram e se descobriram donos de três insetos mortos em um pote de vidro, coisas secas, feias, de asas escuras, que pareciam besouros comuns, como se alguém tivesse vindo à noite e sugado todo o mistério deles.

Agora, Charlie se perguntava se o menino, Noah, já teria visto vaga-lumes na cidade. Ou se lembrava deles. Embora ele não fosse Tommy. Não de verdade.

Ele olhou de lado para a mãe. Em que ela estaria pensando? Sabia que provavelmente era em seu irmão, mas às vezes, nos últimos tempos, ela o surpreendia pedindo a opinião dele sobre as coisas, como que tipo de comida deveriam servir na recepção ou se deveriam convidar seu pai para jantar. "Por que de repente você ficou tão curiosa sobre o que eu acho?", ele tinha vontade de perguntar, "se não ligou a mínima para isso nos últimos sete anos?" E, ao mesmo tempo, isso era um problema, porque significava que ele não podia mais fumar um tanto quanto antes. Tinha dado um ou dois tapas rápidos na garagem no dia antes do enterro e ela percebeu, tipo, em meio segundo. Nem isso. Ela o olhou bem fundo nos olhos e ele já estava de castigo antes mesmo de entender o que estava acontecendo.

Denise olhou para a escuridão pela janela do carro, pesando gradações de perdas.

Ela sentiria falta de Tommy para sempre. Não havia um único pedaço dela que não estivesse sempre sentindo a ausência dele. Mas essa outra criança, essa criança que não era Tommy, trouxera um gosto doce para uma boca cheia de amargura. Eles haviam passado por aquilo, os dois, e havia aquela ligação que ela sabia que sempre estaria ali entre eles.

Quando se despediram no aeroporto, ele a abraçou por um longo tempo, e ela se surpreendeu ao perceber que ficou sem fala por um minuto.

— Eu vou te visitar no Brooklyn — disse, por fim.

— Tá bom.

— Você vai me mostrar o seu quarto?

Ele fez que sim com a cabeça.

— Tem estrelas no meu quarto.

— Estrelas? É mesmo?

— São adesivos que brilham no escuro. No teto. Todas as constelações. Minha mãe que pôs lá.

— Puxa, eu quero muito ver.

Ela se forçou a sorrir. Ainda segurava Noah pelos ombros e ele estava com as mãos em sua cintura, como se estivessem dançando. Não queria soltá-lo. Não tinha certeza se conseguiria. Em volta dela, as outras pessoas eram insubstanciais, desfocadas: via Janie olhando para o relógio e o dr. Anderson falando baixinho com Charlie. Então Charlie pôs a mão pesada em suas costas.

— Vamos, mãe, eles têm que embarcar.

E ela soube que tinha que ir (*Solte*), e o soltou.

Os três se afastaram e entraram na fila para os portões de embarque: o dr. Anderson, um homem austero como seu pai tinha sido, daquele mesmo tipo, fazendeiros e médicos que levavam o trabalho a sério, que tinham bondade em si por baixo de toda aquela postura respeitável; e Janie, mais uma mãe fazendo o seu melhor com a função que lhe fora dada; e aquele menininho de cabelos loiros por quem tinha algum amor em seu coração, era inútil negar. (*Solte*.)

Pelo amor de Deus, Denise. Se ela tinha conseguido manter o controle enquanto os ventos do inferno sopravam faíscas de fogo em sua boca, certamente conseguiria agora também. Forçou-se a ficar olhando enquanto eles seguiam a fila de pessoas que carregavam o que quer que lhes fosse permitido levar em seu caminho deste lugar para o próximo. Ao seu lado, Charlie era alto como um homem, e ela se sentia grata pelo apoio de sua mão.

Agora, deu uma espiada nele no carro. Ele estava olhando pela janela, com seus pensamentos de Charlie — em que aquele menino pensava? Ela teria que descobrir. Teria que lhe perguntar. Ele batucava um ritmo com os dedos na janela.

Talvez ele estivesse pensando em Henry. Durante todos aqueles anos, tinha sido Henry quem insistira para ela encarar a situação: que Tommy estava morto e nunca mais voltaria, no entanto a descoberta dos ossos de Tommy o desmontara completamente. Ele nunca acreditara em pena de morte, achava que era aplicada de forma injusta e com viés racial, mas agora estava revoltado porque a acusação não a havia pedido para o assassino, que era tão menino na época. Ainda assim, talvez ela devesse ligar para ele e convidá-lo para jantar. E, se ele dissesse "não", ela continuaria tentando, e qualquer dia talvez ele viesse.

319

O que ela havia dito para Henry junto ao túmulo era verdade: ela realmente sentia falta de Tommy a cada segundo de cada dia. Sentia falta dele e, no entanto, também sentia sua presença, não na outra criança, mas em toda a volta, e não conseguia se segurar àquilo ou entender o que era, assim como não conseguia se segurar a Tommy, assim como não conseguia entender por que abrira seu coração tão instantaneamente para Noah, ou por que seu amor por Henry era uma dor de que ela não conseguia se livrar.

— Você está bem, mãe?

Ele a observava. Ele sempre a observava, o seu Charlie. Ela se virou para ele.

— Estou bem, querido. Estou mesmo. Só preciso de mais um minuto.

— Tudo bem.

Ela desligou o motor e eles ficaram sentados no carro, no escuro.

43

Só falta passar pelas despedidas, Anderson pensou enquanto avançava em meio à agitada multidão que esperava por seus entes queridos nas esteiras de bagagem. Em toda a sua volta famílias esticavam o pescoço, ansiosas, ou se lançavam sobre os parentes com gritos, abraços e punhados de balões. Pais levantavam filhos no alto de seus braços estendidos.

As pessoas antes se encontravam no portão, mas estavam em uma época diferente. Agora buscavam umas às outras e a suas bagagens naquele lugar austero e cavernoso, gritando "Meu". Esta é minha, a azul. Você é meu. Uma jovem bonita de shorts jeans procurava pela multidão; uma mulher mais velha corpulenta avançou e a tomou nos braços.

Só falta passar pelas despedidas, e então...

— Tudo certo? — Janie pôs a mão em seu ombro. Eles se conheciam melhor agora, tinham alcançado aquela intimidade, quer ele gostasse ou não. Ela estava preocupada com ele. Ele desviou o olhar.

— Meu carro está no estacionamento. — Ele fez um gesto com o queixo. — Quer uma carona?

— Nós vamos pegar um táxi — ela respondeu, e ele concordou com a cabeça, a mente exultando de alívio. Não teria mais que falar depois dos próximos minutos. Em sua cabeça, já estava na estrada em seu carro, movendo-se pela noite silenciosa. — Não é no seu caminho — ela acrescentou. — Ou, se quiser, se achar que está muito tarde para dirigir, pode passar a noite conosco. Temos um sofá-cama...

— Eu estou bem. — Ele evitou os olhos dela. Havia afeto demais ali. Não queria que ela se preocupasse com ele. Ele já estava acabado.

Anderson agachou ao lado de Noah.

— Vou me despedir agora, amigo.

— Eu não gosto de despedidas — disse Noah.

— Nem eu — respondeu Anderson. — Mas às vezes elas são... boas. — Era outra palavra que ele pretendia dizer, mas não importava.

— Mas a gente logo vai encontrar com ele outra vez, pitoco — disse Janie, tentando falar com uma vivacidade tranquilizadora. — Não vamos, Jerry?

— É possível.

— Possível? — A voz de Janie soou mais aguda que de costume. Ele manteve os olhos em Noah, que parecia administrar aquela separação melhor que a mãe. Talvez agora ele já tivesse se acostumado. — Você quer dizer provável, certo?

Não, Janie, ele pensou. *Desta vez eu disse a palavra que pretendia.*

— Acho que você vai estar tão ocupado se divertindo que vai esquecer de mim — ele disse para Noah.

— Não, eu não vou esquecer. Você vai esquecer de mim? — O menino parecia ansioso.

Ele pôs a mão na cabeça de Noah. O cabelo dele era macio sob seus dedos.

— Não, não vou. Mas às vezes não tem problema esquecer — ele falou gentilmente.

O menino assimilou aquilo.

— Eu vou esquecer o Tommy também?

— Você quer esquecer?

Noah pensou.

— Algumas coisas eu quero. Outras não. — Sua voz fina e clara mal era audível entre as pessoas que se aglomeravam em volta deles. — Posso escolher quais eu quero lembrar?

Ele sentiria saudades dessa criança.

— Nós podemos tentar — respondeu Anderson. — Mas não podemos esquecer do agora, Noah. O momento em que estamos. A vida em que estamos. Isso é o mais importante. Não podemos esquecer disso.

Noah riu, incrédulo.

— Como eu ia esquecer disso?

— Não sei.

Anderson ainda estava agachado e seus joelhos doíam. O menino tocou sua testa na dele e pareceu olhar dentro de sua mente. Ele cheirava ao pirulito que a comissária de bordo havia lhe dado no avião.

— Você não sabe muita coisa.

— É verdade. — Ele olhou para Noah. O caso estava quase completo. Só faltava uma coisa. Era incrível ele não ter pedido isso antes. — Você pode fazer uma coisa para mim? Sei que é estranho, mas posso ver o seu... peito e suas costas? Só por um segundo? Você se importa?

Anderson olhou para Janie, que ouvia a conversa. Ela concordou com a cabeça. Ele ficou de pé e afastou Noah das pessoas para uma esteira vazia, fora de vista.

Um adulto teria perguntado a razão daquilo, mas Noah simplesmente levantou a camiseta.

Anderson virou a criança com delicadeza, olhando para seu peito e costas pálidos. Duas marcas de nascença, quase invisíveis: um leve círculo avermelhado nas costas e uma estrela irregular de pele mais elevada na frente. O caminho de uma bala, escrito com clareza na carne.

Em outro momento, ele teria tirado uma foto, mas agora apenas baixou a camiseta de Noah. As evidências estavam ali.

Uma família numerosa na esteira ao lado contava a bagagem. Dois meninos com camisa de futebol corriam alegremente em volta da esteira. Tendo terminado de se despedir, Noah correu e se juntou a eles em um jogo improvisado de pega-pega no aeroporto.

— Pode usar isso — disse Janie em voz baixa.

Havia uma certeza na voz dela que ele não tinha notado antes; ela vira as marcas na pele do filho.

— No seu livro. Pode escrever sobre o Noah. Pode usar o nome dele.

— Posso? — Era uma pergunta para si mesmo.

323

— Desculpe por ter duvidado antes. Você tem minha autorização — ela falou, formalmente — para usar a história dele do jeito que quiser.

Ele inclinou a cabeça em agradecimento. Talvez ainda restasse uma pequena parte dele para terminar aquele capítulo, se fosse rápido o suficiente. Devia esse último esforço ao homem que havia sido. Mas o homem que ele era agora... quem era esse?

— Você acha que o Noah está... melhorando? — Janie perguntou, hesitante. A confiança na expressão dela ao olhar para ele o emocionava e alarmava ao mesmo tempo.

— Você acha?

Ela pensou um pouco.

— Talvez. Acho que sim.

Noah e os meninos com camisa de futebol estavam se contorcendo de rir.

— Por que você acha que o Tommy decidiu voltar nos Estados Unidos? — ela indagou, os olhos no filho. — Por que ele não renasceu na China, na Índia ou na Inglaterra? Você disse uma vez que as pessoas com frequência reencarnam na mesma região. Mas *por quê?* — Ela estava realmente intrigada com aquilo, e ele sentiu um certo espanto. Era como se todas as perguntas que estiveram enxameando à sua volta por tanto tempo tivessem encontrado um novo campo para povoar.

— Parece haver uma correlação — ele falou devagar, escolhendo cada palavra com cuidado. — Algumas crianças falam de ter ficado um tempo na área em que morreram e escolhido seus pais entre as pessoas que passavam por ali. Outras nascem na mesma família, como seu próprio neto ou sobrinha. Temos especulado que isso talvez se deva ao... ao amor. — Havia uma palavra diferente que ele queria usar, uma palavra mais clínica, mas estava fora do seu alcance. — Talvez as personalidades amem seu país, assim como amam sua família. — Ele encolheu os ombros. — O modo de migração da consciência não é uma pergunta que eu consegui responder. Fiquei mais focado em estabelecer sua existência. — Moveu os pés, impaciente. — Bom, foi um...

— Mas eu não sei o que fazer. — Ela tocou o braço dele e o gesto o surpreendeu. — Como faço para voltar a criar o Noah agora?

— Confie no seu discernimento e nos seus... — Uma vez mais, a palavra lhe escapou. — ... sentimentos. Seus sentimentos são bons. — Ele estava reduzido, agora, a banalidades ou a verdades simples. Enfim, teria que se virar com isso mesmo. — Precisamos nos despedir agora — murmurou.

— Mas você vai acompanhar o caso do Noah. Certo?

Eu não sei, ele pensou, mas disse:

— Claro.

— Então posso mandar um e-mail para você de vez em quando? Se tiver mais dúvidas?

Ele concordou com a cabeça, mas muito vagamente.

— Está bem.

Eles olharam um para o outro, sem saber como se despedir. Um abraço parecia fora de questão, mas um aperto de mãos era muito formal. Por fim, ela estendeu a mão para ele meio desajeitada, e ele a segurou brevemente em sua mão robusta, depois, em um impulso, levou-a aos lábios e a beijou. A pele era macia ao contato. Era o beijo de um pai em um casamento, libertando a filha de seus cuidados. Ele sentiu a pontada de alguma perda obscura, da companhia dela ou das mulheres de forma geral, tão longe em seu passado agora.

— Fique bem — disse ele, soltando-lhe a mão. Em seguida pegou sua mala gasta e saiu pelas portas do aeroporto rumo à noite quente.

Ele estava livre.

Isso é o que ele era.

Livre. Os carros e táxis reduziam a velocidade e paravam para pegar parentes e passageiros, e ele passava por eles seguindo para o estacionamento, desfrutando o movimento, o modo como suas pernas oscilavam com facilidade e eficiência, sua mente relaxando agradecida no escuro.

Gostava de Janie e Noah, mas os dois estavam se afastando dele rapidamente. Seu último caso, e estava terminado.

Eles estavam de volta ao chão, e ele estava... suspenso no ar.

Havia lutado como podia para se agarrar à vida como a conhecia antes, e agora ele a perdera e flutuava na leveza de sua derrota. Tinha aplicado toda a força de sua mente na tentativa de entender o insondável — e talvez tivesse sido capaz de extrair um ou dois dentes da mandíbula do infinito — e agora só precisava escrever esse último caso.

Ele achava que, quando se aproximasse da própria morte, as perguntas não respondidas o atormentariam insuportavelmente, mas agora descobria, para seu espanto e prazer, que não sentia nenhuma necessidade de fazer mais perguntas. O que tinha que acontecer... ia acontecer.

Que tal isso?

Ele terminaria seu livro e depois faria o que lhe desse vontade. E quando, um dia, não pudesse mais ler o Bardo... então rememoraria as partes que havia decorado, lembrando-se da profundidade e da cadência, se não das palavras em si. Poderia balbuciar Shakespeare para si mesmo sob os carvalhos o dia inteiro, como um louco.

Ou poderia voltar à Ásia. Seria bom estar em solo asiático outra vez. E o que o impedia? Nada. Poderia ir agora mesmo, se quisesse. Pegar o próximo voo para lá.

Tailândia. O ar denso e úmido, o caos de suas ruas.

Por que não? Sentia a excitação começando a pulsar dentro de si quando pensava nisso. Poderia visitar o enorme Buda Reclinado, com seus cento e oito símbolos auspiciosos esculpidos em madrepérola na sola dos pés. Poderia começar a meditar. Sempre tivera receio de que uma prática espiritual pudesse reduzir ou influenciar sua objetividade científica, mas isso era irrelevante agora. E, se os tibetanos estivessem certos, a meditação poderia levar a uma morte mais tranquila, o que talvez influenciasse positivamente sua próxima vida (embora seus próprios dados fossem inconclusivos a esse respeito).

Talvez até parasse em uma praia. Ouvira dizer que as ilhas Phi Phi eram imperdíveis. Areia branca como seda entre os dedos dos pés, água azul-clara como cristal. O momento presente. Render-se a ele. Tinha ouvido que era possível fazer um passeio de barco e ver os estranhos paredões de calcário se erguendo na névoa como em um quadro de pergaminho chinês: aquelas cenas de montanhas pintadas se torcendo para o alto em direção ao céu espiralado e inalcançável, enquanto um homem solitário em um barco lá embaixo era tão minúsculo que ficava quase invisível.

Teria que comprar um calção de banho. Mal podia esperar.

44

Janie recostou a cabeça na janela do táxi, com o braço em torno do filho adormecido, absorvendo as imagens conhecidas. Havia a ampla avenida Eastern Parkway, com seus prédios de apartamentos, centros de estudos judaicos e árvores majestosas; o supermercado onde ela comprava comida e a mancha escura do Prospect Park. Surpreendeu-se ao ver tudo igual, como se esperasse encontrar o mundo em casa transformado. Passaram pelo restaurante em que havia encontrado Anderson pela primeira vez, onde a garçonete tinha YOLO tatuado no alto das costas.

"Só se vive uma vez." Era o que as pessoas diziam, como se a vida realmente importasse pelo fato de só acontecer uma vez. Mas e se fosse o contrário? E se aquilo que fazíamos importasse *mais* porque a vida acontecia de novo e de novo, as consequências se desdobrando ao longo de séculos e continentes? E se tivéssemos uma chance atrás da outra de amar as pessoas que amávamos, de corrigir o que fizemos de errado, de acertar as coisas?

Estavam na frente de casa agora. A lâmpada a gás tremeluzia na noite como um amigo contente por vê-la. Pagou o motorista e levantou nos braços o peso de seu menino adormecido, sentindo-se grata por estarem em casa e morarem no térreo.

No apartamento, Janie carregou Noah direto para o quarto e o colocou na cama sem acender a luz. Encolheu-se ao seu lado, de frente para ele na cama estreita, e puxou o cobertor sobre os dois. Ele se mexeu e esfregou os olhos, bocejando.

— Ei, estamos em casa — ela falou. Ele suspirou e se aninhou junto à mãe. Jogou o pé sobre o quadril de Janie, encostou a testa na dela e pôs a mão em seu ombro, no escuro.

— Que parte do corpo é essa? — ele sussurrou.

— É o meu ombro.

— Essa?

— É o meu pescoço.

— E esse é o seu olho, olho, olho...

— É.

— Hummm.

Silêncio. Depois um som debaixo das cobertas. Um sorriso sonolento.

— Eu soltei um pum.

E, em uma fração de segundo, ele estava dormindo outra vez.

Janie saiu da cama devagar. Moveu-se em silêncio pelo quarto e parou à porta.

Noah se mexeu; estava deitado de costas agora, dormindo sob as estrelas. Elas brilhavam sobre ele, todas aquelas constelações artificiais, aquele mapa que era tudo com que a maioria de nós podia lidar do universo, que continuava e continuava sem fim. Anos antes, ela havia colado os adesivos no teto, criando para Noah sua própria Ursa Maior, sua própria Órion, pensando que, pelo resto da vida, quando ele olhasse para as estrelas, se sentiria em casa. Tentou lembrar como ela era naquela época, mas não podia voltar, assim como não podia confundir as estrelas coladas no teto com as reais.

Os lábios de Noah se esticaram para cima, como se ele estivesse tendo um sonho muito agradável.

Ela ficou parada à porta por um longo tempo, vendo-o dormir.

Epílogo

Nada na viagem para Nova York foi como Denise esperava.

Por exemplo, o fato de Henry ter decidido ir junto: aquilo tinha sido totalmente inesperado.

Nunca se sabia o que esperar de Henry ultimamente. Havia dias em que ele acordava assobiando "Straight No Chaser" e fazia panquecas com mirtilo nos domingos de manhã para Charlie e para ela. Outras vezes ficava acordado a noite inteira, bebendo cerveja na sala, com a TV berrando em algum programa bobo qualquer e, se ela se levantasse para ver o que ele estava fazendo ou lhe pedisse para baixar o som, ele resmungava para ela voltar para a cama. Ela sempre fazia um esforço na manhã seguinte para acordar cedo, se recompor e repassar os planos de aula para o dia, porque sabia que demoraria até conseguir tirá-lo da cama e fazer com que se vestisse para sair. Às vezes, ela se sentia como se tivesse dois adolescentes mal-humorados em casa. Era surpreendente que os três conseguissem chegar à escola no horário.

— Este sou eu agora. Se me quiser, tudo bem, é isto que vai ter. Se não quiser, tudo bem também — ele dissera quando propôs voltar para casa. Tinha o rosto duro e deu de ombros enquanto falava aquilo, como se não importasse muito para ele de um jeito ou de outro, mas ela vira através da fachada indiferente, como se ele fosse um de seus filhos, vira com muita clareza como ele queria que ela o aceitasse de volta. E como ela queria isso também.

Ela estava feliz por tê-lo de volta. Havia aquele peso nele por causa da morte de Tommy, Denise não tinha esperança de que isso fosse desaparecer, mas ele saboreava um prato de boa comida e ela se via novamente adorando o prazer simples de cozinhar, de acrescentar um pouco disso e um pouco daquilo e ver sua obra sair do forno fumegante, enchendo a casa inteira do cheiro delicioso, e depois comer cada pedacinho. "Você está pondo carne nos ossos outra vez", era o que Henry dizia, cutucando a nova camada macia sobre as costelas dela. E era bom para Charlie. Isso era evidente. O garoto gostava de fazer graça, sempre tinha sido assim, e agora ela via quanta arte existia nisso. Não havia nada que ela apreciasse mais no fim de um longo dia do que ver Henry inclinar a cabeça para trás e soltar sua risada gostosa na mesa de jantar depois de Charlie dizer algo engraçado, e a expressão de prazer visível no rosto do garoto quando ele baixava a cabeça timidamente, desfrutando a sensação. Às vezes, depois do jantar, eles tocavam juntos na garagem, Charlie na bateria e Henry no baixo, os sons vibrando através das paredes para a vizinhança, abafando até o cachorro do vizinho, e ela sentia que tudo provavelmente ficaria bem.

Não falavam sobre Noah. Nenhum deles queria entrar nessa briga; não havia como ganhá-la nem como encerrá-la. Quando chegou a primavera e a ideia de visitar Noah se intrometeu em seus pensamentos durante suas atividades diárias, Denise a princípio a ignorou, com medo de perturbar o novo e delicado equilíbrio em casa. Em vez disso, mandou um presente para Noah no dia do aniversário de Tommy, embora não tenha mencionado isso no cartão.

Ela havia conversado com Noah poucas vezes pelo telefone naqueles primeiros meses, mas quase sempre era um desastre; não tinha certeza se era pela pouca idade e impaciência natural do menino com o telefone ou pela estranheza das circunstâncias. Ele se mostrava ansioso para falar com ela nos primeiros cinco segundos, muitas vezes após ter insistido muito para sua mãe ligar. Mas respondia às perguntas dela com vozinha de bebê, de um modo tímido e monossilábico, e (depois de se reanimar por uns breves instantes para perguntar de Rabo-Córneo) ficava claramente aliviado ao sair do telefone após mais alguns minutos. Ela sempre levava o resto da tarde para se recuperar dos sentimentos intensos que aquilo lhe causava. Depois de um tempo, os telefonemas foram rareando.

No verão, ela decidiu que queria ver Noah pessoalmente. Achou que já estava em condições de lidar com aquilo. Janie havia concordado, embora tenha parecido cautelosa: "Ele não fala muito sobre o Tommy", ela havia dito, e Denise achou que isso não importava.

Reservou a passagem antes de contar a Henry. Charlie tinha um emprego de empacotador no supermercado e outro como salva-vidas na piscina, então não poderia ir. Quando ela contou a Henry que ia para Nova York ver Noah, ele ficou ali parado com uma careta no rosto e ela se perguntou se o risco seria grande demais.

— Então eu vou com você — ele disse por fim, como se de repente tivesse se tornado o marido de alguma outra pessoa. — Tudo bem? Tenho uns velhos amigos que eu gostaria de procurar por lá.

Ele havia passado alguns anos em Nova York quando era um baixista jovem e promissor.

Ela o deixou ir junto. Não fez perguntas. Não queria saber, talvez, quais eram os reais motivos dele e queria sua companhia. Nunca havia estado em Nova York.

Outra coisa que ela não havia esperado: se divertir tanto com ele.

Na primeira noite na cidade, foram ao Blue Note e conseguiram lugares ao lado do palco. Beberam drinques azuis cintilantes e ouviram o velho amigo de Henry, Lou, arrasar no saxofone. Depois foram para outro lugar com a banda, onde riram, beberam e comeram comida boa e barata até o raiar do dia, escutando a conversa fácil dos músicos e suas histórias sobre ficar na casa do primo de alguém na estrada com o cheiro de tripa de porco vindo da cozinha, ou sobre líderes de banda muquiranas e músicos que saíam tropeçando do banheiro com o nariz cheio de pó branco e a calça abaixada, e sobre a vez que a namorada de Lou de Seattle pegou um avião para vê-lo tocar em San Francisco e deu de cara com as namoradas dele de Oakland e Los Angeles naquela mesma noite.

De volta ao hotel, Denise e Henry se amaram com a avidez dos velhos tempos. A força daquilo a surpreendeu. Foi bom descobrir que ainda era possível, depois de tudo que havia acontecido.

Ela não esperava que Henry fosse com ela ao apartamento de Janie no dia seguinte, ou que o apartamento de Janie fosse tão pequeno e antiquado — imaginara um grande loft moderno, como os apartamentos de Nova York que via na televisão, não aquele lugarzinho simpático com seus móveis de madeira entalhada, como algo que encontraria na casa de sua mãe.

Era um dia quente. Quando os dois entraram meio se arrastando, Janie deu uma olhada para eles e disse:

— Vou buscar água. Ou preferem café gelado?

Denise sacudiu a cabeça.

— Bem que eu gostaria. Mas, se tomar café agora, fico acordada até de manhã.

Enquanto Janie foi pegar as bebidas, Denise entrou na sala, onde Noah estava.

Ele tinha quase seis anos, aquela idade tenra em que as formas rechonchudas de bebê começam a se dissolver em um corpo de criança e é possível ver, em seu novo rosto anguloso, a pessoa que ele talvez venha a se tornar. Ele estava distraído com um livro, sentado de pernas cruzadas em cima do sofá, o cabelo brilhante e revolto. (Por que ela nunca levava aquele menino para cortar o cabelo?) Parecia não os ter notado.

— Noah, olhe quem está aqui — Janie disse quando voltou com os copos de água, e ele ergueu os olhos.

Denise ficou de pé no meio da sala, segurando o presente que havia comprado, sentindo a boca seca quando Noah a fitou com olhos alegres que pareciam não a reconhecer.

Ela não percebera até aquele momento como aquilo era importante para ela. Não havia esperado por aquilo de maneira nenhuma.

— Esta é a tia Denise, você não lembra? — disse Janie, aproximando-se.

— Ah. Oi, tia Denise. — Ele sorriu educadamente, aceitando o presente e a presença dela em sua vida como uma criança faria, sem questionar de onde ela teria vindo.

Ela se sentou e segurou o copo de água gelada com as duas mãos enquanto, em algum lugar distante, Henry se apresentava para Noah e a criança rasgava o papel que embrulhava a caixa com dois movimentos rápidos. Dentro dela estava a velha luva de beisebol de Tommy.

Ele a tirou da caixa com um grito — "Oba, uma luva nova!" —, e ela sentiu prazer e dor ao mesmo tempo com sua alegria aberta e descomplicada.

Eles caminharam juntos até o parque. Era um dia ensolarado, o ar se movendo com um pouco de vento.

— Eu tenho uma pergunta para você — Henry disse para Noah enquanto andavam. Ele se virou para o menino com sua expressão mais séria.

— O quê? — Noah ergueu os olhos, preocupado.

— Mets ou Yankees?

— Mets, claro! — respondeu Noah.

Henry sorriu.

— Era isso que eu queria ouvir! — Bateu a mão aberta na do menino. — O que você acha do Grandy? Será que ele vai dar certo mesmo?

Aparentemente, era tudo de que precisavam. Os dois conversaram animadamente sobre beisebol pelo resto do caminho até o parque, enquanto Janie e Denise caminhavam lado a lado em silêncio. Denise estava muda de decepção.

— Sinto muito — disse Janie em voz baixa. — Eu não sabia qual seria a reação dele quando visse você. Ele não fala mais nisso, mas eu não sabia... Acho que ele é apenas o Noah agora.

Caminharam um pouco mais sem dizer nada.

— Ele ainda gosta das mesmas coisas — ela continuou. — De lagartos e beisebol, e de coisas novas também. Você devia ver o que ele faz com Legos. Constrói prédios lindos.

— Ele é como a mãe — Denise disse, por fim.

Janie enrubesceu e encolheu os ombros.

— Ele é feliz.

Chegaram ao parque e procuraram uma área aberta, um campo. Um casal idoso caminhava de braços dados. Uma grande família judaica seguia por uma trilha, cercando seus filhos, impedindo-os de se desviar para muito perto do lago na beira do campo. Pessoas alimentavam os patos, em um frenesi de bicos e migalhas. Uma menina na grama girava um bambolê na cintura sem parar, como alguém de um outro tempo.

Janie e Denise se acomodaram em um cobertor, sob os galhos protetores de uma grande árvore, e depositaram sobre ele tigelas de muçarela em bolinhas e homus, uvas, cenouras e pão sírio, prendendo os guardanapos sob as garrafas térmicas para não voarem. Haviam trazido também uma bola de beisebol e a luva e, enquanto arrumavam o piquenique, Henry e Noah foram para o gramado jogar. Henry pegava a bola com as mãos nuas mesmo, como costumava fazer.

Denise os observou. Noah *era* feliz. Era perceptível. E era bom vê-lo feliz, como qualquer criança. Fora melhor para ele ter se esquecido dela, Denise sabia disso, embora o fato de saber não diminuísse a dor. Ela estava contente por ver que a natureza acertara seu rumo, mas não conseguia afastar a sensação de que algo havia sido tirado dela, algo que poderia ter sido precioso, se ao menos ela tivesse encontrado a maneira de fazer com que fosse.

Inclinou-se para trás, apoiada nos cotovelos, sob as folhas verdes balançantes. Henry lançava a bola em um ritmo constante e relaxado, o rosto tão amistoso e neutro quanto o de Noah. Ela percebeu o que já sabia: Henry continuava não acreditando em nada daquela história, mas estava fazendo aquilo por ela. Porque a amava. O som desse amor estava na batida da bola na velha luva de Tommy, e o som de seu amor — por Henry e Tommy, Charlie e Noah — estava no estalar do vento nas folhas das árvores, tudo isso compondo uma teia de sons que a mantinha naquele momento, aqui, agora.

Ela ficou olhando Henry e Noah jogarem a bola de um para o outro, como pais e filhos, homens e meninos em qualquer tempo e lugar.

— Agora quero ver se você consegue pegar uma bola alta — disse Henry, e lançou a bola direto para o céu.

Janie escreveu para Anderson. Achou que poderia ser útil para ele acompanhar o que estava acontecendo com Noah, para o caso de fazerem uma nova edição de seu livro. Agora que a normalidade reinava em seu território, com toda a sua agitada glória, ela gostava de lembrar como havia sido entre eles. Ela e Jerry não tinham sido amigos, mas haviam compartilhado uma conexão mais profunda: eles eram aliados. Ela escreveu sobre a visita de Denise e Henry, dando-lhe todas as informações pertinentes: como Noah havia gostado da experiência, mesmo sem reconhecer nenhum dos dois. Enviou o e-mail, depois outro, mas ele não respondeu.

Ela esperava que ele estivesse bem. Vira-o só uma vez, quando ele passara para uma visita e para lhe dar um exemplar de seu livro, alguns meses antes de deixar o país novamente, em definitivo. As críticas ao livro foram divididas: alguns críticos reagiram às pesquisas atacando-o em tom zombeteiro, como se tudo fosse um jogo de telefone sem fio equivocado ou uma fraude, nada a ser levado a sério; outros tinham se interessado por suas descobertas, mas não sabiam como interpretá-las. Mas Anderson não parecia se importar. Estava muito mais quieto e também um pouco mais solto, como se alguma corda apertada tivesse se rompido. Usava uma camisa branca com bolsos, o tipo de roupa que moradores de ilhas usavam. Ela mencionara isso e ele dera risada. "É verdade. Eu sou um morador de ilha agora", respondera.

Janie não queria esquecer tudo que havia acontecido, mas não podia evitar. A vida cotidiana era muito insistente. Estava ocupada com o trabalho, com o prazer de criar espaços harmoniosos, a dor de cabeça de clientes reclamões. Para sua grande surpresa e prazer, Bob, seu antigo paquera por mensagens de texto, havia entrado em sua vida depois de responder com entusiasmo à sua mensagem acanhada: "Se ainda quiser se encontrar comigo, você me avisa?" Estavam se vendo uma ou duas vezes por semana fazia seis meses, tempo suficiente para ela começar a acreditar que aquilo poderia de fato estar acontecendo, e pensar em (talvez, um dia) apresentá-lo a Noah. E, claro, havia Noah para ela cuidar: monitorar a lição de casa, preparar o jantar e o banho de espuma (que prazer ela sentia agora com a vida cotidiana!), acompanhar todas as necessidades de sua contínua evolução. Ele estava crescendo. Às vezes, quando andavam de bicicleta no parque, ela o deixava avançar um pouco à frente na trilha e, ao observar sua cabecinha loira, as costas estreitas e as pequenas pernas em movimento se afastando dela e virando em uma curva, sentia uma pontada de perda que sabia ser apenas maternidade normal.

Uma noite, acordou em pânico, certa de que estava perdendo algo precioso. Foi até o quarto de Noah e ficou olhando enquanto ele dormia (os pesadelos, felizmente, tinham parado fazia muito tempo). Após se tranquilizar em relação a ele, ligou o computador e verificou os e-mails.

Lá estava, finalmente: o nome de Jerry Anderson em sua caixa de entrada. Sem linha de assunto. Ela o abriu depressa. PRAIA, ele havia escrito. Tudo em maiúsculas. Nada mais. A palavra ressoou no silêncio do apartamento, causando ondas de alarme e alívio. "Você está bem?", ela escreveu. A tela lançou uma luz pálida e estranha no escuro, e ela sentiu a presença dele se elevar naquele momento, como se ele estivesse bem ali, a seu lado. "Jerry?"

Estou bem. Imaginou-o dizendo isso, embora ele não tivesse escrito nada em resposta. Foi uma sensação que teve, mesmo sem saber se verdadeira ou imaginada. De qualquer modo, acalmava-a pensar que podia senti-lo ali, através daquele vasto espaço.

No dia seguinte, Janie estava a caminho de pegar Noah na escola, pensando em um milhão de coisas ao mesmo tempo, quando de repente parou. Ela olhou em volta.

Estava em um vagão de metrô, sentindo o movimento sob os pés. O trem saiu do subterrâneo e emergiu sobre a Ponte de Manhattan, a luz de fim de tarde brilhando no rio, em um barco que transportava sua carga daqui para lá, nas pessoas no vagão do metrô, cada detalhe se destacando com uma clareza ampliada e sensível. O band-aid no joelho do adolescente à sua frente. O cabelo espetado da mulher que lia ao lado dele. Os lábios do rastafári se movendo sob a barba enquanto ele mascava um chiclete.

Dentro do vagão do metrô, anúncios de cerveja, guarda-móveis e colchões: "Acorde e rejuvenesça sua vida".

Eu estava errada, ela pensou de repente.

O que havia acontecido com Noah parecera separá-la das outras pessoas que não conheciam a história — ou que, quando ela tentava explicar para os amigos mais próximos, "não acreditavam nessas coisas". Então ela deixara a história de lado, guardara-a para si, como se fosse mais uma coisa que a mantinha ligeiramente à parte, quando na verdade... na verdade as implicações sugeriam o contrário.

Quais *eram* as implicações?

Tantas vidas. Tantas pessoas amadas, perdidas e reencontradas. Parentes que tínhamos sem saber.

Talvez ela tivesse sido parente de alguém que estava naquele mesmo vagão de metrô. Talvez o cara de terno e iPad. Ou o rastafári mascando chiclete. Ou o homem loiro de camisa de bolinhas e uma folha de samambaia aparecendo em sua sacola. Ou a mulher de cabelos espetados. Talvez um deles fosse sua mãe. Ou seu namorado. Ou seu filho, o mais querido de todos. Ou seria, na próxima vez. Tantas vidas que era razoável supor que estivessem todas relacionadas. Eles haviam esquecido, só isso. Não era só uma história de ficção. Era real.

Mas como isso era possível?

Não importava *como*. *Era* assim. Ela olhou em volta no vagão. O homem de pele morena ao seu lado estava lendo os anúncios de encontros pessoais nos classificados do jornal. O garoto à sua frente equilibrava um skate sobre os joelhos detonados. *O mais querido de todos*, ela pensou. Estava se sentindo bizarra.

Seria difícil viver daquele jeito. Olhar para outras pessoas daquele jeito. Mas a gente podia tentar, não podia?

As portas entre os vagões se abriram e um homem surgiu, um morador de rua, arrastando-se pelo vagão do metrô, com pés sujos e descalços. O cabelo grudado formava um capacete grosseiro, e as roupas — ela não conseguiu olhar com muita atenção para as roupas. Ele cambaleou, instável, pelo vagão. Seu cheiro era como um campo de força, repelindo tudo em seu caminho. Quando o metrô finalmente parou e as portas se abriram, novas pessoas se adiantaram para entrar, mas voltaram atrás na mesma hora para mudar de vagão. A maioria das pessoas que já estavam no vagão saiu em debandada.

Mas algumas ficaram. Decididas a suportar. Estavam cansadas demais para levantar, ou distraídas demais com seus dispositivos móveis, ou não queriam perder seus assentos. Suas estações chegariam logo. E, de qualquer modo, aquele tinha sido o vagão que escolheram, a mão de cartas que haviam recebido dessa vez. Desviavam cuidadosamente dos olhos dele, com receio de chamar sua atenção.

Janie era a única que olhava na direção do homem, então ele caminhou direto até ela. Ficou de pé ali, oscilando a sua frente, seu cheiro fazendo os olhos dela lacrimejarem. Ele estendeu a mão suja.

Ela pegou três moedas no bolso e as colocou na mão do homem. Ao fazê-lo, seus dedos roçaram a palma dele e ela levantou o olhar. Os olhos do homem eram cor de caramelo, brilhantes em volta das pupilas e mais escuros nas bordas. Olhar para eles era como olhar para um eclipse duplo. Os cílios eram espessos, sujos de pó. Ele piscou.

— Ei, obrigado, irmã — ele falou.

— De nada.

O rosto dele pareceu se destacar, suas necessidades e esperanças nitidamente entalhadas ali, como se ele tivesse aguardado todo esse tempo para que ela o notasse.

Paul perdeu quase dez quilos naquele primeiro ano. Era jogado de um lado para o outro na prisão como se fosse um pedaço de papel, pisado por botas enlameadas. Não conseguia dormir; ficava deitado na cama de cima do beliche, respirando o cheiro de urina do banheiro no canto e ouvindo os sons de pingos, roncos e gritos da prisão. Não sabia se os gritos eram dos outros presos falando durante o sono ou se eles também estavam acordados, em uma vigília forçada pelo próprio sofrimento, assim como ele. E, sob tudo aquilo, o eco perpétuo de Tommy Crawford chamando-o do fundo do poço. Fazia muito tempo que tinha desistido de tentar não pensar em Tommy Crawford; o que ele tinha feito estava em cada fio de seu uniforme de prisioneiro, em cada centímetro de cimento que unia os blocos de sua cela e no cheiro de xixi de gato que permeava tudo. Às vezes ele ainda desejava poder voltar e fazer tudo diferente, mas não podia. Outras vezes, se perguntava por que a vida era assim: você fazia coisas imbecis e não podia desfazê-las, por mais que quisesse; não havia segundas chances. Tinha dito isso para sua advogada uma vez e a mulher apertara os lábios, olhando-o do outro lado da mesa como a mãe triste de alguém. Era uma mulher de uns cinquenta anos, magra, de cabelos loiro-acinzentados volumosos presos com um elástico e olhos azuis que sempre davam a impressão de que havia ficado a noite inteira acordada, preocupada com ele. Ele não sabia por que ela faria uma coisa dessas, se não tinha nenhuma relação pessoal com ele, mas agradecia pelos serviços dela, e porque ia sair da prisão um dia, embora isso só fosse acontecer quando ele já tivesse quase trinta anos.

Um dia, depois de um ano ou pouco mais, vieram lhe dizer que ele tinha uma visita.

Ele achou que devia ser sua advogada ou sua mãe.

O guarda o levou pelo longo corredor até a sala onde ficavam as mesas.

Quando ele viu quem era, quis sair da sala, mas era tarde demais. Ela estava sentada ali, à sua espera. Seus cabelos eram mais grisalhos agora que na audiência, mas o rosto era o mesmo, e os olhos voltados para ele eram como os olhos de Tommy Crawford quando estava tentando decidir se devia ou não ir com ele para o bosque praticar tiro.

Ele teve vontade de se esconder embaixo da mesa.

Ela pegou o fone pesado e gasto do outro lado do vidro, então ele pegou o seu também.

— Recebi sua carta — disse ela.

Paul olhou para a mulher. Não conseguia pensar no que dizer.

Ele tinha escrito uma carta dizendo como lamentava o que havia acontecido com Tommy. Como ele gostava de Tommy e queria que ele estivesse vivo, mas estava morto. Tudo o que escreveu era verdade. Sua advogada achou que isso poderia ajudar se fosse levado a júri, mas depois fizeram um acordo judicial e ele mandou a carta assim mesmo, achando que os pais do menino nunca iriam responder. Por que responderiam?

— Você disse na carta que é alcoólatra. — A voz dela era baixa. Ela não o olhava nos olhos do outro lado do vidro. — É verdade?

— Mmm — ele murmurou. Depois se forçou a falar. — É. — Agora estava acostumado a admitir, depois de todas aquelas reuniões do AA na prisão.

— Mas está sóbrio no momento?

Ele confirmou com a cabeça, mas então percebeu que ela não podia vê-lo, com os olhos voltados para baixo.

— Estou.

— Foi por isso que aquilo aconteceu? Porque você estava bêbado? — Ela olhava para as mãos sobre a mesa à sua frente.

Ele engoliu. Sua garganta estava seca. Não havia água ali.

— Não.

— Então por quê? — Ela ergueu a cabeça. Seus olhos eram tristes, mas não havia raiva neles.

— Foi um acidente — ele respondeu e viu aquela sombra de ceticismo, aquela torção dos lábios que havia cruzado tantos rostos desde que ele confessara. — Mas não foi por isso — acrescentou. — Foi porque eu fui um covarde. Um covarde e um idiota. — Inclinou a cabeça também e olhou para as mãos de ambos, as duas mãos longas e marrons, as duas mãos curtas e brancas, de unhas roídas.

Ela fez um som do outro lado do telefone que ele não conseguiu identificar.

— Eu sinto muito por ter matado o seu filho — disse ele no fone. As palavras saíram entrecortadas, porque sua garganta estava tão áspera e tão seca. Ele baixou a cabeça nos braços, esperando que os guardas não achassem que estava chorando. Mas estava, um pouco, embora isso não importasse.

Sentia que ela aguardava que ele dissesse mais alguma coisa. Não sabia bem o que, mas então entendeu. Ele segurou o fone no encaixe dos braços e disse o resto:

— Eu sei que a senhora não pode me perdoar.

Perdoar. Não era uma palavra estranha para ele recentemente. Querer perdão era parte dele agora; ele ansiava por isso como ansiava por álcool.

Houve um longo silêncio.

— É engraçado — disse ela por fim, embora não houvesse nada engraçado no mundo inteiro, até onde Paul podia ver. Ele a olhou e o rosto dela estava calmo. — Estive pensando nisso. — Ela falava como uma professora, alguém que sabia das coisas. — A Bíblia diz: "Perdoai e sereis perdoados"... e os budistas, claro, acreditam que o ódio só leva a mais ódio e sofrimento. Quanto a mim... não sei. Sei que não quero mais ficar agarrada ao ódio. Eu não posso.

Os olhos dela se demoraram no rosto dele, como se estivesse se decidindo se era ou não hediondo. Ocorreu a ele que querer perdão significava ser capaz de conceder perdão também. Ele sabia que não havia perdoado seu pai por algumas coisas. Não podia se imaginar fazendo isso.

— O Tommy está me ensinando a cada dia — ela continuou, e ele quase caiu da cadeira. Como Tommy poderia estar ensinando o que quer que fosse para ela? — Ele está me forçando a me desprender dele — disse ela —, a me render ao momento presente. Há alegria nisso. Se a gente conseguir.

Ele não podia acreditar que ela estava sentada ali, falando de aprender algo com seu filho morto, falando de alegria, com ele. *Com ele!* Talvez ela tivesse enlouquecido por causa dele e ele ficaria com isso na consciência também.

— Como é aqui? — ela perguntou com voz calma. — É ruim?

Ele não sabia dizer se ela queria ouvir que era ruim ou que não era.

— É o que eu mereço, acho — disse apenas.

Ela não argumentou, mas também não pareceu feliz.

— Eu gostaria que você me escrevesse — disse ela. — Você faria isso? Quero saber como é aqui e como você está indo. Quero saber a verdade.

— Está bem. — Ele pensou que contaria a ela, mesmo que ela *estivesse* louca. Poderia lhe contar todas as coisas que vinha passando ali e que não queria que sua mãe soubesse.

— Então temos um trato? — ela perguntou, e ele confirmou com a cabeça. Em seguida ela se levantou e ajustou o cinto apertado na cintura. Era magra, como algo que pudesse se quebrar em dois segundos, e, ao mesmo tempo, ele sentia que ela era mais forte do que ele jamais poderia esperar ser. Ela ergueu a mão para ele e acenou uma despedida, com um sorriso breve no rosto, tão rápido que ele não tinha certeza se havia apenas imaginado.

Depois da visita, Paul se estabilizou um pouco. Parou de odiar a sensação do uniforme áspero na pele e o modo como um momento colidia com o seguinte sem espaço para escapar, exceto pelos livros que pegava na biblioteca da prisão, o supletivo que estava fazendo e as visitas de sua mãe. Ele escreveu cartas para a sra. Crawford contando-lhe a verdade. Acordava todas as manhãs de um sono pesado e sem sonhos, ainda surpreso por se ver ali.

As pessoas nos livros que ele lia viviam em casas de turfa e pedra, em terras montanhosas cobertas de neblina, criavam dragões e aprendiam magia. Elas passavam seus segredos de mãe para filho.

Anderson sentiu a água morna lamber seus pés.

Foi entrando devagar, consciente de que a qualquer momento poderia voltar, a água envolvendo suas panturrilhas e seus joelhos doloridos, suas coxas e seu peito. Não tinha certeza do que ia fazer até o último momento em que o solo arenoso deslizou debaixo de seus pés e ele estava nadando, e mesmo então ainda olhou para trás e viu a praia tão perto, seus chinelos e seu livro logo ali, à espera.

A praia estava vazia. Era muito cedo para os turistas e não havia pescadores naquele lado da ilha. Parecia que ele era a única pessoa no mundo que estava acordada. Havia algumas palmeiras espalhadas aqui e ali, as montanhas escarpadas aninhando a água, a placa de aviso sobre a corrente marítima fincada no meio da areia. Não conseguia mais ler o que ela dizia, em nenhum dos idiomas em que a haviam escrito, mas sabia o que significava.

A água, de um verde transparente, assumiu um tom mais azul, mais intenso, conforme ele nadava. Continuou nadando até que seus chinelos eram dois grãos na areia, seu livro, uma mancha azul. Gostava da sensação de seu corpo se esforçando, ajudado pela corrente. Palavras flutuavam dele e ele se agarrava a elas. Silêncio. Oceano. Chega.

Ele devia ter contado para alguém. Podia ter contado para aquela mulher que lhe mandou um e-mail, por exemplo. Aquela com o filho. O pensamento de seu último caso era como um fio de cabelo amarrando-o à terra — tudo que restava entre ele e o mar aberto. Poderia voltar e tentar outra vez escrever para ela. Pretendera escrever "Adeus" e a palavra saíra errada, uma palavra diferente. Esperava que ela entendesse o que ele queria dizer.

Se parasse de pensar nisso, se deixasse a corrente o carregar, o fio se romperia facilmente por sua conta.

Pense em outra coisa, disse a si mesmo. Fechou os olhos. O sol criava pontos escuros no laranja pulsante dentro de suas pálpebras.

Sheila.

O dia em que ele conheceu Sheila.

Um sábado. Ele tinha saído do laboratório cedo e pegado o primeiro trem que viu até o ponto final, e andara o resto do caminho até a praia. Sentado na areia molhada, pensando. Todo um universo lá fora, tantas coisas desconhecidas. Por que ele estava preso em gaiolas com ratos?

Duas garotas estavam sentadas perto dele em uma toalha de praia. Uma loira, uma ruiva. Duas garotas bobas tomando sorvete e rindo dele.

A loira foi a mais ousada. Ela caminhou até ele.

— Você é religioso?

— Nem um pouco. Por quê?

Ele olhou para ela. As faces da moça estavam rosadas do sol, ou talvez ela estivesse enrubescendo. Tinha o cabelo preso com um elástico, mas ele se soltava em volta do rosto em mechas esvoaçantes e brilhantes.

— A gente pensou que você fosse religioso por conta dessa roupa. Não tem uma roupa de banho?

Ele olhou para si mesmo. Estava com seu traje habitual de aluno de pós-graduação, camisa social branca de mangas compridas, calça preta.

— Não.

— Ah, entendi. Você é *sério demais* para a praia — ela disse rapidamente, com ar de provocação. Tinha um corpo muito alvo e forte. Doía os olhos olhar para ele. Maiô bobo de bolinhas.

Ele franziu a testa para ela.

— Você está rindo de mim.
— Estou.
— Por quê?
— Porque você é sério demais para a praia. — Seus olhos azuis eram ao mesmo tempo afetuosos e zombeteiros. Ele não conseguia decifrá-la. Ela o estava deixando tonto.

O sorvete estava escorrendo da casquinha, sob o sol quente, para os dedos dela. Ele sentiu a estranhíssima vontade de lambê-los.

Por que não, maiô de bolinhas?
— Seu sorvete está derretendo — ele falou.

Ela lambeu a casquinha, depois os dedos, um após o outro, rindo consigo mesma. Ele a havia tomado por uma garota bobinha que ria à toa, mas sua risada vinha de um lugar mais profundo, rolava no ar, ocupando o espaço. *Sorvete*, ele pensou, a vertigem subindo pelo seu corpo desde a sola branca dos pés. O segredo da vida é sorvete. A risada dela ressoou em seus ouvidos e continuava a ressoar.

Ele esperava que nunca fosse parar.

Estava ficando cansado agora. Esse negócio de chapinhar na água era mais esgotante do que previra. Havia mais resistência nele do que imaginara. *Apenas pare de se mexer*, ele pensou. *Solte-se.*

Ele abriu os olhos. A corrente havia trabalhado depressa. Os chinelos e o livro não eram mais visíveis, misturados à areia.

Sentiu o coração bater forte. Calculou a que distância estava da praia. Provavelmente ainda conseguiria voltar, se quisesse. E depois? De volta àquela existência pequena e cada vez mais circunscrita de frutos do mar e caminhadas curtas. Não era uma vida terrível. Mas se desfazendo...

Não sentia mais falta da linguagem. Gostava da concretude desse novo modo de vida: o gosto salgado do caranguejo que comia, o rosto curioso e tímido da menina que o servia, a areia deslizando entre os dedos em seus chinelos enquanto caminhava de volta para o chalé, a sensação de sua respiração fazendo cócegas nas narinas enquanto meditava. Era como se a terra o mantivesse sob seu olhar, segurando seu rosto nas mãos. Ele a sentia sussurrando para ele em uma linguagem sem palavras que havia esquecido sua vida inteira e só agora lembrava, falando-lhe sobre uma realidade tão vasta que ele não poderia compartilhar com outro ser humano, mesmo que tivesse a capacidade para isso. Mal reconhecia a si próprio no espelho: o rosto curtido, bronzeado, despreocupado, os olhos vivos e excessivamente brilhantes — quem era aquele homem? Ele havia aceitado de bom grado a simplicidade daquela vida, mas sabia que logo não seria mais capaz de entender nem mesmo as formas de comunicação mais básicas. Seria forçado a sucumbir à única coisa que temia: a dependência.

A praia era uma faixa pálida ao longe. Seu livro estava ali, na areia. Sentia-se perdido sem ele; carregara-o sempre consigo naqueles últimos dias. A princípio, para evitar conversas — enfiando o rosto nas páginas que ele havia escrito e não conseguia mais ler —, mas, recentemente, o livro havia se tornado como um amigo. Quando ele acordava à noite desorientado e com medo, acendia a luz e, em meio aos corpos espessos das mariposas voando em volta, procurava a capa azul na mesinha de cabeceira. Ele lhe falava sem palavras, assegurando-lhe que havia vivido.

Talvez uma turista o encontrasse ao passar por ali, pegando conchas. Talvez ele mudasse tudo para ela.

Suas pernas doíam. Ele olhou à luz do sol para a mancha de praia cada vez mais distante, até que ela pareceu um mero truque da visão, um oásis imaginário. Estava ali, depois não estava mais. Era claro que o corpo resistiria à própria morte. Claro, a vida funcionava assim. Como pudera pensar que seria diferente? Era uma lição que ele aprendia repetidamente: por mais cuidadosos que fossem os planejamentos ou as pesquisas, coisas desconhecidas emergiriam do fundo e virariam tudo de cabeça para baixo. Mas era exatamente isso que o havia atraído, não era? As profundezas do que nós *não* sabemos?

Talvez ele fosse ver Sheila de novo. Seu rosto. Ou algum reflexo dela em outro rosto.

Talvez não.

Olhou em volta para o amplo céu, para o oceano que continuava agora até onde podia enxergar. A água cintilava ao sol, ofuscando seus olhos. Cada molécula brilhando no radiante mundo de bolinhas. Sentiu os membros relaxarem, o corpo derreter sob a beleza daquilo.

Céu azul, água azul, e nada mais.

O país não descoberto.

Veja por esse lado, Jer, ouviu Sheila dizendo. *Agora você vai obter algumas respostas.* Ele sentiu a curiosidade pulsando dentro de si ao pensar nisso, mais forte que o próprio coração.

Agradecimentos

Este livro foi inspirado pelo trabalho do finado dr. Ian Stevenson e do dr. Jim B. Tucker, da Divisão de Estudos da Percepção da Escola de Medicina da Universidade da Virgínia.

Sou particularmente grata ao dr. Tucker por me dar consultoria e autorizar que eu incluísse partes de seu excelente livro de não ficção, *Vida antes da vida: uma pesquisa científica das lembranças que as crianças têm de vidas passadas*, nesta história de ficção. As ideias de Anderson sobre por que crianças talvez se lembrem de vidas passadas devem muito a um capítulo do fascinante livro do dr. Tucker *Return to Life: Extraordinary Cases of Children Who Remember Past Lives*.

Para quem quiser ler mais sobre o dr. Ian Stevenson, *Almas antigas*, de Tom Shroder, é um relato envolvente sobre o homem e sua obra. *Crianças que se lembram de vidas passadas*, do dr. Stevenson, dá uma visão geral de sua abordagem.

Gostaria de agradecer também:

À minha brilhante editora, Amy Einhorn, cuja visão orientou este romance ao longo dos muitos rascunhos e fez dele um livro incomparavelmente melhor. À incrível equipe da Flatiron Books, entre eles Liz Keenan, Marlena Bittner e Caroline Bleeke.

À minha agente, Geri Thoma, que fez tudo e mais um pouco e em cujos conselhos eu posso sempre confiar. A Simon Lipskar e Andrea Morrison, da Writer's House, por toda a ajuda. A Jerry Kalajian, do Intellectual Property Group, por trabalhar para dar outra vida a esta história.

Aos meus assessores: Rebecca Dreyfus, pela infinita paciência, amor e confiança em mim, e pelas boas ideias, grandes e pequenas; Bryan Goluboff, que sempre encontrou tempo para me ajudar a desemaranhar o enredo; e Matt Bialer, pela incrível generosidade que fez uma enorme diferença.

A Bliss Broyard, Rita Zoey Chin, Ken Chen, Meakin Armstrong, Youmna Chlala, Sascha Alper, Nell Mermin e Julia Strohm, por lerem rascunhos deste romance e darem excelentes conselhos. A Catherine Chung, que me ajudou a dar foco a este livro em um momento crucial.

Ao Virginia Center for the Creative Arts e à Wellspring House, por ambientes de trabalho perfeitos.

Ao finado Jerome Badanes, cujo incentivo ainda é importante.

Aos queridos amigos que me aconselharam e me apoiaram durante as muitas encarnações deste livro, especialmente Liz Ludden, Sue Epstein, Martha Southgate, Tami Ephross, Lisa Mann, Stephanie Rose, Shari Motro, Rahti Gorfien, Susannah Ludwig, Edie Meidav, Carol Volk e Carla Drysdale.

Aos meus professores, especialmente Peter Matthiessen, já falecido, que acendeu a fagulha, e Kadam Morten Clausen, cujas aulas de meditação e ensinamentos extraordinários me ajudaram a permanecer calma durante os altos e baixos deste processo e acabaram por mudar a minha vida.

Aos meus pais, Alan e Judy Guskin, que sempre acreditaram em mim; minhas irmãs maravilhosas, Andrea Guskin e Carrie LaShell; minha madrasta, Lois LaShell, cuja fé na minha capacidade nunca enfraqueceu; e meu padrasto, Martin Rosenthal, uma pessoa sem igual. Aos meus incríveis parentes Cuomo, Sylvia, George e June, e aos irmãos Cuomo: tenho muito orgulho de ser parte da família.

Ao meu marido, Doug Cuomo, pelo amor e apoio sem limites; e aos meus filhos, Eli e Ben, por serem tão bons e tão divertidos. Palavras não podem expressar a felicidade que eu sinto por compartilhar esta vida com vocês três.

Impresso no Brasil pelo Sistema Cameron da Divisão Gráfica da
DISTRIBUIDORA RECORD DE SERVIÇOS DE IMPRENSA S.A.